Ludwig Winder · Der Kammerdiener

BÜCHER DER BÖHMISCHEN DÖRFER
HERAUSGEGEBEN VON JÜRGEN SERKE

LUDWIG WINDER

DER KAMMERDIENER

ROMAN

Mit einem Nachwort von Jürgen Serke

PAUL ZSOLNAY VERLAG
WIEN · DARMSTADT

Umschlag und Einband: Buchholz & Hinsch unter Verwendung des Gemäldes „Die Schuhe“ von Vincent van Gogh
Satz: Fotosatzstudio Rizner, Salzburg · Wien
Druck und Bindung: Wiener Verlag, Himberg bei Wien
Printed in Austria
ISBN 3-552-04014-5

CIP-Titelaufnahme der Deutschen Bibliothek

Winder, Ludwig:
Der Kammerdiener : Roman / Ludwig Winder. Mit e. Nachw. von Jürgen Serke. — Wien ; Darmstadt : Zsolnay, 1988
(Bücher der böhmischen Dörfer)
ISBN 3-552-04014-5

1

Edmund war der Sohn eines Kammerdieners. In dem Hause des Grafen Saill, das die Dorfbewohner „das Schloß“ nannten, war nebst dem weiblichen Personal nur ein Mann bedienstet, Anton Toman, Edmunds Vater. Das Haus, das aus einem kellerartig niedrigen Erdgeschoß, dessen Fenster fast bis zur Erde reichten, zwei ebenfalls niedrigen Stockwerken und einem unverhältnismäßig hohen, rot glänzenden Dach bestand, lag in einem hübschen Garten an der Landstraße am Eingang des Dorfes Lepnik. Wenn man vor Sonnenuntergang auf der Landstraße auf das Dorf zuging, sah man das Dach schon aus der Ferne glänzen. Es blendete so sehr, daß man die Augen schließen mußte, obwohl es ein gewöhnliches Schieferdach war, das der Kammerdiener rot angestrichen hatte. Der Garten war streng umzäunt; die hohen Holzlatten, die den Zaun bildeten, waren blendend weiß angestrichen. Auch dieser weiße Anstrich war das Werk des Kammerdieners. Anton Toman war ein sehr verwendbarer, geschickter Kammerdiener.

Das „Schloß“ war von der Landstraße aus nur undeutlich sichtbar, weil einige hohe Bäume, Fichten, Tannen und zwei uralte mächtige, hohe breite Linden das Gebäude verdeckten; man sah nur einen Teil der rückwärtigen Front, ein Stück der gelblichen Mauer. Das schmucklose Gartentor war immer geschlossen. Der Eintritt war verboten. Die Dorfbewohner, die den Grafen nicht liebten, begehrten nie Einlaß. Zuweilen fragte im Sommer ein Fremder, der sich in dem Dorf eingemietet hatte, ob man das Schloß und den Park besichtigen dürfe. Der Graf, den es kränkte, daß sein Haus kein Schloß und sein Garten kein Park war, lehnte ein solches Ansinnen immer ab, wenn sich der Fremde nicht mit besonderen Empfehlungen ausweisen konnte.

Ein Schloß, das diese Bezeichnung verdiente, und einen Park, der eine Sehenswürdigkeit war, gab es in dem nahen Städtchen Holitz. Dieses Schloß, ein stolzer Renaissancebau, der an den Palazzo Farnese in Rom erinnerte, gehörte dem Grafen Bubna, einem Jugendfreunde des Grafen Saill. Die beiden Grafen besuchten einander selten. Der Graf Saill hatte kein Geld und keinen nennenswerten Besitz, hingegen schwer drückende Schulden und undelikate Gläubiger. Der Graf Bubna hatte unvergleichlich größere Schulden, aber er besaß, obwohl er bereits seine schönsten Güter, Waldungen und Meierhöfe verkauft hatte, noch immer drei Schlösser in Mähren, große Flächen fruchtbaren Ackerlands und herrliche Wälder; dieser — größtenteils verpachtete — Grundbesitz war allerdings nur noch zum geringsten Teil sein wirkliches Eigentum, aber der verschuldete Aristokrat, der das Glück hatte, von Zeit zu Zeit einen reichen Verwandten zu beerben, kümmerte sich nicht um die Geschäfte, die von seinen Güterdirektoren und Rentmeistern abgewickelt wurden. Er kannte weder seine Pächter noch seine Gläubiger. Der Graf Saill beneidete ihn.

Man ging von den letzten Häusern des Städtchens Holitz bis zu dem Hause des Grafen Saill etwa fünfundvierzig Minuten. An der Landstraße wuchsen Pappeln und Obstbäume, die dem Grafen Bubna gehörten. Auch die ungeheuer großen Korn- und Weizenfelder, die sich bis zu den in der Ferne blauenden Wäldern dehnten, gehörten ihm. Er wußte nie genau, ob es seine Feldarbeiter waren, die ihn grüßten, wenn er auf der Landstraße ritt, oder ob das ganze Gebiet in diesem Jahre verpachtet worden sei. Er ritt lieber auf der staubigen Landstraße als in den schönen breiten Reitalleen seines berühmten Schloßparks. In der Regel begleiteten ihn auf dem Morgenritt seine drei Kinder, zwei Söhne und eine Tochter, an besonders schönen Tagen auch seine Frau, die sich ungern sehen ließ. Beim Aufblitzen des roten Daches kehrten der Graf Bubna und seine Begleiter um; sie vermieden es grundsätzlich, an dem Hause des Grafen Saill vorüberzureiten, sie wünschten keine Begegnung mit den Bewohnern des Schlößchens. Der Graf Bubna hielt an jedem Morgen mit erstaunter Miene sein Pferd an, sobald das rote Dach des Saillschen Hauses sichtbar wurde. Er hätte, mit geschlossenen Augen sich seinem Pferde überlassend, blind voraussagen können, bei welchem Meilenstein und in welcher Minute er das rote Dach erblicken werde; aber er sagte dennoch jeden Tag mit erstauntem Gesichtsausdruck: „Da sind wir also!" oder: „Schon Lepnik in Sicht."

Der Graf Saill stand an einem Fenster und beobachtete das Leben auf der Landstraße. Er sah zornig aus, wenn er die reitende Familie Bubna erblickte, die er mit seinen scharfen, auf der Jagd oft erprobten Augen verfolgte. Er betrachtete zornig das gleichgültig-friedliche, schlaffe, längliche Gesicht des Grafen Bubna, dessen brauner Spitzbart an Regentagen die Farbe zu verlieren schien, an sonnigen Tagen dunkel glänzte, die frohen, oft übermütigen Gesichter der drei hübschen Kinder und das stolze, hochmütige, von Sommersprossen besäte, auffallend weiße Gesicht der rotblonden Gräfin, die ein schwarzes Reitkleid und eine weiße Krawatte trug. Die ferne Staubwolke, die hinter den wendenden Reitern und Reiterinnen zurückblieb, schien die Augen des Grafen Saill anzugreifen; er fuhr mit der Hand über die rötlich gesprenkelten Augenlider und rieb sie ärgerlich, als ob er Staub oder Sandkörner aus den Augen entfernen müßte. Dann wartete er noch die nächsten Fußgänger ab, die manchmal erst nach einer Viertelstunde kamen. Sein rotes breites Gesicht entspannte sich. Die Wälder dufteten herüber in die Stille des Zimmers. Die Felder gleißten und wuchsen ruhevoll der Reife entgegen.

Auch im Winter pflegte der Graf Saill nach dem Frühstück am Fenster zu stehen und die Landstraße zu beobachten. Das Städtchen Holitz und das benachbarte Dorf Lepnik lagen im Herzen der gesegneten Hannaebene. Es war nicht das schönste, aber das fruchtbarste Gebiet des österreichischen Kronlandes Mähren. Es gab Menschen, die behaupteten, die Gegend sei nicht nur das fruchtbarste, sondern auch das schönste Gebiet in dem schönen Lande Mähren, denn die Unendlichkeit der in vielen Goldtönen prangenden Ebene mit dem blauen Hintergrund der riesigen Wälder sei erhebender und beglückender als jede Gebirgslandschaft. Zu diesen Bewunderern gehörte der Graf Saill nicht. Er sah nicht die Schönheit der Landschaft, die einem anderen gehörte, eigentlich aber ihm hätte gehören sollen. Er war ein Sohn dieser Ebene, sein Geschlecht war das älteste in diesem Lande, der größte Teil der Ebene hatte einst seinen Vorfahren gehört. Die Grafen Bubna, die sich seit hundertfünfzig Jahren hier breitmachten, waren ein viel jüngeres Geschlecht.

Im Winter, wenn die Ebene von hoch und starr getürmtem Schnee bedeckt war und die meeresstill glitzernde Schneefläche, die abends ein zarter, ins Blau spielender Farbton verklärte, nur vom Krächzen der Krähen belebt war, wurde der Graf Saill oft von einer unerträglichen Unruhe erfaßt, die ihn zwang, sich zu betrinken. Er trank französischen Kognak. Er versperrte die Türen, er wollte mit der Kognakflasche allein sein. Er wandte den Fenstern, die den Schimmer der ungeheuren Schneemassen in die Dämmerung des Zimmers warfen, den Rükken. Er zündete kein Licht an, er trank am liebsten im Dunkel, er ließ die Nacht wie einen Trinkgefährten in das Zimmer eintreten. Mit sicherer Hand goß er aus der unsichtbaren Kognakflasche das wohltuende Getränk in das unsichtbare Schnapsglas, ohne einen Tropfen zu verschütten. Beim zehnten oder elften Glas pflegte er zu merken, daß seine einschenkende Hand bereits zitterte. Sobald er merkte, daß seine Hand zitterte, hörte er zu trinken auf und legte sich, ohne Licht zu entzünden, aufs Bett. Er hatte nach dem Trinken schöne, angenehme Träume und schlief tief und ungestört bis zum Morgen. Nach einer solchen Nacht stand er geduldiger als sonst am Fenster und blickte die Schneelandschaft an. Nach einer solchen Nacht erwartete er ohne Grimm das Auftauchen des Grafen Bubna, der auch im Winter — jedoch ohne Begleitung — seinen täglichen, infolge des hohen Schnees oft schwierigen Morgenritt auf der Landstraße unternahm. Das gleichgültig-friedliche, schlaffe, längliche Gesicht des Grafen Bubna, dessen brauner Spitzbart große Schneeflocken auffing, schien den am Fenster stehenden Grafen Saill heiter zu stimmen. Er lachte und winkte dem kurzsichtigen Reiter, der ihn nicht sehen konnte, chevaleresk zu.

Der Graf Eduard Saill bewohnte zwei Zimmer im ersten Stockwerk: ein Schlafzimmer und ein Arbeitszimmer. Er arbeitete jedoch ungern in dem Arbeitszimmer. Er konnte sich nur im Garten oder im

Wald beschäftigen. Von den riesigen Waldungen seiner Vorfahren war ihm ein kleines Wäldchen geblieben, das hinter dem nächsten Dorf lag. Dieses Wäldchen hatte er seinen Gläubigern, die ihm alles, sogar den Schmuck seiner verstorbenen Frau, genommen hatten, nicht abgetreten. Er kämpfte seit zwanzig Jahren um die Erhaltung dieser kleinen Waldfläche, an die sich ein ebenso kleines Stück Ackerland anschloß, das ebenfalls im Besitz des Grafen geblieben war. Es war sehr schwer, dieses letzte Überbleibsel des einstigen Saillschen Grundbesitzes vor der Gier der Gläubiger zu schützen. In dem Arbeitszimmer stand ein riesiger alter Schreibtisch. An diesem Schreibtisch saß der Graf zuweilen und kämpfte, viele Briefbogen mit Ziffern, Erläuterungen, Versprechungen und Drohungen füllend, um sein Wäldchen. Er schrieb, daß er in seinem Garten exotische, in Mähren und in der ganzen Österreichisch-Ungarischen Monarchie völlig unbekannte Obstarten kultivieren werde, die ihm ein reiches Einkommen und so hohen Gewinn bringen würden, daß keiner seiner Gläubiger einen Kreuzer verlieren werde. Er drohte seinen Gläubigern, daß er sich erschießen werde, wenn sie nicht aufhören würden, ihn zu belästigen und nach seinem Wäldchen zu schnappen. Die Gläubiger antworteten grob, sie hielten es für überflüssig, dem rettungslos verstrickten Grafen gegenüber den Schein zu wahren. Insbesondere ein reicher Bauer in einem entlegenen Dorf, der es auf das Wäldchen abgesehen hatte, einer der Hauptgläubiger, antwortete dem Grafen regelmäßig, er möge sich erschießen, niemand würde es bedauern. Ein solches Antwortschreiben war aber immer noch besser als das persönliche Erscheinen eines Gläubigers. Es verging keine Woche, ohne daß ein Gläubiger erschienen wäre. Nach jedem Besuch eines Gläubigers betrank sich der Graf.

Er trank nur des Abends und in der Nacht. Tagsüber hütete er sich wegen seines kleinen Sohns vor dem Alkohol. Der Graf widmete sich einige Stunden täglich seinem kleinen Sohn. Die verstorbene Gräfin hatte nur dieses eine Kind in die Welt gesetzt. Dieser Sohn hatte in der Taufe die Namen Franz Zdenko Johann Kunigund Karl Albert Maria erhalten; bitter hatte der glückliche Vater beim Taufschmaus gesagt, die sieben Namen, die der Ahnherr getragen habe, seien alles, was der Neugeborene erbe. Die verstorbene Gräfin, die ihren zuweilen unbändigen, zuweilen unheimlich selbstbeherrschten Mann sehr geliebt hatte, war niedergeschlagen gewesen, weil er sich geweigert hatte, dem Kind seinen eigenen Rufnamen, Eduard zu geben. „Eduard Saill — das ist nichts, das ist kein Name für einen Staatskerl, wie er einer werden soll", hatte er gesagt. Eine Woche später war dem Kammerdiener Anton Toman ein Sohn geboren worden. Der Kammerdiener hatte seinen Herrn um die Erlaubnis gebeten, dem Kinde den Namen Eduard geben zu dürfen. Der Graf hatte sich dagegen verwahrt. Der Kammerdiener hatte dann seinen Sohn Edmund benannt; wenigstens die ersten Buchstaben sollten mit den ersten Buchstaben des Namens Eduard identisch sein.

In jedem der beiden Stockwerke befanden sich fünf Zimmer. Von den beiden Zimmern, die der Graf bewohnte, gelangte man in ein sehr großes Zimmer, den Speisesaal. In diesem prunkvoll eingerichteten Saal hatten in früheren Zeiten die Gutsbesitzer der Umgebung oft getafelt. Der Graf Saill hatte in früheren Zeiten viele Freunde gehabt, jetzt hatte er keinen mehr. Die beiden Zimmer, die sich auf der rechten Seite an den Speisesaal anschlossen, bewohnten der kleine Sohn des Grafen und eine ehemalige Dienerin der verstorbenen Gräfin, eine ältliche verläßliche Frau, die das Kind betreute und pflegte. Die fünf Zimmer des zweiten Stockwerks waren unbewohnt. Zwei dieser Zimmer sahen wie geräumige Rumpelkammern aus; an den Wänden hingen Geweihe, Bilder und Spiegel, die unvollständig zu sehen waren, weil sie von hohen Schränken teilweise verdeckt wurden. In drei Zimmern waren lediglich Betten untergebracht. Man erzählte im Dorf, der Graf feiere in diesen drei Zimmern des zweiten Stockwerks Orgien mit den Mägden und Bauernmädchen, die er nächtens seinen Gelüsten dienstbar mache.

Im Erdgeschoß wohnte das Personal. Zwei Zimmer und eine Küche bildeten die Wohnung des Kammerdieners Toman. In den benachbarten Kammern lebten Frauen und Mädchen, deren Wirkungskreis nicht fest umrissen war. Sie kochten, sie wuschen und flickten die Wäsche, sie lachten und zankten viel miteinander, sie balgten sich und stellten dennoch eine Gemeinschaft dar, die sich von den Dorfbewohnern fernhielt. Im Dorf nannte man sie den Harem des Grafen, liederliche Weiber, Hurenpack. Der Kammerdiener hingegen behauptete, jedes dieser Weiber sei ein Waisenkind, das elend zugrunde gegangen wäre, wenn der Graf sich der Elternlosen, Unterstandslosen nicht angenommen hätte.

Anton Toman war etwas älter als der Graf, sah jedoch bedeutend jünger aus. Er war ein kleines, dürftiges, dürres Männchen; es schien unglaubwürdig, daß er Soldat gewesen war. Er hatte als junger Mensch bei den Dragonern in Göding gedient, wo auch der Graf als Rittmeister gedient hatte. Der Dienst in Göding war streng und hart gewesen, aber der Rittmeister Graf Saill hatte den kleinen dürftigen dürren Dragoner nach einiger Zeit zu seinem Burschen gemacht und dadurch der Aufsässigkeit der strengen, harten Unteroffiziere entzogen. Nachdem der Graf wegen seiner Schulden den Dienst quittiert hatte, war Toman, der kurz vorher seine Militärjahre abgedient hatte, sein Kammerdiener geworden. Er war nicht nur ein sehr verwendbarer, geschickter Kammerdiener. Er war ein sehr verwendbarer, geschickter Gärtner, Tischler, Anstreicher, Sekretär und Unterhändler. Er war es, der die meisten Gläubiger anstelle des sich verbergenden Grafen empfing und beschwichtigte. Wichtiger noch als die Dienste, die der Kammerdiener ihm leistete, war die Zuversicht, die von Anton

Toman ausging, die Unbeirrbarkeit, mit der er den Grafen glauben machte, nichts sei verloren und das Leben sei schön oder wenigstens erträglich. Anton Toman verehrte und liebte den Grafen wie einen Sohn und hielt alle Sorgen von ihm ab wie ein Vater. Er brachte Geld, wenn kein Geld mehr im Hause war, er war erfinderischer als zehn Advokaten, wenn alle Geldquellen versiegt waren, er verkaufte Dinge, die längst nicht mehr dem Grafen gehörten und schuf diese Dinge herbei, wenn ein geprellter Käufer oder Gläubiger Lärm schlagen wollte.

Der Kammerdiener diente dem Grafen leidenschaftlich gern, er war Kammerdiener aus Leidenschaft. Es gab für ihn kein größeres Glück als das Dienen. Er hatte eine nicht unschöne, stattliche, große Frau, die neben ihm wie eine Riesin aussah; wenn er neben ihr stand, überragte ihr breites rosiges Kinn beträchtlich seinen dunkelblonden Scheitel. Er stand jedoch selten neben ihr, weil er immer etwas zu hämmern, zu sägen, zu nähen, zu bügeln, zu bürsten, zu schreiben oder zu rechnen hatte. Man sah ihn selten ruhig stehen. Man sah ihn öfter laufen als gehen. Er lief seinem Dienst nach, immer gierig, seinem Herrn neue Dienste zu erweisen. Er kam nur zur Essenszeit und nicht immer zur Schlafenszeit in seine Wohnung. Er bediente den Grafen beim Essen und lief nach der Mahlzeit seines Herrn rasch, nicht selten atemlos in die Wohnung ins Erdgeschoß, um in großer Eile sein Mahl zu verzehren. Wenn er angekeucht kam, mußte das Essen dampfend bereitstehen; er verschlang es hastig, gab in großer Eile seiner Frau, die er kaum anblickte, Anweisungen für die Nachmittagsarbeit und lief wieder neuen Beschäftigungen entgegen. Es war sein größter Schmerz, daß er nicht jede Nacht in der Nähe seines Herrn schlafen durfte; an den Abenden, die der Graf mit der Kognakflasche verbrachte, durfte der Kammerdiener sich nicht im ersten Stockwerk zeigen. Wenn der Graf jedoch einen angenehmen Tag hinter sich hatte, ungestört von Gläubigern und sonstigen Ärgernissen, ließ er sich herab, nach dem Nachtmahl mit dem Kammerdiener zu plaudern. In solchen Nächten schlief Anton Toman auf einem alten zerschlissenen Sofa im Arbeitszimmer seines Herrn. Er hatte einen untiefen Schlaf und erwachte dienstfreudig, wenn der Graf in dem benachbarten Schlafzimmer sich im Bett umdrehte.

Diese Liebe des Dieners zu seinem Herrn glich der Liebe eines unerschütterlich Gottgläubigen zu seinem Gott, der ihn mit unbegreiflicher Willkür belohnen oder bestrafen, erhöhen oder verderben, mit Segen oder mit Fluch beladen darf, ohne in der Seele des Frommen die leiseste Schwankung hervorzurufen. Wenn der Graf wohlgelaunt mit Anton Toman am Kamin oder im Garten saß und einen beinahe kameradschaftlichen Ton anschlug (der jedoch nie von Herablassung völlig frei war), fühlte sich der Kammerdiener restlos glücklich. Die liebevolle Verehrung des leidenschaftlich Dienenden wurde aber nicht geringer, wenn der Graf seinen Zorn oder seine üble Laune an dem Unschuldigen ausließ, den er — allerdings nur selten — mit ungerechten Vorwürfen und Verdächtigungen anfiel. Der jähzornige Graf schrie an schwarzen Tagen den stumm, gesenkten Hauptes lauschenden Diener so gewaltig an, daß der Hall der tobenden Stimme im ganzen Haus widerklang. Toman lauschte ihr wie dem Dröhnen eines im Augenblick des Blitzeinschlagens die Brust zerreißenden, die Mauern erschütternden Donners; die kleinen, flink spähenden Augen des Kammerdieners waren nach einem solchen Donnerwetter vergrößert und ekstatisch starr wie die Augen eines Beters in der Kirche, der sich zerknirscht und erhoben vom Brausen der Orgel in eine unbegreiflich fremde Sphäre entrückt findet.

Es hat zu allen Zeiten Herren gegeben, die unverdient die unmenschliche, hündische Liebe und Treue einer dienenden Kreatur gewannen, deren höchster oder einziger Lebenszweck das Dienen und das Hängen am Herrn war. Die Lust am Dienen, der Vergöttlichung des Herrn, der kein guter Herr zu sein braucht, liegt solchen Kreaturen im Blut. Es sind Diener, die als Söhne, Enkel und Urenkel von Dienern geboren werden; die Lust am Dienen vererbt sich nicht anders als die Lust am Herrschen. Anton Toman war jedoch nicht der Sohn eines Dieners. Er war der Sohn eines wandernden Musikanten. Anton Tonam war ein Diener ohne Tradition, die Lust am Dienen war ungestüm in seinem Blut aufgebrochen wie die Lust am Morden im Blut eines Mörders. Er hatte nie einen Kammerdiener gekannt. Er hatte nie an einem anderen die lustvoll-unterwürfige Miene und Haltung gesehen, die er in der Ausübung seines Berufs zur Schau trug. Er hatte nie die Handfertigkeiten, die zu seinem Beruf gehörten, einem andern abgeguckt. Er war ein geborener Kammerdiener; das gaben sogar die geborenen Kammerdiener des Grafen Bubna zu, die als Söhne, Enkel und Urenkel gräflich Bubnascher Kammerdiener mit ironischer Nachsicht das Haus Saill als ein herrschaftliches Haus und den Kammerdiener Anton Toman als ihresgleichen gelten ließen. Ihre Ironie, die sich ungehemmt auf die „verlotterte Bude" am Eingang des Dorfes Lepnik und auf den Grafen Saill erstreckte, wußte mit der mysteriösen Vollkommenheit der Dienertugenden, die Anton Tomans Wesen bildeten, nichts anzufangen. Sie konnten ihn nicht verachten, obwohl sie es gern getan hätten. Er hingegen war nahe daran, sie zu verachten, weil sie einem schlechteren Herrn dienten. Es gab in Anton Tomans Augen keinen besseren Herrn als den seinen.

Die Liebe des Dieners zu seinem Herrn umfaßte alles, was dem Grafen Saill gehörte. Frei von Eifersucht, liebte er alles, was sein Herr liebte, jedoch um einen Grad leidenschaftlicher als der Graf. Er hatte den Tod der Gräfin, die sein Herr nicht übermäßig geliebt hatte, einige Wochen länger als der Graf betrauert. Anton Toman liebte den kleinen Sohn seines Herrn vielleicht nicht inniger, aber opferbereiter als der Graf. Das Kind zerrte die Menschen gern an den Haaren und ergötzte sich an den übertriebenen Schmerzensschreien der von ihm Mißhandelten. Der Graf ließ sich nur selten und ungern von dem Kinde an den Haaren zerren. Der Diener bot dem Knaben einige Male täglich seinen Kopf dar und ließ sich willig von den noch schwächlichen, aber bereits im Wehtun geübten, energisch zupackenden Fingern des Kindes die blonden Haare aus dem Scheitel ausreißen. Er konnte aus Zeitmangel nicht wie sein Herr einige Stunden täglich in dem Zimmer des Kindes verbringen, aber er lief zwanzigmal täglich in das Kinderzimmer. Er stand jede Nacht wenigstens einmal auf, um nachzusehen, ob das Kind gut schlafe und ob die verläßliche Kinderfrau ihre Pflicht nicht vernachlässige. Diese Liebe des Kammerdieners zu dem kleinen Sohn seines Herrn war nicht natürlich, denn Anton Toman liebte Kinder nicht. Er liebte in dem kleinen Sohne seines Herrn seinen Herrn.

Der Kammerdiener hatte zwei Kinder: Edmund und Anna. Die beiden Kinder — der Knabe war um ein Jahr älter als das Mädchen — sahen einander und ihrem Vater ähnlich. Sie waren blond wie er, sie hatten seine niedrige Stirn, seine kleine gerade Nase und sein tief eingedrücktes, heftig geschwungenes Kinn. Sie waren aber von stämmiger Körpergestalt wie ihre stämmige, große Mutter. Sie hatten auch die großen, langsam begreifenden, trägen Augen ihrer Mutter. Der Kammerdiener ließ zuweilen seine kleinen, flink spähenden Augen auf den prächtig gedeihenden Körpern seiner Kinder weilen und nahm wahr, daß sie sowohl ihm wie auch der Mutter nachgerieten. Er nahm es wahr wie das Wachsen der Blätter im Frühling und das Fallen der Blätter im Herbst. Es war das Natürlichste von der Welt, kein Anlaß zur Verwunderung. Er dachte nie darüber nach, ob er seine Frau und seine Kinder liebe. Er hatte keine Zeit, seine Frau und seine Kinder zu lieben. Sie waren nicht ein Teil seiner selbst. Sie waren ihm so vertraut, daß er sie gewöhnlich übersah. Sie waren ihm so fremd, daß er ihrer vergaß, wenn er ihnen bei Tische gegenübersaß.

Die Frau und die Kinder entbehrten nichts und vermißten nichts. Die Frau arbeitete langsam, schwerfällig, aber gewissenhaft vom Morgen bis zum Abend. Sie führte mit pedantischer Genauigkeit die Aufträge ihres Mannes aus. Sie hatte bis zu ihrer Verheiratung auf den Feldern des Grafen Bubna gearbeitet, man sah es dem Schwung ihrer Arme auch bei der Küchenarbeit an. Sie hatte mächtige, rötlich derbe Arme, die im Winter, wenn die sommerliche Röte sich verlor und das blendende Weiß hervorkam, wie entrindete Baumstämme anzusehen waren. Sie lernte ihren Mann nie verstehen. Sie verstand nicht, warum er unaufhörlich lief, einem Dienst nachlief, der keine Hast und kein Nachlaufen erforderte. Sie verstand nicht, warum er oft atemlos auf den Eßtisch zustürzte, das dampfende Essen hastig verschlang und, ohne sich eine kleine Ruhepause zu gönnen, wieder neuen Beschäftigungen entgegeneilte. Sie verstand am wenigsten, warum er den Grafen liebte. Der Graf war ein Herr wie alle Herren, einmal gerecht und zweimal ungerecht, einmal gutmütig und zweimal bösartig. Warum liebte Anton Toman seinen Herrn? Warum liebte er das Kind seines Herrn mehr als die eigenen Kinder? Das alles konnte die Frau nicht verstehen. Sie bemühte sich aber nicht ernsthaft, es zu verstehen. Sie hatte ihre Kinder und ihre Arbeit, das war genug.

2

Franz, der Sohn des Grafen Saill, und Edmund, der gleichaltrige Sohn des Kammerdieners Toman, gerieten in ihren ersten Lebensjahren nicht in Berührung miteinander. Der kleine Graf war ein sehr launenhaftes Kind, das immer unterhalten sein wollte. Er ritt auf dem Rücken seines Vaters und auf dem Rücken des Kammerdieners, er zerrte den Vater und den Kammerdiener an den Haaren, er schlug mit den Fäustchen die Wangen und die Brust der ältlichen Frau, die ihn betreute und pflegte, er konnte aber auch schmeicheln, zärtlich sein und die Herzen gewinnen. Er sah weder seinem Vater noch seiner verstorbenen Mutter ähnlich, der Graf bildete sich aber ein, die Gesichtszüge seiner Ahnen, deren Porträts in den Zimmern des zweiten Stockwerks hingen, in dem Kindergesicht wiederzuerkennen. Dieses blasse Kindergesicht hatte jedoch einstweilen noch keinen Charakter; es glich unzähligen blassen Kindergesichtern.

Von den drei Menschen, die sich mit dem kleinen Grafen beschäftigten, war ihm weder die Wärterin, noch der Vater, sondern der Kammerdiener Anton Toman der angenehmste. Die Wärterin verstand sich nicht auf kindliche Spiele und fürchtete immer, dem Kinde könnte etwas zustoßen; ihre Stimme war immer gleichmäßig besorgt und gedämpft, ihre Bewegungen waren langsam und ängstlich. Daß sie ein Mensch war, der lachen, schreien, sich freuen oder sich grämen konnte, kam dem kleinen Franz nicht in den Sinn. Nur manchmal, im Garten, wenn er ungestüm über Hecken sprang und sie hinter ihm herlief und ihn bat, nicht so wild zu sein, ergötzte er sich an ihrem Keuchen.

Der Vater war an manchen Tagen ein lustiger Spielgefährte, an manchen Tagen jedoch still und langweilig wie die Wärterin. Er zielte oft mit der Pistole nach einem Blatt Papier, das er an einem Baum im Garten befestigte. Inmitten dieses Papierblatts war ein roter Kreis, in der Mitte des roten Kreises ein dicker schwarzer Punkt gemalt. Der Vater zielte nach dem Papierblatt und erklärte, nicht jeder Mensch sei imstande, aus großer Entfernung den schwarzen Punkt zu treffen, er aber treffe ihn mit unfehlbarer Sicherheit. Der kleine Franz überzeugte sich, daß es wirklich wenige Menschen gab, die aus großer Entfernung den schwarzen Punkt trafen; der Vater lud seine Gäste — es kamen von Zeit zu Zeit fremde Herren, die erregte Gespräche mit ihm führten — fast immer ein, nach dem schwarzen Punkt zu zielen, und alle verfehlten das

Ziel, einige trafen nur den Rand des Papierblatts und einige sogar nur einen benachbarten Baum, worauf der Vater lachend rief: „Das ist ja lebensgefährlich!“ Er selber pflegte zuletzt, nach allen andern, auf den schwarzen Punkt zu zielen, und zwar dreimal, viermal, fünfmal; nach jedem Schuß, der den schwarzen Punkt traf — und jeder seiner Schüsse traf den schwarzen Punkt —, blickte der Vater strahlend den kleinen Franz an. Am Ende dieser Unterhaltung fragte der Graf seinen Sohn: „Schön?“ Es war schön. Es war so schön, daß das Kind aufjauchzte.

Fast ebenso schön war es, die Geschichten des Vaters zu hören. Der Graf erzählte nicht Märchen oder erfundene Geschichten, sondern Selbsterlebtes, das er, um es seinem kleinen Sohne verständlich zu machen, ausschmückte und dem Auffassungsvermögen des Kindes anpaßte. Er hatte als junger Offizier allerlei Abenteuer erlebt, die sich vor einem Kinde nicht wiedergeben ließen; er machte aber aus ihnen märchenhafte Possen, die Franz zum Lachen brachten, selbst wenn er sie nicht verstand. Die Kommandeusen, die in diesen Erzählungen eine große Rolle spielten, verwandelte der Graf in böse Hexen, die jungen Frauen, mit denen er die Abenteuer erlebt hatte, in verzauberte Prinzessinnen, sich selbst in einen Prinzen oder in einen Ritter, der allen Verzauberungen und Verhexungen entrann. Solcherart lernte das Kind die Geschichte aller Duelle und tollen Streiche des Grafen kennen. Manchmal vergaß er, seine Erzählungen zurechtzustutzen und begann: „Da war einmal ein Wucherer . . ." Fragte aber das Kind, was das sei, ein Wucherer, so verstummte der Vater und erzählte an diesem Tag nichts mehr. Deshalb gewöhnte das Kind sich das Fragen ab.

Schlimm waren die Tage, an denen der Graf stumm ins Kinderzimmer eintrat, sich setzte, den Knaben auf den Schoß nahm und kein Wort sprach. An solchen Tagen hatte das Kind Angst vor ihm und schielte nach den Händen des finster Sinnenden, die manchmal plötzlich auf den Tisch schlugen, so daß die Gläser klirrten und tanzten. Manchmal stierte der Vater einen Brief an, der soeben angekommen war, zerriß ihn wütend in kleine Stücke und sprang so jäh auf, daß Franz, den der Lesende auf dem Schoß gehalten hatte, zu Boden fiel. Manchmal verließ der Graf mit dem Gewehr das Haus, ohne ein Wort zu sagen, kehrte erst nach zwei oder drei Tagen zurück und sah nach der Rückkehr erschreckend aus; sein Gesicht war dunkelrot, die Hände flatterten und die Stimme, diese tiefe, väterlich warme Stimme, die an guten Tagen im Kinderzimmer gut und fröhlich klang, donnerte und tobte.

Der Vater war manchmal gut, manchmal böse, der Kammerdiener aber war immer gut. Er wußte zwar nicht Geschichten zu erzählen wie der Vater, er verstand auch nicht, meisterlich mit der Pistole zu schießen, aber er ersann viele Unterhaltungen und Spiele. Er schnitzte Figuren, mit denen Franz spielte, er verfertigte mit seinen geschickten Händen ein kleines Gewehr, ein Schaukelpferd, einen Tschako, lauter Dinge, die dem Kinde große Freude bereiteten, er zeigte ihm Vogelnester und die Verstecke aller Tiere, die im Garten angesiedelt waren, er ahmte Vogelstimmen nach und imitierte die besorgte gedämpfte Stimme der Wärterin und ihre langsamen, ängstlichen Bewegungen, er verstand die Kunst des Bauchredens und rief Staunen und Jubel in dem Kinde hervor, indem er es überzeugte, die hohe weibliche Stimme, die plötzlich vernehmbar wurde, gehöre nicht einem Weib, das Franz unter dem Bett und in den Schränken suchte, sondern ertöne aus dem Bauch des Kammerdieners. Das kleine, dürftige, dürre Männchen lehrte den Grafensohn schwimmen und klettern. Hinter dem Garten war ein kleiner Teich, der zu dem gräflichen Besitz gehörte, aber seit Jahrzehnten als öffentlicher Badeplatz von den Dorfbewohnern benützt wurde. Der Kammerdiener befestigte auf einem Baum am Ufer des Teiches einen Zettel mit der Aufschrift „Zutritt verboten!" und gab dem Grafensohn Schwimmunterricht. Als sich ein Bauernsohn aus dem Dorfe näherte und die Kleider abzulegen begann, um ein Bad zu nehmen, sprang der Kammerdiener auf ihn zu und verprügelte ihn so rabiat, daß die Spuren dieser Schläge tagelang sichtbar blieben. Das Schwimmen bereitete dem Sohn des Grafen weniger Vergnügen als das Klettern. Er erklomm die höchsten Äste und Zweige. Der Kammerdiener kletterte ihm nach, blieb immer etwas tiefer als das kletternde Kind und war immer gefaßt, den vielleicht im nächsten Augenblick abstürzenden Knaben auffangen zu müssen; es kam jedoch nie dazu. Noch eine Kunstfertigkeit, die Anton Toman etwas später entwickelte, entzückte Franz tief. Der Kammerdiener zauberte mit seinen eilfertigen dünnen Fingern an der Wand Schattenbilder hervor, die mächtig die Phantasie des Kindes anregten: ein Reh, eine Maus, ein Kaninchen, eine Hexe und einmal auch das Profil des Vaters, das unerwartet so scharf und sprechend ähnlich auf der Wand auftauchte, daß der Knabe zuerst erschrak, dann aber jubelnd in die Hände klatschte und den Vater herbeirief, der diese Kunst nicht weniger begeistert als das Kind bewunderte.

Während Anton Toman seinen Herrn bediente, den Grafensohn belustigte und zerstreute und flink, unermüdlich, freudig immer neuen Beschäftigungen zueilte — er schien manchmal im Garten, in den Zimmern des Grafen und im Kinderzimmer gleichzeitig zu sein, da er überall, wo er gesucht wurde, immer anzutreffen war —, saßen die beiden Kinder des Kammerdieners in der Küche im Erdgeschoß und beobachteten die Mutter bei ihrer Arbeit. Die Mutter arbeitete fast immer in der Küche; sie wusch in der Küche die Wäsche, sie spaltete in der Küche das Holz, obwohl es im Erdgeschoß eine Waschküche und eine Holzkammer gab, sie nähte auch in der Küche und blieb, wenn alle Arbeiten getan waren, abends in der Küche sitzen, als ob es ungehörig gewesen wäre, vor der Heimkehr des Vaters die beiden Zimmer zu betreten. Sie sprach wenig mit den Kindern; wenn sie sprach, hatte man den Eindruck, daß ihr geringer Wortschatz ihr das Sprechen erschwere und daß sie deshalb lieber schweige. Manchmal aber, wenn sie nach der Arbeit still auf der Ofenbank saß, leuchtete in ihren großen, langsam begreifenden, trägen Augen eine die Müdigkeit siegreich bekämpfende Freude am Leben auf. Sie war sich dieser Freude kaum bewußt; es war keine Freude am Leben schlechtwegs, sondern sie fühlte mit Freude, daß sie, groß, stark, an Körperkräften weit ihrem Manne überlegen, ihren stämmigen, prächtig gedeihenden Kindern gegenübersaß, deren Körper nicht dem Kammerdiener, sondern ihr nachgerieten. Sie wußte nicht, daß mit dieser Freude eine nie deutlich werdende Schadenfreude und Aufsässigkeit verbunden war: sie verglich ihren Sohn und ihre Tochter mit dem zwar nicht kränklichen, aber mageren und blassen Grafensohn, und dieser Vergleich sprach so eindeutig zugunsten ihrer beiden Kinder, daß die in solchen Augenblicken stolze Mutter mit aufsässiger Schadenfreude dachte, ihr Mann sei ein ausgemachter Narr, da er den eigenen, prächtig gedeihenden Kindern das fremde, weit schlechter gedeihende Kind vorziehe.

Es fiel der ruhigen, stillen Mutter nicht auf, daß ihre beiden Kinder ruhiger und stiller als die meisten anderen Kinder waren. Sie schienen nie Langweile zu empfinden, sie weinten selten und blieben mit rätselhafter Geduld sitzen, wo man sie hingesetzt hatte. Die Arbeit der Mutter war eintönig, ihre

Tätigkeit erforderte Tag für Tag — mit geringen Abweichungen — die gleichen Armbewegungen und Handgriffe. Trotzdem blieben die Blicke der Kinder ohne Ungeduld, allerdings auch ohne Neugierde, an diesen Armbewegungen und Handgriffen der Mutter haften. Das kleine Mädchen war eher neugierig als der etwas größere Edmund; Anna spielte wenigstens mit einer Puppe und fragte die Mutter jeden Tag, was es zu essen geben werde, während der Knabe nie eine Frage stellte. Vielleicht meinte der Kammerdiener deshalb, seine Kinder seien stupid; jedenfalls hielt er den Grafensohn für viel klüger und aufgeweckter als seine eigenen Kinder, die nie etwas von ihm wollten und nie einen Wunsch äußerten. Die Frau hingegen dachte nie, ihre Kinder könnten weniger klug als andere sein; sie waren stiller als andere, aber diese „Bravheit" war in den Augen der Mutter ein Vorzug.

Im Sommer 1878, als Österreich-Ungarn die Länder Bosnien und die Herzegowina besetzte, erhielt der Graf Saill ein amtliches Schreiben aus Wien, das er zuerst geringschätzig mit einigen Mahnbriefen, die auf dem Tisch lagen, zu Boden fegte, dann aber noch einmal und noch einige Male las, immer aufmerksamer und nachdenklicher. Er hatte als Leutnant in einer der bosnischen Grenze nahen Garnison gedient. Dort hatte er vier Jahre lang Gelegenheit gehabt, die landesüblichen Sprachen und Gebräuche kennenzulernen; in Göding und in Wien, wo er vor der Gödinger Zeit ein kurzes, aber unvergeßlich schönes Garnisonsjahr verbracht hatte, waren seine Schilderungen bosnischer Mädchen und Sitten bei den Kameraden sehr beliebt gewesen. Einem seiner einstigen Zuhörer schienen jetzt diese Schilderungen ins Gedächtnis zurückgekehrt zu sein; das Ministerium schrieb, der Staat werde in der nächsten Zeit für einige Pensionisten, denen Bosnien nicht unbekannt sei, Verwendung haben, und zwar nicht in der Armee, sondern auf Verwaltungsposten. Wenn es dem Grafen genehm wäre, einen solchen Posten zu bekleiden, möge er es dem Ministerium unverzüglich mitteilen.

Am übernächsten Tag war er entschlossen, diesem Ruf Folge zu leisten. Die Ernte auf seinem kleinen Feld war zwar noch nicht eingebracht, aber das Ehepaar Toman, das mit dieser Arbeit spielend fertig zu werden pflegte, bedurfte keiner Aufsicht. Was hatte er sonst zuhause zu tun und was versäumte er? Nichts, nichts, nichts; bei diesem Anlaß wurde ihm wieder einmal tief innerlich bewußt, wie leer das Leben war, das er in diesem Dorf seit vielen Jahren führte, wie überflüssig jedes Tun war, das jahraus, jahrein seine Tage und Nächte ausfüllte, wie überflüssig er selbst war, ein überflüssiger Mensch, dem niemand etwas zu danken hatte. Es gab nur ein Bedenken, das ihm den Entschluß erschwerte: das Kind. Er wollte es in das unwirtliche, vielleicht feindselig gestimmte, mangelhaft zivilisierte Land nicht mitschleppen; er vermutete, daß ihm, dem alten Reiteroffizier, der administrative Dienst in Bosnien nicht oder nicht lange zusagen werde, er zweifelte auch an seiner Fähigkeit, einen solchen Dienst erfolgreich versehen zu können, und diese Erwägungen, denen nur der Drang gegenüberstand, nach vielen Jahren des Stillstands und des zermürbenden Kampfes mit den Gläubigern endlich einmal etwas Neues zu beginnen, neue Gesichter zu sehen und vielleicht auch wieder einmal ein Abenteuer zu erleben, ließen es nicht ratsam erscheinen, eine dauernde Übersiedlung in Betracht zu ziehen. Die Reise nach Bosnien sollte nichts als ein Ausflug sein, ein nicht ganz ernster Versuch, die Reste der ungenützten Kräfte noch einmal zu erproben. Unverantwortlich wäre es gewesen, wegen eines solchen Versuchs das Kind der Geborgenheit des gewohnten Heims zu entreißen und vielleicht sogar einer Gefahr auszusetzen, die in dem gewaltsam okkupierten Lande Bosnien auf Schritt und Tritt entstehen konnte. Aber der Abschied von seinem kleinen Sohne fiel dem Grafen schwer. Er wußte zwar, daß das Kind bei dem Kammerdiener und der verläßlichen Pflegerin gut aufgehoben sein werde, aber der Gedanke an die große Entfernung — Bosnien lag am Ende der Monarchie, demnach in der Vorstellung des Grafen, der nie fremde Länder bereist hatte, am Ende der Welt — beunruhigte ihn dermaßen, daß er sich fragte, ob er die geplante Reise vor seinem Vatergewissen verantworten könnte.

Als er sich dennoch entschlossen hatte, das Anerbieten anzunehmen, bestieg er das alte Jagdwägelchen, das seit Monaten die längst nicht mehr verwendbare Kalesche ersetzen mußte — von den sechs schönen, feurigen Pferden, die er einst besessen hatte, war ihm nur ein alter Schimmel geblieben, der das federleichte Gefährt langsam, bedächtig auf der staubigen Landstraße zog — und fuhr an dem wappengeschmückten Portal des Schlosses in Holitz vor, um den Grafen Bubna zu ersuchen, die Familie Bubna möge sich von Zeit zu Zeit anläßlich eines Morgenritts nach dem kleinen Franz umsehen, der allein mit der Dienerschaft in Lepnik zurückbleiben werde.

Der in Holitz wenig angesehene Graf Saill wurde in den Park geleitet, wo die Familie Bubna unter einer riesigen Rotbuche am Kaffeetisch saß. Der Graf Bubna hieß den Entschluß des Grafen Saill gut und löblich, da es in der neuen Provinz der Monarchie an intelligenten Repräsentanten der Staatsgewalt mangeln werde. Der Gast wurde dunkelrot, da er hinter den Worten des einstigen Jugendfreundes Ironie argwöhnte. Aber der Graf Bubna war ein ernster, eher träumerischer als angriffslustiger Mann, dessen gleichgültig-friedliches, schlaffes längliches Gesicht den Verdacht im selben Augenblick zerstreute; und als er, mit der tabakbraunen knochigen Hand den braunen Spitzbart kämmend, mit ungewohnter Herzlichkeit erklärte, er wolle nicht bloß von Zeit zu Zeit, sondern womöglich jeden Tag nach dem Morgenritt den kleinen Franz angucken, fühlte der Graf Saill eine Erleichterung, die ihm erst jetzt zu Bewußtsein brachte, daß er selbst dem treuesten Diener und der verläßlichsten

Pflegerin nicht völlig traute, weil sie nur Bediente waren, niedrige Kreaturen, die sich für ihre Dienstleistungen bezahlen ließen. Da auch die rotblonde Gräfin, deren sommersprossenbesätes, auffallend weißes Gesicht hochmütig blieb, sich — wenngleich viel zurückhaltender als der Graf Bubna — bereit erklärte, das Wohlergehen des kleinen Franz zu überwachen, glaubte der seine Abneigung gegen die Familie Bubna Überwindende alles getan zu haben, was er zur Beruhigung seines Gewissens für erforderlich hielt. Daß auch die drei Bubnaschen Kinder — das jüngste, ein Mädchen, war zwölf Jahre alt, die beiden Söhne hatten das Pubertätsalter bereits überschritten — Interesse für den kleinen Franz bekundeten und ihre Eltern um die Erlaubnis baten, das Kind an schönen Nachmittagen nach Holitz verschleppen zu dürfen, erfreute den frohen Herzens sich verabschiedenden Grafen Saill besonders. Dankbar überwand er den Neid, der sich seiner bemächtigte, als er auf die sorglos scheinende, einträchtige Familie Bubna und die Herrlichkeit des Schloßparks einen letzten Blick warf. In versöhnlicher Stimmung, den inneren Blick bereits in die Ferne des erhofften Abenteuers gerichtet, fuhr er nach Hause.

Drei Tage später reiste er nach Wien, um dort die nähere Beschreibung seines Wirkungskreises in Bosnien entgegenzunehmen. Niedergeschmettert, fassungslos blieb der Kammerdiener in Lepnik zurück, der seinen Herrn mit Tränen in den Augen angefleht hatte, ihn — und selbstverständlich auch den kleinen Grafen — nach Bosnien mitzunehmen. Der Graf hatte alle Bitten und Vorstellungen des Kammerdieners, der ins Treffen geführt hatte, das Kind werde sich nach dem fernen Vater zu Tode sehnen und in ganz Bosnien werde sich kein Diener auftreiben lassen, dem man nicht jede Schlechtigkeit, den frechsten Betrug und Diebstahl, vielleicht sogar einen Mord zutrauen müßte, verlacht und verhöhnt. „Einen Diener, der mit dir konkurrieren kann, finde ich in jedem bosnischen Dorf", hatte der Unerbittliche gehöhnt; daß er nach diesen Worten dem mit hündischer Ergebenheit zu ihm Aufblikkenden einen wohlwollenden Schlag auf die Schulter und ein beinahe kameradschaftliches, wenngleich von Herablassung nicht freies Lächeln gegeben hatte, war nur eine schwache Linderung der Kränkung und des Abschiedsschmerzes Anton Tomans gewesen. Immerhin machte es ihn stolz, daß der Graf ihm vor der Abreise sagte, den kleinen Franz würde er nicht in Lepnik zurückzulassen wagen, wenn es keinen Anton Toman gäbe. Dieses Abschiedswort machte jede Kränkung wett.

Der Sohn des Grafen Saill und der Sohn des Kammerdieners Toman waren damals sechs Jahre alt. Der Sohn des Kammerdieners merkte nach der Abreise des Grafen eher als der kleine Franz, daß sich etwas Wichtiges begeben habe. Der kleine Franz nahm den Abschied des Vaters ohne Gemütsbewegung hin. Er fragte am ersten Tag zweimal, ob der Vater bald zurückkommen werde, am nächsten Tag fragte er nur noch einmal, in den nächsten Wochen erwähnte er ihn nur noch selten, völlig in Anspruch genommen von der übereifrigen, unermüdlichen geschäftigen Spielfreudigkeit des Kammerdieners, der jetzt viele Stunden täglich seinem Schützling widmete. Das kleine dürftige dürre Männchen übte jetzt über die Pflegerin eine Tyrannei aus, mit der sich die ältliche Frau heimlich murrend abfand. Eifersüchtig duldete er nicht, daß sie durch ihre Anwesenheit ihn und das Kind störe. Sie durfte sich nur nachts und während der wenigen Tagesstunden, die der Kammerdiener seiner gewohnten Arbeit widmete, in dem Kinderzimmer aufhalten. Wenn die Zeit gekommen war, die sie mit der Körperpflege des Kindes auszufüllen hatte, entfernte er sich mit einem strengen, drohenden Blick auf die Frau, die jederzeit das unhörbare Eintreten des sich auf den Zehenspitzen heranschleichenden Kammerdieners zu fürchten hatte, der sich nicht oft genug überzeugen konnte, daß die Reinigung des mageren Knabenkörpers mit der peinlichsten Sorgfalt und Andacht vollzogen und zelebriert werde. Solange sich der Kammerdiener mit dem Grafensohn beschäftigte, jeden Tag neue Unterhaltungen und Zerstreuungen ersinnend, war der seit der Abreise des Grafen seines wichtigsten, seinem Leben den wahren Sinn gebenden Dienstes beraubte Mann kaum weniger lebensfreudig als vor dem Abschied von dem geliebten Herrn. Die übrige Zeit jedoch wurde ihm zur Qual. Die Natur hatte ihm einen flinken, wenngleich einseitig interessierten Geist, einen unaufhörlich Bewegung fordernden Körper, ein die Ruhelosigkeit, die ständige restlose Inanspruchnahme seiner lediglich auf den Dienst gerichteten Phantasie anstrebendes Temperament gegeben. Seit der Abreise des Grafen rebellierte die Natur des sich selbst überlassenen Kammerdieners. Er war nicht mehr fähig, auf Schritt und Tritt eine Beschäftigung zu finden, sein Arbeitseifer war erlahmt, er wußte nichts mit sich anzufangen, er stierte oft minutenlang in die Luft und ließ allmählich auch die dringendsten Arbeiten ungetan, weil ihm der seelische Auftrieb fehlte, das Fluidum des Herrn, dessen Zufriedenheit ihn zu jeder großen Leistung, soweit von einer solchen im Bereich der Pflichten eines Bediensteten gesprochen werden konnte, anspornte.

Deshalb wurde der kleine Edmund eher als der Grafensohn der Veränderung gewahr, die sich in dem Hause nach der Abreise des Grafen vollzog. Der Sohn des Kammerdieners, der seinen Vater vor diesem Ereignis nur bei den Mahlzeiten, oft nicht einmal vor dem Schlafengehen gesehen hatte, sah ihn nun viele Male an jedem Tag und lernte ihn jetzt erst kennen und sehen. Das Kind, das keineswegs stumpf und tierhaft dumpf, wie sein Vater annahm, in der Küche saß, sondern bereits — langsam, schwerfällig, aber hartnäckig — zu denken begann, sah staunend den flinken Blick und die flinken Gliedmaßen des Vaters erlahmen und ruhen. Der seinem Lebenselement entzogene Mann saß oft geistesabwesend am Küchentisch und blickte mit gläsern starren Augen vor sich hin, ohne die Umwelt zu bemerken. Diese Veränderung machte auf den kleinen Edmund tiefen Eindruck. Er fürchtete sich vor der gläsernen Starre dieses Blicks, vor der Unbeweglichkeit des kleinen dürftigen dürren Männchens, das die große, neben ihm wie eine Riesin aussehende Mutter so sehr zu beherrschen schien, daß sie in seiner Gegenwart kaum zu lächeln wagte.

Vollends erschrak aber der kleine Edmund, als der Vater eines Tages auf ihn zuging und fragte: „Was ist mit dir?" Edmund blieb schreckerstarrt sitzen. „Rühr dich!" rief der Kammerdiener, „zeig, ob du gehn kannst!" Das Kind rührte sich noch immer nicht. Die Mutter rief ihm zu: „Also geh, marschier, wenn der Vater sehn will, ob du gehn kannst." Das Kind stand auf, ging zwei Schritte, blieb stehen und blickte hilfesuchend die Mutter an. „Also los!" rief der hinter ihm stehende Vater und stieß Edmund mit beiden Händen, „los, lauf!" Edmund begann zu laufen, während auch der Vater sich in langsamen Trab setzte und ihm von Zeit zu Zeit einen Tritt gab, so daß das Kind immer schneller den Tisch laufend umkreiste und den Stößen, Püffen und Fußtritten zu entrinnen versuchte. „Das ist kein Laufen!" rief der Vater. „Lauf ordentlich, fauler Strick!" Das atemlose Kind lief noch einmal um den Tisch herum, blieb dann stehen und drehte sich um. Der Kammerdiener sah zum ersten Male Trotz in den zu entschiedener Abwehr entschlossenen Augen seines Sohnes, düsteren Empöreraugen, die sich jedem weiteren Befehl widersetzten. „Lauf!" brüllte der Vater. Das Kind blieb stehen. Die Mutter griff ein und sagte: „Er ist ja ganz außer Atem, Mann, was willst du von ihm?“ Der Kammerdiener überlegte und ging zur Tür. An der Tür drehte er sich um und sagte: „Weil er immer so hockt — man weiß ja nicht einmal, ob er nicht lahm ist!“

In der nächsten Zeit erwartete Edmund abwehrbereit, trotzig und dennoch mit Ungeduld, mit einem süßen Grauen eine Wiederholung dieser Szene. Aber der Vater schien ihn nicht mehr bemerken zu wollen. Die Verstocktheit seines Sohnes hatte den Kammerdiener in der Meinung bestärkt, daß Edmund ein stumpfes, unintelligentes Kind sei. Die Ungebärdigkeit des Grafensohns, der den ihn anbetenden Kammerdiener umherjagte und narrte — der nicht mehr junge, ergrauende Mann mußte auf Wunsch des kleinen Franz eine halbe Stunde lang unaufhörlich auf Bäume klettern und gleich darauf im Teich unter dem Wasser so lange reglos verharren, bis das Kind „Raus!“ rief —, diese Sucht des kleinen Franz, den Diener zu quälen, ergötzte den allzu Willfährigen, während das stille, reglose Hokken seiner eigenen Kinder ihn dermaßen abstieß, daß er ihnen weniger Beachtung als dem Muttergottesbild an der Wand oder einer Spinne, die sich über der Tür einnisten wollte, schenkte. Er ahnte nicht, daß sein Sohn etwas von ihm erwartete. Edmund blickte seinen Vater einige Tage lang neugierig, furchtsam-trotzig an, und als diese Blicke nichts fruchteten und nichts geschah, begann das Kind ihm heimlich nachzulaufen. Die Mutter staunte.

Edmund, der vorher selten die Küche verlassen hatte, folgte heimlich dem Vater in den Garten, auf die Straße, ja sogar in das erste Stockwerk, das er nie vorher betreten hatte, weil die Räumlichkeiten über dem Erdgeschoß in den Augen der Kinder geheiligtes Gebiet waren, das sie nicht erblicken durften.

In der zweiten Woche nach der Abreise des Grafen ging Edmund nach dem Frühstück seinem Vater in den Garten nach. Es war ein herrlicher Morgen, in der Nacht hatte es geregnet, die noch nassen Blätter funkelten im Sonnenschein, der rötliche Sand der Gartenwege, die der Kammerdiener in Stand hielt, leuchtete kupfern. Der Vater war nicht zu sehen. Edmund ging suchend in die Tiefe des Gartens und blieb erschrocken stehen, als er fremde Stimmen vernahm. Er erblickte mehrere unbekannte Menschen, wollte in das Haus zurücklaufen, war aber festgebannt, als der Vater rief: „Edmund! Edmund!" Da das erschrockene Kind sich nicht rührte, kam ihm der Vater mit den fremden Menschen entgegen, es sah sich umringt, umdroht; es glaubte sich umdroht, weil es, schüchtern den Blick senkend, nichts sah.

Der Graf Bubna, die Gräfin Bubna, die drei Kinder des gräflichen Paars und der kleine Franz betrachteten teils lächelnd, teils lachend das schüchterne, mit seiner finsteren niedrigen Stirn Verlegenheit, Angst und Unwillen verratende Kind. Das dem Grafen Saill gegebene Versprechen haltend, hatte die Familie Bubna in der letzten Zeit nahezu täglich den kleinen Franz besucht; zweimal war er auch von den Bubnaschen Kindern in der Bubnaschen Kalesche nach Holitz gebracht worden. Edmund hatte die fremden Menschen nie gesehen. Als er ihnen jetzt gegenüberstand, hatte er das peinigende Gefühl, sich eines Vergehens schuldig gemacht zu haben. Obwohl er äußerst selten von dem ihn stets übersehenden Vater gezüchtigt worden war, erwartete er — nicht wie kürzlich nach dem Laufen in der Küche abwehrbereit oder trotzig, aber mit dem süßen Grauen, das sich seither mit seiner Vorstellung von der väterlichen Gewalt verband — die Schläge des erzürnten Vaters. Er hielt es für ausgemacht, daß der Vater erzürnt sei, und wagte nicht, den Blick zu dem erzürnten Gesicht zu erheben. Der Vater blieb jedoch stumm. Eine andere Männerstimme hingegen, eine fremde, sanfte Stimme, ließ sich vernehmen: „Warum sieht man dich nie, Kleiner?“ Edmund blickte auf und sah das gleichgültig-friedliche, schlaffe, längliche Gesicht des Grafen Bubna, das bei dem Anblick des furchtsam-schüchternen Kindes freundlich wurde und ein Lächeln zeigte. Edmund antwortete nicht. Der Kammerdiener sagte devot, der Bub hocke immer zuhause in der Küche. „Aber das ist nicht recht bei diesem schönen Wetter“, sagte der Graf Bubna, „er soll sich doch lieber im Garten aufhalten und mit dem Franzi spielen, die beiden dürften ja gleichaltrig sein.“ Der Kammerdiener bemerkte devot, sie seien zwar gleichaltrig, aber ein gemeinsames Spielen der Kinder habe der Herr Graf nie in Erwägung gezogen; deshalb würde er, der Kammerdiener, sich nie erlauben, dem jungen Herrn Grafen die Gesellschaft des kleinen Edmund, der ein tolpatschiger dummer Bub sei, zuzumuten. Der Graf Bubna sagte aufgeräumt: „Aber Unsinn! Kinder, reicht euch die Hände und geht zusammen Allotria treiben!"

Edmund, geblendet von den fremden Gesichtern, insbesondere von dem Anblick der ein schwarzes Reitkleid tragenden rotblonden Gräfin, hatte kein Wort verstanden. Er wollte fliehen, aber die Beine trugen ihn nicht. Plötzlich lag eine kleine Kinderhand in der seinen, die zu schwitzen begann. Franz sagte, rasch die Hand zurückziehend: „Er schwitzt." Die drei Bubnaschen Kinder lachten auf. Edmund begann zu weinen. Der Graf Bubna, ungehalten über dieses Ergebnis seiner Anregung, blickte verweisend seine lachenden Kinder und den kleinen Franz an. Das Gesicht des in Zorn geratenen Mannes war kaum merklich bleicher; aber seine Kinder, die seine Selbstbeherrschung kannten, sahen, daß er erzürnt war und hörten zu lachen auf. Er trat auf den sich als Mittelpunkt fühlenden kleinen Franz zu und sagte leise, aber eindringlich zu ihm: „Führ dich anständig auf, Franzi, du hast dich abscheulich benommen." Franz, überrascht von dem strengen Ton, begriff sofort, daß er in Gefahr war, sich die Zuneigung des Grafen zu verscherzen, änderte mit erstaunlicher Wendigkeit seine Haltung, ging unbefangen noch einmal auf den weinenden Edmund zu und bat ihn mit schmeichelnder Stimme: „Komm mit mir spielen! Ich hab mir das schon längst gewünscht. Ich weiß schon, was wir spielen könnten." Er ergriff Edmunds Hand und zerrte den schwach widerstrebenden in einen entlegenen Teil des Gartens. Nach einigen Minuten hörte man die beiden Kinder lachen.

Der Kammerdiener war fassungslos. Es machte ihn fassungslos, daß sein Sohn lachen konnte.

„Dieser Franzi ist ein kleiner Diplomat", lächelte der Graf Bubna, „ein kleiner Schurke."

Von diesem Tag an waren die beiden Kinder Spielgefährten.

3

Nach zwei Monaten kam der Graf Saill unerwartet aus Bosnien zurück. Er hatte ein aufgedunsenes Säufergesicht, als er heimkehrte. Seine Augen waren trüb. Er hatte den Dienst aufgegeben. Das Sitzen in einem Amtslokal hatte er nicht ertragen. Seine Hoffnung auf abwechslungsreiche Abenteuer hatte sich nicht erfüllt. Er war nach Bosnien in dem Glauben gefahren, daß er zu Pferd oder in einer Dienstkalesche das ganze Land kennenlernen werde. Er hatte sich diese Ritte und Fahrten gefahrvoll und abenteuerreich vorgestellt. Er hatte auf einem schönen edlen Pferd in den Städten und Dörfern stolz und wohlgemut durch die Gassen reiten wollen. Er hatte sich vorgestellt, vor den Häusern würden die schönen bosnischen Frauen und Mädchen stehen, und bei den schönsten würde er einkehren. Der Staat hatte ihm jedoch kein Reitpferd und keine Dienstkalesche gegeben. Man hatte ihn auch nicht beauftragt, dienstliche Inspektionsreisen zu unternehmen. Man hatte ihn in ein schmutziges, verwahrlostes Amtslokal in ein bosnisches Provinzstädtchen gesteckt. Sein Ansuchen, man möge ihn wenigstens in die Landeshauptstadt Sarajevo versetzen, war abgewiesen worden. Er hatte in seinem elenden Dienstort die schönen bosnischen Frauen und Mädchen, von denen er in Wien geschwärmt hatte, nicht wiedergefunden. Er hatte gehofft, seine Jugend wiederzufinden. Er hatte drei Tage lang versucht, in dem elenden Provinzstädtchen etwas Schönes zu finden, etwas schön zu finden. Dann hatte er mißmutig versucht, französischen Kognak aufzutreiben, aber es waren nur die scharfen, süßen bosnischen Schnäpse, die ihm nicht schmeckten, zu haben gewesen; erst nach vierzehn Tagen hatte er den gewohnten guten französischen Kognak erhalten.

In einem schlechten, hämischen, das gedunsene Gesicht verhöhnenden Spiegel hatte der Enttäuschte jeden Morgen bestätigt gefunden, daß das Leben vor zwanzig Jahren unvergleichlich schöner gewesen war, weil er damals schöner und jung gewesen war. Nach einem Monat hatte er mißmutig aufgehört, jeden Morgen die Bartstoppeln, die bereits viel Grau und Weiß aufwiesen, zu entfernen. Gleichzeitig hatte er nach Wien geschrieben, daß er nur noch kurze Zeit auf seinem Dienstplatz zu verharren wünsche; wenn man ihn nicht als Inspektionsperson ohne festen Amtssitz verwenden könne, bitte er um seine Entlassung. Drei Wochen später war das Gesuch erledigt, die Entlassung genehmigt worden.

Der Sommer in Bosnien war mörderisch heiß gewesen. Große Fliegenschwärme, die sich in dem einzigen erträglichen Gasthaus auf die Schüsseln und Teller gestürzt hatten, waren nur eine der Plagen gewesen, die dem Grafen das Leben in dem bosnischen Provinzstädtchen vergällt hatten. Wegen der Fliegen hatte er mit Unlust gegessen. Wegen der Hitze hatte er wenig und schlecht geschlafen. Wegen der jungen Männer, die jedes einigermaßen hübsche Mädchen, jede einigermaßen hübsche Frau mit Beschlag belegt hatten, war er genötigt gewesen, die Abende mit einsilbigen, seine Anwesenheit als Störung empfindenden Männern oder mit der Schnapsflasche zu verbringen. In den letzten Tagen seiner Amtstätigkeit hatte er in dem schmutzigen, verwahrlosten Amtslokal eine Spielkarte, den Schellkönig, an die Wand genagelt. Der Schellkönig hatte inmitten des Kinns ein Grübchen, unterhalb dessen ein gekräuselter Bart zu sehen war. Der Graf hatte mit seiner Pistole auf das Grübchen gezielt, um sich die Zeit zu vertreiben. Infolge der Nervosität, die seine Hand unsicher machte, hatte er nicht immer das Grübchen getroffen; zweimal hatte er statt des Grübchens den gekräuselten Bart getroffen. Aber an diesem Tag kam glücklicherweise aus Wien die Mitteilung, daß sein Entlassungsgesuch genehmigt worden sei.

Er kam nachts betrunken in Lepnik an und sah wie in einem Nebel den vor Freude außer sich geratenden Kammerdiener, der ihn wie ein Hündchen umsprang und wie eine vor Sehnsucht sich verzehrende Geliebte in das erste Stockwerk geleitete. Der Heimgekehrte blickte in den dunklen Garten, verjagte den Kammerdiener, stellte die Kognakflasche auf den Tisch und begann zu trinken. Er trank, obwohl er schon betrunken war, im Dunkel der Nacht, ohne Licht zu entzünden, zwölf Gläschen Kognak. Seine Hand zitterte schon beim Einschenken des ersten Gläschens, so daß er nahezu die Hälfte vergoß. Trotzdem trank er im Dunkeln weiter, und mit jedem Schluck wuchs seine Freude darüber, daß er nicht mehr in dem schmutzigen, verwahrlosten Amtslokal in dem bosnischen Provinzstädtchen sitzen mußte. Die Enttäuschung über das Mißlingen seiner Reise war wie weggeschwemmt. Er hätte gesungen, wenn er nicht Angst vor seiner Stimme gehabt hätte. Er fürchtete, seine Stimme würde wie ein Donner das ganze Dorf erfüllen. Er entzündete mit zitternder Hand eine Kerze und ging in das Schlafzimmer seines schlafenden Sohnes, obwohl er sich vorgenommen hatte, niemals im Zustand der Trunkenheit das Zimmer des Kindes zu betreten. Er neigte sich über das Bett, die erschrocken aufspringende Wärterin mit einer lässigen Handbewegung wie eine bosnische Fliege verscheuchend. Mit der Linken die flackernde Kerze haltend, blickte er seinen Sohn an, das blasse Kindergesicht, das im Schlaf, im Traum, im traumhaften Zittern des Kerzenlichts, sehr klein auf dem großen weißen Polster ruhte, klein und blaß wie eine unvollendete Puppe, die noch nicht menschenähnlich bemalt worden ist.

Am nächsten Morgen erwachte der Heimgekehrte spät, der Rausch hatte ihm einen langen, tiefen Schlaf geschenkt. Er wunderte sich im Erwachen, die großen roten, gelben und blauen Blumen nicht zu erblicken, die an den Wänden seines Schlafzimmers in dem bosnischen Provinzstädtchen aufgemalt gewesen waren. Er erinnerte sich, daß er daheim war, in Lepnik, in seinem Hause. Sein Herz schlug freudig, weil er im Garten seinen kleinen Sohn vermutete, dessen Stimme er endlich wieder hören sollte. Aber gleichzeitig begann wie ein körperlicher Schmerz, der im Kopf hämmert und den Magen zusammenpreßt und die Beine schlottern macht, die Enttäuschung über das Mißlingen des bosnischen „Abenteuers" die Freude zu verdrängen. Der Graf setzte sich auf das Bett und griff nach seinen hämmernden Schläfen. Die einzige Gelegenheit zu neuen Erlebnissen, die sich ihm nach jahrelangem Warten geboten hatte, war vorbei, und er hatte nichts heimgebracht als die Erinnerung an das lästige Fliegengesumm bei den Mahlzeiten und die Öde des schmutzigen, verwahrlosten Amtslokals.

Der Kammerdiener wußte, daß sein Herr in der Nacht getrunken hatte, erriet auch, daß der Heimgekehrte bereits betrunken angekommen war, in Bosnien manche Enttäuschung und schwerlich etwas Schönes erlebt habe und erwartete mit Bangen die Entscheidung der nächsten Stunde. Im Garten spielten — wie jeden Tag — die beiden Knaben, der Sohn des Grafen und der Sohn des Kammerdieners. Anton Toman war im Innersten seines Herzens tief entzückt und maßlos stolz, weil sein Sohn und der Sohn des Grafen Spielgefährten geworden waren. Obwohl der Kammerdiener seinen Sohn zuhause keines Blickes würdigte, beobachtete er ihn mit dem befriedigten Stolz eines glücklichen Vaters, wenn die Knaben gemeinsam spielten. Trotzdem fand der Kammerdiener diese Kameradschaft im höchsten Grade ungehörig und anstößig, wenn nicht frevelhaft. Er mußte viel Selbstüberwindung aufbringen, um sich mit dieser beginnenden Kameradschaft oder Freundschaft abzufinden, die ihn stolz, aber auch unglücklich machte. Wie würde der Graf die Kameradschaft oder Freundschaft der beiden Kinder aufnehmen oder beurteilen? Diese Frage quälte den Kammerdiener unaufhörlich. Einmal, vor etwa vierzehn Tagen, hatte er dem Grafen einen langen Brief geschrieben, der die Mitteilung von dem Entstehen dieser Kameradschaft oder Freundschaft enthalten hatte. Toman hatte diese Mitteilung in dem Ton verfaßt, den ein sich unverdienten Vertrauens erfreuender Unwürdiger anschlägt, der ein von Reue diktiertes Geständnis eines Verbrechens ablegt. Den Brief hatte der Kammerdiener jedoch nicht abgesandt, teils aus Furcht vor der unerratbaren Antwort, teils aus Egoismus, und infolgedessen aus Untreue. Ein Kammerdiener, der an sich denkt, seinen Vorteil wahrt und deshalb seinem Herrn etwas verheimlicht, begeht Untreue; niemand wußte es besser als Anton Toman. Das gemeinsame Spielen der beiden Kinder machte ihn aber so stolz, daß er, im vollen Bewußtsein seines Unrechts und seiner zum ersten Male hervortretenden Untreue, sich nicht entschließen konnte, den Brief abzusenden. Zu seiner Entschuldigung sagte er sich immer wieder, die eigentliche Schuld und Verantwortung trage ein anderer, der Graf Bubna, der die beiden Knaben zusammengeführt hatte. Aber Toman ließ diese Entschuldigung nicht gelten; sein Gewissen empörte sich bei dem Gedanken, daß ihm zugemutet werden könne, er wolle sich und sein Verschulden hinter dem Rücken des Grafen Bubna verbergen.

An diesem Morgen — das Haus schien dem Kammerdiener verändert, wieder schön, hell und herrschaftlich geworden, weil der Herr zurückgekehrt war —, an diesem die Entscheidung bringenden Morgen hatte Toman seinem kleinen Sohne verboten, die Küche zu verlassen; bis zur Entscheidung sollten die beiden Kinder nicht zusammenkommen. Aber der Sohn des Grafen hatte seinen Spielgefährten im Garten gesucht, hatte dann die Kammerdienerwohnung gestürmt und war mit Edmund, den Einspruch des Kammerdieners mißachtend, in den Garten gelaufen. Toman hörte die — glücklicherweise fernen — Schreie und Unterhaltungen der beiden Kinder, während er, freudig und ängstlich, mit strahlender Miene, aber im Herzen zaghaft, erwartungsvoll das Schlafzimmer seines Herrn betrat. Der Graf war so tief in Gedanken versunken, daß er nichts von den widerspruchsvollen Gemütsbewegungen seines Kammerdieners merkte. Er frühstückte, sichtlich geistesabwesend, mit Unlust, fragte nichts, sagte nichts und schüchterte den Kammerdiener völlig ein, so daß der diesen Augenblick seit Wochen mit bösem Gewissen, wenngleich auch mit einer stillen Hoffnung erwartende Toman nicht den Mut fand, sein Geständnis abzulegen oder wenigstens seinen Herrn auf den Anblick der spielenden Kinder vorzubereiten. Der Mutlose schwieg wie sein Herr, dem dieses Schweigen des immer gesprächigen, immer heiter und diensteifrig von den unwichtigsten Berichten und Beobachtungen Übersprudelnden aufgefallen wäre, wenn der Graf weniger tief in seine Trauer und Enttäuschung über die mißglückte Reise eingesponnen gewesen wäre. Der Kammerdiener verstand es, über die Ereignisse eines Tages, der sich von keinem anderen Tag unterschied, eine Stunde lang zu sprechen. Wie viele Stunden, wie viele Tage hätte er nun über die Ereignisse berichten können, die sich in dem Dorf und in der weiteren Umgebung während der zwei Monate, die der Graf in Bosnien verbracht hatte, abgespielt hatten! Toman schwieg jedoch und verneigte sich nur stumm, als der Graf endlich sagte: „Mein Junge ist wahrscheinlich im Garten, nicht wahr?“

Während die beiden Männer in den Garten gingen, der Graf raschen Schritts und seine üble Laune verscheuchend, da ihn die Freude über das Wiedersehen mit seinem Sohne wieder überflutete, der Kammerdiener, zwei Schritte hinter ihm, schuldbewußt, in der Haltung eines ertappten Verbrechers, noch kleiner, dürftiger und dürrer als sonst, erscholl von der Landstraße her Pferdegetrappel. Die Familie Bubna, die noch nicht wußte, daß der Graf Saill zurückgekehrt war, kam angeritten. Der Graf Saill geleitete sie in den Garten und dankte den Gästen für ihre Fürsorge um den kleinen Franz und für ihre Briefe, die ihn in Bosnien über das Wohlergehen des Kindes beruhigt hatten. Der taktvolle Graf Bubna fragte nicht, warum der einstige Jugendfreund den Dienst in Bosnien aufgegeben habe; eben deshalb glaubte der Heimgekehrte sich ausführlich über die Gründe seiner unerwarteten Heimkehr auslassen zu müssen. Mit lauter, polternder Stimme beschimpfte er die Wiener Ämter, die ihn „in dieses gottverlassene Land am Ende der Welt" gelotst hätten, in ein stinkendes Provinznest, wo ein kultivierter Mensch umkommen müsse.

Er war so eifrig bemüht, die Pein des Dienstes in Bosnien zu schildern, daß er ganz vergaß, seinen Sohn noch nicht umarmt zu haben, der in der Nacht fest geschlafen hatte und nicht wissen konnte, daß der heimgekehrte Vater geraume Zeit das blasse Kindergesicht angestarrt hatte. Der kleine Franz, der mit seinem Spielgefährten eine Sandburg errichtete, begrüßte die Gäste fröhlich-nachlässig wie an jedem Morgen und hielt in seiner Beschäftigung erst inne, als sein Vater rief: „Na, mich siehst du überhaupt nicht?" Franz ließ die Schaufel, mit der er den Sand häufte, fallen und stieß einen Schrei der Überraschung aus. Der Vater küßte und umarmte ihn, worauf das Kind ihn fragte, ob er ihm etwas mitgebracht habe. „Natürlich", sagte der Vater, „das kriegst du später." In seinem Zorn und in seiner Verzweiflung hatte er vergessen, die üblichen kleinen Geschenke mitzubringen; er nahm sich vor, noch heute den Kammerdiener nach Holitz zu entsenden, wo etwas Hübsches, das dem Kinde gefallen würde, gesucht werden mußte. Der kleine Edmund, der während dieser Unterbrechung des Spiels den Blick nicht zu erheben wagte, wollte sich davonmachen, aber Franz hielt ihn mit den Worten fest: „Bleib nur, wir spielen gleich weiter!" Ohne länger den Vater zu beachten, nahm der Grafensohn seine Schaufel und setzte den Bau der Sandburg fort. Zaghaft begann auch Edmund zu schaufeln, während die Erwachsenen in Seh- und Hörweite blieben.

Der Kammerdiener lauschte, die gebotene Distanz wahrend, aber jedes Wort seines Herrn gierig aufnehmend, dem Gespräch der beiden Grafen, das hauptsächlich Franz betraf. Gierig beobachtete Toman die Miene seines Herrn. Die Miene war nicht unfreundlich, sie verriet keinen Unwillen und keine unangenehme Überraschung. Vielleicht hatte der Kammerdiener befürchtet, sein Herr werde beim Anblick der spielenden Kinder in Zorn geraten und das gemeinsame Spielen sofort verbieten, vielleicht hatte der seinen Herrn liebende und fürchtende Mann überhaupt nicht gewußt, was er von der Stunde der Entscheidung erwarten, fürchten oder erhoffen solle; jedenfalls war er jetzt beglückt, obwohl im Grunde noch nichts gewonnen war, da immerhin die Möglichkeit bestand, daß der Graf seinen Unwillen erst nach der Verabschiedung der Gäste kundgeben würde. Eine halbe Stunde später, als die Gäste nach Holitz zurückgeritten waren und der Graf sich in der Nähe der Kinder ins Gras warf, um das Spiel zu beobachten, wußte der Kammerdiener, jede Gefahr sei vorüber.

Sein noch immer stürmisch klopfendes Herz wurde ruhig. Er atmete tief auf. Der Graf Bubna hatte harmlos, als ob es die natürliche Ordnung wäre, das von ihm angeregte gemeinsame Spielen der beiden Kinder als sein Werk und als eine zweifellos gute Einführung bezeichnet, und der Heimgekehrte hatte nicht protestiert. Er hatte nicht ausdrücklich diese Einführung gebilligt oder gar gelobt, aber er hatte sich nicht gegen sie verwahrt. Der Kammerdiener sah sich der Notwendigkeit, ein Geständnis abzulegen, enthoben. Wie er jetzt, in der glücklichen Stimmung dieser Stunde, glaubte, war er schuldlos, da nichts Unrechtes geschehen war. Daß er selber das gemeinsame Spielen der beiden Kinder ungehörig und anstößig, wenn nicht frevelhaft fand, war unwichtig. Was lag an der Meinung und an dem Empfinden eines Kammerdieners?

Am nächsten Morgen hielt der Graf Bubna auf

der Landstraße, als das rote Dach des Saillschen Hauses sichtbar wurde, wie eh und je sein Pferd an und sagte mit erstaunter Miene: „Schon Lepnik in Sicht." Er ritt mit seiner Familie nach Holitz zurück, der Verkehr mit dem Hause Saill war abgebrochen, es war — trotz der freundschaftlichen Unterhaltung am gestrigen Tage — ein stillschweigendes Übereinkommen, das von beiden Seiten gewünscht wurde.

Der Graf Saill war wie vor seiner bosnischen Reise genötigt, sich mit seinen Gläubigern herumzuschlagen. Er goß wie vor der bosnischen Reise in der abendlichen Stille seines dunklen Zimmers aus der unsichtbaren Kognakflasche den französischen Kognak in das unsichtbare Schnapsglas, ohne einen Tropfen zu verschütten. Er war resignierter als vor der bosnischen Reise. Er duldete, daß sein kleiner Sohn viele Stunden täglich mit dem Sohne des Kammerdieners spielte, obwohl das fremde Kind dem träg Beobachtenden nicht recht gefiel. Es gefiel ihm nicht, daß sein Sohn keinen anderen Spielgefährten als den Sohn des Kammerdieners hatte, aber er duldete es, wie er alles duldete, was ihm peinlich und widerwärtig schien, er nahm es hin wie das Eindringen der Gläubiger und die Briefe seines Hauptgläubigers, der ihm schrieb, er möge sich erschießen.

Der Kammerdiener spürte zwar, daß sein Herr das gemeinsame Spielen der Kinder nur duldete, nicht von ganzem Herzen billigte und wünschte, aber war diese Duldung nicht schon unendlich mehr, als recht und billig war? Grenzte es nicht bereits ans Wunderbare, daß der Herr das Ungehörige, Anstößige, wenn nicht Frevelhafte, das dieser Kameradschaft oder Freundschaft anhaftete, nicht wahrzunehmen schien? Und war es nicht ebenso wunderbar und unbegreiflich, daß keines der beiden Kinder diese Kameradschaft oder Freundschaft als eine Beleidigung der natürlichen Ordnung empfand? Der Grafensohn hatte bei den kindlichen Spielen die Führung, er ordnete die Reihenfolge der Spiele an, er bestimmte, welche Aufgabe bei dem Spiel dem Gefährten zufallen solle, aber diese Führung maßte er sich nicht auf der Grundlage eines Standesdünkels — der ihm noch fremd war — an; sie fiel ihm zu, weil er die Mannigfaltigkeit der möglichen Spiele und Zerstreuungen besser kannte als Edmund, der bis vor kurzem immer untätig in der Küche gehockt hatte. Der Sohn des Kammerdieners schien noch weniger zu ahnen, daß es zwischen ihm und dem Spielgefährten eine Ungleichheit gab. Er spielte mit mehr Geduld und Ernst als der launenhafte Grafensohn, dessen Einfällen er Beifall zollte, wenn sie ihm gefielen, den er aber zuweilen rücksichtslos zu Boden warf und verprügelte.

Der Kammerdiener sagte seinem Sohne anfangs einige Male, daß der Grafensohn niemals unsanft berührt werden dürfe. Der kleine Edmund schien das nicht zu verstehen. Er verstand oft nicht die Reden des Vaters, der sich im Gespräch mit dem Grafensohn einer verständlichen, dem kindlichen Auffassungsvermögen angepaßten Ausdrucksweise befleißigte, mit Edmund hingegen wie mit einem zwar außerordentlich beschränkten, aber erwachsenen Menschen — und obendrein sehr selten — sprach. Es war ein glücklicher Zufall, daß Toman niemals sah, wie sein Sohn den kleinen Franz prügelte, der zwar gern seinen Spielgefährten durch Launenhaftigkeit und tückische kleine Teufeleien kränkte, jedoch aus Stolz den Erwachsenen verschwieg, daß er von Zeit zu Zeit Edmunds körperliche Überlegenheit zu spüren bekomme.

Als es an der Zeit war, die gleichaltrigen Knaben einem Lehrer zu übergeben, hegte der Kammerdiener die geheime Hoffnung, sein Herr werde die beiden Kinder gemeinsam unterrichten und erziehen lassen. Es gab in dem Dorfe Lepnik keine Schule; die nächste Schule befand sich in dem Städtchen Holitz. Daß der Graf seinen schwächlichen Sohn jeden Tag nach Holitz in die Schule schicken werde, hielt Toman für ganz unmöglich. Die Berufung eines Lehrers war demnach mit Sicherheit zu erwarten. Der Kammerdiener meinte und hoffte, ein gemeinsamer Unterricht der beiden Knaben werde dem Grafen erwünschter als das gemeinsame Spielen sein, da eine Schulstunde ohne Leidensgefährten dem Grafensohn unerträglich langweilig und ermüdend erscheinen müßte. Der gemeinsame Unterricht wäre auch — so meinte der Kammerdiener — weit weniger anstößig als das gemeinsame Spielen, da die Unterrichtsstunden nun einmal unbedingt notwendig waren und Edmund während dieser Stunden hauptsächlich die Aufgabe zu übernehmen hätte, dem Lernzwang des Grafensohns durch die Teilung der Unannehmlichkeit wenigstens einigermaßen die Härte zu nehmen. Überdies gab es in den meisten Unterrichtsanstalten Kinder hochgestellter Persönlichkeiten neben Kindern sozial viel tiefer Stehender. Aus diesen Gründen glaubte Toman, daß er die erwartete Wohltat und Auszeichnung ruhigen Gewissens annehmen dürfte.

Der Graf enttäuschte jedoch die Hoffnung seines Dieners. Ein Lehrer aus Holitz wurde zwar nach Lepnik berufen und übernahm den Unterricht des kleinen Franz, der Graf ordnete aber nicht an, daß der Sohn des Kammerdieners an den Unterrichtsstunden teilnehme. Es fiel kein Wort, das auf eine solche Möglichkeit hingedeutet hätte. Es schien dem Grafen nicht bewußt zu sein, daß der kleine Edmund ebenso wie der kleine Franz des Unterrichts bedurfte. Der Kammerdiener vermied selbstverständlich jede Andeutung, die seine Enttäuschung verraten hätte. Er war im Grunde nicht enttäuscht, da sein Herr besser als er wissen mußte, was angängig und was unziemlich war.

Edmund ging in die Schule nach Holitz. Er stand vom ersten Schultag an um halb sieben Uhr morgens auf und verließ um sieben das Haus. In den ersten Wochen war die Landstraße noch hell, als er sich auf den Weg machte. Je weiter der Herbst vorrückte, desto dunkler wurde die Landstraße. Im November mußte Edmund oft in dichtem Nebel auf der dunklen Landstraße den Weg suchen. Dann aber begann es zu schneien, und die Landstraße wurde trotz der Kälte wieder angenehmer. Der Schnee lag zwar manchmal so hoch, daß Edmunds Füße bei jedem Schritt stecken blieben und Mühe hatten, sich von den in der Regel noch blendend weißen Schneemassen, in denen sie versanken, zu befreien, aber der Schnee leuchtete besser als eine Laterne, und der Anblick des Holitzer Kirchturms, der etwa in der Mitte des Wegs sichtbar wurde, stärkte das Kind, das sich in diesem Augenblick einzureden pflegte, die zweite Hälfte des Wegs sei leichter zu überwinden als die erste.

Nahezu in jedem Hause und in jeder Hütte des Dorfes Lepnik machte sich an jedem Morgen ein Kind auf den Weg in die Holitzer Schule. Alle, die Vierzehnjährigen wie die Sechsjährigen, gingen gemeinsam. Hinter dem Hause des Grafen Saill war der Treffpunkt; wer sich verspätete, lief atemlos den andern nach. Edmund schloß sich der Schar nicht an. Niemand forderte ihn auf, sich anzuschließen. Die Kinder folgten dem Beispiel der Erwachsenen, die jeden Bewohner des „Schlosses" mieden. Es kränkte Edmund nicht, daß er allein gehen mußte, es fiel ihm nie ein, daß es schöner wäre, mit den andern den Weg zurückzulegen und an ihren Späßen und Schneeballschlachten teilzunehmen. Er ging unverdrossen und gleichmütig, weil die Mutter um sieben Uhr sagte: „Geh!" Ebenso unverdrossen und gleichmütig hatte er früher den ganzen Tag in der Küche gehockt, weil die Mutter ihm jeden Morgen gesagt hatte: „Sitz!" Er saß, wo man ihn hingesetzt hatte. Er ging, wohin man ihn gehen ließ. Er merkte in der Schule gut auf und lernte weder besser noch schlechter als die meisten andern Kinder. Er freute sich nicht, wenn der Lehrer ihn lobte; es kränkte ihn nicht, wenn der Lehrer ihn tadelte. Der Lehrer verteilte Lob und Tadel selten und so seltsam, daß das Lob kaum wie ein Lob und der Tadel kaum wie ein Tadel klang. Der Lehrer war ein heimlicher Dichter, der in einer längst vergangenen Zeit lebte. Der kleine magere Mann war noch jung, aber er hatte die Geduld und die Wunschlosigkeit eines alten Mannes. Er sprach mit leiser Stimme. Er wurde nie von Jähzorn übermannt. Wenn die Klasse sich gegen ihn verschwor und ein tosender Lärm sich erhob, erglänzten auf seiner hohen, in eine schimmernde Glatze übergehenden Stirn große Schweißtropfen. Er zog ein Taschentuch aus der Hosentasche, wischte den Schweiß von der Stirn und wartete ab, bis der Lärm sich beruhigte.

Dieser Lehrer — er hieß Seifert und war noch vor wenigen Jahren ein verbummelter Student gewesen — kam täglich nach dem Schulunterricht nach Lepnik und unterrichtete den kleinen Franz. Der Graf Saill hatte den Lehrer Seifert gewählt, weil der kaum dreißigjährige Mann, den die große Glatze und die hohe Stirn bedeutend älter erscheinen ließen, im Rufe eines gebildeten, über außerordentliche Kenntnisse verfügenden Pädagogen stand. Der Lehrer Seifert war jedoch kein begabter und gewiegter Pädagoge. Er hatte das Studium der klassischen Philologie aufgegeben, um sich der Dichtkunst zu widmen, war aber nach dem Mißlingen seiner ersten größeren literarischen Versuche Lehrer geworden. Als Lehrer schrieb er wie ehemals als Student kleine Erzählungen, die er nicht mehr wie in jüngeren Jahren zu veröffentlichen versuchte, sondern in einem Fach seines Wäscheschranks unter einem Stoß sorgfältig gebügelter, vielfach geflickter Hemden aufbewahrte. Hie und da schrieb er auch ein Gedicht, das er noch ängstlicher vor jedem fremden Auge verbarg. Er hielt sich nicht mehr für ein „verkanntes Genie"; er liebte die Werke der großen Dichter und gelangte durch einen Vergleich einiger Meisterwerke mit seinen eigenen Dichtungen zu der echten, den meisten Menschen unbegreiflichen Bescheidenheit, die ihm den Verzicht auf den Erfolg leicht machte. Seine Bescheidenheit ging so weit, daß er seine Kenntnisse ungern und verschämt ausbreitete. Man mußte sie ihm wie ein Geheimnis, das ihm keineswegs zur Ehre gereichte, entreißen.

Da er nicht aus Liebe zu dem Beruf Lehrer geworden war und, allein in der Welt stehend, nichts als die klassischen Werke liebte, die ihm die Erkenntnis seiner Unzulänglichkeit und Nichtigkeit vermittelt hatten, lag ihm nicht viel an den Erfolgen seiner pädagogischen Tätigkeit. Als der Graf Saill in der Schule erschien und ihn, den jüngsten der fünf Lehrer aufforderte, täglich nach Lepnik zu kommen und den Unterricht des Grafensohns zu übernehmen, beneideten ihn die anderen Lehrer und wunderten sich über die Zurückhaltung, mit der er den Antrag höflich, aber ohne Begeisterung, annahm. Die Vergrößerung seines kleinen Einkommens, die ihm der Unterricht in Lepnik einbrachte, war ihm lieb; der neue Schüler hingegen schien ihn wenig zu interessieren. Er bemühte sich nicht, die Anlagen und den Charakter des Grafensohns näher kennenzulernen. Die Kollegen belächelten Seiferts Weltfremdheit. Er sprach mit einer immer betrunkenen Vagabundin, deren Kinder in die Schule gingen, ebenso ehrerbietig wie mit einem reichen Manne. Auch mit dem Grafen Saill sprach er in diesem Ton, der vor allem ehrerbietig, aber zugleich zerstreut war; es kam oft vor, daß er an einen Vers Ovids oder an eine Bemerkung Eckermanns dachte, während er mit einem Auskunft heischenden Vater sprach, und er verschleierte schlecht, daß seine Gedanken sich diesem Vater und dessen Kindern zuliebe nicht völlig von Ovid oder Eckermann loszureißen vermochten.

Edmund war erstaunt, als er zum ersten Male seinen Lehrer das Haus in Lepnik betreten sah. „Warum kommt er zu dir, warum gehst du nicht in die Schule?" fragte er nach dem ersten Besuch des Lehrers den Spielgefährten. „Papa will es so", antwortete Franz; „ist es hübscher, in die Schule zu gehn?" — „Ich weiß nicht", sagte Edmund; „es ist ganz schön, aber ebenso gern bliebe ich zuhause." Nach diesem Gespräch berührten sie diese Frage nicht mehr. Auch von dem Lehrer sprachen sie fast nie. Nur nach ungewöhnlich tumultuösen Verschwörungen der Klasse pflegte Edmund zu erzählen, der Lehrer sei heute dem Weinen nahe gewesen; und Franz berichtete einige Male, er habe dem Lehrer heimlich einen toten Maulwurf auf den Rükken gespießt oder er sei mit einem Wasserglas so unvorsichtig umgegangen, daß sich das Wasser auf die Hose des Lehrers ergossen habe.

Bald wurde der Lehrer dem Grafensohn vertraut wie ein im Gegensatz zu dem flinken, spielfreudigen, mit vielerlei Kunststücken und Unterhaltungen aufwartenden Toman ernster, auf einer höheren Stufe stehender Kammerdiener. Auch Edmund kannte nach kurzer Zeit die Eigenheiten des Lehrers, der, anders als die andern Lehrer, keinen Schüler schlug, aber manchem scheinbar ohne Anlaß Böses oder Gutes voraussagte. Einem reichen Bauernsohn, der sich weigerte, einem Häuslersohn einen halben Apfel zu geben, sagte er: „Du wirst das Gut deines Vater verzehnfachen und als unglücklicher Mann sterben." Einem immer über Büchern hockenden Dreizehnjährigen, der sich isolierte, sagte er: „Du wirst ein Kleid aus Spinnweben tragen,das wird dich wärmen und erdrosseln."

Nach zwei Jahren fragte der Graf Saill in Gegenwart der Kinder und des Kammerdieners den Lehrer, ob Franz ein begabter Schüler sei. Der Lehrer antwortete: „Normal." Der Graf fragte: „Und der kleine Edmund?" Der Lehrer antwortete, ohne sich zu besinnen: „Ebenfalls normal." Der Kammerdiener zeigte eine empörte Miene und sagte, Franz sei viel begabter als Edmund. Der Graf lächelte: „Wenn mein Sohn normal begabt ist, bin ich zufrieden; er wird Offizier oder Diplomat werden." Er war jedoch ebenso wie der Kammerdiener der Meinung, daß Franz sich von allen andern Kindern durch die ererbte Kultur des Geistes wesentlich unterscheide.

Als die beiden Knaben drei Jahre lang den Unterricht genossen hatten, war der Lehrer eines Tages nach den großen Ferien verschwunden. Es stellte sich heraus, daß er um seine Versetzung an eine Dorfschule in einem anderen Bezirk Mährens angesucht habe. Auch die Vorgeschichte dieser Versetzung wurde bekannt. Der Lehrer, der in den sechs Jahren seiner Tätigkeit in Holitz weitab von jedem Verkehr mit Frauen und Mädchen einsiedlerisch gelebt hatte, war der Liebhaber eines übel beleumundeten Mädchens geworden, das sich in den Kopf gesetzt hatte, ihn zu heiraten. Einige Menschen warnten ihn und bewiesen ihm, daß das Mädchen immer wenigstens drei Liebhabern gleichzeitig ihre Gunst schenke. Nach den Ferien wurde aus dem neuen Wohnort des Lehrers nach Holitz berichtet, daß der betörte Mann das Mädchen geheiratet habe.

Erst später begann Edmund zu ahnen, daß er dem Lehrer Seifert viel verdanke. Der Lehrer hatte keinen Unterschied zwischen dem Grafensohn und dem Sohn des Kammerdieners gemacht. Der Lehrer hatte nicht nur keinen Unterschied zwischen ihnen gemacht, er hatte einen Unterschied nicht gekannt. Er hatte der Meinung des Kammerdieners, daß Edmund dümmer und weniger begabt als der

Grafensohn sei, nicht zugestimmt. In einer längst vergangenen Zeit lebend und seinen Beruf nicht liebend, hatte er in keinem seiner Schüler eine Ahnung von der Größe der Welt und von der Schönheit und Macht des Gedankens, an den er glaubte, erweckt; aber er hatte, wenngleich unwissentlich, verhindert, daß der Sohn des Kammerdieners vorzeitig seine Unschuld büße und einbüße. Der Lehrer hatte, wenngleich unwissentlich, den Sohn des Kammerdieners alles gelehrt, was die wahren Dichter und Denker aller Zeiten die Menschheit gelehrt haben.

4

Nach dem Verschwinden des Lehrers Seifert kam Edmund in die Zucht eines alten Schulmeisters, der seine Schüler mit einem dünnen Stäbchen, das er auf die Hände der Kinder niedersausen ließ, zu strafen pflegte. Sein Wissen hörte bei dem letzten Satz des Schulbuches auf, das er seine Schüler memorieren ließ; was nicht in dem Schulbuch stand, ging ihn nichts an und war in seinen Augen überflüssig. Wichtig war in seinen Augen lediglich die Disziplin. Ein Schüler, der nicht eine Frage des Lehrers zu beantworten hatte, durfte den Mund nicht öffnen. Kein Schüler durfte sich rühren. Wer sich rührte oder, ohne befragt zu sein, den

Mund öffnete, mußte die Innenflächen der Hände auf die Schulbank legen. Der Lehrer ließ sein dünnes Stäbchen, das er immer während des Unterrichts in der Hand hielt, zehnmal oder zwanzigmal auf die Innenflächen der Kinderhände niedersausen. Die Kinder, deren Eltern ihm kleine Geschenke machten, bestrafte er mit zehn nur zum Schein geführten, sanft wie ein milder Sommerregen niederfallenden Schlägen auf die Innenflächen der Hände. Die andern Kinder erhielten zwanzig Schläge, die wuchtig, brennenden Schmerz verursachend, niedersausten. Dieses Sausen schwirrte wie der Flügelschlag eines sich auf sein Opfer stürzenden riesigen Raubvogels durch die Luft. Es war nicht wirklich hörbar; aber alle Kinder hörten es.

Dieser alte Schulmeister, der die Schule leitete, kam einige Monate lang täglich nach Lepnik zu dem Grafensohn. Franz lernte ihn nicht als den bösen alten Mann, der sein Stäbchen auf die Hände niedersausen ließ, kennen; der alte Lehrer bemühte sich, in Lepnik mit einem nachsichtigen Lächeln über die Nachlässigkeiten seines Schülers hinwegzusehen. Er konnte selbst in dem Hause des Grafen seine kleinliche Pedanterie nicht ganz unterdrükken, aber er glaubte sie wenigstens zuweilen mit einem ihm witzig scheinenden Wort würzen zu müssen, indem er etwa sagte: „Das Auswendiglernen eines langen Gedichts ist mühevoll, aber es macht Appetit, wenn man es vier Stunden lang ununterbrochen betreibt." Franz ertrug mit großer Unlust die körperliche Nähe des mit einem rötlichgrauen

Bart behafteten Greises, von dessen Kleidern ein sonderbarer Geruch ausging; er parfümierte sich vor jedem Gang nach Lepnik. Der Graf Saill, der den Widerwillen seines Sohnes teilte, behauptete, der Schulmeister rieche nach Moschus und Moder.

Im Winter, als die verschneite Landstraße schwer passierbar wurde, ließ sich der alte Mann zuweilen von einem Lehrer vertreten, der zu glauben schien, ein Grafensohn brauche nichts zu lernen; er ließ sich die Spielsachen des Zöglings zeigen, unterrichtete nur eine kleine Weile, zog eine Zeitung aus der Tasche und las, bei jedem Umblättern seine große silberne Taschenuhr ziehend, jede Zeile vom ersten Wort des Leitartikels bis zum letzten Inserat. Infolgedessen blieben die Kenntnisse des Grafensohns hinter denen Edmunds zurück.

Edmund ging seit drei Jahren nicht mehr allein auf der Landstraße in die Schule. Er ging langsam, bedächtig neben seiner Schwester Anna, die rascher als er wuchs. Beide waren breitschultrig und stämmig. Sie war weniger hübsch als ihre nicht unschöne, große stämmige Mutter, aber die großen, langsam begreifenden, trägen Augen des Mädchens blitzten manchmal plötzlich auf, wenn sie sich zu einer Tat entschloß, und in solchen Augenblicken sah sie ihrer Mutter überraschend ähnlich. Manchmal, wenn Anna still und stumm an einem eisigen Wintermorgen neben ihrem stillen, stummen Bruder auf der Landstraße in die Schule ging, bückte sie sich plötzlich und warf ihm eine Handvoll Schnee mitten ins Gesicht. Er war nachher minutenlang wie erblindet. In der Regel rächte er sich nicht, sondern sagte bloß unwillig: „Laß das." Manchmal aber packte ihn der Jähzorn, seine hellen Augen wurden tiefblau, fast schwarz, sein schön gefärbtes Gesicht wurde weiß; er bückte sich wie ein Ringkämpfer, der sprungbereit den Angriff vorbereitet, warf sich Anna entgegen und drückte sie mit einem eisern die Schultern der Schwester umklammernden Griff zu Boden nieder. Bevor ihr sich wehrender Körper den Boden berührte, schüttelte er sie, dann schleuderte er sie in den Schnee. Anna forderte ihren Bruder zu solchen Ausbrüchen des Jähzorns heraus, weil sie die andern Kinder beneidete, die lärmend, gröhlend, schneeballwerfend vor oder hinter den Geschwistern Toman gingen. Es war ihr nicht unlieb, immer neben dem ruhigen, schweigsamen, nie übermütigen Bruder zur Schule zu gehen; aber es wurmte sie dennoch, daß sie nicht in der Schar der andern gehen konnte. Sie hätte nicht mit den andern gehen wollen, aber es ärgerte und kränkte sie, daß sie nicht mit ihnen gehen konnte, weil niemand sie mitgehen hieß. Einmal war sie ungebeten in der Schar der andern gegangen; nie vergaß sie die Schrecken dieses Schulgangs. Niemand hatte mit ihr gesprochen; niemand hatte an ihrer Seite verweilen wollen; nach jedem Annäherungsversuch war sie — wenige Minuten später — allein geblieben, ausgestoßen, verfemt. Sie dachte, der Bruder trage die Schuld an dieser Verfemung. Sie vermutete, er habe sich im ersten Schuljahr alle Dorfkinder zu Feinden gemacht, deshalb habe er immer allein in die Schule gehen müssen, und aus diesem Grunde müsse nun auch sie den andern fernbleiben und sich mit der Gesellschaft des Bruders begnügen.

Die schweigsamen Geschwister wußten voneinander nichts. Nie hörte Anna von Edmund ein brüderliches Wort. Nie hörte Edmund von Anna ein schwesterliches Wort. Er sah wohl, daß sie mit der Mutter abends auf der Ofenbank vor der Heimkehr des Vaters leise zu sprechen und zu tuscheln pflegte, aber er bemühte sich nicht, das Gespräch zu belauschen oder gar an ihm teilzunehmen. Er dachte, es seien die häuslichen Dinge, die Mutter und Tochter verbanden; er beobachtete, daß die Mutter der eifrig zuschauenden Anna Kochkenntnisse und die Kunst, ein Kleid zu nähen oder eine Tischdecke zu verfertigen, beibrachte. Der Vater schien in der Gedankenwelt der Schwester überhaupt keine Rolle zu spielen. Sie schien nicht zu merken, daß er seinen Kindern weniger Beachtung als dem Muttergottesbild an der Wand oder einer Spinne, die sich über der Tür einnisten wollte, schenkte. Es schien Anna nicht aufzufallen, daß er dem Grafensohn nachlief, bei jedem Wort, das Franz zu ihm sprach, strahlte und eine Affenliebe gegenüber dem noch immer mageren, schmächtigen, aber längst nicht mehr kleinen Tyrannen an den Tag legte, die allmählich zum Spott herauszufordern begann, da der sonst sehr wendige, flink denkende und anpassungsfähige Kammerdiener noch immer mit leidenschaftlicher Freude kindliche Spiele und Zerstreuungen ersann, mit denen er ihn zu fesseln trachtete, obwohl der Heranwachsende bereits ein Bestreben zeigte, sich die Zeit mit anspruchsvolleren Beschäftigungen zu vertreiben und es den Söhnen des Grafen Bubna gleichzutun.

Franz hatte den Bubnaschen Kindern das Versprechen abgenommen, daß sie ihn nach der Rückkehr seines Vaters wie während dessen Abwesenheit von Zeit zu Zeit nach Holitz holen kommen würden. Sie hielten das Versprechen, wenngleich der Verkehr zwischen ihren Eltern und dem Grafen Saill nicht mehr aufgenommen wurde. Ungern gab der Graf Saill die Erlaubnis, daß sein Sohn manchmal einen Nachmittag in dem Holitzer Schloßpark verbringe. Die Bubnaschen Kinder ritten nicht nach Lepnik, wenn sie Franz abholen kamen; da es in Lepnik kein Reitpferd gab und überdies der Zehnjährige nicht reiten gelernt hatte, entführten sie ihn in der Bubnaschen Kalesche. Sie ergötzten sich an seinen vorlauten Bemerkungen, bewunderten seine Kletterkünste und lehrten ihn das Dame-Spiel und etwas später das Schachspiel, auf das er, der Launenhafte, mit erstaunlicher Unermüdlichkeit versessen war. Im Kreise der Familie Bubna — am Kaffeetisch wurde er neben den Grafen Bubna gesetzt, der im Gespräch mit ihm eine heitere, gelöste Miene zeigte — fühlte sich Franz heimisch. Nichts brachte ihn in Verlegenheit. Nur eines störte ihn: die drei Bubnaschen Kinder begannen manchmal plötzlich französisch zu sprechen. Er hatte diese Sprache nicht gelernt und dachte manchmal, daß sie sich nicht ohne Absicht des Französischen bedienten, damit er ihre Unterhaltung nicht verstehe. Deshalb sagte er seinem Vater, er wolle Französisch lernen.

Diesen Wunsch sprach er gerade in den Ferien aus, die dem ersten Schuljahr vorangingen, das er in der Fremde verbringen sollte. Der Graf Saill schwankte, ob er seinen Sohn nach Olmütz in ein Gymnasium oder in eine Kadettenschule oder in eine vornehme Erziehungsanstalt nach Wien, die ausschließlich von Aristokratensöhnen besucht wurde, eintreten lassen solle. Der alte Schulmeister, der Franz im letzten Jahr unterrichtet hatte, machte sich in dem Bestreben, das ihm aus Lepnik zufließende Einkommen nicht zu verlieren, frech und schamlos erbötig, den Grafensohn in den Fächern der unteren Gymnasialklassen zu unterrichten. Der geldgierige Schulfuchs hatte nie ein Gymnasium besucht, das Lateinische war ihm völlig unbekannt; trotzdem wollte er, mit seiner Unverfrorenheit und dem Lehrbuch des Lateinischen ausgerüstet, der Lehrer und Erzieher seines Privatschülers bleiben. Der Graf Saill wußte nicht, daß der alte Lehrer kaum eine Ahnung von der lateinischen Sprache und dem sonstigen Lehrstoff des Gymnasiums hatte, zog aber trotzdem dieses Anerbieten nicht in Erwägung. Der Geruch, der von dem alten Lehrer ausging, war dem Grafen, der seit seiner Rückkehr aus Bosnien noch einsamer als vorher lebte, unerträglich. Als er den Moschus- und Modergeruch, den er an dem alten Lehrer wahrzunehmen glaubte, ein und das andere Mal auch nach dem Abschied des Schulmeisters in der Luft zu wittern vermeinte, wurde ihm der übel parfümierte Greis geradezu gespenstisch. Wer kümmerte sich noch um den einstigen Liebling der bosnischen Mädchen und Frauen? Wer kam noch in das Haus, das der Enttäuschte, freudlos Gealterte vor dem Ansturm der Gläubiger schützen mußte? Der einzige Mensch, der nicht als Feind, nicht als Räuber, nicht als Bedroher der Ruhe und des Friedens kam, war der alte Mann, der nach Moschus und Moder roch. Er war die letzte Verbindung des Hauses mit der Welt. Sollte die Welt, die an das Tor des Hauses in Lepnik pochte, von nun an untrennbar und unrettbar mit dem Geruch von Moschus und Moder verpestet sein? Der Graf ging nach jedem Besuch des alten Schulmeisters schnuppernd, ekelerfüllt durch die Zimmer und murmelte: „Moschus und Moder! Moschus und Moder!" Ekelerfüllt sagte er dem Alten, der ihm weiterhin seine Dienste als Privatlehrer antrug, Franz werde in der Fremde studieren.

In der Fremde . . . Als der Graf dieses Wort aussprach, fühlte er einen Schmerz, wie er ihn weder nach dem Tode seiner Frau noch nach einem andern Verlust, ja nicht einmal nach dem üblen Ausgang seiner bosnischen Reise erlitten hatte. Die Trennung von seinem einzigen Sohne empfand er schon jetzt als eine Heimsuchung, die ihm den letzten Rest seiner Lebensfreude unweigerlich rauben würde. Wie leicht zu ertragen waren alle Demütigungen und Ärgernisse, denen er sich infolge der Bosheit und Bösartigkeit seiner Gläubiger ausgesetzt sah, gemessen an dem Leid, das ihm die Trennung von seinem Kinde zufügen würde? Nein, kein Gläubiger, kein Feind konnte ihn mit solchem Leid beladen; und nun sollte er selber, aus freien Stükken, ohne unbedingte Nötigung eine so schwere Strafe über sich verhängen? Strafe wofür? Hatte er mehr gesündigt als die andern Menschen, die der Anblick ihrer Kinder täglich aufrichtete und ermutigte? War er ein schlechterer Vater als die Millionen Väter, die ihre Kinder nicht aus dem Haus lassen mußten? Und wenn er vielleicht nicht so gottgefällig gelebt hatte wie mancher andere, der gleich ihm an Gott und an eine göttliche Vorsehung glaubte — büßte er nicht zur Genüge alles, was Gott mißfallen haben mochte, und mehr, durch die freiwillige Vereinsamung, in die sich der einstige flotte Offizier und Lebemann begeben hatte, durch die Untreue seiner einstigen Freunde, durch die Frechheit und Gemeinheit seiner Gläubiger, durch die erbarmungslose Zurechtweisung, die er bei dem ersten Versuch, seiner Einsamkeit zu entrinnen, erfahren hatte, durch die widerwärtigen Mahnungen und Drohungen, Ängste und Plagen, mit denen sich das nahende Alter ankündigte? Es war genug, übergenug. Noch mehr Entbehrungen und Verdüsterungen seines Lebens war er nicht gewillt auf sich zu nehmen, geschweige denn selber über sich zu verhängen.

Die Zukunft seines Sohnes wollte er allerdings

durch einen egoistischen Entschluß keinesfalls gefährden; darin eben lag die Schwierigkeit, das Problem zu lösen. Sein Sohn sollte standesgemäß erzogen und aufs sorgfältigste zu der Laufbahn hingeleitet werden, die einem Sprößling eines der ältesten Adelsgeschlechter der Monarchie angemessen war. Franz sollte Offizier oder Diplomat werden; jeder andere Beruf wäre ein Herabsinken, das stand seit der Geburt des Knaben fest. Wäre der Graf reich wie seine Vorfahren gewesen, so hätte er sich, wenngleich nicht leichten Herzens, bereitgefunden, die etwaige Karriere seines Sohnes zu opfern, um sich nicht von ihm trennen zu müssen; Franz hätte sich zuhause einige landwirtschaftliche Kenntnisse aneignen können, um dereinst die Verwaltung und Bewirtschaftung seiner Güter überblicken und kontrollieren zu können. Da kein Besitz vorhanden war — das übriggebliebene Wäldchen mit dem angrenzenden kleinen Feld hatte kaum einen andern als den freilich nicht zu unterschätzenden Wert eines trotzigen Symbols —, mußte der Junge auf einen der beiden standesgemäßen Berufe vorbereitet werden.

Als junger Offizier war der Graf — trotz allen Schulden und schändlichen Verlegenheiten, in die ihn sein Leichtsinn gestürzt hatte — überzeugt gewesen, niemand sei beneidenswerter als ein junger Offizier, die militärische Laufbahn sei die schönste. Später hatte er seine Ansicht darüber geändert; er hatte aus eigener Erfahrung gelernt; wie grausam die Armut einem in einem feudalen Regiment dienenden Offizier zusetzte. Deshalb war er der Meinung, sein Sohn solle nicht Offizier, sondern Diplomat werden, vorausgesetzt, daß sich in dem Jungen nicht schon im Kindesalter der geborene Soldat meldete. Das war nicht der Fall. Der Graf fand nichts Soldatisches in dem Wesen des Kindes; auch der Kammerdiener, der als ehemaliger Dragoner trotz den Schikanen, denen er beim Militär ausgesetzt gewesen war, dem Grafensohn gern die Schönheit des Soldatenlebens zu schildern pflegte und geflissentlich verschwieg, daß er seine militärische Karriere als Offiziersdiener beendet habe, konnte nie die Beobachtung machen, daß Franz mit dem Kindergewehr lieber als mit einem andern Spielzeug umgehe. Als der Knabe in der Woche, in der über seine künftige Erziehung entschieden werden mußte, den Wunsch aussprach, Unterricht in der französischen Sprache zu erhalten, schwand der letzte Zweifel, denn ein zum Offiziersberuf prädestinierter Junge — so dachte der Graf — hätte nicht das Französische, die Diplomatensprache, sondern reiten lernen wollen; das Reiten schien Franz indessen überhaupt nicht zu locken, obwohl die Kinder des Grafen Bubna, denen er in mancher Hinsicht nacheiferte, leidenschaftlich gern und auch vorzüglich ritten.

Demnach fühlte sich der Graf der Pflicht ledig, seinen Sohn einer militärischen Erziehungsanstalt übergeben zu müssen. Somit hatte der egoistische Vater auch bereits entschieden, daß er sich in den nächsten Jahren noch nicht von ihm trennen werde;

denn der Lehrstoff des Gymnasiums konnte selbstverständlich ebensogut wie in einer Unterrichtsanstalt auch in Lepnik dem Jungen von einem Hofmeister beigebracht werden. Nachdem der Graf diesen Entschluß gefaßt hatte, wurde er so froh und glücklich, daß er seinen Widerwillen gegen eine Begegnung mit dem Grafen Bubna überwand und nach Holitz fuhr, um im Bubnaschen Schloße zu erkunden, wo man einen tüchtigen Hofmeister ausfindig machen könne und ob die Bestellung eines solchen Individuums mit großen Kosten verbunden wäre. Die Bubnaschen Kinder waren immer von Hofmeistern erzogen und unterrichtet worden, im Holitzer Schloße würde daher am sichersten eine verläßliche Auskunft zu erlangen sein.

Der Graf Bubna fand den Entschluß seines Jugendfreundes vernünftig und sagte, ein Hofmeister erfordere geringere pekuniäre Opfer als das Studium in einer von Aristokratensprößlingen besuchten Anstalt. In seinem Hause habe es immer einen Hofmeister und eine französische Erzieherin gegeben, in manchen Jahren sogar zwei Hofmeister, und keiner habe jemals enttäuscht oder versagt. Die Gräfin bestätigte diesen Bericht, worauf der Graf Bubna den seit vielen Jahren in dem Bubnaschen Schloße lebenden Hofmeister seiner Kinder rufen ließ, um ihn zu Rate zu ziehen. Der Hofmeister erklärte sich bereit, einen geeigneten Hofmeister, der allen Anforderungen entspräche, ausfindig zu machen und fügte hinzu, es sei ihm ein hervorragend befähigter junger Mensch in Wien bekannt, der sich vielleicht bestimmen ließe, als Hofmeister nach Lepnik zu kommen; ihm vor allem wolle er gleich schreiben. Der Graf Saill, befriedigt von dem Ergebnis dieses Nachmittags, ließ sich überreden, länger zu bleiben, als er beabsichtigt hatte; die Fortsetzung des Gesprächs nach dem Nachtmahl — man saß auf dem Balkon des Speisesaals, blickte in den mondhellen Park und trank einen guten alten Wein — brachte dem nach längerer Zeit wieder unter Menschen einen schönen Abend verbringenden, genießerisch trinkenden Gast eine Anregung, die für die junge Generation des Saillschen Hauses von außerordentlicher Wichtigkeit wurde. Der Graf Bubna erzählte nämlich, die häusliche Erziehung seiner beiden Söhne sei immer von dem besten Erfolg begleitet gewesen, weil einer den Ehrgeiz des andern geweckt habe; der einzige Nachteil der Erziehung durch einen Hofmeister oder Privatlehrer erwachse aus der Isolierung eines Kindes, das ausschließlich auf die Gesellschaft eines Erwachsenen angewiesen sei. Während einer längeren Krankheit eines seiner Söhne, erzählte der Graf Bubna, habe der andere Sohn — die viel jüngere Tochter habe an dem gemeinsamen Unterricht der Söhne nie teilgenommen — auffallend schlecht gelernt. „Ja, das ist schwer, ich habe nur den einen", sagte nachdenklich der Gast. Der Graf Bubna, der mit Vorbedacht dem Gespräch diese Wendung gab, weil er den ihm nicht übel gefallenden Sohn des Kammerdieners, das stille, ernste Kind, vor Augen hatte, das er während der Abwesenheit des Grafen Saill entdeckt und zu gemeinsamen Spielen herangezogen hatte, fragte: „Wie wäre es, wenn du mal den Wohltäter spieltest und den Jungen deines Kammerdieners mitstudieren ließest? Es scheint ein netter Junge zu sein, und die Kinder sind, wenn ich mich recht erinnere, gleichaltrig." — „Daran hätte ich nie gedacht", gab der Graf Saill zu; „das ließe sich natürlich arrangieren. Ich will mir die Sache durch den Kopf gehn lassen. Maßgebend wäre natürlich nur, was für Franz vorteilhafter ist." — „Ganz richtig", sagte der Graf Bubna; „du solltest das ausprobieren."

Am nächsten Tag beobachtete der Graf Saill die beiden Knaben aufmerksamer als sonst bei ihren Beschäftigungen, die teils noch kindlich wie in den vergangenen Jahren anmuteten, teils aber schon schwierige Gehirnarbeit erforderten. Mit besonderer Aufmerksamkeit sah er ihrem Schachspiel zu, wobei er erfuhr, sein Sohn habe dem Sohne des Kammerdieners anfangs Schachunterricht gegeben, jetzt aber seien die beiden Partner bereits gleichwertige Spieler. Franz schien, wie der Graf zu bemerken glaubte, rascher als der andere zu denken und ein leichteres Kombinationsvermögen zu besitzen, aber auch seine Hand schien leicht, vielleicht allzu leicht zu sein, denn er nahm öfter einen Zug zurück, dessen Verderblichkeit er eine Sekunde zu spät erkannte. Edmund hingegen überlegte lange und langsam; hatte er aber einen Zug getan, so versuchte er nie, ihn nachträglich zu verbessern. Jede Figur postierte er mit entschlossenem Griff unverrückbar auf das gewählte Feld, als ob er ein mit ungeheurer Mühe herbeigeschlepptes Felsstück genau auf dem Fleck Erde, den er bedächtig ausgesucht hatte, vorsichtig niederfallen ließe. Der zuschauende Graf war von der Leichtigkeit, mit der sein Sohn spielte — „geradezu elegant", dachte er — entzückt; die etwas täppische Energie Edmunds, dessen Gesicht während des Spiels einen finsteren, beinahe verbissenen Ausdruck hatte, sagte dem das Schachspiel nicht verstehenden Beobachter hingegen nicht zu. Aber er meinte, gerade die Gegensätze, die auffallenden Verschiedenheiten der Charaktere könnten sich bei gemeinsamer Anleitung günstig auswirken; die Schwerfälligkeit des Kammerdienersohns müßte die Launenhaftigkeit, die Franz kennzeichnete, bremsen und dämmen.

Der Graf versuchte nach dem Spiel, Edmund in ein Gespräch zu ziehen, erhielt aber so einsilbige Antworten, daß er sich kein Urteil über die geistige Beschaffenheit des fremden Kindes bilden konnte; vielleicht war es eingeschüchtert und verlegen, weil es zum ersten Male dem von seinem Vater angebeteten Herrn Rede und Antwort zu stehen hatte. Der eher trotzige als schüchterne Ton der knappen Antworten schien jedoch dieser Annahme zu widersprechen. Keinesfalls war der Sohn des Kammerdieners — das hielt der Graf bereits jetzt für ausgemacht — der ideale Studienkollege, den er seinem Sohn gewünscht hätte; aber entscheidend mußte wohl sein, was Franz selber wünschte. Der Graf fragte ihn, ob er es vorzöge, allein oder aber gemeinsam mit dem Sohn des Kammerdieners von einem Hofmeister erzogen zu werden. Temperamentvoll und in werbendem Ton bat Franz, der Vater möge ihn gemeinsam mit Edmund unterrichten lassen; das Alleinsein mit einem Erzieher schien der verwöhnte Knabe als eine unverdiente drohende Strafe zu empfinden. Der Graf versprach, den Wunsch seines Sohnes zu erfüllen.

Als der Kammerdiener von diesem Entschluß erfuhr, war er so freudig überrascht, daß der Graf fürchtete, der außer sich geratene Mann werde ihm zu Füßen fallen. „Wir wissen allerdings nicht, ob dein Junge den Kopf zum Studieren hat", sagte der Graf, „was hättest du eigentlich unter normalen Umständen mit ihm angefangen?" Der Kammerdiener beteuerte, daß er bis zu diesem Augenblick immer geglaubt habe, sein Sohn werde nie etwas lernen und nie etwas werden.

Vierzehn Tage später traf der junge Erzieher, den der Hofmeister der Bubnaschen Söhne empfohlen hatte, in Lepnik ein. Er hatte vorher dem Grafen Saill geschrieben. Das Bewerbungsschreiben hatte eine breite Lebensbeschreibung des achtundzwanzigjährigen Mannes und eine ebenso ausführliche Darlegung seiner Erziehungsprinzipien enthalten; einige Empfehlungsschreiben und Zeugnisse waren beigelegt gewesen. Die zierlichen, eher mädchenhaften als männlichen, untadelig sauberen Schriftzüge erhielten durch sparsam angebrachte Schnörkel, die manchen großen Anfangsbuchstaben verzierten, ein eigenes Gepräge. Die Schrift verriet Eitelkeit, aber auch Selbstbeherrschung. Der

Graf war von der Form wie auch von dem Inhalt des Bewerbungsschreibens befriedigt. Der junge Hofmeister hieß Dr. Josef Maximilian Reifner und stammte aus Oberösterreich. Er hatte alle Prüfungen mit Auszeichnung bestanden und war wegen seiner in Fachzeitschriften erschienenen kunsthistorischen kleinen Arbeiten — zu einer größeren hatte er, wie er bescheiden schrieb, noch nicht den rechten Mut und Ansporn gefunden — von einigen namhaften Gelehrten gefördert worden. Da er erkannt habe, daß seine pädagogischen Fähigkeiten und Neigungen nützlicher und leichter anwendbar seien als die halb und halb in die Sphäre der Kunst oder vielmehr der Kunstwissenschaft reichenden, sei er Erzieher geworden, zuerst probeweise und mit Desertionsabsichten, dann aber mit Leib und Seele. In einer öffentlichen Schule zu unterrichten, könne er sich allerdings nicht entschließen, weil das grobe Schülermaterial, das sich allerorten aus der Hefe des Volkes zusammensetze, seelische Widerstände in ihm wachrufe; er betrachte es deshalb als eine Auszeichnung und die Erfüllung seiner heimlichsten Wünsche, sich ganz einem aus altem Adelsgeschlecht stammenden, nie einer Berührung mit dem Gemeinen ausgesetzten Zögling widmen zu dürfen. Das wolle er herzhaft tun, ebenso wie er sich auch mit allen Kräften bemühen wolle, das Vertrauen des hochgeborenen Grafen zu erringen, dessen Gunst und Wohlwollen zu erlangen sein höchstes Ziel sein werde.

Edmund nahm die Mitteilung von der unerwarteten Wendung — sein Vater sprach ausdrücklich von einer „unverdient glücklichen Wendung" — keineswegs freudig auf. Er hörte den Bericht des Vaters stumm und ernst an, den Blick stumm und ernst auf den froh erregten, behend in der Küche umherlaufenden Mann gerichtet, der die Mutter bei ihren breiten, mächtigen Schultern packte und rief: „Na, was sagst du? So ein Glück! So ein unverhofftes Glück!" Die Mutter lächelte und sagte: „Hoffentlich ist es gut für ihn." — „Was?!" entrüstete sich der Kammerdiener. „Was soll das heißen? Kann es am Ende schlecht sein, daß er mit dem jungen Grafen studieren darf, statt Maurer oder Schuster zu werden? Wie kann man so dumm sein!" Empört über diese Dummheit, betrachtete er seinen Sohn nicht weiter, der stumm und ernst den elterlichen Streit vorübergehen sah und teilnahmslos sitzen blieb, als ob ihn die Ursache dieses Streits nichts anginge. Er hatte geglaubt, daß er noch einige Jahre in die Holitzer Schule gehen werde. Er ging nicht ungern in die Schule, obwohl er zuweilen von dem alten Schulmeister zwanzig wuchtige, brennenden Schmerz verursachende Schläge auf die Innenflächen der Hände erhielt. Daß er von nun an in dem Hause in Lepnik von einem Hofmeister unterrichtet werden solle, stimmte ihn nicht freudig, weil er fürchtete, von nun an viel mehr lernen zu müssen. Er hielt es auch nicht für sicher, daß der Hofmeister ihn besser als der alte Schulmeister behandeln werde. Daß das Studium einem jungen Menschen die Möglichkeit biete, eine höhere Stellung im Leben zu erreichen, hatte ihm niemand gesagt. Er hatte auch nie gefragt, was künftig mit ihm geschehen werde.

Da Franz ihm erzählte, der angekündigte Hofmeister sei ein junger Mann, versuchten die beiden Knaben zu erraten, wie er aussehen werde. Franz meinte, er werde wohl eine gewisse Ähnlichkeit mit dem verschollenen Lehrer Seifert haben; alle Hofmeister seien schon in ihrer Jugend kahlköpfig und unbeholfen. Als der neue Hofmeister ankam, sahen sie, daß diese Vermutung irrig war. Der junge Mann, den ein Mietswagen von der Bahnstation Holitz nach Lepnik brachte, sah nicht wie ein Hofmeister und kaum wie ein Lehrer aus. Er trug ein blitzendes Einglas und einen eleganten Anzug, den ein großstädtischer Schneider genäht hatte. Erst bei näherer Betrachtung sah der Graf, den die Erscheinung ebenso wie die Knaben überraschte, daß der elegante Anzug Spuren des Alters aufwies und daß die Hose am unteren Ende geflickt worden war. Auch der kleine ärmliche Koffer, den Dr. Reifer mitbrachte, sprach von kläglichen Verhältnissen. Die beiden Knaben sahen jedoch nicht die verräterischen Zeichen einer Not, die der Posten in dem gräflichen Hause beheben sollte, sondern vor allem das blitzende Einglas, sodann ein schmales, hübsches bartloses Gesicht, das ein nicht unterwürfiges, sondern verbindliches Lächeln zeigte, und welliges blondes Haar über einer sehr hellen, nicht hohen Stirn. Die Körperhaltung des Ankömmlings war die eines sein Leben sitzend verbringenden Stubenhockers, der sich vornimmt, stramm und schneidig wie ein strammer, schneidiger Soldat aufzutreten; er neigte die Schultern vor, gab sich aber öfter einen Ruck und streckte die Brust heraus, als ob ein unhörbares Kommando ihm zugerufen hätte: „Brust heraus!"

Der Graf wußte im ersten Augenblick nicht, was er von dem jungen Menschen halten solle, der sein Einglas mit großer Sicherheit und Selbstverständlichkeit trug, aber auch nicht versuchte, sein armseliges Köfferchen den Blicken zu entziehen. Als der Hofmeister jedoch zu sprechen begann, ließ sich der Graf sofort von dem Wesen des neuen Hausbewohners bestechen und gefangennehmen. Dr. Reifner verstand es, seine Redeweise virtuos der Art des Menschen, mit dem er sprach, anzubequemen. Er erriet, was er zu sagen hatte, wenn seine Aussprüche und Bemerkungen Beifall finden sollten, und des Beifalls und Erfolgs noch sicherer war die Art, in der er es sagte, sein dem Grafen gegenüber sehr bescheidener, aber nichtsdestoweniger weltmännischer Tonfall, der verriet, daß sich der Sprecher nicht ohne Nutzen in der großen Welt bewegt haben mochte. Es gefiel auch dem Grafen, daß der Hofmeister schon in der ersten Stunde zu erkennen schien, welchen Ton ein Erzieher Franz gegenüber anschlagen müsse. Dr. Reifner sprach mit Franz nicht von den Unterrichtsfächern, sondern erzählte ihm, welche Bücher, die in der letzten Zeit bei der Jugend in Wien Anklang gefunden hatten, er mit ihm lesen werde. Als Franz sagte, daß er gern Schach spiele, erklärte sich der Hofmeister bereit, jeden Tag eine Schachpartie mit ihm zu spielen. „Ich betrachte sogar das Schachspiel als einen wichtigen Unterrichtsgegenstand, weil es den Verstand schärft", sagte er. Als Franz sagte, daß er sich hauptsächlich auf den Unterricht in der französischen Sprache freue, begann der Hofmeister sofort französisch zu sprechen. Franz hatte den Einruck, daß sein neuer Erzieher die französische Sprache wie seine Muttersprache beherrsche.

Nach dieser ersten Fühlungnahme stellte der Graf dem Hofmeister den Sohn des Kammerdieners vor und erklärte, warum die gemeinsame Erziehung der beiden Knaben in Aussicht genommen worden sei. Der Hofmeister hatte plötzlich einen kühlen, abschätzenden Blick und sagte zu dem Grafen: „Das ist ein Experiment, das in manchen Fällen glückt. Wir werden bald sehn, ob es für den jungen Herrn Grafen besser ist, zu zweit oder allein zu studieren." Der Hofmeister fügte hinzu, er vermute, daß der Graf von dieser Prüfung die endgültige Entscheidung abhängig zu machen gedenke. Der Graf bestätigte die Richtigkeit dieser Vermutung. „Na", sagte der wieder lächelnde Hofmeister, sich dem verlegen vor ihm stehenden Edmund zuwendend, „gib mir die Hand." Er ergriff Edmunds Hand, betrachtete sie prüfend, ließ sie gleich fallen und sagte zu dem Grafen: „Die Hand verrät viel. Wenn man eine Hand ansieht, weiß man gleich, von welchen Eltern einer ist."

Edmund verstand nicht diese Bemerkung; aber er

fühlte einen scheelen Blick, obwohl der Hofmeister sich bereits abgekehrt hatte und lächelnd mit dem Grafen das Zimmer verließ.

5

Die beiden Knaben hörten nach den ersten gemeinsamen Unterrichtsstunden auf, unbefangene Spielgefährten zu sein. Die Schuld an dieser Veränderung trug der Hofmeister. Er prägte den Lehrstoff nur dem Grafensohn ein, war nur für ihn da und streifte den breit und stämmig an dem Tisch sitzenden Sohn des Kammerdieners kaum mit einem Blick. „Wir wollen das jetzt wiederholen", pflegte Dr. Reifner nach seinem Vortrag zu sagen — er begann mit dem Unterricht der deutschen Grammatik — „wir wollen jetzt sehen, ob wir uns diese Regeln gemerkt haben." Er nickte lächelnd und ermutigend dem zunächst eifrig aufmerkenden Franz zu, der die Regeln wiederholte. War er nicht imstande, eine Regel zu wiederholen, so trug der Hofmeister noch einmal sehr langsam den Abschnitt vor und fragte den Grafensohn dann: „Vielleicht gehts jetzt? Wollen wirs versuchen?" Dieses Eintrichtern bewerkstelligte Dr. Reifner mit scheinbar unerschöpflicher Geduld und Gelassenheit. Er war jedoch nicht in Wirklichkeit der geduldige, gelassene Lehrer, der er sein wollte. In seinem Gesicht wetterleuchtete zuweilen ein nervöses Zucken, das von den Mundwinkeln ausging, ohne die obere Gesichtshälfte in Mitleidenschaft zu ziehen; nie runzelte er die Stirn. Auch die Augen blieben unverändert freundlich; nur das Einglas geriet in ein schwaches, kaum merkliches Schwanken, wenn ein Zukken das Gesicht durchlief.

Edmund, der öfter gern eine Antwort gegeben hätte, die Franz schuldig geblieben war, deutete anfangs durch stummes Fingerheben an, daß er die Aufmerksamkeit des Hofmeisters erregen wolle. Es gelang ihm nicht. In der Schule hatte sogar der böse alte Schulmeister einen Schüler, der seinen Ehrgeiz durch eifriges Handheben bekundete, nicht grundsätzlich übersehen, obwohl sich in der Klasse mehr als fünfzig Schüler befunden hatten. Edmund mußte erkennen, daß der Hofmeister die sich meldenden Finger nicht sehen wollte. Es mußte dem zuerst bloß erstaunten, noch nicht mißtrauischen Edmund auch bald auffallen, daß der Hofmeister ihn nie ein lateinisches oder ein französisches Wort — die ersten Stunden in Latein und Französisch weckten die Wißbegier der beiden Knaben viel eher als die Unterrichtsgegenstände, die ihnen von früher her schon vertraut waren — aussprechen ließ und die schriftlichen Arbeiten des viel langsamer, gewissenhafter und aufmerksamer als der Grafensohn Schreibenden zwar durchlas und mit roter Tinte korrigierte, aber nie einer Kritik unterzog oder einer Besprechung würdigte. Franz hingegen wurde über jeden Fehler, den seine schriftlichen Arbeiten aufwiesen, ausführlich aufgeklärt, wobei die wahrscheinliche Ursache eines Fehlers von dem Hofmeister psychologisch untersucht und erläutert wurde; diese Methode erwies sich als sehr nützlich und erleichterte es dem Belehrten, ähnliche Fehler und Irrtümer künftig zu vermeiden.

Nach einigen Tagen war Edmunds Erstaunen über die ungleiche Behandlung, die er und Franz während der Unterrichtsstunden erfuhren — gleich nach dem Unterricht pflegte der Hofmeister den Spielgefährten seines Zöglings zu verabschieden — in ein unbestimmtes Mißtrauen übergegangen. Er dachte: Warum befaßt er sich nicht mit mir? Warum will er nicht wissen, ob ich etwas kann? Warum wendet er sich nur an Franz, als ob ich überhaupt nicht vorhanden wäre? Man hat mir gesagt, daß der Hofmeister uns gemeinsam unterrichten wird; hat man mir absichtlich verschwiegen, daß ich nur stummer Zuhörer sein soll? Oder behandelt der Hofmeister mich eigenmächtig wie Luft? Edmunds Mißtrauen galt also nicht ausschließlich dem Hofmeister, sondern auch dem Grafen und dem Vater. Dieses Mißtrauen war noch nicht mit Bitterkeit vermengt; es war eher eine quälende Neugierde, ein blind tappendes, ermüdendes Nichtbegreifen eines Zustandes, der dem Knaben noch so neu und fremd war, daß er von Tag zu Tag erwartete, es werde eine Änderung eintreten. Da sich jedoch nichts änderte, entschloß sich Edmund, mit Franz über diesen Zustand zu sprechen. Daß es hiezu eines Entschlusses bedurfte, hätte einem aufmerksamen Zuschauer bereits verraten, daß Edmund seine Unbefangenheit gegenüber dem Spielgefährten und nunmehrigen Studienkollegen schon in diesen ersten Tagen der gemeinsamen Erziehung einzubüßen begonnen hatte. Jahrelang hatten sie einander alles gesagt und anvertraut, was ihnen durch den Kopf gegangen war; weder die manchmal aufreizenden Spötteleien, mit denen Franz seinen Spielgefährten in Wut versetzt hatte, noch die Raufereien, die in der Regel mit einer Niederlage des schwächlichen Grafensohns geendet hatten, waren imstande gewesen, ihre kameradschaftlichen Verhältnisse zu trüben. Es hatte keine Geheimnisse zwischen ihnen gegeben. Einige Bemerkungen seines Vaters, die den sozialen Unterschied sowie den der Geburt betont hatten, waren Edmund nicht ins Bewußtsein gedrungen. Jetzt erst begann er zu argwöhnen, es sei ihm eine andere Rolle als dem Grafensohn zugewiesen; eine schlechtere Rolle, vielleicht sogar eine schmähliche. Denn Edmund, dessen Ehrgeiz gerade in dieser Zeit zum ersten Male auftauchte, fand es schändlich, daß er nicht zeigen durfte, was er konnte und wie ehrlich er sich bemühte, des vorgetragenen Lehrstoffs Herr zu werden. War es nicht rätselhaft, daß er gezwungen werden sollte, stumm dazusitzen, ohne an dem Gespräch des Hofmeisters mit Franz teilnehmen zu dürfen? War es nicht unerhört, daß der fremde Mann den immer erregter eine Frage, ein Wort, ein Zeichen des Interesses Erwartenden weniger beachtete als eine Fliege, die sich auf ein Schreibheft setzte? Warum benahm sich der Hofmeister so unverständlich?

Als Edmund sich entschlossen hatte, dieses Rätsel mit Franz zu besprechen und den Spielgefährten mit diesen Fragen überfiel, stutzte der Grafensohn und sagte: „Du, das ist mir bis jetzt gar nicht aufgefallen. Das heißt: Es hat mich natürlich gewundert, daß du kein Wort redest — aber ich dachte, daß du gewöhnt warst, in der Schule den Mund nicht aufzumachen." — „Nicht aufgefallen!" rief Edmund erbittert — in diesem Augenblick verwandelte sich sein undeutliches Mißtrauen in eine heftig ausbrechende Verbitterung — „Nicht aufgefallen! Du hast sicher gewußt, daß er sich nur mit dir befassen wird!" — „Halt den Schnabel", erwiderte Franz, „ich versteh überhaupt nicht, warum du dich ärgerst. Sei doch froh, dummer Kerl, daß er dich in Ruhe läßt! Ich muß unaufhörlich aufpassen, weil er mich unaufhörlich prüft und plagt. Du hast es doch viel besser als ich! Ich wär froh, wenn er mich in Ruh ließe. Ich will ihm gleich sagen, daß er dich und nicht mich sekkieren soll."

Edmund schwieg trotzig. Die Antwort seines Spielgefährten, die er noch vor kurzem sehr gut verstanden hätte, machte ihn irre. Aber die Verbitterung des Knaben war so stark, daß er nicht gerecht sein konnte. Stumm, in ohnmächtigem Zorn, blickte er den Spielgefährten an. Plötzlich war eine Fremdheit zwischen die Knaben getreten. Franz empfand diese Entfremdung ebenso deutlich wie Edmund.

Am Beginn der nächsten Unterrichtsstunde sagte Franz zu dem Hofmeister: „Herr Doktor, der Edmund ärgert sich, weil Sie immer nur mich prüfen. Er behauptet, daß Sie ihn strafen wollen. Bitte, strafen Sie heute mich und prüfen Sie ihn!“ Edmund errötete tief und versetzte dem Grafensohn einen kräftigen Fußtritt, wagte aber nicht, etwas zu sagen. Der Hofmeister, der mit vorgeneigten Schultern an dem Tisch saß, gab sich einen Ruck und streckte die Brust heraus, als ob ihm ein unhörbares Kommando zugerufen hätte: „Brust heraus!“ Dann nahm er sein Einglas in die Hand, reinigte es mit einem Rehlederstück, blickte die beiden Knaben lächelnd an und sagte: „Das wollen wir gleich bereinigen.“ Er klemmte das Einglas vor das rechte Auge und wandte sich an Franz: „Mein lieber Junge, ich bin gekommen, um dich zu erziehen und dir die Kenntnisse beizubringen, die dir auf deinem Lebensweg einmal nützlich werden sollen. Der Beruf, den du ergreifen wirst, muß mit deinem Namen und deiner Herkunft in vollem Einklang stehen. Dein Spielkamerad hingegen kann allerlei anfangen und werden. Wenn er will, kann er etwas lernen; es ist aber auch kein Unglück, wenn er nichts lernt. Es gibt viele Berufe, die kein Studium erfordern; sie alle stehen ihm offen. Wenn er nicht studiert, kann er zum Beispiel Kammerdiener wie sein Vater werden. Du hingegen kannst nichts andres werden als Attaché und später einmal Botschafter oder Gesandter. Ein künftiger Botschafter oder Gesandter aus uradligem Haus braucht natürlich eine ganz andre Erziehung als dein Edmund. Deshalb bin ich als dein Erzieher und nicht als sein Erzieher hierher berufen worden. Er wird die Gymnasialfächer mitlernen, solange der Herr Graf es erlaubt. Das hat aber mit deiner Erziehung nichts zu tun. Übrigens werde ich ihn genau so prüfen wie dich. Wir haben genügend Zeit vor uns."

„Na also", sagte Franz befriedigt.

Edmund hatte so lauernd zugehört, daß er jedes Wort im Gedächtnis behielt. Der Hofmeister hatte in ruhigem Ton gesprochen; der erregte Knabe glaubte aber die schreckliche Stimme eines heimtückischen, grauenhaften Tiers zu hören, die aus einer Menschengestalt hervorgezischt kam. Er kannte noch nicht den ungeheuren Unterschied, den die Welt zwischen einem Grafen und einem Kammerdiener, einem Grafensohn und dem Sohn eines Kammerdieners machte. Trotzdem verstand er vollkommen den Sinn der Antwort, die der Hofmeister gegeben hatte. Alle Abstufungen der Mißachtung einerseits, der Liebedienerei andererseits, die in der kurzen, aber alles erklärenden Antwort zu finden waren, bohrten sich mit teuflischer Grausamkeit in Edmunds Sinne ein. Er wurde in diesem Augenblick um viele Jahre älter.

Die eigentliche Ursache dieser übergroßen Wirkung war das jähe grelle Licht, das die Rede auf vielen Reden, Bemerkungen und Andeutungen warf, die Edmund aus dem Munde seines Vaters vernommen hatte. Was der fremde Mann ausgesprochen hatte, war ja nichts anderes, als was der Vater schon seit vielen Jahren dem Kinde zu verstehen gegeben hatte. Nie hatte Edmund es verstanden. Plötzlich verstand er es. Plötzlich verstand er alles, was der Vater gemeint hatte, seit vor vielen Jahren der das kleine Kind zum Laufen um den Küchentisch nötigende, wütende Mann seine Raserei mit den Worten erklärt hatte: „Man weiß ja nicht einmal, ob er nicht lahm ist!"

Edmund dachte über seinen Vater nach. Der Beruf des Vaters begann den Knaben zu quälen. Der Vater umschmeichelte und umsprang den Grafen wie ein Hündchen und befaßte sich mit dem Grafensohn viel mehr und viel lieber als mit den eigenen Kindern. Der Vater sprach zuhause nur von dem Grafen und von dem Grafensohn. Wenn er von ihnen sprach, war sein Gesicht in froher Bewegung. Wenn er von seinen eigenen Kindern sprach, war sein Gesicht unfroh und streng. Alles, was mit seinen Kindern zusammenhing, war ihm eine Last. Alles, was mit dem Grafen und dem Grafensohn zusammenhing, war ihm eine Lust. Das mußte mit dem Beruf zusammenhängen. Der Beruf war offenbar sehr wichtig, denn die ganze Kindheit und Jugend war nach den Worten des Hofmeisters nichts als die Zeit, in der man sich auf einen Beruf vorbereitete. Daß der Vater den Grafen umschmeichelte und wie ein Hündchen umsprang, hing allem Anschein nach mit seinem Beruf zusammen. Ebenso schien es mit dem Beruf des Vaters zusammenzuhängen, daß er seine eigenen Kinder selten eines Wortes würdigte und mit der Mutter in geringschätzigem Ton sprach. Der Vater gehörte ganz dem Grafen und dem Grafensohn, deshalb konnte er den eigenen Kindern nicht gehören. Das alles erforderte der Beruf des Vaters. Der nachdenkende Knabe dachte: Ein schmählicher Beruf! Ein entsetzlicher Beruf!

Nachdem er diesen Gedanken einmal gefaßt hatte, wurde ihm vieles klar. Der Vater nahte dem Grafen nie anders als unterwürfig, mit Bücklingen und devoten Reden. Er war immer bemüht, möglichst rasch den Grafen und womöglich gleichzeitig den Grafensohn zu bedienen. Er diente ihnen mit Leidenschaft und Freude; sein ganzes Gesicht strahlte, wenn er sie bediente. Er liebte seinen Beruf, einen schmählichen, entsetzlichen Beruf. Und diesen schmählichen, entsetzlichen Beruf bezeichnete der Hofmeister als den, der Edmunds Beruf werden sollte, wenn der Graf seine Gnade dem Sohn des Kammerdieners entzöge.

Nach diesem Gedankensprung fiel Edmund noch tiefer in Verzweiflung. Es war ihm in diesem Augenblick bewußt geworden, daß er der Gnade des Grafen ausgeliefert war. Bis zu diesem Augenblick hatte er unbewußt mit Trotz und Scham beobachtet, daß der Vater dem Grafen unterwürfig zu nahen pflegte und den diese Unterwürfigkeit mit selbstverständlichem Gleichmut empfangenden Herrn wie ein Hündchen umsprang. Jetzt dachte der Knabe: Der Vater umspringt den Grafen wie ein Hündchen, weil er von seiner Gnade abhängig ist. Der Hofmeister hat aber soeben gesagt, daß auch ich von der Gnade des Grafen abhängig bin. Ich bin sogar weit mehr als der Vater von der Gnade des Grafen abhängig. Denn der Vater ist schon alt und hat nicht mehr viel vom Leben zu erwarten. Er bedient den Grafen mit Freude, er weiß nicht, daß sein Beruf schmählich und entsetzlich ist. Ich hingegen weiß es. Ich weiß es, weil ich fühle, daß ich lieber davonliefe, in den tiefsten Wald, in ein Dickicht, wo mich niemand fände und wo ich verhungern wollte, ehe ich mich zwingen ließe, den Grafen zu bedienen und wie ein Hündchen ihn zu umschmeicheln. Es hängt aber von der Gnade des Grafen ab, ob ich etwas lernen darf oder ob ich den Beruf eines Kammerdieners ergreifen muß. Da alles von der Gnade des Grafen abhängt, müßte ich ihn noch viel hündischer umschmeicheln und umspringen als mein Vater. Ich will aber nicht. Ich werde es nie tun.

Edmund rief sich jedes Wort, das der Hofmeister gesprochen hatte, in Erinnerung. Der Hofmeister hatte die Rede an Franz allein gerichtet, obwohl sie den gemeinsamen Unterricht, die gemeinsame Erziehung der beiden Knaben betraf. Ebenso wie der Hofmeister nur für Franz vortrug, nur ihn prüfte und belehrte, antwortete er nur ihm. Es war offenbar unter der Würde des Hofmeisters, das Wort auch an Edmund zu richten. Das fiel dem nachdenkenden Knaben jetzt erst ein, nachträglich, eine halbe Stunde nach dem Beginn des Unterrichts. Während er grübelnd dasaß, ganz in seine bestürzenden Gedanken versunken, die der Hofmeister ausgelöst hatte, trat plötzlich eine tiefe Stille ein.

Der Hofmeister richtete den Blick auf den grübelnden Knaben und sagte: „Wiederhole diese Regel!"

Edmund hatte nicht zugehört. Er wußte nicht, welche Regel er wiederholen sollte. Der Hofmeister wartete eine lange Minute lang. Dann sagte er ruhig: „Er hat keine Ahnung, wo wir halten. Franz, wir wiederholen den letzten Absatz."

Edmund fühlte sich nicht beschämt. Er wußte jetzt, daß der Hofmeister ihn beobachtete und eine Frage an ihn gerichtet hatte, um den heute zum ersten Male Unaufmerksamen zu beschämen. Der grübelnde Knabe nahm sich vor, nie mehr unaufmerksam zu sein und besser als Franz zu lernen. Er beschloß, sich über die Mißachtung des Hofmeisters hinwegzusetzen und nie zu versagen.

Auch auf Franz hatte die Rede aufklärend gewirkt. Er hörte aus ihr nur die Sätze heraus, die sich auf ihn bezogen. Die Sätze, die Edmund betrafen, waren ihm gleichgültig. Er betrachtete den Spielgefährten nicht wie einen Menschen, der ihm ans Herz gewachsen war, sondern wie eine Sache, von der er sich nicht trennen wollte, weil sie ihm half, die Zeit zu vertreiben. Es gab keine Spiele, die ohne Spielgefährten belustigend waren. Vor einigen Jahren hatte ihn der Bau einer Sandburg nicht unterhalten, wenn Edmund bei dem Bau nicht mitgeholfen hatte. Edmund war bei diesem Spiel nicht weniger wichtig als der Sand und die Schaufel gewesen. Ohne Sand, ohne Schaufel, aber auch ohne Edmund wäre der Bau einer Sandburg unmöglich oder beinahe unmöglich gewesen, ein ermüdendes und lächerliches Unterfangen. Noch ermüdender und lächerlicher fand Franz das Schachspiel ohne Partner. Gewiß, man konnte auch ohne Partner eine Schachaufgabe lösen, aber ein solches Schachspiel bereitete Franz kein Vergnügen. Das eigentliche Vergnügen, das ihm das Schachspiel bereitete, bestand in der Kunst, Edmund, dem Partner, eine Falle zu stellen, ihn zu überlisten, ihn zu besiegen. Franz schätzte Edmunds Partnerschaft, nicht aber Edmund hoch ein. Er hatte den Grafen gebeten, gemeinsam mit Edmund dem Hofmeister anvertraut zu werden, weil er gehofft hatte, der Spielkamerad werde ihm helfen, spielend über die Eintönigkeit und Langweile des Unterrichts hinwegzukommen. An den Zweck und an das Endziel des Unterrichts und der Erziehung hatte Franz nicht gedacht. Die Rede des Hofmeisters klärte ihn über den Zweck und das Endziel auf. Er fragte ihn nach der Unterrichtsstunde, als sie Edmund verabschiedet hatten: „Was ist das eigentlich, ein Botschafter oder Gesandter?" Der Hofmeister antwortete: „Ein Botschafter oder Gesandter ist der Vertreter des Kaisers an einem auswärtigen Hof. Der Kaiser ist unser höchster Herr, der Träger der Krone, der das Reich regiert. Er residiert in Wien, in der Hauptstadt des Reiches. Er kann nicht gleichzeitig in seiner Hauptstadt und in allen anderen Hauptstädten die Interessen seines Reiches wahren, deshalb ernennt er Botschafter oder Gesandte, die als seine Stellvertreter in den fremden Hauptstädten dem Reich und dem Staat nützen und helfen. Den Begriff des

Staats werde ich dir bei einer späteren Gelegenheit erklären. Zum Botschafter oder Gesandten wird bei uns in der Regel ein Herr ernannt, der aus einem alten Adelsgeschlecht hervorgegangen ist und das nötige Wissen erworben hat, das dieses hohe Amt erfordert. Dieses Wissen habe ich dir beizubringen."

„Werde ich als Stellvertreter des Kaisers eine Krone tragen?" fragte Franz.

„Die Kaiserkrone darf nur der Kaiser tragen; aber ein Botschafter oder Gesandter, der aus einem alten Adelsgeschlecht stammt und das nötige Wissen besitzt, wird in der Welt geachtet und geehrt, als ob er eine unsichtbare Krone trüge. Es kommt ganz auf den Mann an, der das hohe Amt bekleidet. Wir wollen aus dir einen Mann machen, der des höchsten Amtes und der höchsten Ehren würdig ist."

Franz hing diesen Aufklärungen nicht lange nach. Er hatte ihnen entnommen, daß er Vorrechte besaß, die Edmund nie erringen konnte. Aber er meinte, der Hofmeister wolle mit der Anpreisung dieser Vorrechte den Ehrgeiz des zuweilen unaufmerksamen, launenhaften Zöglings aufstacheln. Ebenso wie Edmund dachte auch Franz an seinen Vater. Er wußte, daß sein Vater nie Botschafter oder Gesandter, sondern Rittmeister gewesen sei. Ein Rittmeister — auch das wußte Franz — war ein Offizier, der keinen besonders hohen Rang erreicht hatte. Der Vater hatte dem Knaben einige Male erklärt, ein Rittmeister sei ein Offizier, der nicht um die Majorsecke gekommen sei. Major oder Oberst oder gar General könne nur ein Offizier werden, der seinen Beruf nicht vorzeitig aufgebe. Der Vater hatte demnach keine hohe Stellung errungen, obwohl er aus einem alten Adelsgeschlecht hervorgegangen war und den Namen trug, der dem Hofmeister den tiefsten Respekt einzuflößen schien. Wenn ich also, überlegte Franz, keine Lust mehr hätte, viel zu lernen und infolgedessen nicht Botschafter oder Gesandter werden könnte, dürfte der Vater mir keine Vorwürfe machen; denn er selber ist auch nicht Botschafter oder Gesandter geworden.

An einem der nächsten Tage gerieten die beiden Knaben während einer Schachpartie wegen eines Zugs, den Franz zurücknehmen wollte, in Streit. Solche Zwistigkeiten pflegten noch immer in Prügeleien auszuarten, da Franz die beleidigendsten Sticheleien führte, wenn er Unrecht hatte und genau wußte, daß die Empörung seines Spielgefährten gerecht sei. Diesmal zögerte Edmund, den Grafensohn in der gewohnten Art anzugreifen und zu Boden zu werfen. Franz suchte und fand deshalb immer boshaftere und tiefer verletzende Ausdrükke, mit denen er den Partner in Wut versetzte; zuletzt griff er ihn, entgegen dem Brauch, körperlich an und versetzte ihm einen Stoß, der den viel kräftigeren Edmund noch vor kurzer Zeit zu rücksichtslosem Dreinhauen veranlaßt hätte. Heute aber rührte er sich nicht, sondern sagte: „Nur zu. Ich hau nicht zurück. Ich rühr dich nicht an.“ — „Das gibts nicht!“ entrüstete sich Franz; „wenn du dich nicht wehrst, macht das ganze keinen Spaß!“ — „Ich schlag dich nicht", sagte Edmund; „du wirst es überhaupt nicht mehr erleben, daß ich dich hau." Er war sehr bleich. Erstaunt musterte Franz den reglos vor ihm Stehenden und fragte: „Was soll das heißen?" Edmund sagte: „Du bist der Sohn des Grafen, ich bin der Sohn des Kammerdieners. Deshalb schlag ich dich nicht."

Franz stutzte, lächelte und zuckte die Achseln. „Du," sagte er, „das ist doch blöd. Bei einer Prügelei kommt es nur drauf an, wer der Stärkere oder der Geschicktere ist. Das hat gar nichts damit zu tun, wer mein Vater und wer dein Vater ist." — „Das hab ich auch gemeint", erwiderte Edmund, „aber jetzt weiß ich, daß es nicht stimmt." — „Das sagst du nur, weil der Hofmeister es gesagt hat", sagte Franz. Edmund wollte seinen Zorn verbergen und spiegelte Ruhe und kühle Entschlossenheit vor, indem er scheinbar gleichmütig verkündete: „Ganz richtig: der Hofmeister. Er wird sich nicht mit mir befassen. Und ich werd nicht mit dir raufen."

Am nächsten Morgen erklärte Franz, er habe sich erkältet und wolle den ganzen Tag zu Bett verbringen; der Hofmeister solle an diesem Tag Edmund allein unterrichten. Da der Graf sich auf einem Jagdausflug befand und Franz dem besorgten Kammerdiener untersagte, den Arzt zu holen, glückte der Plan, den Franz ausgeheckt hatte, um den Hofmeister zu einer Aussprache mit Edmund zu zwingen. Die Spannung, die zwischen dem Hofmeister und Edmund bestand, begann dem zu großer Aufmerksamkeit und Ausdauer genötigten Franz peinlich zu werden. Als Edmund hörte, daß er heute allein den Unterricht erhalten solle, wollte er sich zuerst ebenfalls krank melden. Dann aber nahm er sich vor, den Kampf aufzunehmen. Er überlegte, ob er verstockt schweigen und alle Fragen unbeantwortet lassen solle oder ob er vor Beginn der Unterrichtsstunde den Hofmeister angreifen und anklagen müsse.

Der Elfjährige fühlte eine unsägliche Erleichterung, als er sich seinen Angriff vorstellte. Aber als der Hofmeister in dem Unterrichtszimmer erschien und den trotzigen Blick des Knaben mit einem zerstreuten Lächeln beantwortete, wußte Edmund, daß er die Anklage nicht vorbringen werde. „Heute sind wir zwei allein; wir wollen diese Gelegenheit wahrnehmen, einander besser kennenzulernen", sagte der Hofmeister. Er richtete an Edmund einige Fragen, die der Knabe halb trotzig, halb schüchtern beantwortete. „Gut", sagte der Hofmeister nach jeder Antwort. Er trug ein Stück aus der deutschen Grammatik vor, ging ohne Pause zu den anderen Unterrichtsfächern über und bemerkte: „Du bist kein Dummkopf. Ich werde mich dir später nach Möglichkeit widmen, ich muß nur vorerst den Franz in Trab bringen, bei ihm haperts mit der Geduld. Ein verwöhntes Grafensöhnchen muß geschickt behandelt werden, du verstehst. Glaub nicht, daß es mir ein Herzensbedürfnis ist, mich fortwährend mit ihm abzugeben. Aber ich kann nichts dafür, daß ich mich hauptsächlich mit ihm und nicht mit dir zu befassen habe."

Edmunds Zorn wandelte sich in kühle Ablehnung. Der Hofmeister nahm sich heute nicht die Mühe, den Lehrstoff unterhaltend zu gestalten, Lehrer und zugleich Gesellschafter zu sein; sein Ton besagte: „Vor dir brauche ich nicht Komödie zu spielen. Dir mache ich nicht weis, daß es mir Vergnügen bereitet, mich mit dir zu beschäftigen. Dem Grafensohn muß ich es weismachen, das ist mein Beruf."

Obwohl Edmund fühlte, daß der Hofmeister ihn geringschätzte, haßte er ihn nach diesem Tag nicht mehr. An die Stelle des Hasses trat eine leidenschaftslose Verachtung, die stumm blieb. Er verachtete den Mann, der sich dem Sohn des Kammerdieners ohne Maske zeigen zu dürfen glaubte. Er verachtete ihn insbesondere, weil der schamlose Mann den Grafensohn liebevoll zu betreuen vorgab.

Die Gestalt des Vaters erschien jetzt dem nachdenkenden Knaben noch rätselhafter als vor diesem Tag. Edmund wußte jetzt, daß die Erfüllung der beruflichen Pflichten das Innerste eines Menschen unberührt lassen konnte. Den Hofmeister zwang sein Beruf zur Heuchelei. Konnte es sein, daß den Vater sein Beruf zur Liebe zwang? Edmund entschloß sich erst viele Wochen später, mit dieser Frage zu seiner Mutter zu gehen, die ihm anmerkte, daß er etwas Schweres auf dem Herzen hatte. Sie hörte erstaunt seine Frage. Sie antwortete nicht gleich, sie überlegte. Während sie überlegend die Hand auf Edmunds Kopf ruhen ließ, wurden ihre großen, langsam begreifenden, trägen Augen streng und erbarmungslos. Sie sagte: „Dein Vater ist kein Vater. Dein Vater ist kein Mensch. Dein Vater ist ein Kammerdiener."

6

Im nächsten Sommer, am Ende des Schuljahrs, fuhren die beiden Knaben in Begleitung des Grafen und des Hofmeisters nach Olmütz, um am dortigen Gymnasium die erforderlichen öffentlichen Prüfungen abzulegen. Der Graf, der seit der mißglückten Bosnienfahrt zwar oft Jagdausflüge, aber selten eine Reise in die Stadt unternommen hatte, war wohlgelaunt. Mit gesenkter Stimme sich an den neben ihm sitzenden Hofmeister wendend, erzählte er, toll wie kaum in einer Großstadt habe er es in seiner Jugend in Olmütz getrieben. Leider nicht lange; seine Olmützer Garnisonszeit sei nach etwa einem Monat zu Ende gewesen, die Frau eines Offiziers spiele in dieser Geschichte die Hauptrolle, das sei lange her, aber schön sei es doch gewesen, und ein Wiedersehen mit den vertrauten Straßen und Plätzen feiere er immer gern. Auch der Hofmeister setzte eine fröhliche Miene auf. Er war eines guten Ausgangs der bevorstehenden Prüfung nicht sicher, hielt es aber für zweckmäßig, den vielleicht allzu unbekümmerten Franz in seiner Sorglosigkeit zu bestärken;

denn die Unbefangenheit mochte in der Prüfungsstunde wertvoller als die Beherrschung des vorgeschriebenen Lehrstoffes sein. Während Franz die in gedämpftem Ton erzählten Geschichten seines Vater belauschte, starrte Edmund in sein Lehrbuch der Geschichte. Er hatte viel und gewissenhaft gelernt, aber seine Gedanken rissen ihn immer wieder von den Jahreszahlen, die er memorierte, los. Er dachte, daß es ein großes Unglück wäre, wenn er bei der Prüfung durchfiele. Er dachte, daß er nicht mehr studieren dürfte, wenn die Prüfer fänden, daß er zum Studium nicht tauge. Er fürchtete, daß der Vater ihn zwänge, Kammerdiener zu werden. In dem sommerlich heißen Abteil des Eisenbahnwaggons hing Zigarrenrauch. Draußen war blauer, wolkenloser Himmel. Edmund wünschte, daß sich der Zigarrenrauch in Gewitterwolken verwandle. Er wünschte, ein Blitz möge aus einer Gewitterwolke niederfahren und ihn erschlagen.

Die geistlichen Lehrer, von denen die beiden Knaben geprüft wurden, unterhielten sich zunächst längere Zeit mit dem Grafen. Das Geschlecht der Grafen Saill hatte von altersher in der katholischen Welt den besten Ruf. Die Prüfer waren nach dieser Unterhaltung gewillt, den Grafensohn nachsichtig zu prüfen. Es erwies sich, daß diese Nachsicht nicht unnötig war; das Wissen des Prüflings wies große Lücken auf. Insbesondere sein Latein erschien dem prüfenden Professor mangelhaft. Trotzdem erhielt Franz ein zwar nicht vorzügliches, aber mehr gute als schwächere Noten aufweisendes Zeugnis. Nach dem Grafensohn wurde Edmund geprüft. Es hätte den Professoren auffallen müssen, daß er sich besser als Franz auf die Prüfung vorbereitet hatte; trotzdem erhielt er ein kaum besseres Zeugnis als Franz. Vielleicht hatten einige Prüfer die Neigung, den Sohn des Kammerdieners etwas strenger als den Grafensohn zu beurteilen, um dem Grafen einen Ärger zu ersparen; vielleicht aber waren sie außerstande, zu erkennen, daß Edmund größere Kenntnisse als Franz hatte, denn der befangene Prüfling, der fürchtete, daß von dem Ausgang dieser Prüfung seine ganze Zukunft abhängen werde — wahrscheinlich eine entsetzliche Zukunft, vor der ihm graute —, sprach stockend und überlegte lange, ehe er die allerdings dann größtenteils richtigen Antworten gab. Franz hingegen beantwortete die Prüfungsfragen ohne Zögern, verließ sich auf das Glück, das ihn zuweilen das Richtige erraten ließ, und rückte von einer Antwort, die sich als falsch erwies, mit der unbefangenen Selbstverständlichkeit und Munterkeit ab, mit der er beim Schachzug einen schlechten Zug zurückzunehmen pflegte.

Nach der Prüfung hatte er keineswegs das Gefühl, von den Professoren mit ungewöhnlicher Nachsicht und außerordentlichem Wohlwollen behandelt worden zu sein. Auch der Graf und der Hofmeister nahmen das Prüfungsergebnis ohne jedes Erstaunen auf, was Edmund tiefer empörte als die Gleichgültigkeit, mit der sie einen Blick auf sein Zeugnis warfen. Ich wäre durchgefallen, wenn ich so wenig gewußt hätte wie er, dachte der Empörte. Wie ungerecht ist die Welt! Wie unverschämt wird die Ungerechtigkeit in die Welt gesetzt und von allen mit Befriedigung hingenommen, als ob es nicht anders sein könnte! Er vergaß, daß er noch vor einer Stunde befürchtet hatte, bei der Prüfung zu versagen und Kammerdiener werden zu müssen. Er freute sich nicht seines Erfolgs, den der Hofmeister weder gewünscht noch erwartet hatte. In den vergangenen Monaten hatte Dr. Reifner etwa einmal wöchentlich einige Fragen an ihn gerichtet. Nie hatte der Hofmeister gefragt, ob Edmund den Vortrag verstanden habe. Selbst in den letzten Wochen vor der Prüfung hatte der schamlose Mann sein Versprechen, sich nach Möglichkeit mit ihm zu befassen, sobald Franz in Trab gebracht sein werde, nicht gehalten. Der Hofmeister hatte vielmehr in den letzten Wochen nicht nur seine ganze Aufmerksamkeit ausschließlich Franz zugewendet, als ob der ungern Lernende allein vor einer Prüfung stünde, der schamlose Mann hatte überdies seinem Zögling einige Winke, die ihm die Prüfung erleichtern sollten, mit halblauter Stimme gegeben, so daß Edmund den Eindruck gehabt hatte, er dürfe diese Kniffe nicht kennenlernen. Da er trotzdem bei der Prüfung die meisten Fragen richtig beantwortet hatte, durfte er mit sich zufrieden sein. Er kam jedoch nicht dazu, mit sich zufrieden zu sein, weil er mit der Welt unzufrieden war. Seine Empörung über die Ungerechtigkeit der Welt war so groß, daß er am liebsten sein gutes Zeugnis zerrissen hätte.

Die Tag für Tag geübte Ungerechtigkeit des Hofmeisters hatte den Zurückgesetzten gezwungen, sich zu beherrschen und seinen Unmut willensstark zu unterdrücken. Heute konnte er sich nicht beherrschen. Zornig blickte er den Grafen, den Hofmeister und Franz an, als sie gemeinsam das Schulgebäude verließen, zornig hielt er sich abseits, als sie einen großen schönen Platz überquerten, der ihn, den Dorfjungen, der nie in einer Stadt gewesen war, zur Bewunderung hingerissen hätte, wenn er imstande gewesen wäre, etwas zu sehen.

Es war Mittag. Der Graf betrat mit seinem Sohn und dem Hofmeister ein Restaurant. Zögernd folgte ihnen Edmund, verlegen blieb er bei der Tür des Speisesaals stehen. Er fürchtete, daß der Graf ihn auffordern werde, sich an seinen Tisch zu setzen. Er fürchtete gleichzeitig, daß der Graf ihn nicht auffordern werde, sich an seinen Tisch zu setzen. Welche dieser beiden Möglichkeiten war die fürchterlichere? Er wußte es nicht; er stellte sich aber das Erschrecken und den Stolz seines Vaters vor, der erfahren würde, daß Edmund an einem Tisch mit dem Grafen gesessen sei. Der bei der Tür Stehende vergaß alles ringsum, so sehr beschämte ihn schon jetzt das Erschrecken und der Stolz seines Vaters. Aber auch der Graf schien geistesabwesend zu sein. Statt einen der vielen freien Tische zu wählen und sich zu setzen, blieb er in der Mitte des Saales stehen, musterte die essenden und trinkenden Gäste und blickte sich nach dem Hofmeister um, der zwischen den Tischreihen abwartete, was geschehen solle. Schließlich ging der Graf auf ein kleines Tischchen in einer Fensternische zu, an dem nur zwei Personen Platz nehmen konnten. „Setz dich", sagte er zu Franz und setzte sich ihm gegenüber. Dann winkte er den Hofmeister heran und sagte ihm leise: „Ich sitze gern abseits, aber leider ist an meinem Tisch kein Platz mehr. Setzen Sie sich mit dem — wie heißt er doch — mit dem Jungen wo anders hin und bestellen Sie auch für ihn." Der Hofmeister lächelte höflich, schien sich jedoch zu ärgern; von seinen Mundwinkeln ging ein nervöses Zucken aus, und sein Einglas verriet ein schwaches, kaum merkliches Schwanken, weil das Zucken das Gesicht durchlief, obwohl er die Stirn nicht runzelte und die Augen unverändert freundlich blieben.

Während der Graf von mehreren Kellnern umringt wurde, setzte sich der Hofmeister an einen der großen Tische und nickte dem noch immer unschlüssig bei der Türe stehenden Edmund zu. Da der Knabe dieses Kopfnicken nicht zu bemerken schien und sich nicht von der Stelle rührte — er stand mehreren eintretenden Gästen im Wege und fiel sowohl durch seine ländliche Kleidung wie durch seine finstere, geradezu drohende Miene auf —, winkte der Hofmeister ihm zu, winkte ein zweites Mal lebhafter und rief endlich über die Tischreihen hinweg: „So komm doch endlich, Edmund!" Der Zwölfjährige blickte ihn starr an, drehte sich um und ging zur Tür hinaus. Der Hofmeister sprang auf, ging ihm raschen Schrittes nach, erblickte ihn erst auf der Straße wieder, packte seinen

Arm und sagte wütend: „Was ist denn los mit dir? Hast du nicht verstanden? Du sollst dich zu mir setzen und fressen!“

Edmunds Zorn wurde sofort milder und beherrschter, als er sah, daß er den Hofmeister in Wut versetzt habe. Selbst das Wort „fressen“ kränkte in diesem Augenblick den Knaben nicht, der sich an dem von der Erregung der Prüfung, vom Hunger, von der Hitze und von der Unhöflichkeit des Grafen, der nicht an einem Tisch mit dem Hofmeister sitzen wollte, hervorgerufenen Ärger des Mannes ergötzte. „Ich mag nicht mit Ihnen fressen, ich esse lieber allein“, antwortete Edmund. Während er es, zu seiner eigenen Überraschung, sagte, war ihm nicht anders zumute, als ob er einen Dolch gezogen hätte und das Mordinstrument tief in die Brust des verächtlichen Menschen stieße. Der Hofmeister glaubte schlecht gehört zu haben; nie hatte er ein keckes Wort Edmunds vernommen, nie hatte er es für möglich gehalten, daß der zwar unliebenswürdige, aber von Übermut und Frechheit weit entfernte Sohn des Kammerdieners sich so ungebührlich benehmen könnte. Ich habe einen Fehler begangen, ich hätte das Wort „fressen“ nicht gebrauchen sollen, dachte der den Arm des Knaben festhaltende Mann. Seine Wut meisternd, sagte er in drohendem Ton, aber leise: „Du gehst jetzt mit mir hinein, der Graf wünscht es. Auf deine Wünsche kommt es nicht an, verstanden?“ Er zerrte den Knaben zum Eingang des Restaurants, stieß ihn in den Saal, gab den Arm des sich nicht Wehrenden frei und geleitete ihn zu dem Tisch, der unbesetzt geblieben war. Nachdem sie sich gesetzt hatten, sagte der Hofmeister leise: „Ich führe deine kecke Antwort auf die Prüfung zurück. Es ist dir wohl zu Kopf gestiegen, daß du sie bestanden hast. Beruhige dich und bedenk, daß hier viele Menschen sitzen, die Augen und Ohren haben. Weißt du, wie man manierlich mit Messer und Gabel umgeht?" — „Das lernt man als Sohn eines Kammerdieners", sagte Edmund laut, beinahe übermütig. Er fühlte sich dem Hofmeister überlegen. Sein Zorn war völlig verraucht. Er konnte sich plötzlich freuen. Er freute sich, weil nicht er, sondern der Hofmeister wütend, mühsam sich selbst beherrschend, in dem großen Speisesaal saß. Er freute sich, weil er trotz allen Ungerechtigkeiten die Prüfung gut bestanden hatte. Am meisten aber freute ihn, daß er den Hofmeister zurechtgewiesen hatte.

Nach der Heimkehr erzählte er alles der Mutter. Er glaubte, daß sie ihn wegen seiner Antwort loben werde. Er liebte die Mutter viel inniger als in den vergangenen Jahren, seit sie ihm gesagt hatte: „Dein Vater ist kein Vater. Dein Vater ist kein Mensch. Dein Vater ist ein Kammerdiener." Er war jedoch unfähig, ihr zu zeigen, wie sehr er sie liebte. Er küßte sie nie, er saß nie mit ihr auf der Ofenbank wie die schweigsame Schwester, die nur mit der Mutter viel, ja unermüdlich redete. Er wußte aber, daß die großen, langsam begreifenden, trägen Augen der Mutter oft liebevoll, mit heimlicher Sorge seine Gedanken zu erforschen versuchten. Als er seinen Bericht über die Prüfungsreise beendet hatte, blitzten ihre Augen auf wie Annas Augen vor dem Schneeballangriff. Sie sagte aber gleich darauf sehr ernst: „Gib acht, Kind. Menschen wie wir dürfen nie verraten, wie ihnen ums Herz ist. Mach dir keine Feinde, solange du auf die Hilfe der andern angewiesen bist. Es kommt einmal die Zeit, da zahlt man alles zurück."

Edmund erwartete, daß er in der nächsten Zeit Verfolgungen ausgesetzt sein werde. In den Wochen, die der Prüfung folgten, gestaltete sich jedoch sein Leben angenehmer als in den vergangenen Wochen. Die Ferien begannen. Der Hofmeister stellte zwar nicht vollständig den Unterricht ein, störte aber nur selten die Knaben, denen sechs Wochen der Ruhe und Entspannung beschieden waren. Nach den Ferien wurde das alte Leben fortgesetzt. Der Hofmeister war wieder nur für Franz vorhanden und richtete nur selten einige Fragen, die den Lehrstoff betrafen, an Edmund, der die Mißachtung des Mannes spürte, ohne ihn bei einer offenen feindseligen Äußerung oder Handlung zu ertappen. Der Hofmeister geriet nie aus dem Gleichgewicht, er war der weltmännisch sichere, mit großer Geduld den Grafensohn anspornende Lehrer und Erzieher, der er sein wollte. Edmund blieb der stumme Zuhörer. Der Zwang, stumm zuzuhören, lastete schwer auf ihm. Es kam keine Stunde mehr, in der er sich dem Hofmeister noch einmal überlegen fühlte.

Die Kameradschaft der beiden Knaben hatte

Dauer, obwohl die Entfremdung, die nach dem Eintreffen des Hofmeisters entstanden war, immer neue Nahrung fand. Edmund vergaß manchmal seinen Vorsatz, die Sticheleien seines Spielgefährten, Schachpartners und Studienkollegen nicht mehr mit einem körperlichen Angriff auf den Schwächeren, der nach jeder Prügelei besiegt auf dem Boden lag, zu beantworten. Diese Streitigkeiten und Raufereien festigten die Kameradschaft. Denn in der immer noch kindlichen Freude an dem wütigen Entbrennen des Spielgefährten, das dem Knaben die künftige Männerwelt mit ihren Kämpfen und Spannungen vorzauberte, lag auch die Freude an einem Zusammengehören, die der Hofmeister nicht zu zerstören vermochte. Dieses Gefühl des Zusammengehörens war dem der Freundschaft nahe verwandt. Es verwandelte sich jedoch nie in wirkliche Freundschaft.

Was den einen dem anderen entfremdete — ohne ihre Kameradschaft zu zerstören —, ließ sich nicht mit den Händen greifen. Daß der Hofmeister den Grafensohn anders als den Sohn des Kammerdieners behandelte, spielte in diesem Prozeß keine wichtige Rolle mehr. Wenn Franz aber, wie es jetzt öfter geschah, mit den Kindern des Grafen Bubna spazierenfuhr oder ausritt — er hatte als Zwölfjähriger endlich das Reiten erlernt und zeigte sich gern zu Roß —, fühlte Edmund: Das ist eine andere Welt, in der ich nichts zu suchen habe. Wenn Franz mit seinem Vater in den Wald ging, und Edmund ihnen begegnete, fühlten die beiden Knaben die Fremdheit besonders stark. Weder der mit seinen scharfen Jägeraugen alles ringsum scharf beobachtende Graf noch sein Sohn riefen dem ihnen begegnenden Edmund jemals zu: „Komm mit!“ Edmund grüßte nicht devot, sondern mit einer knappen Verbeugung, das ihm von seinem Vater vorgeschriebene Grußwort „Küßdiehand“ so undeutlich murmelnd, daß es nicht hörbar wurde. Franz pflegte überlegen zu lächeln, wenn er an der Seite seines Vaters Edmund begegnete. Der Graf dankte sehr nachlässig für den Gruß. Das ernste, düstere, oft trotzige Gesicht des Knaben gefiel dem nie über einen Menschen nachdenkenden Grafen nicht. „Schade, daß du keinen andern Kameraden hier hast“, sagte er manchmal nach so einer Begegnung zu Franz, „der Kerl ist stupid.“ Franz verteidigte seinen Studienkollegen nicht; er begnügte sich, gedankenlos zu sagen: „Mich geniert er nicht weiter, ich komm ganz gut mit ihm aus.“

Edmund empfand diese Fremdheit zwar ebenso wie Franz nur als eine Störung und nicht als eine Zerstörung der Kameradschaft, wußte aber besser, warum sie keine innige Freundschaft schließen konnten. Wenn sie zusammen durch das Dorf gingen, spürten beide die unfreundlichen Blicke der Dorfbewohner. Franz nahm diese Blicke gleichgültig auf. Er sagte sich: Ich bin der junge Graf, mein Vater ist der alte Graf, es ärgert die Leute, daß wir mehr als sie sind und besser als sie leben und ihnen nichts aus unserm Garten und von unserem Überfluß schenken. Er wußte nicht, daß sein Vater kein reicher Mann war; die Gläubiger, die in das Haus kamen, hielt er für zuweilen freche Bittsteller. Er blickte über die Dorfbewohner überlegen hinweg. Er kannte nicht ihre Namen. Edmund hingegen ertrug die Feindseligkeit der Dorfbewohner von Jahr zu Jahr schwerer. Er kannte jeden Erwachsenen und jedes Kind. Er kannte ihre Stimmen, ihre Häuser, ihre Kleider. Er wußte, daß alle das „Schloß" scheel anblickten, weil sie den Grafen und den Kammerdiener und alle Bewohner des „Schlosses" für überflüssige und liederliche Menschen hielten. Die Mutter hatte ihm diese Erklärung gegeben; er fühlte auf jedem Gang durch das Dorf, daß sie die Wahrheit gesagt habe. Es fiel ihm schwer, diese Wahrheit zu ertragen. Es gab viele Dorfbewohner, Kinder wie Erwachsene, mit denen er gern gesprochen hätte. Manches Gesicht war ihm vertraut. Er war jedoch zu stolz, um Vertrauen zu betteln und eine Annäherung zu versuchen, die niemand wünschte.

Franz verriet ihm eines Tages, daß sich nachts in dem Hause geheimnisvolle Vorgänge abspielten, von denen die Knaben nichts geahnt hatten. Diese Vorgänge hingen mit den Mädchen und Frauen zusammen, die im Erdgeschoß in unmittelbarer Nachbarschaft der Kammerdienerwohnung hausten. Die Knaben wußten, daß diese Mädchen und Frauen kochten, wuschen, die Wäsche flickten und die Feldarbeiten besorgten, die jedoch so geringfügig waren, daß die Frau des Kammerdieners allein imstande gewesen wäre, mit dem Ackern und Ernten fertig zu werden. Die Knaben hörten oft die Mädchen und Frauen lachen und zanken. Der Kammerdiener hatte dem neugierigen Franz schon vor einigen Jahren erklärt, diese Weiber seien Waisen, die elend zugrunde gegangen wären, wenn der Graf sich der Elternlosen, Unterstandslosen nicht angenommen hätte. Der Kammerdiener hatte Edmund verboten, mit ihnen zu sprechen. Ebenso hatte der Graf seinem Sohne nahegelegt, sich nicht um die Weiber zu kümmern. Den Frauen und Mädchen war untersagt worden, jemals die Knaben anzureden.

Franz war dreizehn Jahre alt, als er diese Frauen und Mädchen zu beobachten begann. Zuerst streifte er unauffällig die Hübscheste mit der Schulter, mit dem Arm, als ob es Zufall gewesen wäre; die körperliche Berührung, die so flüchtig war, daß sie nicht länger als das Streifen eines Baums im raschen Vorübergehen dauerte, durchzuckte ihn geheimnisvoll erregend. Einige Wochen später begann er vor den Kammern der Frauen und Mädchen öfter spazierenzugehen; er blieb vor ihren niedrigen Fenstern stehen und versuchte, etwas zu erspähen. Manchmal sah er einen lachenden oder grinsenden Mund. Zweimal ertappte den Neugierigen der Graf bei diesen Spaziergängen. Bei der zweiten Begegnung fragte der Vater: „Was hast du hier zu suchen?" Franz, der nie verlegen wurde, zeigte sich verwirrt, lachte verlegen und wagte nicht mehr, sich vor den Fenstern zu zeigen.

Der erwachte Trieb jagte ihn an einem der nächsten Abende im Garten umher. Er verbarg sich hinter einem Busch und beobachtete die Fenster der Frauen und Mädchen. Da sich die Kammern auf der Gartenseite des Hauses befanden, waren die Fenster vor neugierigen Blicken nicht geschützt worden. Es gab in den Kammern keine Vorhänge. Franz hoffte, die Frauen und Mädchen würden vor dem Schlafengehen Licht entzünden und seinen Blicken preisgegeben sein. Er hörte seinen Vater rufen: „Wo ist Franz?“ Der Kammerdiener fragte seine Frau und Edmund: „Wo steckt der junge Herr?“ Franz regte sich nicht, lauerte. In den Kammern blieb es dunkel. Endlich, nach einer halben Stunde, wurde in einer der Mädchenkammern eine Kerze entzündet. Franz sah drei Mädchen, zwei ruhten bereits auf ihren Lagerstätten, eine streifte das Hemd ab. Er verließ sein Versteck, schlich sich an das Fenster heran, hielt den Atem an und erschrak, als er, kaum drei Schritte entfernt, plötzlich die Stimme des Kammerdieners hörte, der rief: „Da ist er ja! Der junge Herr ist hier!“ Franz lief in das Haus, entkleidete sich rasch und schloß die Augen, als der Hofmeister eintrat.

Am nächsten Morgen brüllte der Graf seinen Sohn an: „Untersteh dich, noch einmal vor dem Schlafengehn im Garten herumzulungern!“ Trotzdem war Franz entschlossen, nach Einbruch der Dunkelheit wieder in den Garten zu gehen. Als er am nächsten Nachmittag mit dem Hofmeister von dem täglichen Spaziergang zurückkehrte, galt sein erster Blick den Fenstern der Mädchenkammern. Er fuhr zusammen. Alle Fenster waren verhängt, mit Vorhängen versehen, dunklen, undurchsichtigen Tüchern, die über alle Scheiben gespannt waren.

Mit Scham, Neugierde und Wut überlegte er, daß der Vater wahrscheinlich den Frauen und Mädchen befohlen hatte, die Vorhänge anzubringen. Vielleicht hatte es der Kammerdiener befohlen. Vielleicht war der Vorschlag von dem Hofmeister ausgegangen. Jedenfalls war beschlossen worden, dem Dreizehnjährigen den Einblick in die Frauenwelt zu verwehren. Er schämte sich nicht lange. Die Neugierde blieb, steigerte sich, wuchs unerträglich. Es war keine gewöhnliche Neugierde, es war eine brennende Gier, die ihn schlaflos machte. Mißtrauisch versuchte er, die Gedanken des Vaters, des Kammerdieners und des Hofmeisters zu erraten. Wußten sie, daß er unaufhörlich an die dunklen, undurchsichtigen Tücher vor den Kammerfenstern dachte? Der Vater hatte nicht mehr von den abendlichen Spaziergängen gesprochen.

In einer der nächsten Nächte — der Vater hatte einen Jagdausflug unternommen — sah der schlaflose Franz den Hofmeister, mit dem er nachts das Zimmer teilte, leise, vorsichtig aufstehen, sich flüchtig ankleiden und auf den Fußspitzen den Raum verlassen. Franz sprang aus dem Bett und folgte ebenso leise und vorsichtig dem Hofmeister, der in den zweiten Stock ging, auf dem Korridor stehenblieb, ein Streichholz entzündete und nach allen Seiten spähte. Eine Türe wurde halb geöffnet. In dem Zimmer, dessen Tür geöffnet wurde, brannte eine Lampe. In der Türe stand ein Mädchen. Der Hofmeister ging vorsichtig, auf den Fußspitzen, auf die Türe zu, trat ein und versperrte die Türe. Franz, der im undurchdringlichen Dunkel der Treppe alles beobachtet hatte, blieb minutenlang reglos stehen. Besinnungslos wollte er auf die Türe zustürzen und mit den Fäusten an die Tür schlagen und trommeln. Dann besann er sich. Vorsichtig, auf den Fußspitzen, kehrte er in sein Schlafzimmer zurück. Er lächelte überlegen. Lächelnd schlief er ein.

Der Vater blieb drei Tage auf dem Jagdausflug. Dreimal sah Franz den Hofmeister in der Nacht leise, vorsichtig aufstehen, sich flüchtig ankleiden und auf den Fußspitzen das Schlafzimmer verlassen. Nach der Rückkehr des Vaters verließ der Hofmeister nachts das Schlafzimmer nicht. Er schlief ruhig, als die Pendeluhr Mitternacht schlug. Der lauschende Franz hörte die leisen Geräusche des Dorfes, das ferne Bellen eines Hundes, Schritte auf der Landstraße, das Rauschen der Bäume.

Auch in der nächsten Nacht lag der Hofmeister in tiefem Schlaf, als Franz lauernd die Stunde abwartete und vorübergehen sah, die ihm in drei Nächten das Geheimnis verraten hatte. Der schlaflose Knabe dachte nach. Der Hofmeister ging heimlich in jeder Nacht, die der Vater außerhalb des Hauses verbrachte, in den zweiten Stock zu einem Mädchen. War es Zufall, daß der Hofmeister nicht mehr seine nächtlichen Besuche machte, seit der Vater von dem Jagdausflug zurückgekehrt war? Diese Frage ließ den Dreizehnjährigen nicht einschlafen. Er stand leise, vorsichtig auf, verließ auf den Fußspitzen das Zimmer und ging, sich im Dunkel vortastend, in den zweiten Stock. Eine Türritze ließ einen schwachen Lichtschein durch. Franz tappte leise, vorsichtig, auf den Fußspitzen zu dieser Tür. Er vermochte nichts zu sehen. Er hörte aber eine Mädchenstimme, die sehr leise sprach. Gleich darauf hörte er eine Männerstimme. Er erkannte die Stimme seines Vaters. Der Vater sprach lauter als das Mädchen; trotzdem war kein Wort zu verstehen. Franz glaubte den Vater schimpfen zu hören. Etwas später glaubte Franz das Mädchen seufzen zu hören. Er zitterte. Zitternd dachte er: Der Vater! Dann übermannte ihn die Angst, der Vater könnte plötzlich die Türe aufreißen und ihn entdecken. Leise, vorsichtig, auf den Fußspitzen schlich der Knabe in den ersten Stock und tappte sich zu seinem Schlafzimmer und zu seinem Bett.

Er konnte lange nicht einschlafen. Er hörte Stimmen raunen, die Stimme des Mädchens, die Stimme des Hofmeisters, die Stimme des Vaters. Er hörte die Bäume rauschen, das Raunen ging in das Rauschen über. Er verzog spöttisch den Mund. Er lächelte spöttisch und überlegen, weil er dem Vater wie dem Hofmeister hinter ihre Geheimnisse gekommen war.

Am nächsten Tag berichtete er dem ahnungslosen Edmund, was sich in dem zweiten Stock begeben habe. Edmund unterbrach ihn nicht, aber seine großen, langsam begreifenden, trägen Augen wurden streng und zornig. Er sagte streng und zornig:

„Ich will davon nichts wissen!“ Franz lachte: „Warum nicht? Wir kommen auch bald dran.“ Edmund sagte drohend: „Ich will nichts mehr mit dir zu tun haben, wenn du noch einmal davon anfängst.“ Franz sprang lachend aus dem Zimmer. Edmund wiederholte streng und zornig, als ob Franz das Zimmer nicht verlassen hätte: „Ich will davon nichts wissen!“

7

Die Wohnung des Kammerdieners, die aus zwei Zimmern und der Küche bestand, hatte seit vierzehn Jahren, seit der Hochzeit des Kammerdieners, ihr Aussehen nicht verändert. Die vierzehn Jahre alten Schränke, Tische und Stühle sahen „wie neu“ aus, weil die Familie sich immer in der Küche aufhielt. Obwohl es nicht nötig war, besserte der Kammerdiener von Zeit zu Zeit mit seinen flinken, geschickten Händen die geringen Schäden aus, die das stille Verrinnen der Zeit in den beiden Zimmern anrichtete. Er erneuerte die Politur der Schränke, er malte in jedem Sommer die Wände und die Zimmerdecken, er untersuchte öfter die Bretter der Betten, weil er immer fürchtete, sie könnten durch die tägliche Benützung Schaden leiden. In jedem Zimmer standen zwei Betten; in dem ersten Zimmer schliefen Edmund und Anna, in dem zweiten die

Eheleute. Der Kammerdiener merkte nicht, daß seine Kinder bereits groß waren und wie Erwachsene von einem Bettende bis zum andern reichten, wenn sie sich ausstreckten. Er merkte auch nicht, daß er mit seinen grauen Haaren von Jahr zu Jahr weniger dem jungen Manne glich, der er bei seinem Dienstantritt gewesen war. Ebensowenig merkte er, daß seine Frau zu ergrauen begann. Er merkte, ob sein Herr gut oder schlecht gelaunt war, weil es sein einziger Ehrgeiz und seine einzige Freude war, das Wohlbefinden des Grafen zu erhöhen und die schlechte Laune des Vergötterten zu vertreiben. Er merkte jedes Fleckchen und jeden Kratzer auf einem Möbelstück, weil alles, was sich in der Wohnung befand, ein Geschenk des Herrn war und dem Beschenkten deshalb teuer blieb.

Er war sehr erstaunt, als seine Frau eines Tages sagte, Edmund habe den Wunsch geäußert, von nun an nicht mehr in dem Zimmer, wo Anna schlief, sondern allein in der Küche zu schlafen. „Warum?“ fragte der Kammerdiener. „Und warum kommt er überhaupt mit seinen Wünschen zu dir und nicht zu mir?“ Die Frau antwortete: „Weil du nie mit ihm redest.“ — „Ich?“ rief der Kammerdiener. „Ich rede nie mit ihm? Hat man so was schon gehört? Er, er redet nicht, er tut nie den Mund auf, so daß jeder glaubt, daß er stumm ist. Schon als kleines Kind war er so.“ Der Kammerdiener war über die Bemerkung seiner Frau nicht weniger erstaunt als über Edmunds Wunsch, vergaß aber gleich den Vorwurf, den ihre Bemerkung enthielt, und fragte den Dreizehnjährigen: „Warum willst du in der Küche schlafen?“ Edmund sagte errötend: „Ich bin schon zu groß. Auch Anna ist schon zu groß. Wir können nicht mehr in einem Zimmer schlafen.“

Der Kammerdiener lachte auf. Er hatte ein spöttisches Wort auf der Zunge, verschluckte es aber, gebannt von dem ernsten großen Blick seines Sohnes. Der gebannte Vater ging im Kreis um den unbeweglich Stehenden herum und betrachtete den breiten Rücken des unbeweglich Wartenden. Es war eher der Rücken eines Mannes als der eines Knaben. Es ist wahr, dachte der Kammerdiener, groß ist er schon, einen Rücken hat er wie ein Mann. Der Kammerdiener machte einen Sprung und stand plötzlich wieder dem Knaben gegenüber, er wollte Edmunds Miene prüfen, Edmunds Gesicht sehen — war es noch das Gesicht eines Kindes oder hatte es sich bereits verwandelt wie der breite Rücken, der eher der Rücken eines Mannes als der eines Knaben war? Ich weiß nicht, wie meine Kinder aussehen, dachte der Kammerdiener; man weiß eben nicht, wie jemand aussieht, den man immer sieht. Gleichzeitig dachte er: Unser junger Herr hat gestern entzückend ausgesehen in seinem neuen blauen Anzug. Edmund blickte ernst, geduldig wartend, seinem Vater ins Auge. Der Kammerdiener dachte, neuerlich erstaunt: Er hat die Augen seiner Mutter. Genau so hat seine Mutter mich vor einer Weile angeblickt. Er ist tatsächlich kein Kind mehr. Was soll ich tun? Was soll ich ihm sagen? Ich weiß nichts von ihm. Ich weiß nicht, was er denkt. Vielleicht ist er nicht dumm, ich weiß nicht, wie er ist. Den jungen Herrn, den kenn ich genau; ich weiß immer, was er denkt. Er sagt mir auch immer, was er denkt. Mein eigener Sohn aber geht zur Mutter statt zu mir, ihr sagt er, was er denkt, mir aber nicht.

„Warum gehst du zur Mutter statt zu mir mit deinen Wünschen?" fragte der Kammerdiener.

Edmund sagte mit unbewegter Miene: „Du hast nie Zeit."

„Ich . . ."

Der Kammerdiener war so verblüfft, daß er verstummte. Ich, dachte er — was sagt der Junge? Ich soll nie Zeit haben? Springe ich nicht zwanzigmal im Lauf des Tages in die Küche, auf die Straße, in den Garten, in die Küche, in den ersten Stock und wieder in die Küche? Hat er nicht jedesmal, mindestens zwanzigmal täglich, Gelegenheit, mit mir zu sprechen? Und während des Essens, mittags und abends — sitzt er nicht immer wie ein Stummer bei Tisch? Ich und keine Zeit! Diese Behauptung ist ungeheuer dumm oder ungeheuer frech.

Er drehte sich um und ging in den Garten.

Vor einem Blumenbeet blieb er stehen und dachte: Merkwürdig, wie er mir ins Auge geblickt hat. Es sind die Augen seiner Mutter. Ich muß es schon einmal gewußt haben — es ist mir entfallen. Ich kann mich nicht mit solchen Dingen beschäftigen, mein Dienst erlaubt es nicht. Es ist also vielleicht wahr, daß er mit seinen Wünschen zur Mutter gehn muß, denn ich bin immer im Dienst. Auch zuhause, beim Essen, denke ich an meinen Dienst. Auch nachts, im Schlaf, gehöre ich nicht mir, sondern träume von meinem Dienst. Ich erwache oft, wie mein Dienst es erfordert, und es ist kaum ein Unterschied zwischen meinem Tun im Wachen und meinem Tun im Traum. Das weiß er nicht, das ahnt er nicht. Er weiß nicht, was Dienst ist. Wie soll er es auch wissen? Er lebt wie der junge Herr, seine Arbeit ist genau wie die des jungen Herrn. Er lebt wie ein junger Graf. Er scheint aber nicht zu wissen, wie gut es ihm geht. Folglich ist er dumm. Wenn er nicht dumm wäre, wüßte er mit mir zu reden.

Die Mutter sagte an diesem Abend: „Wie soll es also mit dem Schlafen sein?" Der Kammerdiener entschied: „Anna wird in der Küche schlafen. Wenn man Neuerungen einführt, müssen sie praktisch sein. Edmund hat seine Bücher und sein ganzes Lernzeug in der Stube, er soll bei seinen Büchern schlafen. Anna kann überall schlafen."

Edmund hatte schon seit einem Jahr heimlich gewünscht, allein schlafen zu dürfen. Anna schlief immer vor ihm ein, sie bestieg das Bett, drehte sich zur Wand und schlief ein. Sie schlief ruhig, sie sprach nie im Schlaf, sie atmete leise, sie störte nicht. Trotzdem hatte Edmund seit einem Jahr die Gegenwart der schlafenden Anna als eine Störung empfunden. Als es entschieden war, daß Anna in der Küche schlafen werde, war er sehr glücklich. Anna sagte, daß sie nicht begreife, warum sie in der Küche schlafen solle; sie trennte sich ungern von ihrer Zimmerecke, dem vertrauten Stück Wand, dem sie sich jeden Abend vor dem Einschlafen zukehrte. Edmund setzte sich über Annas Ärger leicht hinweg. Er sagte: „Es ist besser so." Er freute sich auf die erste Nacht des Alleinseins. Er betrat mit hohen Erwartungen vor dem Schlafengehen sein Zimmer und öffnete das Fenster. Er atmete tief die Nachtluft ein. Er dachte: Das ganze Zimmer, der ganze Garten, der ganze Wald gehört jetzt mir. Er lauschte beglückt, als ob er noch nie das nachtdunkle Rauschen der Bäume gehört hätte. Er wollte nicht einschlafen, er wollte es genießen, daß ihm allein das ganze Zimmer, der ganze Garten, der ganze Wald gehörten. Als er aber nach einer Stunde einschlafen wollte, gelang es ihm nicht. Die Stille, die ihn zuerst beglückt hatte, jagte ihm Angst ein. Die Angst stieg aus den Wäldern in die Stube. Er dachte: Ich bin nicht gewöhnt, allein zu sein, deshalb bin ich unruhig. Er schloß das Fenster. Er glaubte, das Rauschen der Bäume, das aus der Tiefe der Wälder von weither in die Stube kam, mache ihm Angst. Aber nachdem er das Fenster geschlossen hatte, wurde die Angst noch größer. Er hörte jetzt nicht mehr das Rauschen der Bäume, er hörte sein Herz klopfen. Er hörte nichts als das laute Klopfen seines Herzens. Er dachte: Es klopft, es klopft. Er dachte: Wenn doch jetzt Anna an die Tür oder an die Wand klopfen wollte — wie gern ließe ich sie ein! Oder gar die Mutter! Es wäre mir sogar recht, wenn der Vater hereinkäme. Ich fürchte mich vor dem Alleinsein. Welche Schande! Ich hab nicht gewußt, daß ich furchtsam bin. Ich kannte bis heute nur die Furcht vor dem Kammerdienerberuf und die Furcht vor der Kammerdienerdemut, die ich verabscheue. Daß ich diese Kammerdienerdemut in mir haben könnte, von meinem Vater geerbt haben könnte: das ist es, was mir immer Furcht einjagt. Deshalb verprügle ich gern den Franz. Und deshalb grüße ich den Grafen unhöflich und murmle das vorgeschriebene Grußwort „Küßdiehand" so undeutlich, daß es nicht hörbar wird. Das ist keine Schande. Vor wem fürchte ich mich? Nicht vor wilden Tieren, es gibt in unserer Gegend keine wilden Tiere. Auch vor Menschen fürchte ich mich nicht, weder vor Einbrechern noch vor Räubern. Ich weiß, daß kein Räuber hereinkommt. Vor mir, vor mir hab ich Angst.

Erst nach einigen Tagen gewöhnte er sich an das nächtliche Alleinsein. Er fragte Anna, ob auch sie sich schwer an das nächtliche Alleinsein gewöhne. Sie verstand nicht, was er meinte. Sie schlief in der Küche ebenso wie in dem Zimmer sofort ein. Sie sagte, daß sie wahrscheinlich den halben Tag verschliefe, wenn die Mutter sie nicht wecken käme. Sie schlief tief und fast immer traumlos. Den Schulweg legte sie noch immer allein zurück, einige Schritte hinter den andern Kindern, die nach Holitz in die Schule gingen. Sie wußte aber, daß es einige Jungen gab, die gern neben ihr gegangen wären, wenn die andern nicht in der Nähe gewesen wären. Sie hatte einen stämmigen Körper, sie war groß, eher plump als zierlich, aber sie ging schön und stolz; ihr schöner stolzer Gang machte vergessen, daß sie eher plump als zierlich war. Sie hatte als Zwölfjährige den Körper eines reifen Mädchens. Sie hatte aber das Gesicht eines Kindes; auch ihre Ausdrucksweise war kindlich. Edmund liebte ihre kindliche Ausdrucksweise. Aber es gefiel ihm nicht, daß sie als Zwölfjährige den Körper eines reifen Mädchens hatte. Deshalb hatte er der Mutter gesagt, daß er nicht mehr in dem Zimmer, wo Anna schlief, sondern allein in der Küche schlafen wolle.

Anna wußte nicht, warum Edmund sie aus dem Zimmer, aus ihrer Zimmerecke, in der sie sich schon als kleines Kind jeden Abend vor dem Einschlafen dem vertrauten Stück Wand zugekehrt hatte, verdrängt habe. Er hatte sie in dem Zimmer genau so wenig beachtet wie in den jetzt schon fast vergessenen Jahren auf dem gemeinsamen Schulweg. Auch tagsüber richtete er sehr selten das Wort an sie. Er schenkte ihr ebenso wenig Aufmerksamkeit wie der Vater. Sie glaubte, Edmund erblicke in dem Vater ein Vorbild. Sie nahm an, daß sich Edmund nicht mit ihr abgeben wolle, weil der Vater sich nicht mit ihr abgab. Sie ahnte nicht, daß Edmund verbittert war, weil der Vater den Grafensohn umschmeichelte und umsprang, die eigenen Kinder aber nie anblickte. Sie ahnte auch nicht, daß Edmund den Beruf des Vaters schmählich und entsetzlich fand. Als kleines Kind hatte sie, den ganzen Tag in der Küche sitzend, die Mutter beobachtet und mit Puppen gespielt. Allmählich hatte sie der Mutter allerlei Handfertigkeiten abgeguckt; sie half ihr bei den meisten Arbeiten, sie strickte und nähte, sie rieb den Fußboden und schleppte das Holz aus der Holzkammer in die Küche. Nur die Schulaufgaben vernachlässigte sie. Die Schule war ihr lästig. Sie freute sich auf das Ende ihrer Schulpflicht.

Als sie jedoch im letzten Jahr ihrer Schulpflicht als Dreizehnjährige von Tag zu Tag deutlicher merkte, daß sich ihr einige gleichaltrige Knaben, die einige Schritte vor ihr in der Gruppe der Lepniker Schulkinder auf der Landstraße nach Holitz gingen, ungeschlacht-zärtlich zu nähern versuchten, wurde ihr der langweilige Schulweg lieb und angenehm. Die gleichaltrigen, ja selbst die etwas älteren Mädchen, die noch schulpflichtig waren, sahen, mit Anna verglichen, kümmerlich aus. Sie war nicht nur viel größer als alle andern Mädchen; auch die meisten Jungen reichten ihr kaum bis an die niedrige, kindliche Mädchenstirn. Nach dem ersten Schneefall entschlossen sich die Jungen, das nahezu acht Jahre lang unbeachtet gebliebene Mädchen mit Schneebällen zu bewerfen. Einmal in die winterliche Unterhaltung einbezogen, wurde Anna nicht mehr als verfemt betrachtet; die Knaben verrieten nun offen das Vergnügen, das ihnen der Anblick des großen Mädchens gewährte, und sie, die immer stumm die Verfemung ertragen hatte, nahm ohne Zögern den Vorteil wahr, den sie ihrem raschen, gesunden Wachstum verdankte. Sie schloß sich nicht den andern an, sondern die andern schlossen sich ihr an: zuerst einer der Jungen, dann — aus Eifersucht— ein zweiter, ein dritter, ein vierter. Sie wurde der Mittelpunkt einer Gruppe, die von Morgen zu Morgen größer wurde. Einige Mädchen, die zuletzt einen kleinen Vortrupp auf dem Schulweg bildeten, ließen ihren Widerstand schließlich fallen und gingen, wenngleich widerstrebend, in Annas Gruppe auf.

Anna zeigte nicht, daß sie ihren Sieg lustvoll genoß. Sie überraschte die Kinder durch ihre Gesprächigkeit, die bisher nur der Mutter bekannt gewesen war. Die Weggefährten erfuhren nun, daß alle Berichte ihrer Eltern und älteren Geschwister über das Leben und Treiben in dem „Schloß“ erlogen gewesen seien. Anna erzählte, alle Bewohner des „Schlosses“ seien fleißig und, nur allzu ernst, jeder Unterhaltung abgeneigt; in keinem Hause und in keiner Hütte des Dorfes werde so viel gearbeitet. Sogar der Sohn des Grafen werde unaufhörlich von seinem Hofmeister zu reger Tätigkeit angehalten. „Und die Weiber, die unten in den Kammern wohnen?“ fragte ein Mädchen. „Die gehn uns nichts an“, antwortete Anna hochmütig; „mit denen sprechen wir nicht, mein Vater hat es verboten. Mein Vater ist überhaupt sehr streng; fragt nur meinen Bruder. Niemand von euch hat einen so strengen Vater wie wir.“

Sie fragten Edmund nicht, sie änderten ihre trotzig-ablehnende Haltung gegenüber den Bewohnern des „Schlosses“ ebensowenig wie die Erwachsenen, die ungern sahen, daß ihre Kinder Annas Ächtung aufgehoben hatten. Es war ein Erfolg Annas, gegen den es wie gegen eine Naturgewalt keinen Einspruch gab, ein Erfolg ihres stattlichen, die Phantasie der Jungen beschäftigenden Aussehens, daß sie sich inmitten der Dorfjugend bewegen und heimisch fühlen konnte. Sie saß in ihrer freien Zeit nicht mehr in der Küche bei der Mutter, sondern schlenderte mit ihren neuen Freundinnen umher, erfuhr tausend Dinge, von denen das Elternhaus nichts wußte oder nichts wissen wollte, nahm mit Neugierde und Staunen die Neuigkeiten auf, die ihr erzählt wurden — Neuigkeiten, die gewöhnlich nur ihr neu waren — und warf sich diesem neuen Leben entgegen wie ein Tauber, der plötzlich hört, wie ein Blinder, der plötzlich sieht. Sie erstaunte über alles, insbesondere über die Liebschaften, von denen sie erfuhr, über die Schauergeschichten, die das in dem „Schloß" wohnende Weibervolk betrafen. Vielleicht war manches nur halb wahr oder ganz erlogen, aber selbst das Erlogene war eine neue Farbe, mit der die Welt ausgeschmückt war; bisher war die Welt farblos gewesen. Die Mutter wußte nicht, wie viele und wie bunte Farben es auf der Welt gab, die täglichen langen Gespräche mit ihr hatten sich immer nur um das Gewohnte und Vertraute bewegt; selten und nur in verschwommenen Vorstellungen um die Zukunft, die mit einer bestimmten Summe Geldes verknüpft war. „Wenn wir jedes Jahr fünfzig Gulden zurücklegen, wirst du kein armes Mädchen sein und einen Mann bekommen", hatte die Mutter zuweilen gesagt. Was es aber bedeutete, einen Mann zu bekommen, wie dieser Mann aussehen solle und welche Bewandtnis es überhaupt mit den

Männern habe — darüber hatte die Mutter nichts gesagt. Das aber war es, was Anna jetzt jeden Tag von allen Seiten hörte, es schien das Wichtigste zu sein, und wenn man es nicht wußte, so wußte man nichts. Darüber gab es erstaunlich viel zu reden und nachzudenken; jedes Wort und jeder Gedanke über dieses Wichtigste veränderte die Welt und machte sie deutlicher und zugleich geheimnisvoller. Was man in der Schule gelernt hatte, war offenbar viel weniger wichtig und hatte nur entfernten Bezug auf das Wichtigste, wenngleich es immerhin nicht überflüssig gewesen sein mochte. Denn wer in der Schule nicht lesen und schreiben gelernt hatte, konnte keinen Liebesbrief lesen und schreiben; und wer in der Schule nicht rechnen gelernt hatte, konnte nicht berechnen, wie lange man sparen müsse, um einen Mann zu bekommen.

Annas Ausdrucksweise blieb noch kindlich, nachdem die Vierzehnjährige aus der Schule ausgetreten war. Die Mutter merkte aber, daß sich hinter der kindlichen Ausdrucksweise ein Wissen um Dinge verbarg, die in den Augen der besorgt ihre Kinder Beobachtenden anrüchig und gefährlich waren. Die Mutter erschrak vor der Zauberei, die ein scheinbar still verrinnendes Jahr in Annas Leben zu bewerkstelligen vermochte. Das Jahr der Mutter verging wie ein Tag und wie ihr ganzes Leben, ereignislos, ohne Hoffnungen, jedoch auch ohne Erschütterungen und Katastrophen. Anna hingegen verwandelte sich von Jahr zu Jahr sichtbarer und auffallender. Die Mutter wußte nicht, wodurch diese Verwandlung hervorgerufen wurde. Sie versuchte, sich ihre eigene Jugendzeit zu vergegenwärtigen, aber ihr Gedächtnis sagte ihr nichts, ihre Erinnerung war ausgelöscht. Sie hatte ihr Großwerden nicht gemerkt. Sie hatte kaum gemerkt, daß sie sich in ein Weib verwandelt hatte. Sie war ein stilles Kind und später ein stilles junges Mädchen gewesen; eines Tages war sie als Frau in den Armen des Mannes erwacht, den ihre Eltern ihr zugeführt hatten. Der Übergang von einer Lebensstufe zur nächsten hatte sich immer so still und natürlich vollzogen, daß der Vorgang weder ihr selber noch einem andern Menschen des Nachdenkens wert erschienen war. Ebenso unauffällig schien sich die allmähliche Verwandlung des Kindes Edmund in einen jungen Mann zu vollziehen. Er blieb schweigsam und verschlossen und unterschied sich von dem Kinde, das er bis vor kurzem gewesen war, nur dadurch, daß er statt der kurzen Hose die erste lange trug. Das Mädchen hingegen entwickelte sich insbesondere als Sechzehnjährige so überraschend, daß die Mutter sich oft fragen mußte: Ist das meine Anna? Die Sechzehnjährige lief oft nach dem Nachtmahl aus dem Hause. Da das Haustor versperrt war, sprang sie aus dem Küchenfenster in den Garten; ebenso kletterte sie auf der Rückkehr durch das Fenster in die Küche zurück, was nicht schwierig war, da die Fenster des Erdgeschosses sehr niedrig gelegen waren. Größere Mühe erforderte das Überklettern des Gartenzauns, dessen Holzlatten lanzenförmig zugespitzt waren. Aber

Anna wußte genau, wohin sie den Fuß zu stellen hatte, um ohne Unfall auf die andere Seite zu gelangen. Sie mußte jedoch gleichzeitig auf jedes Geräusch achten, da sie weder von den Hausbewohnern noch von den Fußgängern auf der Landstraße gesehen werden durfte. Es war ein Glück, daß sich ihr Bett in der Küche befand, wo sich der Vater nachts nie blicken ließ. Die Mutter, die einige Male beobachtete, daß Anna heimlich im Dunkel das Haus verließ, stellte sie zur Rede und erwartete, das Mädchen werde das abendliche Ausreißen mit Freundinnenbesuchen erklären und sich jedenfalls rechtfertigen. Anna erklärte jedoch nichts und rechtfertigte sich nicht. Sie lachte der Mutter dreistverlegen ins Gesicht.

Die entsetzte und ratlose Mutter überlegte, was sie unternehmen solle. Ihre Hände zitterten. Sie fühlte, sie müsse das Schicksal ihrer Tochter in die Hände nehmen. Sie brachte es nicht über sich, mit ihren zitternden Händen das dreist-verlegene Gesicht des Mädchens zu schlagen, obwohl sie glaubte, eine solche Züchtigung wäre vielleicht notwendig, um die zuchtlose Sechzehnjährige zur Besinnung zu bringen. Die zitternden Hände der ratlosen Frau, diese rastlos arbeitenden, kraftvollen Hände, die viele Jahre lang nur im Beisammensein mit Anna während der abendlichen Ruhestunde untätig gewesen waren, wollten nicht schlagen und verkrochen sich unter die Schürze. Die Mutter, die sich ihrer Feigheit schämte — sie hatte viel in ihrer Ehe erduldet und ruhig hingenommen, aber sie war nie feig gewesen —, richtete an die Tochter mütterliche Mahnworte, glaubte aber nicht, daß ein mütterliches Mahnwort, und wäre es das verständnisvollste, auch nur im geringsten fruchten könne. Denn ein Wort der Mutter verwehte wie ein Hauch in dem Sturm des Verlangens, dem das Mädchen offenbar preisgegeben war. Ein freches, verlegenes Lachen, fiebernde Augen, ein allzu üppig gewachsener, gereifter Mädchenkörper, der — vielleicht noch schamhaft, vielleicht schon schamlos — die Männer herausforderte: das war die sechzehnjährige Anna. Die Mutter empfand angesichts dieser Verwandlung zum ersten Male das Unglück ihrer Ehe.

Sie hatte nie gewußt, daß ihre Ehe unglücklich war. Sie hatte ihren Mann nie verstanden. Sie hatte nie versucht, ihn zu verstehen. Sie verstand nicht, warum er unaufhörlich lief, einem Dienst nachlief, der keine Hast und kein Nachlaufen erforderte. Sie verstand nicht, warum er das Kind seines Herrn mehr als die eigenen Kinder liebte. Das alles konnte sie nicht verstehen. Das alles hatte sie nie verstehen können. Sie hatte sich aber nicht ernsthaft bemüht, es zu verstehen. Sie hatte ihre Kinder und ihre Arbeit gehabt, das war genug gewesen. Jetzt aber, da sie fürchtete, ihr Kind Anna zu verlieren — hatte sie es nicht schon verloren? —, erkannte sie, daß ihre Ehe unglücklich war. Denn sie konnte bei ihrem Manne nicht Hilfe suchen. Sie konnte ihn nicht fragen: Ist diese Anna, die sich so erschreckend verwandelt hat, unser Kind? Er wußte nicht, daß Anna sich so erschreckend verwandelt hatte, denn er hatte seine Kinder nie angesehen. Er hatte immer nur das Kind des Grafen angesehen. Die Mutter wußte, daß er Anna mörderisch schlagen würde, wenn er von der Verwandlung des Mädchens Kenntnis erhielte. Die ratlose Frau wollte nicht, daß er Anna züchtigte. Sie glaubte, daß er seine Kinder nicht liebe; deshalb durfte er das Mädchen nicht züchtigen. Sie glaubte, daß er nicht berechtigt sei, die Sorge und das Leid mit ihr, der Mutter, zu teilen.

Anna wich ihr aus. Sie arbeitete zuhause wie vorher, sie nahm an den gemeinsamen Mahlzeiten teil, sie zeigte eine gleichmütig-heitere Miene wie eh und je, sie stieg an den nächsten Abenden seltener aus dem Küchenfenster in den Garten, um sich heimlich davonzumachen, aber sie setzte sich nicht mehr nach der Arbeit zu der Mutter auf die Ofenbank. Sie wollte die Fragen und die Mahnworte der Mutter nicht hören. Sie war abwesend, selbst wenn sie vor den Augen der Mutter in der Küche hantierte. Sie ließ die Mutter allein.

Die ratlose, niedergedrückte Frau entschloß sich in ihrer Herzensnot, den siebzehnjährigen Edmund ins Vertrauen zu ziehen. Es fiel ihr schwer, diesen Entschluß zu fassen, denn Edmund lebte in dem Elternhause nicht wie ein Kind, das sich in dem Elternhause geborgen weiß, sondern wie ein jede Annäherung abweisender Einsiedler, dem die Nähe der andern, selbst seiner Nächsten, lästig ist. Je älter er wurde, desto seltener kam es vor, daß er mit der Mutter seine Angelegenheiten besprach. Auch von seinem Vater sprach er nicht mehr, wie er es noch vor einigen Jahren getan hatte. Er redete nur das Notwendigste. Dennoch glaubte die Mutter, daß er der einzige Mensch sei, mit dem sie ihre Sorge teilen könnte. Sie wußte allerdings nicht, ob er Anna jemals mehr Beachtung als der Kammerdiener geschenkt habe. Vielleicht war es ihm völlig gleichgültig, was aus Anna wurde. Dennoch entschloß sich die ratlose Frau, Edmund zu erzählen, daß Anna zuweilen abends heimlich das Haus verlasse und erschreckend verändert sei.

Er wurde nach den ersten Worten der Mutter blaß und rot. Seine Gesichtszüge waren verzerrt. Er ballte die Fäuste. Er flüsterte: „Mutter ... Wenn er es ist ..."

„Wer?"

„Wenn er es ist ..."

„Wer? Um Gotteswillen, wer?"

Er antwortete nicht. Die Mutter beschwor ihn, zu sagen, wen er verdächtige. Er verweigerte die Antwort. Er sagte auch nicht, was er von Anna denke. Er fand kein mitfühlendes Wort, auch kein zorniges, nicht einmal ein gleichgültiges. Die Mutter war gekränkt, weil er seine Gedanken nicht verraten wollte. Am nächsten Tag versuchte sie noch einmal, zu erforschen, was er gestern verschwiegen hatte. Er sagte: „Nichts ... Ich weiß nichts."

Edmund belauerte Anna und Franz. Die Klage der Mutter hatte ihn an die Worte erinnert, mit denen ihn vor vier Jahren der dreizehnjährige Franz erschreckt hatte. „Wir kommen auch bald dran!"

hatte Franz, der die Abenteuer seines Vaters und des Hofmeisters im zweiten Stock beobachtet hatte, lachend gesagt. Edmund war überzeugt, daß Franz, der in den letzten Monaten mit seinen ersten Liebschaften geprahlt hatte, Anna verführt habe oder verführen wolle. Mordlust befiel den weltfremd und einsam aufwachsenden Siebzehnjährigen bei diesem Gedanken. — Daß Anna kein Kind mehr sei, hatte er in sein Bewußtsein nicht aufgenommen. Er hatte als Dreizehnjähriger bemerkt, daß die zwölfjährige Anna den Körper eines reifen Mädchens habe, deshalb hatte er nicht mehr in dem Zimmer, wo sie schlief, sondern allein schlafen wollen, aber in seiner Vorstellung war sie trotzdem ein Kind geblieben, die kleine Schwester, deren kindliche Ausdrucksweise er liebte. Er stellte sich vor, daß Franz den großen reifen Körper Annas umarme. Wenn ich das sähe, dachte Edmund, ginge ich in die Holzkammer, nähme die Hacke und ließe sie auf seinen Schädel niedersausen.

Dieser Einfall überfiel Edmund mit so ungeheurer Gewalt, daß er nichts zu überlegen brauchte. Er wußte, was er zu tun hatte. Er war besser daran als die Mutter, die nicht wußte, was sie tun solle.

Er prüfte während der Unterrichts heimlich die Miene des Grafensohns. Sie war zuweilen heiter, zuweilen gelangweilt, sie verriet nichts. Auch Annas Miene, die Edmund heimlich prüfte, verriet nichts. Weder Franz noch Anna verrieten sich. Es gelang Edmund nicht, sie zu ertappen. Er folgte tagsüber Franz auf allen Wegen; wenn er Franz nicht verfolgte, ließ er Anna nicht aus dem Auge. Franz und Anna kamen nie zusammen. Franz suchte Anna nie auf, nie sprach er sie an. Er redete viele Mädchen an, nur Anna schien er nicht zu beachten. So wollen sie jeden Verdacht ablenken, dachte Edmund; ich lasse mich aber nicht irreführen.

Er schlief abends nicht ein. Er wachte in seinem dunklen Zimmer am Fenster und beobachtete das Küchenfenster. Ahnte Anna, daß er sie überwachte? Sie stieg nicht aus dem Fenster. Sie verließ in den vier Nächten, die er lauernd am Fenster verbrachte, nicht die Küche. In diesen Nächten stürmten viele böse Gedanken auf Edmund ein. Da Anna die Küche nicht verließ, erwachte in ihm der Verdacht, daß Anna mit Franz in einer Kammer in dem zweiten Stock sein könnte. Edmund ging in die Küche, sah die Schwester im schwachen Mondschein, der ihr Bett streifte, ruhig liegen und schlafen, kehrte in sein Zimmer zurück und schlief ein. Vielleicht ist es nicht Franz, dachte er einschlafend; aber er träumte dennoch in dieser Nacht, daß er die Hacke aus der Holzkammer hole und auf den Fußspitzen in das Schlafzimmer des Grafensohns gehe. Er sah im Traum den schlafenden Franz spöttisch lächeln, hob den Arm und ließ die im Mondschein eisgrau schimmernde Hacke auf den Schädel des Schlafenden niedersausen. Die Hacke war leicht, völlig gewichtlos, sie sauste federleicht nieder. In diesem Augenblick erwachte Edmund, und sein rechter Arm war so schwer, daß der Erwachte ihn nicht bewegen konnte. Auf dem unbeweglichen, schweren rechten Arm und auf dem ganzen Körper des Erwachten lag Schweiß. Ich hab es nur geträumt, dachte Edmund, nicht erleichtert, sondern bedrückt.

In der nächsten Nacht stieg Anna aus dem Küchenfenster in den Garten. Edmund lauerte in seinem dunklen Zimmer am Fenster. Er sah Anna zum Gartentor laufen, ihr Laufen war eher ein Springen von Busch zu Busch, bei jedem Busch duckte sie sich und spähte nach allen Seiten. Zitternd hockte Edmund an seinem Fenster. Er verbarg sich, denn er sah, daß Anna sich unaufhörlich nach seinem Fenster umblickte. Er wußte, daß er zitterte. Er befahl sich: Ruhe, Fassung, nicht zittern! Er war entschlossen, Anna und Franz zu packen. Er wollte mit einem harten Griff das Gesicht des sich im Dunkel der Nacht Verbergenden in den Mondschein heben. Franz war verschlagen, es war zu erwarten, daß er sein Gesicht im Dunkel der Nacht verstecken und sich nicht durch ein Wort oder durch einen Laut verraten würde. Das Gesicht wollte Edmund sehen, dann wollte er in die Holzkammer gehen und die Hacke holen.

Anna kletterte über den Gartenzaun. Edmund sprang aus dem Fenster und lief ihr nach. Er bemühte sich nicht, vorsichtig, unhörbar zu laufen, er lief keuchend, mit stampfenden Tritten, zum Gartenzaun, er fürchtete, daß Anna ihm entwische, er konnte sie nicht mehr sehen und hören. Er sprang über den Gartenzaun und erblickte Anna, als sie um die Ecke lief. Keuchend blieb er stehen. Anna blickte sich nicht mehr um, sie glaubte sich wohl schon in Sicherheit. Sie lief nicht mehr vorsichtig und ängstlich wie in der Dunkelheit des Gartens, sondern freudig, hemmungslos. Sie flog wie ein großer schwerer Vogel ihrem Ziel entgegen.

Edmund dachte: Jetzt entwischt sie mir nicht mehr. Er fühlte, daß er sie und Franz hinter der Ekke finden werde. Er blickte auf seine weiß schimmernden Füße nieder, er befahl sich: Leise! Leise! Er schlich leise, vorsichtig Anna nach. Die nackten Füße, die er vorsichtig, leise bewegte, gaben keinen Laut. An der Ecke hielt er den Atem an, zitterte stark, aber er keuchte nicht mehr. Dann sah er. Er sah Anna und einen Mann in inniger Umarmung. Sie standen im Dunkel. Das Feld vor ihnen lag im Mondschein, sie aber standen im Dunkel, sie glaubten sich im Dunkel geborgen.

Edmund bewegte sich unhörbar auf das Paar zu, das in der innigen Umarmung nichts sah und nichts hörte. Er sah den breiten Rücken seiner Schwester, der im Nachtdunkel wie der Rücken einer sich niederbeugenden Riesin aussah. Er sah nichts als diesen Rücken und einen Männerarm, der diesen Rükken umfaßt hielt, eine Männerhand, die wie ein kleines weißes Tier aussah, das auf den Rücken der Riesin gesprungen war. Edmund sprang auf diese Hand zu und umspannte sie mit einem harten Griff. Sie hatte noch vor wenigen Sekunden wie ein kleines weißes Tier ausgesehen, jetzt aber merkte Edmund, daß es eine große derbe Männerhand war. Franz hatte keine große derbe Männerhand; er hatte weiche schlaffe Hände, lange dünne Finger. Als Edmund die große derbe Männerhand packte und mit einem harten Griff umspannte, erkannte er, daß es nicht Franz war, der Anna umarmt hielt. Im nächsten Augenblick hatte die große derbe Männerhand sich befreit. Anna schrie auf. Edmund erhielt einen Stoß gegen den Magen und fiel ins Gras. Der Stoß war so gewaltig, daß Edmund einen Schmerzensschrei ausstieß. Anna stürzte auf den Garten zu.

„Steh auf", sagte zornig, aber mit gedämpfter Stimme der Mann, „Rotzbub elendiger."

Edmund stand auf. Der Mann, der vor ihm stand, war ein junger Bauer, den Edmund seit seiner Kindheit jeden Tag gesehen hatte.

„Spionier uns nicht nach", sagte der Mann; „wenn du uns noch einmal nachlaufst, kannst was erwischen!" Die Stimme klang nicht mehr zornig, sondern gutmütig verweisend. Edmund verbiß den Schmerz, der noch nicht nachließ. Er drehte sich um und ging auf den Garten zu. Am Gartenzaun stand Anna. Sie sagte leise: „Du wirst doch den Eltern nichts sagen? Er wird mich heiraten, weißt du. Er muß einrücken, nachher wird er mich heiraten." Edmund antwortete nicht, er hörte sie nicht. „Und überhaupt", sagte Anna, plötzlich in Wut geratend und alle Vorsicht vergessend, „was schleichst du mir nach? Was gehts dich an, mit wem ich geh? Nachschleichen! Spionieren! Pfui!" Sie spuckte aus und kletterte über den Gartenzaun.

Edmund blieb noch lange reglos stehen. Sein

Körper schmerzte nicht mehr, als er endlich den Zaun überkletterte und in das Fenster seines Zimmers stieg, aber er fühlte sich so wund, daß er dachte: Ich kann nicht länger leben. Hätte er mich doch erschlagen!

Edmund glaubte, daß er es nicht über sich bringen werde, Franz jemals wieder entgegenzutreten. Er lag schlaflos bis zum Morgengrauen und dachte unaufhörlich: Wenn es Franz gewesen wäre, hätte ich ihn mit der Hacke erschlagen. Wie soll ich neben ihm weiterleben? Wie soll ich ihm ins Auge blicken? Warum ist es mir gleichgültig, was Anna mit dem andern tut? Warum hab ich nur Franz und keinen andern erschlagen wollen?

Als er am Morgen Franz in das Unterrichtszimmer eintreten sah, schloß er die Augen. Er fürchtete, daß er ohnmächtig umsinken werde. Er blieb jedoch aufrecht sitzen, und es gelang ihm, Franz anzublicken. Er dachte: Er weiß nicht, daß ich ihn erschlagen wollte. Bis zu meinem Tod werd ich es büßen müssen, daß ich ihn erschlagen wollte.

8

Im folgenden Winter wurde der Kammerdiener von einer zwar ungefährlichen, aber hartnäckigen Krankheit befallen, die ihn wochenlang zu ständiger Bettruhe zwang. Er war nie krank gewesen und hatte nie gerastet. Anfangs machte es ihn toll, ruhig im Bett liegen zu müssen; er hatte leichtes Fieber, benahm sich aber wie ein von hohem Fieber geschüttelter Patient, der aus dem Fenster springen will und nicht weiß, was er tut und spricht. Er fürchtete, der Graf werde in diesen Tagen und Wochen nicht nur die gewohnte Bequemlichkeit vermissen, sondern überdies alle Übelstände im Hause merken, die eine Folge der ewigen Geldnot waren. Die Öfen brannten schlecht, die Kamine waren verstopft, einige zerbrochene Fensterscheiben im zweiten Stock waren notdürftig mit dickem Packpapier überklebt und verdeckt. Der Kammerdiener hatte immer alle Reparaturen eigenhändig vorgenommen. Jetzt argwöhnte er, die Winterstürme rissen das Dach ein, bliesen die Flammen in den Öfen aus, zerbrachen alle Fensterscheiben und deckten den kläglichen Zustand des ganzen Gebäudes auf, der dem Grafen dank der Fürsorge des Kammerdieners jahrelang verborgen geblieben war. Erst in der dritten Woche, als er bereits fieberfrei war, ließ die Erregung des Kranken nach. Die Frau, die seinen Dienst übernommen hatte, konnte ihm berichten, daß der Graf kaum einmal über diese Stellvertretung geklagt habe, da sie sich, offenbar nicht ganz erfolglos, bemühe, die Arbeiten ganz in der Art des Patienten und nicht weniger gewissenhaft als er auszuführen. Der Kammerdiener lächelte überlegen; wie ahnungslos war diese Frau, die sich einbildete, ihn und sein Tun ersetzen zu können! Da jedoch die Stimme des Grafen, die zuweilen vor den Fenstern erscholl, in der Tat nie auf Erbostheit schließen ließ, fand sich der Kranke schließlich mit dem Zwang zu sinnlosem Ausruhen ab.

Während seiner Krankheit wurde ihm zweimal die erschreckend große und deshalb den Genesungsprozeß aufhaltende Freude zuteil, den Besuch des geliebten Herrn zu empfangen. Seinen ersten Krankenbesuch machte der Graf in der Kammerdienerwohnung in der zweiten Krankheitswoche. Es war ein kurzer Besuch; der Graf scheute die verdorbene Luft des Krankenzimmers, dessen Schwelle er deshalb nur mit einem Fuß überschritt; der andere Fuß blieb in dem ersten Zimmer, Edmunds Zimmer, dessen Fenster geöffnet war. Als der Graf in der offenen Tür erschien, wollte der Kranke aus dem Bett springen, besann sich aber, da er nur ein Nachthemd trug, winkte der hinter dem Grafen stehenden Frau heimlich den Befehl zu, ihm den im Schrank hängenden Schlafrock zu reichen und erblaßte vor Zorn über die Beschränktheit der müßig Wartenden, die den Wink nicht wahrnahm, oder nicht verstand. Dann aber gab er sich ganz der Freude hin, die der unerwartete Besuch des Herrn in ihm auslöste. „Na, wie gehts, mein Lieber", sagte der Graf, „schon besser, wie ich höre, na also." Der Kammerdiener machte den Eindruck eines infolge heftigen Fiebers allzu temperamentvollen Kranken. „Welche Freude, welche Ehre, Herr Graf", sprudelte er hervor, „und ich kann nicht aufstehn, es ist ein Jammer, die Frau versteht einen nicht!" Gleichzeitig übermannte ihn wieder der Zorn über die Blindheit der Frau, die sein Winken nicht sah oder nicht verstand, und er rief ihr mit überraschend lauter Stimme zu: „So gib mir doch endlich den Schlafrock!" — „Nichts da", entschied der Graf, heftig abwinkend, „es wird liegen geblieben, verstanden? Ein Kranker gehört ins Bett!" Obwohl er kaum eine Minute lang in der Türe stand, schien ihm ein längeres Verweilen unerträglich. „Ich will nicht stören, wollte mich nur überzeugen, daß wir noch leben", sagte er. Der Patient lächelte dankbar und sagte mit klagender Stimme: „Küßdiehand, Herr Graf, ja, es ist schrecklich, gewiß geht alles drunter und drüber, es quält mich Tag und Nacht der Gedanke, daß alles in Unordnung ist . . . Sie weiß ja nicht, was alles dazu gehört, die Ordnung aufrechtzuerhalten, sie hat ja keine Ahnung!" — „Keine Sorge, mein Lieber, alles geht gut", sagte der Graf, der überlegte, ob er dem Kranken die Hand reichen müsse. Diese Überlegung endete mit einem Sieg des Pflichtgefühls: der Graf überschritt die Schwelle, ging rasch auf das Krankenbett zu, reichte dem Kranken die Hand, sagte: „Also hoffentlich werden wir bald gesund" und verließ eilends, mit großen hastenden Schritten, das Krankenzimmer und die Kammerdienerwohnung. Der Kammerdiener sank ermattet in die Kissen zurück; er fühlte sich erhoben, zugleich jedoch infolge der Anstrengung dermaßen schwach, daß er gleich einschlief.

Den zweiten Besuch stattete der Graf der Kammerdienerwohnung eine Woche später ab. Wieder blieb er auf der Schwelle stehen, während er einige leutselig-herablassende Worte sprach, wieder versuchte der Kranke des Schlafrocks habhaft zu werden, und wieder übersah die Frau seinen Wink und Wunsch. Die Freude des Patienten über den Besuch war diesmal grenzenlos, weil neben dem geliebten Herrn die schmächtige Gestalt des jungen Grafen auftauchte. Franz blieb neben seinem Vater in der offenen Türe stehen und lächelte, den Kopf wendend, Edmund zu, der in dem ersten Zimmer stand und mit finsterer Miene die leutselig-herablassenden Worte des Grafen hörte. Vor einer Woche, als der Graf dem Kranken den ersten Besuch abgestattet hatte, war Edmund nicht zuhause gewesen, die Mutter hatte ihm aber den Verlauf geschildert. Jetzt sah er, daß sie den Besuch richtig geschildert hatte; es wiederholte sich alles, das kurze Verweilen des Besuchers an der Schwelle des Krankenzimmers, die demütig-überströmende Dankbarkeit des Vaters und nach wenigen Augenblicken die Flucht des Grafen, der nach dem Abschied, das erste Zimmer eilends durchschreitend, erleichtert aufatmete, seinen Ekel, den die Krankenzimmerluft hervorrief, durch ein heftiges Vibrieren der schnuppernden Nase verratend. Nachdem die Besucher die Wohnung verlassen hatten, rief der Kranke seinen Sohn ins Krankenzimmer und fragte: „Hast du dich anständig benommen? Hast du ein ordentliches Kompliment gemacht, wie es sich gehört?" Edmund nickte; er wollte den Kranken schonen, obwohl es dem Siebzehnjährigen schwerfiel, seinen Abscheu zu verbergen. Der noch immer verzückte Gesichtsausdruck des Vaters schmerzte ihn wie eine körperliche Züchtigung. Er wollte rasch das Zimmer verlassen, aber der Vater befahl: „Setz dich!" Edmund setzte sich, und der Vater sagte: „Du siehst, wie hoch der Herr Graf mich schätzt. Er besucht mich an meinem Krankenlager, er überzeugt sich — und nicht zum ersten Mal — von dem Fortschreiten meiner Genesung. Ein Bruder könnte nicht liebevoller besorgt um mich sein. Diese Besuche des gnädigen Herrn in unseren vier Wänden sind eine hohe Ehre und Auszeichnung, für die wir uns dankbar erweisen müssen. Ich sage wir, denn mit seinen Besuchen ehrt der gnädige Herr nicht nur mich, sondern auch meine Familie, also auch dich. Vergiß das nicht, denn es ist wichtig. Es gibt nichts Niederträchtigeres als einen undankbaren Menschen." Edmund blieb stumm. Er ließ seinen Abscheu nicht laut werden, weil er den Kranken nicht erzürnen wollte, aber er war nicht fähig, dem Vater zuliebe zu heucheln und ein zustimmendes Wort zu sagen.

Nach dem zweiten Besuch des Grafen wollte der Kammerdiener nicht länger das Bett hüten; er erklärte dem Arzt, nur der Dienst und nichts als der Dienst könne sofort die völlige Genesung herbeiführen. Der Arzt verbot jedoch dem Kranken, das Bett zu verlassen, und ein Versuch des Ungeduldigen, sich über dieses Verbot hinwegzusetzen, mißglückte: nach den ersten Schritten, die er eigenmächtig vor der Wohnungstür versuchte, mußte sich der Ermattete, den die Beine nicht tragen wollten, zu seinem Bett zurückgeleiten lassen und sich mit der Fortsetzung der Betthaft abfinden, die noch eine volle Woche andauerte.

Gerade in dieser Woche bekam der Graf zum ersten Male die Unentbehrlichkeit des Kammerdieners zu spüren. Es erschien der rabiateste der Gläubiger, der reiche Bauer aus einem entlegenen Dorf, der es auf das Wäldchen des Grafen abgesehen hatte. Diesen ungeschlachten Menschen hatte der Kammerdiener immer zu besänftigen und abzufertigen gewußt. Der Graf pflegte sich vor dem widerlichen Menschen zu verbergen. Auch diesmal versuchte er sich verleugnen zu lassen. Der Gläubiger, dem die Frau des Kammerdieners auf Befehl des Grafen meldete, der Herr sei verreist, ließ sich jedoch nicht verabschieden und stieg, Drohungen und Verwünschungen ausstoßend, in den ersten Stock, fest entschlossen, in die Zimmer des Grafen einzudringen. Der Graf hörte die sich nähernden polternden Schritte und drehte in seinem Arbeitszimmer den Schlüssel um. „Aufmachen!" brüllte der Gläubiger, „Himmelherrgottsakrament, aufmachen! Ich will mein Geld, Herr Graf, ich muß mein Geld bekommen, und wenn ich drei Täg hier warten müßt!" Da der Graf nicht antwortete und alles still blieb, begann der Gläubiger die Türe mit seinen Fäusten zu bearbeiten.

Franz und Edmund saßen in dem Schulzimmer und hörten den Geschichtsvortrag des Hofmeisters an. Das Zimmer lag zwar nicht in unmittelbarer

Nachbarschaft der Tür, an der sich der Gläubiger austobte, aber die brüllende Stimme zwang den Hofmeister trotzdem, den Vortrag zu unterbrechen. „Wer brüllt denn so?“ fragte Franz und sprang auf. „Bitte sitzen bleiben“, sagte der Hofmeister, der die Ursache des Skandals erriet; „wir warten einen Augenblick, der aufgeregte Mann wird sich gleich entfernen.“ Franz setzte sich und lauschte. Auch Edmund und der Hofmeister lauschten schweigend, und in der Stille, die in dem Schulzimmer entstand, wurden jetzt die Drohungen und Flüche des Gläubigers deutlich vernehmbar. Der Hofmeister überlegte, ob er seinen Vortrag mit lauter, das Gefluche übertönender Stimme fortsetzen müsse, wie es vermutlich dem Wunsch seines Brotgebers entsprochen hätte, oder ob er sich auf den Korridor begeben und den Gläubiger zurechtweisen solle. Nach kurzem Nachdenken entschloß er sich, weder das eine noch das andere zu tun. Er hob den Kopf und hörte lächelnd dem Tobenden zu. Auch Edmund hob den Kopf; er lauschte mit ernster, unbewegter Miene, als ob der Hofmeister seinen Vortrag fortgesetzt hätte. Franz blickte die beiden Lauschenden an. Sein blasses Gesicht schien kleiner und kindlicher zu werden, während er in den Gesichtern Edmunds und des Hofmeisters zu lesen versuchte, was der Lärm bedeute. Die Wut des Gläubigers hatte sich mittlerweile maßlos gesteigert. Er brüllte: „Mein Geld will ich zurück! Erst Schulden machen, dann nichts zurückzahlen und sich vor den Gläubigern verstecken — das ist was Feines! So was gottverdammt Feines trifft nur unser feiner Herr Graf! Ich laß mich aber nicht um mein Geld bescheißen — ich nicht!!"

Franz sprang auf, riß die Tür auf und rannte, ehe der Hofmeister es verhindern konnte, auf den Brüllenden zu. „Was wollen Sie?" rief er und blieb vor dem Fremden, den er noch nie gesehen hatte, stehen. Der Bauer blickte überrascht den bleichen Siebzehnjährigen an. In diesem Augenblick öffnete der Graf die Tür und sagte, mit ungeheurer Selbstüberwindung einen ruhigen Ton anschlagend: „Du hast hier nichts zu suchen, Franz. Geh in dein Zimmer!" Dann war seine Selbstbeherrschung zu Ende: er brüllte dem Gläubiger ins Gesicht: „Reinkommen, Kerl!" Der Gläubiger sagte höhnisch: „Der Herr Graf ist also zurück von der Reise!" und betrat das Arbeitszimmer. Der Graf folgte ihm und schloß die Türe.

Franz zwang sich zu einem Lächeln, als er in das Schulzimmer zurückkehrte. Er sagte nichts, weil er fürchtete, beim ersten Wort in ein Schluchzen auszubrechen. Der Hofmeister blickte betont taktvoll in ein Lehrbuch, das vor ihm auf dem Tisch lag und begann einen Absatz vorzulesen. Nach dem ersten Satz wurde er wieder von der brüllenden Stimme des Gläubigers unterbrochen. Fast gleichzeitig begann auch der Graf zu brüllen. Der Hofmeister hörte zu lesen auf und fragte Edmund: „Ist dein Vater noch bettlägrig? Es wäre gut, wenn er käme." Edmund stand auf und ging.

Auf der Treppe erblickte er seinen Vater. Der

Kammerdiener, gestützt auf seine Frau, schleppte sich in den ersten Stock, unablässig „Sei stad! Gib Ruh!“ rufend, da sie, nachdem sie sich geweigert hatte, ihm beim Verlassen des Bettes und der Wohnung behilflich zu sein, unwillig forderte, er möge Vernunft annehmen und ins Bett zurück, da er, ein kranker, kraftloser Mann, dem Grafen ohnehin nicht helfen könne. Der Kammerdiener hatte die Türe, hinter der die wütend streitenden Stimmen erschollen, kampfbereit ins Auge gefaßt. Er schien seinen Sohn nicht zu sehen, blieb vor der Türe stehen und klopfte. Der Graf riß die Tür auf, stieß den Kammerdiener in das Zimmer und ging rasch, schwer atmend, ins Erdgeschoß. Er ließ sich an diesem Tag nicht mehr blicken. Die Frau und Edmund lauschten vor der Tür, die der Kammerdiener hinter sich geschlossen hatte. Sie hörten den Bauer brüllen, dann hörten sie den Kammerdiener auf ihn einreden; nach einigen Minuten klang die Stimme des Gläubigers besänftigt. Die Frau schüttelte den Kopf und ging in die Küche. Edmund kehrte in das Schulzimmer zurück. Der Hofmeister nahm seinen Vortrag wieder auf.

Franz war betäubt. Er hatte immer geglaubt, die Zudringlichen, deren sich der Kammerdiener von Zeit zu Zeit erwehren mußte, seien freche Bettler. Er hatte einige Male den Vater gefragt, warum der Kammerdiener den frechen Bettlern Zutritt gewähre; der Vater hatte diese Frage immer mit einem Achselzucken übergangen. Franz begriff noch nicht ganz, was er heute gesehen und gehört hatte. Er begriff, daß der zornrote Bauer, der es gewagt hatte, den Vater anzubrüllen, ein Feind war, dem eine auf rätselhafte Art entstandene, unbestreitbare Macht über den Vater gegeben war. Der Bauer war ein Gläubiger des Vaters. Demnach war der Vater nicht reich, der Bauer hingegen war reich. Es war Franz unbegreiflich, daß der Vater ärmer als ein Bauer sein sollte. Es war Franz ebenso unbegreiflich, daß der reiche Bauer den Grafen wegen des Geldes wie einen Hund anbrüllen durfte. Der Siebzehnjährige sah zum ersten Male die Wirklichkeit. Er sah, während der Hofmeister vortrug, das zornrote Gesicht des ungeschlachten Gläubigers vor sich, die kleinen, zornig funkelnden Augen, die ihn gemustert hatten, den großen breiten Mund, der an der Tür gebrüllt hatte, die groben derben Fäuste, die an die Tür geschlagen hatten.

Nach dem Unterricht machte sich Franz von dem Hofmeister los und ging auf die schneebedeckte Landstraße. Er wollte das Gesicht des Gläubigers nicht mehr sehen, aber es ließ sich nicht vertreiben, es begleitete ihn. Auch die brüllende Stimme begleitete ihn, so daß er bald umkehrte und auf das Haus zuging. Er war so verwirrt und erschreckt, daß er jetzt gar nichts mehr verstand. Er blickte das Haus an und dachte: Dieses Haus, das man im Dorf das „Schloß" nennt, gehört uns. In unserm Haus leben viele Leute, denen wir zu essen geben. Auch dem Kammerdiener und Edmund geben wir zu essen. Wie könnten wir allen zu essen geben, wenn wir nicht reich wären? Wenn wir aber reich wären, dürfte der Bauer nicht an die Tür des Vaters schlagen und brüllen: „Ich will mein Geld zurück!“ Dieser Widersinn war unbegreiflich. Franz wollte seinen Vater um eine Erklärung dieses Widersinns bitten. Der Vater hatte nie mit ihm über Geldangelegenheiten gesprochen. Niemand hatte jemals mit Franz über Geld, Armut und Reichtum gesprochen. Er betrat das Haus und suchte den Vater. Er klopfte an der Tür des Arbeitszimmers, klopfte einige Male und trat endlich ein, da sich niemand meldete. Wo war der Vater? Er war in keinem der vielen Zimmer, er war auch nicht im Garten; vielleicht war er in den Wald gegangen.

Gegen Abend, als der Graf noch immer nicht zurückgekehrt war, ging Franz in die Kammerdienerwohnung und holte Edmund zu einem Spaziergang ab. Der Sohn des Kammerdieners hatte seit dem Abend, an dem er seiner Schwester nachgeschlichen war, nie mehr mit Franz unbefangen zu sprechen vermocht. Er weiß nicht, daß ich ihn mit der Hacke erschlagen wollte, dachte Edmund jeden Tag. Und er dachte jeden Tag: Bis zu meinem Tod werde ich es büßen müssen, daß ich ihn erschlagen wollte. Franz war die Befangenheit seines Gefährten nicht aufgefallen. Sie waren keine Kinder mehr, sie gerieten nicht mehr in Raufereien, sie hatten viel zu lernen, da sie sich auf die Prüfung vorbereiteten, die das Ende der Gymnasialjahre bedeutete. Ihre Gespräche bewegten sich um diese Prüfung, vor der Edmund Angst hatte. Franz hatte vor der Prüfung keine Angst. Er nahm alles leicht, auch die Kameradschaft mit Edmund. Er bemühte sich nicht, auf die Prüfung gut vorbereitet zu sein; er bemühte sich noch weniger, in das Wesen der Menschen einzudringen, die ihn umgaben. Er bemerkte nicht die Scheu, mit der Edmund ihm seit einem bestimmten Tag begegnete.

Edmund wußte nicht, daß Franz heute in großem Aufruhr zu ihm kam. Die Szene, die sich vor dem Arbeitszimmer des Grafen abgespielt hatte, beschäftigte Edmunds Gedanken nicht. Obwohl er in seinem Elternhause wie ein Einsiedler lebte und wenig mit seiner Mutter, noch viel weniger mit seinem Vater oder mit der Schwester sprach, war ihm bekannt, daß der Graf verschuldet war und häufig von Gläubigern bedrängt wurde. Der Kammerdiener ließ zuweilen bei Tisch seinen Groll über die unverschämten Gläubiger, die den Grafen belästigten oder belästigen wollten, freien Lauf, und Edmund pflegte teilnahmslos zuzuhören. Er hoffte, daß er nach der Reifeprüfung, nach dem Abschied vom Elternhause, den Grafen nicht mehr sehen und nichts mehr von ihm hören werde. Diese Hoffnung verschönte Edmund das letzte Jahr, das er im Elternhause, im Hause des Grafen, verbrachte. Er hatte heute, als der kranke Vater sich in den ersten Stock zu dem brüllenden Gläubiger des Grafen geschleppt hatte, nur einen Wunsch gehabt: das letzte Jahr im Elternhause möge schnell vorübergehen.

„Hast du den Mann gekannt, der heute so unverschämt meinen Vater attackiert hat?" fragte Franz, nachdem sie sich aus dem Bereich des Hauses entfernt hatten. „Ja, er hat schon öfter Skandal gemacht", antwortete Edmund gleichmütig, die Erregung des Gefährten noch nicht wahrnehmend. „Aber wie darf er das", fragte Franz und blieb stehen, „wie ist das möglich? So ein elender Mensch — wie untersteht sich so einer, meinen Vater anzubrüllen?" Edmund zuckte die Achseln. Franz packte Edmund bei den Schultern und rüttelte ihn: „Du, sag doch endlich, wie ist das, ich hab ja keine Ahnung, ist mein Vater dem Kerl wirklich Geld schuldig?"

Edmund sah jetzt, daß Franz verstört und unglücklich war, wie er ihn nie gesehen hatte. Zögernd erklärte Edmund: „Ich weiß schon seit langer Zeit, daß dein Vater Gläubiger hat, die oft unangenehm werden. Aber das braucht dich nicht zu kränken. Es ist nicht besonders wichtig, ob man Geld hat." — „Ich weiß überhaupt nichts von solchen Sachen", sagte Franz, „aber es scheint doch wichtig zu sein. Wenn mein Vater reich wäre, hätte der Kerl sich nicht erfrecht . . ." „Beruhige dich", unterbrach ihn Edmund, „dein Vater bleibt trotzdem der Graf. In unserem Land gelten noch immer die Vorrechte der Geburt und der Klang eines aristokratischen Namens mehr als Besitz und weit mehr als Verdienst." Das hab ich nicht sagen wollen, dachte er, ich hab nichts Böses und nichts Bitteres sagen wollen. Ich will ihm wie ein Freund helfen, wenngleich wir nicht Freunde sind. Denn ich hab ihn erschlagen wollen. Bis zu meinem Tod werd ich es büßen, daß ich ihn erschlagen wollte.

Er nahm zart den Arm des Gefährten und sagte: „Denk nicht mehr dran."

Franz machte sich los und ging nachdenklich weiter. Dann sagte er: „Ich hab keine Ahnung gehabt. So ist das also. Was hab ich also davon, daß ich als Graf geboren bin?"

„Das weiß ich nicht. Aber als Sohn eines Kammerdieners geboren zu sein — das ist schrecklich."

„Warum? Vielleicht hat dein Vater mehr Geld als mein Vater."

„Ich glaub nicht, daß mein Vater Geld hat, aber jedenfalls ist es mir gleichgültig."

„Es scheint aber doch das Wichtigste zu sein. Wir Saills sind Grafen, und die Bubnas in Holitz sind auch Grafen. Also bitte: Der alte Bubna ist ein großer Herr, den darf keiner anbrüllen. Und warum? Weil er viel Geld hat und einen großen Grundbesitz, Felder und Wälder und den großen Park und wer weiß, was noch alles."

„Du verstehst mich nicht. Übrigens ist der Graf Bubna noch viel mehr verschuldet als dein Vater. Mein Vater sagt, daß der Graf Bubna viele Millionen schuldig ist."

„Wirklich? Großartig!" lachte Franz, plötzlich aufgeräumt und übermütig. „Da werd ich einfach Millionenschulden machen wie der Graf Bubna und ein großer Herr sein."

Edmund bewunderte die Leichtigkeit, mit der Franz über das Erlebnis des heutigen Tages hinwegsprang. Franz kehrte heiter und sorglos nach Hause zurück. Edmund hatte ein schweres Herz. Er dachte: Nicht nur Franz — alle Menschen sind mir unheimlich fremd. Wie werd ich mich in der Welt zurechtfinden?

9

Franz und Edmund bestanden, wenngleich nicht glanzvoll, die Maturitätsprüfung und erhielten Reifezeugnisse, die kaum verraten ließen, welcher der beiden Prüflinge der besser vorbereitete gewesen sei. Der Hofmeister, der befürchtet hatte, der Sohn des Kammerdieners werde die Prüfung „mit Auszeichnung" bestehen, sagte dem Grafen nach der Prüfung, Franz sei so begabt, daß es ein Vergnügen gewesen sei, ihn zu unterrichten; hingegen sei es eine arge Plage gewesen, den wenig intelligenten Edmund auf die schwierige Schlußprüfung vorzubereiten.

Die Hoffnung des Hofmeisters, daß er als Mentor des nach Wien übersiedelnden jungen Grafen in den kommenden Jahren wie bisher mit dem Saillschen Hause verbunden bleiben werde, ging nicht in Erfüllung. Franz erklärte, er brauche keinen Hofmeister mehr, und der von Jahr zu Jahr resignierter dem Kognakgenuß frönende Graf, der seinem Sohne nur eine sehr bescheidene Monatsrente in Aussicht stellen konnte, war froh, den geschmeidigen Erzieher künftig nicht mehr entlohnen zu müssen.

Als der Hofmeister den abschlägigen Bescheid erhielt, lächelte er höflich. Fast unmerklich wetterleuchtete in seinem schmalen hübschen Gesicht ein nervöses Zucken, das von den Mundwinkeln ausging, ohne die obere Gesichtshälfte in Mitleidenschaft zu ziehen. Die Augen blieben unverändert freundlich; nur das Einglas geriet in ein schwaches, kaum merkliches Schwanken, solange das Zucken das Gesicht durchlief. Beim Abschiednehmen versicherte er, daß er in dem gräflichen Hause die schönste Zeit seines Lebens verbracht habe; das war keine Lüge, obwohl der Schönredner nur eine unaufrichtige Phrase aussprechen wollte. Er hielt lange die Hand des jungen Grafen in der seinen und beteuerte, daß es ihn beglücken würde, ihm von Zeit zu Zeit in Wien zu begegnen. Von Edmund nahm der Hofmeister vor der Kammerdienerwohnung Abschied, indem er ihm die Hand reichte und lächelnd sagte: „Na, dir werd ich ja nicht fehlen, nicht wahr? Wirst ganz froh sein, mich los zu sein. Aber falls du mal was brauchst, kannst du dich ruhig an mich wenden. Ich habe Verbindungen, die nicht schlecht sind." Auch von Edmunds Eltern verabschiedete er sich mit ähnlichen Worten. Er war mit einem kleinen ärmlichen Koffer in Lepnik angekommen; er reiste mit drei großen Koffern, die mit Kleidern, Wäsche, Büchern und Briefen angefüllt waren, nach Wien zurück.

Der Graf war niedergedrückt, weil er sich von seinem einzigen Kinde trennen mußte. Seit einigen Jahren war sein Herz nicht mehr ganz gesund; das sich zuweilen drohend in Erinnerung bringende Herzleiden zwang ihn, an den Tod zu denken, der ihn vielleicht bald, vielleicht schon in den nächsten Jahren, vielleicht schon morgen, ereilen konnte. Aber dieser Gedanke war ihm in den letzten Jahren weniger unerträglich als der Gedanke an die Trennung von Franz gewesen. Die Frauen und Mädchen, die dem Grafen in seinen jüngeren Jahren über die Sinnlosigkeit seines Daseins hinweggeholfen hatten, bedeuteten ihm nicht mehr viel. Wenn er sich im Spiegel betrachtete, das aufgedunsene, ungesund rote Gesicht, das fette Doppelkinn, die kleinen, trüb glänzenden Augen, die breite, rot leuchtende Trinkernase, begriff er, daß er nicht mehr erwarten durfte, in den Frauen und Mädchen, die ihm zugänglich waren, zärtliche Gefühle zu erwecken; ihre Umarmungen waren karge, enttäuschende, kaum noch freiwillige Geschenke, die er immer seltener begehrte, da der Ausdruck der Angst und vielleicht sogar des Abscheus in den Augen seiner Opfer ihm die schönsten Augenblicke vergällte. Besser half ihm über die Leere der Tage die Jagdleidenschaft hinweg; aber sein Auge war nicht mehr scharf und verläßlich wie noch vor wenigen Jahren, seine Hand nicht mehr ganz sicher, und die Jagdeinladungen, die er früher häufig in dem Briefeinlauf vorgefunden hatte, kamen überdies nur noch in großen Abständen. Seine Post bestand fast nur noch aus Mahnbriefen, unhöflichen Episteln gehässiger Gläubiger. Da er nicht arbeitete und die Segnungen einer die Gedanken fesselnden nützlichen Beschäftigung nicht kannte, fand er nur im Kognaktrinken Vergessen und Selbstvergessenheit. Einen freudigen Ansporn zum Weiterleben gab ihm aber nur der Anblick seines Sohnes. Jetzt sollte er ihn ziehen lassen, einer fremden, gleichgültigen Welt, fremden, gleichgültigen Menschen ihn anvertrauen — war das überhaupt denkbar? Es war unvermeidlich. Franz sollte Diplomat werden, er mußte die erforderlichen Studien beginnen, er mußte nach Wien.

Der Graf hatte seit vielen Jahren die Reichshaupt- und Residenzstadt nicht mehr gesehen. Er hatte auch längst jede Verbindung mit seinen einstigen Wiener Freunden aufgegeben, die ihn wahrscheinlich längst vergessen hatten. Wem sollte er in der großen fremden Stadt das Kind anvertrauen? An wen sich wenden? Vor diese Frage gestellt, sah er sich genötigt, mit Franz nach Holitz zu fahren und wieder einmal die Hilfe des Grafen Bubna, des einstigen Jugendfreundes, in Anspruch zu nehmen. Seit etwa drei Jahren hatte der Graf Saill an seinem Fenster den Grafen Bubna auf der Landstraße nicht mehr reiten gesehen: der Holitzer Schloßherr, dessen Sehkraft immer mehr abgenommen hatte, war nahezu völlig erblindet und konnte nicht mehr das Pferd besteigen. Obwohl der Graf Saill die reitende Familie Bubna selten anders als zornig betrachtet hatte, bedauerte er manchmal, das gleichgültig-friedliche, schlaffe, längliche Gesicht des Jugendfreundes seit Jahren auf der Landstraße nicht mehr erblickt zu haben. Der braune

Spitzbart war seither weiß geworden, alles war anders geworden. Das stolze, hochmütige, von Sommersprossen besäte, auffallend weiße Gesicht der rotblonden Gräfin war nur noch eine ferne Erinnerung; der Graf Bubna war seit zwei Jahren Witwer. Seine Kinder hatten ihn schon viel früher allein gelassen: der ältere Sohn war Offizier in einer oberösterreichischen Garnison, der jüngere, der sich der diplomatischen Laufbahn zugewendet hatte, Konzeptspraktikant im Ministerium des Auswärtigen in Wien. Ida, die einzige Tochter des Grafen Bubna, lebte in Wien als Frau eines polnischen Großgrundbesitzers. Sie und der junge Bubna sollten nun dem nach Wien übersiedelnden Franz bei den ersten Schritten auf dem glatten, ungewohnten Boden behilflich sein.

Der Graf Bubna versprach, seinen Kindern sofort zu schreiben. Er konnte nur undeutlich die Umrisse seiner Gäste erkennen; trotzdem blickte er dem ihm gegenüber sitzenden Franz lange forschend ins Gesicht. Dann sagte der Erblindende zu dem einstigen Jugendfeund: „Ich glaube, er wird ein erfolgreicher Diplomat werden." Er sagte es in dem Ton, den er angeschlagen hatte, als er vor zwölf Jahren von dem sechsjährigen Franz, der den Sohn des Kammerdieners beleidigt und versöhnt hatte, lächelnd gesagt hatte: „Dieser Franz ist ein kleiner Diplomat, ein kleiner Schurke." Franz betrachtete den schönen großen Park, den er seit mehreren Jahren nicht gesehen hatte, und die herrlichen Gobelins, die zwei Wände des Saales schmückten. Die Balkontür stand offen, auf dem Balkon deckten zwei livrierte Diener den Kaffeetisch. Franz dachte an die Millionenschulden des Grafen Bubna, von denen Edmund gesprochen hatte. Dann dachte er: Wagen die Gläubiger auch hier so gemein und frech einzudringen wie bei uns? Es schien ihm unwahrscheinlich, und er blickte den Grafen Bubna, der es besser als der Vater zu verstehen schien, unter allen Umständen ein großer Herr zu bleiben, mit neugieriger Bewunderung an.

Der Graf Bubna hatte unterdessen seinen Jugendfreund, der sich jahrelang in Holitz nicht hatte blicken lassen, freundschaftlich einen schlechten Freund geheißen und ließ seine, infolge des Erblindens sich verdichtende Vereinsamung mit einigen flüchtigen Worten beklagend, Bemerkungen allgemeiner Art fallen, die mit den Plänen der beiden Gäste in losem Zusammenhang standen. „Ich glaube", sagte er, „daß wir Österreicher in den kommenden Jahren weder auf diplomatischem noch auf militärischem Gebiet von gewissen unheilvollen Einflüssen unberührt bleiben werden; deshalb bedaure ich, daß einer meiner Söhne Soldat und der andere Diplomat geworden ist. Unser altes Österreich ist ein wunderbares Land, ein wunderbares Reich, aber morsch, angefault, nicht widerstandsfähig. Unser tüchtiger Bundesgenosse behandelt uns, als ob wir im Ausgedinge säßen. Die Preußen haben keinen Respekt vor dem Alter. Wir haben ja erst vor kurzem gesehn, wie glatt es dem jungen Kaiser in Berlin gelungen ist, den alten Bismarck einfach abzusetzen, was ich übrigens nicht bedauere. Wenn wenigstens jeder Österreicher wüßte, daß unsre alte Kultur unser kostbarstes Erbteil ist! Aber da gibt es bei uns Leute, die sich mit Passion recht preußisch gebärden." — „Aber du sagst ja selbst, daß bei uns alles morsch und angefault ist", erwiderte der Graf Saill. „Ja, das sag ich immer", bestätigte der Graf Bubna, „das sagt ja jeder Österreicher; aber wenn die Preußen es sagen, platzt mir die Galle. Es ist nämlich nicht wahr. Ein Land, das so viel Unsterbliches hervorgebracht hat, ist unsterblich. Wir dürfen nur nicht selber auf den Misthaufen werfen, was bei uns und in uns unsterblich ist." — „Willst du mir also abraten, den Jungen Diplomat werden zu lassen?" fragte der Gast, dem derartige Gespräche unlieb waren. „Aber nein", protestierte der Erblindende lächelnd, „was soll er denn werden? Unsre Kinder, die nichts Rechtes arbeiten, können ja gar nichts anderes werden. Du siehst, meine Söhne werden auch nichts anderes."

Von diesen Ansichten peinlich berührt, lenkte der Graf Saill das Gespräch ab und besprach mit dem Jugendfreund, in welchen Familien Franz in Wien Aufnahme finden könnnte. Es ist schon das Richtigste, mit keinem Menschen zusammenzukommen, dachte der Kognaktrinker, der sich nach seinem abendlich stillen Zimmer, nach der Kognakflasche in dem verdunkelten Raum sehnte; der Bubna soll gefälligst seinen philosophischen Blödsinn schön für sich behalten! Seit dem Tod seiner Frau scheint er noch ekliger geworden zu sein. Ist doch alles Quatsch! Franz wird bestimmt als Diplomat ein schönes Leben haben; was geht mich das Gequatsch über Österreich an! Ungeduldig saß er am Kaffeetisch auf dem Balkon, ließ die Blicke mißmutig über den weiten Park schweifen und dachte: Wenn Franz Karriere macht und entsprechend heiratet, kann er auch einmal einen solchen Park besitzen.

„Was macht denn der . . . der Sohn deines Dieners, der mit Franz zusammen studiert hat?" fragte der Graf Bubna, als sich die Gäste verabschiedeten. „Der hat mit mir maturiert; was er jetzt anfangen will, weiß ich nicht", antwortete Franz. „Um den braucht man sich nicht zu kümmern", fügte der Graf Saill hinzu, „so einer hats leicht. So einem steht die Welt offen." — „Schick ihn mal zu mir, der Junge interessiert mich", sagte der Graf Bubna und geleitete die Gäste vor das Portal.

Franz übermittelte dem die Ferien einsam verbringenden Edmund in Gegenwart des Kammerdieners die Einladung des Grafen Bubna. „Du gehst gleich morgen hin nach Holitz", entschied der Kammerdiener. Edmund hörte schweigend zu und dachte: Nein, ich werde nicht gehn. „Der Graf Bubna will wissen, was du jetzt anfangen wirst", erzählte Franz. „Übrigens, da fällt mir ein, daß wir noch nie darüber gesprochen haben. Also: was wirst du anfangen? Studieren?" — „Ich weiß noch nicht", sagte Edmund. „Ich", sagte Franz, „ich muß studieren, ich soll Diplomat werden." — „Siehst du?" sagte der Kammerdiener. „Unser junger Herr

Graf weiß genau, was er will. Du natürlich, du weißt nicht, was du willst." — „Du hast mich ja noch nie gefragt", sagte Edmund. Seine Antwort versetzte den Kammerdiener erst recht in Streitlust. „Ich warte", sagte er, „ich warte seit Wochen, ob du die Gnade haben wirst, mir zu verraten, was du zu werden gedenkst. Du hast aber bis jetzt die Gnade nicht gehabt. Wahrscheinlich hast du's nicht nötig, mich in deine Pläne einzuweihn, wahrscheinlich willst du von jetzt an ohne meine Hilfe auskommen." — „Das will ich wirklich", sagte Edmund. „Aha", — der Kammerdiener zwinkerte dem jungen Grafen zu — „er besitzt ein Vermögen, von dem ich nichts weiß. Und von diesem Vermögen, von dem ich nichts weiß, wird er seinen Unterhalt bestreiten, das Essen, die Wohnung und alles." — „Ich werde mich selbst erhalten, Vater", sagte Edmund ruhig, „ganz bestimmt werde ich das." Der Kammerdiener lachte auf: „Da bin ich aber neugierig! Der junge Herr Graf ist mein Zeuge, du, ich nehm dich beim Wort! Hast ja schon einen schweren Haufen Geld verdient in deinem Leben, da weißt du also schon genau, wie mans macht. — Ich bin nämlich überzeugt", — der Kammerdiener lachte nicht mehr, als er sich nun an Franz wandte — „daß er nicht einmal ein einziges Nachtmahl selber verdienen kann. Wenn ein Schulmädel in den Ferien Garben bindet, kann sie ein paar Kreuzer verdienen. Er kann aber nicht einmal Garben binden."

Edmund hatte in den letzten Tagen viel gegrübelt. Er wußte nicht, was er anfangen werde. Er wußte nicht, wie er seinen Lebensunterhalt verdienen könnte. Er wußte auch noch nicht, ob und was er studieren solle. Er hatte bis zu dieser Stunde auch noch nicht gewußt, ob sein Vater ihn studieren lassen wolle und bereit sein würde, die Kosten oder einen Teil der Kosten zu tragen. Die in Gegenwart des Grafensohns geführte und unerquickliche Aussprache verriet Edmund, daß der Vater ihn für einen hilflosen Menschen hielt, der auf Unterstützungen angewiesen war. Der Vater hatte wahrscheinlich die Absicht, ihn zu unterstützen. Wenn der Vater diese Absicht nicht gehabt hätte, wäre er gleich nach der Prüfung, am Ferienbeginn, ausfällig geworden. Noch vor wenigen Jahren hatte Edmund gefürchtet, der Vater könnte ihm zumuten, Kammerdiener zu werden, wenn das Zeugnis einmal schlecht ausfiele. In den letzten Jahren hatte Edmund eine solche Befürchtung nicht mehr gehegt, aber er hatte es für möglich gehalten, daß der Vater ihn zwingen werde, als Eleve oder Beamter in die Dienste des Grafen Saill oder des Grafen Bubna zu treten. Edmund war immer entschlossen gewesen, keinem dieser Herren zu dienen, aber er hatte keine Vorstellung von seiner Zukunft. Als er vernahm, daß er nach Holitz in das Schloß gehen solle, fürchtete der Argwöhnische, der Vater habe etwas mit dem Grafen Bubna besprochen.

Am nächsten Abend fragte der Kammerdiener: „Warst du heute in Holitz?" Edmund verneinte. „Also morgen! Daß du mir morgen bestimmt gehst!" sagte der Vater. Edmund ging auch am nächsten

Tag nicht nach Holitz und erwartete einen Zornausbruch des Vaters, der blinden Gehorsam zu verlangen pflegte; aber der Kammerdiener schien vergessen zu haben, daß Edmund nach Holitz gehen solle, und fragte nichts mehr, was vielleicht auf die Erntearbeiten zurückzuführen war, die auf dem kleinen Feld des Grafen Saill in diesen Tagen von den Eltern geleistet wurden.

Einige Tage später fuhr der Graf Bubna in einer Kalesche vor und besuchte den Grafen Saill. Es war nur ein kurzer Besuch, ein „Gegenbesuch", wie der Kammerdiener sagte, der Edmund befahl, sich bereitzuhalten, da man ihn vielleicht rufen werde. „Du warst natürlich nicht in Holitz", sagte der Vater, „das hätte ich mir ja denken können." Daß er keinen schärferen Tadel aussprach, war auf die Abneigung zurückzuführen, die er dem Grafen Bubna gegenüber empfand; da der Graf Saill jeden Verkehr mit dem Grafen Bubna mied, legte der Kammerdiener wenig Wert auf das Wohlwollen des seltenen Gastes. Nur weil Edmund beim Empfang der Einladung nicht in frohe Erregung geraten war, hatte der Vater ihm zweimal befohlen, nach Holitz zu gehen.

Der Graf Bubna äußerte, bevor er in die Kalesche stieg, den Wunsch, den Sohn des Kammerdieners zu sehen. Edmund trat vor den Grafen, den er kaum wiedererkannte, mit einer knappen, beinahe trotzigen Verbeugung, die der Erblindende, der nur noch undeutlich Gesichter und Gestalten zu erkennen vermochte, zu bemerken schien, denn er sagte:

„Ich habe Sie noch gut in Erinnerung. Wenn ich nicht irre, sind Sie noch ganz der, als den ich Sie entdeckt habe; damals waren Sie allerdings noch ein Kind.“ Nach diesen Worten, die Edmund rätselhaft waren, forderte der Gast ihn auf, in die Kalesche zu steigen und ein Stück des Weges mitzufahren. Edmund konnte diese Einladung nicht ausschlagen. Er setzte sich neben den Grafen. Es berührte ihn seltsam, daß ein Mensch ihm „Sie“ sagte; er wurde von allen Menschen geduzt. Die Höflichkeit des Grafen Bubna drang nach einigen Minuten tiefer in sein Bewußtsein, als der Erblindende sagte: „Ich hoffe, daß ich Sie nicht gestört habe. Ich bin aber eigens nach Lepnik gefahren, weil ich Sie sehen wollte. Sie hatten als Kind merkwürdige Augen, deshalb hab ich mich für Sie interessiert. Die merkwürdigen Augen haben Sie immer noch.“ Nach diesen Worten verstummte der Graf, lächelte aber zuweilen Edmund zu, dessen Verlegenheit trotzdem wuchs. Er fürchtete, daß er nach Holitz fahren müsse und in dem Holitzer Schloß bewirtet werden solle. Etwa in der Mitte des Weges zwischen Lepnik und Holitz sagte der Graf jedoch: „Weiter will ich Sie nicht mitschleppen; ich kann aber ein paar Minuten zu Fuß mit Ihnen gehen, das wird mir ganz gut tun. Sie müßten nur die Freundlichkeit haben, mich zu führen, weil ich schlecht sehe.“

Sie stiegen aus. Der Graf sagte: „Nehmen Sie meinen Arm, weiter brauchen Sie sich um mich nicht zu kümmern.“ Edmund tat, wie ihm geheißen war, und dachte nicht mehr an die Gefahren, die er im Zusammenhang mit dem Besuch befürchtet hatte. Er dachte: Ich bin ungeschickt, ich weiß nicht, wie man es anstellen muß, einen Menschen, der nichts sieht, vor dem Stolpern über Steine zu bewahren. Hoffentlich wird es keine Steine geben. Der Graf begann aber ein Gespräch, das den Verlegenen ablenkte. Er fragte den Achtzehnjährigen, was ihm weniger Schwierigkeiten bereitet habe: die Mathematik oder das Lateinische. Edmund sagte, das Lateinische sei ihm viel leichter erschienen, auch das Griechische habe ihm mehr Vergnügen als Plage bereitet, die Mathematik hingegen habe er immer schwer begriffen. Der Graf sagte, so pflege es zu sein: wer leicht Sprachen erlerne, sei selten ein guter Mathematiker. Das Gespräch geriet in Fluß. Edmund verlor seine Befangenheit und merkte kaum, daß er alle Fragen beantwortete, vor denen er sich gefürchtet hatte, die der Graf aber nicht gestellt hatte. Der plötzlich beredte Achtzehnjährige sagte, er wolle studieren, wisse aber nicht, was und zu welchem Zweck. Ebensowenig wisse er, wie er sich als Student fortbringen könnte; das sei eine besonders schwierige Frage, weil er fest entschlossen sei, weder von seinen Eltern noch von einem Fremden eine Unterstützung anzunehmen. Der Graf sagte, diesen Entschluß könne er verstehen. Im Alter werde man leider immer weniger stolz; je älter man werde, desto weniger Bedenken habe man, Almosen jeder Art anzunehmen, nicht nur Geld, auch Liebe und Freundschaft als Almosen; der Jugend hingegen stehe es wohl an, jederlei Almosen zu verschmähen und sich auf die eigene Kraft und die eigenen Gaben und Vorzüge zu verlassen, die man allerdings nicht überschätzen dürfe. „Dieser Gefahr bin ich nicht ausgesetzt", sagte Edmund lebhaft, „ich weiß, daß ich nichts kann und keine Talente habe, mit denen ich mich hervortun könnte." Das wisse man in der Regel selber nicht, erwiderte der Graf, das könne man selber nicht beurteilen; überdies entwickle sich die Begabung oft erst in einem reiferen Lebensalter, die Begabung der Unreifen hingegen versande häufig, ohne sich fruchtbar ausgewirkt zu haben. Die Frage, wie ein Student seinen Lebensunterhalt verdienen könne, sei die verhältnismäßig leichteste: unzählige mittellose Studenten aus allen Städten und Dörfern der Monarchie brächten sich durch die Erteilung von Lektionen fort. Es sei in der Welt glücklich eingerichtet, daß viele Kinder reicher Leute ohne Nachhilfe nicht weiterkämen. Gleichzeitig machte sich der Graf erbötig, Edmund einige Empfehlungsbriefe mitzugeben, die ihm die Suche nach Schülern erleichtern sollten. Edmund dankte; es wurde vereinbart, daß er diese Briefe einige Tage vor seiner Abreise in dem Holitzer Schloß abholen werde. Das Unbehagen, das er zuerst bei dem Gedanken an einen solchen Besuch empfunden hatte, war völlig verschwunden.

Während dieser Unterhaltung merkte Edmund plötzlich, daß er den Grafen nicht mehr führte; der Erdblindete hatte sich von dem Arm des Begleiters losgemacht und ging ohne Hilfe, ohne zu stolpern oder sonderlich auf den Weg zu achten, am Rand der Landstraße neben Edmund, der jetzt begriff, daß der alte Mann seine schwache Sehkraft vorgeschützt hatte, um eine Sphäre der Vertraulichkeit auf diesem Spaziergang herbeizuführen, die von dem spröden Achtzehnjährigen ursprünglich nicht herbeigewünscht worden war. Als sie umkehrten und sich der wartenden Kalesche näherten, sagte der Graf: „Meine Augen sind wieder sehr ermüdet, Sie müssen mich wieder führen." Edmund führte den Grafen behutsam und dachte nicht mehr an sich, sondern an den Mann, der jetzt unsicher zu gehen schien, die Augen schloß und ein müdes, Erschöpfung verratendes Gesicht hatte. Edmund vermutete, daß der Ermüdete nicht mehr sprechen werde. Der Graf begann aber, als sie schon vor der Kalesche standen, ein neues Gespräch. Er sprach von Franz, den er als einen „auffallend oberflächlichen jungen Mann" bezeichnete. „Er wird aber sicher", sagte der Graf, „kein schlechterer Diplomat werden als die vielen anderen Grafen, aus denen unser diplomatisches Korps sich zusammensetzt. Ich bedaure, daß sich diesem Beruf fast durchwegs junge Leute widmen, die sich auf nichts als ihren Stammbaum stützen können. Vielleicht wäre unser altes Österreich in der Welt viel mehr geachtet, wenn wir begabte Diplomaten hätten, die mit dem nötigen Ernst und mit größerer Gewissenhaftigkeit ihrem Beruf nachgingen."

Auf dem Heimweg war Edmund in festlicher

Stimmung. Er fühlte, daß er an diesem Tag gewachsen sei. Die freundlichen, väterlichen Worte des Grafen Bubna klangen in dem frohen Gemüt des Achtzehnjährigen freundlich, väterlich nach, aber die Stimme des Erblindenden wurde mächtig übertönt von dem gewaltigen Brausen der Freude, die Edmunds Brust sprengen wollte, weil er ohne weitere Überlegung dem Vater gesagt hatte: „Ich werde mich selbst erhalten." Nur die Stille seines Wesens hielt Edmund zurück, auf der menschenleeren Landstraße die Worte laut zu singen und herauszuschreien, die ihn ganz erfüllten: „Ich werde mich selbst erhalten, ich will nichts haben von den Kammerdienergeldern, ich will mir von keinem Grafen und keinem Herrn etwas schenken lassen, nichts will ich geschenkt haben, nichts, nichts, nichts!" Es war ihm festlich zumute, als ob er die Kammerdienerwohnung in Brand gesteckt hätte und mit den Eltern und mit der Schwester den Brandplatz verließ, um sie in ein neues Haus zu führen, das er erbaut hatte und das ihm und ihnen gehörte.

10

Der Graf Saill hatte seinem Sohne schon vor geraumer Zeit versprochen, daß er mit ihm nach der Schlußprüfung eine kleine Reise unternehmen werde. Als der diese Reise ungeduldig ersehnende

Franz in den Sommermonaten die Einhaltung des Versprechens erbat, sagte der Graf: „Jetzt kann ich nicht fort.“ Franz dachte an den Einbruch des ungeschlachten Gläubigers, an das zornrote Gesicht des Brüllenden, an die kleinen, zornig funkelnden Augen, die ihn gemustert hatten, an die groben, derben Fäuste, die an die Tür geschlagen hatten. Der Vater hatte offenbar kein Geld. Franz bezwang deshalb seinen Unmut, obwohl seine Reiselust ihn antrieb, den Reiseantritt stürmisch zu fordern. Er begnügte sich mit Anspielungen, die er bei Tische fallen ließ. Er sagte zuweilen: „Langweilig ist es hier, die Nachmittage ziehn sich endlos hin.“ Oder: „Schön muß es jetzt am Meer sein, meinst du nicht auch?“ Der Vater schien solche Bemerkungen nicht zu beachten, so daß Franz im August die Hoffnung auf die Reise aufgab. Er war deshalb nicht unglücklich, stand ihm doch das große Erlebnis Wien bevor, ein neues Leben in einer Großstadt, die allgemein als die lebenslustigste aller Städte der Welt bezeichnet wurde.

In der letzten Septemberwoche kam der Graf von einem seiner Ausflüge vergnügter als sonst zurück, klopfte Franz auf die Schulter und sagte: „Also wir reisen morgen, mein Junge.“ — „Wohin?“ fragte Franz freudig. „Wohin du willst“, antwortete der Vater ganz in der Art, die man als seine ureigenste gekannt hatte, als er ein prahlerischer junger Offizier gewesen war. Ehe Franz aber einen Wunsch äußern konnte, besann sich der aufgeräumte Graf und fügte hinzu: „Natürlich nicht nach Indien oder nach Ägypten; sehr viel Geld darf die Geschichte nicht kosten, das versteht sich." Franz blickte seinen Vater schelmisch an und sagte: „Du weißt sicher schon längst, was du mir zeigen möchtest. Also sag es schon, bitte, sag es schon." — „Willst du ins Altvatergebirge?" fragte der Graf. „Das ist nicht sehr weit von hier", antwortete der enttäuschte Franz. „Weit genug", sagte der Graf, setzte sich und überlegte laut: „Es muß also weit sein." — „So weit wie möglich", sagte Franz und lachte; „Indien wäre natürlich interessanter als das Altvatergebirge, aber an Indien habe ich nicht gedacht, sondern an irgend ein schönes Stück Welt, das nicht in unmittelbarer Nähe liegt. Ich sähe gern ein Stück Ausland." — „Als Diplomat wirst du noch genug Ausland sehn", sagte der Graf, „niemand sieht so viele fremde Länder wie ein Diplomat. Heute ist man in Brüssel, in drei Monaten vielleicht schon in Siam und ein halbes Jahr später in St. Petersburg. Das ist einer der großen Vorteile der diplomatischen Laufbahn." Franz dachte: Das weiß ich wohl, aber einstweilen bin ich noch kein Diplomat. Ins Altvatergebirge — kann man das überhaupt eine Reise nennen? Der Vater beobachtete die enttäuschte Miene seines Sohnes und sagte lächelnd: „Also was soll es sein — Gebirge oder Meer? Du hast die Wahl zwischen den Alpen und dem Meer." Franz fiel ihm um den Hals. Dann kamen sie überein, daß sie ans Meer fahren wollten. Nach Triest und vielleicht — „wenn es sich noch machen läßt", hob der Graf hervor — „nach Venedig."

Am nächsten Tag reisten sie ab. Der Kammerdiener, der die Koffer gepackt hatte, saß, tränenden Auges, kutschierend auf dem Bock des alten schäbigen Wägelchens, das die Abreisenden zum Holitzer Bahnhof brachte. Weder der alte Graf, dem es geglückt war, eine Anleihe zu machen, weshalb er andauernd in aufgeräumter Stimmung war, noch Franz, dessen Gedanken sich schon weit von allem, was mit der Heimat zusammenhing, entfernt hatten, merkten, daß der Kammerdiener sehr niedergeschlagen, beinahe verzweifelt war. Es war bestimmt worden, daß Franz nicht mehr nach Lepnik zurückkehren solle; die Ferienreise sollte nach der Rückkehr aus dem Süden in Wien ein Ende haben, wo der Graf vor der Heimreise seinen Sohn bei den Kindern des Grafen Bubna einführen wollte. Der Kammerdiener seufzte unaufhörlich am Tag der Abreise, niemand schien es zu hören; er blickte unaufhörlich den jungen Grafen wie einen Kranken an, dessen Tod unmittelbar bevorsteht, niemand schien es zu sehen. Erst auf dem Bahnhof, als der die Tränen mühsam zurückhaltende Mann die Koffer in dem Waggon untergebracht hatte und, seine makellosen Kammerdienermanieren vergessend, die Hand dem fröhlich einsteigenden Franz entgegenstreckte, sah der freudig erregte Achtzehnjährige das trauernde Gesicht des Zurückbleibenden, ergriff die zitternde Hand und sagte lachend: „Na, wein doch nicht, wir machen ja nur eine Vergnügungsreise, spätestens Weihnachten komm ich wieder."

Die beiden Vergnügungsreisenden berührten auf der Fahrt nach dem Süden Wien, hielten sich jedoch in der Residenzstadt, die Franz noch nicht kannte, nicht auf, sondern fuhren nur von einem Bahnhof zum andern, wo sie den nach Triest abgehenden Zug erwarten wollten. Franz, der nur die bescheidene Provinzstadt Olmütz und keine größere Stadt kennengelernt hatte, war hingerissen, als er in einem wackeligen „Einspänner", dem landesüblichen Gefährt, durch die bald ungeahnt prunkvollen und breiten, bald beängstigend engen, alten Straßen und Gassen fuhr, setzte aber eine blasierte Miene auf und lauschte stumm den Erklärungen seines Vaters, der jeden Winkel in der großen Stadt zu kennen schien und selig lächelnd auf einzelne besonders bemerkenswerte Häuser und Paläste, an denen sie vorbeifuhren, hindeutete. „Sehr hübsch," sagte Franz zuweilen; als sie die schönsten Straßen passierten, steckte er den Kopf aus dem Wagenfenster und bemerkte: „Sehr elegant." Der alte Graf hingegen schwärmte überschwenglich von den Schönheiten der Kaiserstadt und nahm infolgedessen nicht wahr, daß sein Sohn eine blasierte Haltung zur Schau trug, die von den strahlenden Augen des Achtzehnjährigen Lügen gestraft wurde. Erst auf dem Südbahnhof; als sie den Zug nach Triest bestiegen, fiel dem Vater die Wortkargheit seines Sohnes auf. Er fragte: „Hat dir eigentlich Wien gefallen? Du redst ja gar nichts." — „Sehr", antwortete Franz; „aber im Vorbeifahren sieht man ja nichts ordentlich." — „Wirst es schon ordentlich sehn“, sagte der Graf; „je näher man Wien kennenlernt, desto besser kann man beurteilen, wie wunderschön hier alles ist.“

Obwohl er nur einen bescheidenen Geldbetrag hatte auftreiben können, der die Ausdehnung dieser Reise außerordentlich begrenzte, hatte der Graf Schlafwagenplätze genommen, die einen erheblichen Teil der Reisekasse verschlangen. „Du fährst heute zum ersten Mal im Schlafwagen“, sagte er, „merk dir das Datum. Ein Diplomat verbringt sein halbes Leben im Schlafwagen, er lebt sozusagen im Schlafwagen. Ist es nicht schön im Schlafwagen?“ Franz lächelte verlegen. Was war in dem engen Raum, den er mit dem Vater teilte, schön? Der Vater gebärdete sich wie ein Kind, das sein neues Spielzeug vorführt. „Hübsch“, sagte Franz nachsichtig. „Wirst schon auf den Geschmack kommen“, sagte der Vater, nicht recht zufrieden mit der lauen Anerkennung; „wirst schon Äugerln machen, wenn du sehn wirst, was es alles gibt.“ Der Zug setzte sich in Bewegung, und der freudig erregte Mann legte den Arm um den Nacken seines Sohnes. Es ist doch herrlich, dachte der alte Graf, herrlich, daß ich ihm noch ein Stück Welt zeigen kann. Der Junge hat noch keine Ahnung; er kann sich noch nicht vorstellen, wie die große Welt aussieht. Der wird schaun! „Hier“, sagte er laut, „hier ist Wien zu Ende. Was du da rechts siehst, das ist ein Garten, der zu meiner Zeit sehr beliebt gewesen ist. Ausgezeichneter Wein! Bis zum Morgengrauen ist man da drin gesessen und hat gesungen und Wein getrunken.“

— „Wann war das?“ fragte Franz. Der Vater dachte nach und sagte: „Das ist schon lang her, verdammt noch einmal.“ Seine Stimmung war plötzlich getrübt, er zog den Arm zurück und zündete eine Zigarre an, Herrgott, bin ich alt, dachte er, Herrgott, bin ich ein alter Esel! Er sprach in der nächsten Stunde nicht; sondern wies nur hie und da mit der Hand auf eine Landschaft oder auf einen Ort hin, dessen Namen er nannte, ohne eine Erläuterung hinzuzufügen. Erst später, als die ersten Vorgebirge der Alpen auftauchten, fiel er in die anfängliche freudige Erregung zurück und sagte: „Jetzt paß auf. Jetzt kommt bald das herrlichste Alpenpanorama.“

Franz sah zum ersten Male die hohen Berge. Er sah einen Wasserfall, der weiß leuchtend dem Tal entgegensprang. „Das Graue dort, das ist ein Gletscher“, erklärte der Vater. Er nannte die Namen der Berge, Namen, die Franz in der Geographiestunde gehört hatte. „Kenn ich“, sagte er; „diese Berge existieren also wirklich.“ — „Hast du daran gezweifelt?“ fragte der Vater lachend. „Ich hab immer den Verdacht gehabt, daß die Berge aus der Geographiestunde und die Könige und die Schlachten aus der Geschichtsstunde samt allen Jahreszahlen nur erfunden worden sind, um mich zu sekkieren“, sagte Franz. Er dachte aber: So hoch! So groß! So groß! So hoch! Nachdem er drei Stunden lang die hohen Berge gesehen hatte, immer höhere, je weiter sie fuhren, begann er zu ermüden und schlief ein.

Am nächsten Abend kamen sie in Triest an. „Es riecht hier so komisch“, sagte Franz, neugierig das

Meer betrachtend. „Es riecht nach Fischen und Öl und Sumpf, das ist der Meergeruch", sagte der Vater, „ich hab ihn eigentlich nicht gern, aber man gewöhnt sich an ihn." — „Es riecht schön", sagte Franz, „es ist ein wilder Geruch; als ob man die Seeungeheuer riechen könnte." — „Hier gibt es keine Seeungeheuer", lächelte der Vater, „das Meer ist hier noch ordentlich österreichisch, Triest ist eine österreichische Stadt. Wenn du Glück hast, kannst du einmal Statthalter von Triest werden, das ist ein sehr interessanter Verwaltungsposten. Die Bevölkerung ist nämlich größtenteils italienisch, und der Statthalter muß eine sehr geschickte Hand haben, um die Katzelmacher in Schach zu halten. Du weißt doch, daß wir Österreicher die Italiener Katzelmacher nennen? Ich weiß nicht, warum; es ist ein Schimpfwort, aber kein bösartiges. Hier darfst du es nicht laut sagen, sonst hätten wir Unannehmlichkeiten."

Am nächsten Morgen fuhren sie nach Miramare, gingen nach der Besichtigung des Schlosses am Meeresufer spazieren und schlenderten nach der Rückfahrt durch die Straßen Triests. Franz vergaß, daß das Meer einen wilden Geruch hatte, er gewöhnte sich schon nach einigen Stunden an die fremdartige Umgebung und fand die Stadt langweilig. Er war sehr erleichtert, als der Vater nach dem Nachtmahl sagte: „Triest ist eigentlich fad, hier ist gar nichts los." — „Aber das Meer ist doch wunderschön", sagte Franz. „Das Meer ist herrlich, aber Triest ist ein fader Ort", sagte der Vater; „ich denke, wir fahren bald weiter, nach Venedig.“ — „Wann?“ fragte Franz mit mühsam unterdrücktem Jubel. „Morgen“, sagte der Vater. „Heute gehts nicht mehr. Ich bin müd und freu mich aufs Bett; aber du kannst ausgehn und dich amüsieren. Da hast du Geld.“ Er gab Franz einen Gulden.

Es war das erste Geld, das Franz erhielt. Er wußte nicht: War ein Gulden viel Geld oder wenig Geld? Was konnte man für einen Gulden haben? Die Laternen brannten, in vielen Häusern wurde Klavier geklimpert, in einem großen Restaurant spielte eine Musikkapelle. Franz überlegte, ob er in dieses Restaurant gehen solle. Er vermutete, daß er in dem eleganten Lokal schöne Frauen und Mädchen zu sehen bekäme. Diese Vorstellung lockte ihn sehr, aber dann befielen ihn Zweifel: Konnte man mit einem Gulden wagen, ein teures Restaurant zu betreten? Er ging weiter und sah mit Mißbehagen, daß die Blumenläden geschlossen waren. Es hätte ihm gefallen, für den Gulden Blumen zu kaufen und sie dem ersten schönen Mädchen, das ihm zulächelte, zu überreichen. Er zog den Gulden aus der Tasche, warf das Geldstück hoch in die Luft, fing es auf und steckte es in die Tasche. Ein junges Mädchen, das ihn beobachtet hatte, lachte ihn an. „Darf ich mitgehn? Ich bin hier fremd und weiß nichts mit mir anzufangen“, sagte er. Das Mädchen anwortete nicht, lächelte ihm aber freundlich zu und ging an seiner Seite weiter.

Sie gingen auf den Strand zu und näherten sich dem Leuchtturm. Franz redete hastig, erzählte, daß er gestern seine Maturareise angetreten habe und morgen mit dem Vater nach Venedig fahren solle; bis vor wenigen Minuten habe die Stadt Triest ihm nicht recht gefallen, jetzt aber sei mit einem Schlag alles anders geworden, er wolle die Weiterreise verschieben und den Vater bitten, noch ein paar Tage mit ihm in Triest zu bleiben, denn in Venedig werde es bestimmt kein Mädchen geben, das einem Vergleich mit der reizenden Begleiterin standhielte. Schmeicheleien dieser plumpen Art gingen ihm leicht über die Lippen, er fühlte sich in der Rolle des Weltmanns und Verführers wohl und steuerte mit dem Mädchen auf eine Bank am Meeresufer zu, ohne zu merken, daß die Triesterin noch kein Wort gesprochen hatte. Nachdem sie sich gesetzt hatten, fragte sie in italienischer Sprache, ob er Italienisch spreche. Er mußte verneinen und fragte, ob sie vielleicht kein deutsches Wort verstehe. Lachend schüttelte sie den Kopf. „Da haben Sie also kein Wort von meiner ganzen Rede verstanden", sagte er verdutzt. Was nun? fragte er sich. Ich versteh sie nicht, sie versteht mich nicht, das ist fad. Aber zimperlich scheint sie nicht zu sein; ich will mich gleich davon überzeugen. Er nahm ihren Kopf in beide Hände und drückte einen heftigen Kuß auf ihre Lippen. Sie war nicht hübsch, aber jung, kaum älter als er; sie erwiderte seinen Kuß, und Franz stellte fest, daß sie leidenschaftlicher küsse als die Mädchen in der Heimat. Aha, das ist das berühmte italienische Temperament, dachte er. „Wollen Sie Deutsch lernen? Ich sage Ihnen gleich die wichtigsten Wörter vor", sagte er. Sie schüttelte verneinend den Kopf und vollführte mit der linken Hand — die rechte lag auf seiner Schulter — die Geste des Trinkens. Sie standen auf und gingen in eine Kneipe.

Während Franz mit der Triestinerin eine Weinflasche leerte, ging sein Vater, der sich seit dem langen Spaziergang einer ungewöhnlichen Mattigkeit kaum erwehren konnte, zu Bett. Nachdem Franz das Hotel verlassen hatte, war der Graf noch eine Weile mit der Zeitung in der Hand sitzen geblieben und hatte überlegt, ob er versuchen solle, seiner Ermattung Herr zu werden und in einem netten Weinlokal Gesellschaft zu finden. Tagsüber hatte er in den Straßen Wiener und Wienerinnen gesehen, schöne, elegante Frauen, deren Anblick er in dem einsamen Haus in Lepnik immer schmerzlich entbehrt hatte. Sein seit mehreren Jahren nicht mehr gesundes Herz mahnte ihn jedoch so eindringlich, zu Bett zu gehen, daß er den Wunsch nach Geselligkeit aufgab. Er entkleidete sich, entnahm seinem großen Reisekoffer eine Kognakflasche und ein Kognakgläschen, stellte diese heimatlichen Begleiter auf das Nachtkästchen, ging zu Bett und lächelte angesichts des zweiten Bettes, das Franz erwartete. Der Junge, wie er mir nachgerät, dachte der Graf, mit achtzehn Jahren hab ich genau so ausgesehn wie er, es war direkt komisch, wie seine Augen gestrahlt haben, weil ich ihm erlaubt hab, allein auszugehn. Na, mit dem Gulden wird er keine großen Sprünge machen können. Hoffentlich läßt er sich nicht mit einem dreckigen Frauenzimmer ein, ich hätte ihn eigentlich warnen sollen. Aber Warnungen nützen ja nichts; im Gegenteil. Macht nix. Ich kann ihn nicht länger an der Leine halten, in Wien werd ich auch nicht hinter ihm stehn und aufpassen, damit muß ich mich abfinden. Aber er ist ein ganz gescheiter Junge, er wird schon selber aufpassen. Morgen zeig ich ihm Venedig. Er wird bestimmt entzückt sein. Nach Venedig sollte man eigentlich nur in Begleitung einer schönen Frau fahren. Tuts mir leid, daß ich nicht mit einer schönen Frau fahren kann? Sei aufrichtig, alter Lump. Also aufrichtig: ein bißl leid tuts mir schon. So eine Gondel auf dem Canale Grande ist doch eigentlich blödsinnig, wenn man nicht neben einer schönen Frau sitzt, die einen umarmt hält. Aber trotzdem — es ist mir doch tausendmal lieber, daß ich diese Reise mit Franz machen kann. Es war schwer genug, die paar Groschen zusammenzukratzen, die diese Reise kostet. Was hätt ich gemacht, wenn ich sie nicht zusammengekratzt hätt? Es wär scheußlich gewesen. Franz hat schon geglaubt, daß aus der Reise nichts wird, immer hab ich seit der Matura seinen vorwurfsvollen Blick gespürt — es war scheußlich. So, jetzt les ich noch eine Weile, zehn oder zwanzig Seiten in dem idiotischen französischen Roman, mittlerweile kommt Franz hoffentlich zurück. Vorher könnt ich eh nicht einschlafen. Länger als bis Mitternacht wird er nicht ausbleiben. Wenn nur die Herzbeklemmung nicht wiederkehren wollte, die sich heute abend wieder so gemein angemeldet hat. So was kann ich hier nicht brauchen. Also kusch, altes Herz, gib Ruh.

Er preßte die Hand gegen das Herz, das wieder störrisch wurde. Das gibts nicht, ich ignorier einfach den Schmerz, dachte er, ich laß mich nicht tyrannisieren, der Kognak wird schon helfen. Er griff nach der Kognakflasche, füllte das Gläschen, leerte es mit einem Zug, füllte es wieder und trank. Er trank fünf Gläschen, dann atmete er tief auf und löschte die Lampe aus. Gut war der Kognak, jetzt wird mir leichter werden, sagte er sich, die Ärzte wollen mir immer den Kognak verbieten, aber sie wissen nicht, was mir gut tut, der Kognak brennt in den Eingeweiden, das ist gut. Jetzt wird das Herz Ruh geben. Aber gleichzeitig spürte er, daß die Übelkeit nicht behoben war, sie nahm zu, eine eiserne Faust wuchtete auf seiner Brust. Sie wurde größer und schwerer, sie knetete und preßte die Brust, als wollte sie den Brustkorb eindrücken, sie wollte das Herz zerdrücken. Ein heftiger Brechreiz, mit Durchfall verbunden, nötigte ihn, das Zimmer zu verlassen. Ermattet und erschöpft kehrte er zurück. Gepeinigt versuchte das Herz, dem Feinde zu entgehen, es machte hilflos zuckende Bewegungen, aber die jetzt ungeheuer wuchtende eiserne Faust knetete die Brust immer schmerzender. Der Krampf, dem der Oberkörper in der Umgebung des Herzens bis hinauf zur linken Schulter unterworfen war, steigerte sich unerträglich. Der Leidende stöhnte laut. Ihm war, als müßte er schreien, hemmungslos schreien. Aber er schrie nicht, er stöhnte nur und dachte: es wird schon besser werden, ich kenn ja diesen Schmerz, schon zweimal oder dreimal hab ich so einen Anfall gehabt und hab geglaubt, daß ich in der nächsten Minute sterben muß, und dann ist es besser geworden. Aber so arg wie heute war es nie. Herrgott, das ist nicht auszuhalten, verflucht noch einmal, das ist zum Verrücktwerden, verflucht noch einmal, und jetzt, was ist das, lieber Gott, was ist das, ich spür, ich muß sterben, lieber Gott, laß mich nicht sterben, ich will nicht sterben. Auf-stehn! befahl er sich, seine schwindende Kraft verzweifelt aufbietend, auf, auf, Bewegung wird helfen, ich muß, muß, muß aufstehn. Er taumelte aus dem Bett in die Dunkelheit des Zimmers, taumelte vorwärts, umkreiste den Tisch, beide Hände an die Brust gepreßt, er wollte die Glocke finden, um Hilfe rufen, die Lampe entzünden, aber die gewaltig seine Brust knetende Faust erlaubte es nicht. Verzweifelt preßte er beide Hände gegen die Brust und umkreiste den Tisch, stieß an Kanten, warf einen Stuhl um, verlor das Gefühl, in einem Zimmer zu sein, dunkler, unbekannter, feindseliger Raum war rings, eng, gefährlich, eine Grube oder eine Schlucht, jeder Schritt war gefährlich, aber der Schmerz war jetzt etwas erträglicher, die ungeheure eiserne Faust, die den Brustkorb zu zerbrechen drohte und das Herz suchte, lockerte eine wenig den Druck, sie gab nicht nach, aber sie stemmte sich nicht gegen das Herz, sondern wanderte auf dem Oberkörper hin und her, und wo sie verweilte, wütete der Krampf. Es ist besser, dachte der um sein Leben kämpfende Mann, es wird besser. Soll ich es wagen, mich niederzulegen? Er taumelte dem Bett zu, er dachte nicht mehr an die Glocke, auch an die Lampe dachte er nicht mehr, die er hatte entzünden wollen, nur liegen wollte er, eine Minute lang liegen und ausruhen. Ah! Ah! Er stöhnte, der Schmerz zwang ihn, laut zu stöhnen, aber das Herz war nicht in dem Bereich der eisernen Faust. Halt aus, dachte der Liegende, halt aus, altes Herz, nur nicht nachgeben! Wenn nur Franz schon käme, wo bleibt der Bub, es muß doch schon spät sein, vielleicht ists aber noch nicht spät, ich hab keine Ahnung, wieviel Zeit vergangen ist, seit der Krampf begonnen hat. Es ist jetzt besser, entschieden besser. Ich will liegen bleiben und mich nicht rühren, so lang wie möglich. Wenns ganz schlimm wird, wälz ich mich auf die andre Seite, aber ich bleib im Bett. Wenn der Schmerz etwas mehr nachläßt, mach ich Licht, jetzt trau ich mich noch nicht, mich zu rühren. Das also bin ich, dieses Stück Elend, das nicht die Hand rühren kann, zu schwach, die Lampe anzuzünden, das bin ich. So schau ich aus. Ich war doch immer ein Kerl, ein Mann, ein richtiger, niemand im ganzen Regiment hat gewagt, mit mir in Streit zu geraten, alle haben Respekt vor mir gehabt, ein wilder, gefährlicher Kerl war ich, der beste Pistolenschütze in Göding, das will was heißen, und jetzt bin ich nicht imstande, die Lampe anzuzünden. Wenn wir nach Hause kommen, muß ich gleich nach Holitz und mit dem Bubna reden. Das Kind muß in Wien einen

Protektor finden, der ihm in die diplomatische Karriere hineinhilft, das muß ich unbedingt erledigen, eh ich sterb. Von dem Testament hat er nix. Wenn ich hundertmal schreib, daß alles ihm gehören soll, das Haus und das Stückel Wald und das Feld — die Gläubiger lassen ihm nix, nicht einmal sein Bett. Diese Schufte! Mit Wonne werden sie alles wegschleppen und den Jungen vor die Tür setzen. Daran bin ich schuld, schlecht hab ich gewirtschaftet, eine gescheiterte Existenz bin ich, ein unbrauchbarer Mensch, alles hab ich schlecht gemacht, mit keinem Menschen hab ich mich vertragen, alle waren mir zuwider, deshalb kann ich ihm nichts hinterlassen, am Ende wird man noch von ihm verlangen, daß er meine Schulden zahlt.

O verflucht, es geht wieder los. Ans Herz heran, o Gott, schon wieder, ich hab Angst, jetzt packt es das Herz, dieses Untier, das mich umbringt.

„Hilfe!" schrie er. Dann kamen unartikulierte Laute aus seiner Kehle. Er röchelte, er streckte den Arm aus, suchte die Stehlampe, warf sie um. Der Zylinder zerbrach, das zerbrechende Glas klirrte ganz leise. Die Glocke, dachte der den Tod Fürchtende, wo ist sie, man muß mir einen Arzt bringen, ich muß aus dem Bett. Hier find ich keine Glocke, vielleicht find ich sie bei der Tür. Ich muß zur Tür, es sind nur ein paar Schritte.

Er taumelte aus dem Bett, taumelte in den dunklen, unbekannten, feindseligen Raum, fiel in eine Schlucht, in eine Grube, röchelnd lag er auf dem Teppich. Mit einem Schrei wollte er sich befreien, mit einem durch das ganze Haus, durch die ganze Stadt, weit über das Meer hallenden Schrei — aber er konnte diesen Schrei nicht mehr ausstoßen. Zweimal hob sich die röchelnde Brust, das hilflose Herz, dann schlug es nicht mehr.

Es war noch nicht Mitternacht. Franz leerte mit dem Mädchen die zweite Weinflasche. Der Vater hatte ihm erzählt, der Wein sei in Triest billig, etwas teurer zwar als in Italien, wo man den besten Wein fast umsonst bekomme, aber unvergleichlich billiger als in Mähren. Trotzdem fürchtete Franz, als die Kellnerin die zweite Flasche brachte, mit seinem Gulden werde er die Zeche nicht begleichen können. Vielleicht bringt man mich wegen Zechprellerei zur Polizei, dachte er; oder wird man mich verprügeln wollen? Ich werd mich ordentlich wehren, ich hau fest zurück. Als die zweite Flasche leer war, sagte er dem Mädchen, das sich mit ruhiger Heiterkeit das Streicheln seiner Hände, das neugierig-täppische Betasten ihres Körpers gefallen ließ, er wolle nicht länger bleiben. Sie rief die Kellnerin. Franz stellte verblüfft fest, daß er nach der Begleichung der Zeche eine ganze Menge kleinerer Münzen besaß. Er gab sie seiner vor der Tür wartenden Begleiterin, die das Geld einsteckte, ohne eine Miene zu verziehen.

Es war eine hochsommerlich warme Septembernacht. Beim Verlassen der Kneipe merkte er, daß er zuviel getrunken hatte. Zuhause hatte er sehr selten Wein trinken dürfen, kaum einmal mehr als ein halbes Glas. Wieviel hatte er jetzt getrunken? Es roch betäubend nach Fischen und Öl und Sumpf. Der Geruch des Meeres, den er tagsüber kaum mehr verspürt hatte, schien jetzt tausendfach verstärkt der Stadt zuzuströmen. Das Mädchen zog den seine Übelkeit bekämpfenden Franz dem Strande zu und forderte ihn auf, sich mit ihr auf eine Bank zu setzen. Er setzte sich. Der Anblick der Meereswellen war ihm unerträglich. Es waren nicht hohe Wellen, aber er ertrug nicht den Anblick der schaukelnden Bewegungen. „Ich geh schlafen", sagte er entschlossen und stand auf. Das Mädchen lächelte, küßte ihn auf den Mund und verschwand.

Er ging auf das Hotel zu, er hatte nicht weit zu gehen, es lag am Strand, es war das größte Hotel am Meer, er fand es gleich. Aber das Zimmer fand er nicht. Er bemühte sich, aufrecht zu gehen, obwohl kein Mensch auf der Treppe zu sehen war. Die Treppe drehte sich, die Decke drehte sich, die Wände kreisten langsam wie Flügel einer Windmühle. Er ging bis zu der Dachbodentür, kehrte in das Erdgeschoß zurück und fragte den Portier nach der Zimmernummer. Der Portier erhob sich lächelnd und führte ihn in das zweite Stockwerk vor die Türe des Zimmers Nummer 19. „Hier, Herr Graf", sagte der Portier in fehlerlosem Deutsch, grüßte und kehrte in das Erdgeschoß zurück. Franz blieb eine Minute lang vor der Türe stehen, ordnete die Krawatte, glättete den Scheitel und nahm sich vor, nicht zu verraten, daß er zu viel getrunken habe. Vorsichtig öffnete er die Türe. Das Zimmer war dunkel. Der Vater schlief demnach schon. Franz wollte versuchen, sein Bett zu finden und sich zu entkleiden, ohne eine Kerze anzuzünden. Er hoffte, der Vater werde nicht erwachen. Vorsichtig tastete der unsicher Gehende die Gegenstände ab, die sich ihm in den Weg stellten, da war ein Sessel, die Tischkante, jenseits des Tisches mußten die Betten stehen. Vorsichtig ging er weiter — und erschrak plötzlich. Er war auf einen Gegenstand getreten. Es war kein Gegenstand, es war eine unbewegliche weiche Masse. Ich bin betrunken, dachte der Zusammenfahrende, ich muß Licht machen. Vorsichtig zog er seinen Fuß zurück und entzündete ein Streichholz. Die Wände kreisten langsam wie Flügel einer Windmühle. Vorsichtig beugte er sich nieder. Auf dem Teppich lag der Vater. Ich bin auf seinen Bauch getreten, warum rührt er sich nicht? dachte der wieder im Dunkel Stehende. Der Kognak, dachte er, rasch gefaßt; nicht nur ich, auch er hat viel getrunken. Zuhause versteckt er sich, wenn er Kognak trinkt, hier kann er sich nicht verstecken. Gut so. Er kann mir keinen Vorwurf machen, er hat selber zu viel getrunken. Jetzt kann ich seelenruhig die Lampe oder eine Kerze anzünden.

Er entzündete eine auf dem Tisch stehende Kerze. Ich muß ihn wecken, er kann nicht die ganze Nacht auf dem Teppich liegen bleiben, dachte der den Leuchter vorsichtig Tragende. Ich will ihn sanft am Ärmel anpacken, damit er nicht erschrickt. Er leuchtete dem Vater ins Gesicht. Der Vater . . . der Vater . . . Franz erschauerte. Was für Augen hatte der Vater? Franz taumelte zur Tür. Er wagte nicht, den Vater anzurühren. Zitternd trug der Taumelnde die brennende Kerze über die hell erleuchtete Treppe zur Portierloge. „Kommen Sie", flüsterte er, „mein Vater . . ." Der Portier schüttelte den Kopf, führte den Taumelnden vor die Tür des Zimmers Nummer 19 und klopfte an. Dann traten sie ein. Der Portier betrachtete den Leichnam, berührte eine Hand des Toten, nahm die Kappe ab und sagte in fehlerlosem Deutsch: „Da ist nichts zu machen; das haben wir schon öfter gehabt in dem Hotel. Der Herr Graf ist leider bereits tot. — Mein herzlichstes Beileid, Herr Graf."

11

Der erblindende Graf Bubna mußte es sich versagen, nach Triest zu fahren; er fürchtete, daß er dort wegen seines Gebrechens dem Sohne des toten Jugendfreundes und dessen Kammerdiener wenig helfen könnte, wahrscheinlich aber beiden im Wege stünde. So ließ er den Kammerdiener allein nach Triest reisen, der sich in den ersten Stunden nach dem Eintreffen der Todesnachricht wie ein Wahnsinniger gebärdet hatte, dann aber, aufgerichtet durch den Auftrag, die Leiche und den Sohn des Toten in Triest abzuholen, rasch und mit glühendem Eifer die Aufgabe erfaßte, die ihm nun zufiel. Er wagte noch nicht, sich den ganzen Umfang dieser Aufgabe vorzustellen, die der Graf Bubna ihm mit den folgenden Worten überantwortete: „Nehmen Sie sich zusammen; Sie müssen jetzt dem Jungen den toten Vater ersetzen, so gut es geht. Er steht ganz allein in der Welt, ich kann ihm nicht viel helfen, es ist also notwendig, daß Sie sich um ihn kümmern. Ich weiß, Sie tun es gern, Sie sind ein braver Mensch. Der Franzel kann froh sein, daß er Sie hat." Ein prachtvoller Mensch, dieser Graf Bubna, dachte der Kammerdiener, der in diesem Augenblick seine alte Abneigung gegen das Haus Bubna begrub und töricht-überschwengliche Dankesworte stammelte, die der Graf Bubna verlegen anhörte. Der Kammerdiener des armen Saill war ein pfiffiger Kerl, der Erblindende hatte es oft beobachtet, und Pfiffigkeit war eine Eigenschaft, die er verabscheute. Daß der pfiffige Kerl, der sich mit einem weit geringeren Lohn als der jüngste Diener des Hauses Bubna hatte begnügen müssen, selbstlos, mit opferbereiter Liebe, dem Hause Saill jahrzehntelang gedient hatte und nun, nach dem Tode des geliebten Herrn, nicht um die eigene Zukunft und die der eigenen Familie Sorge trug, sondern nur das Wohl des verwaisten jungen Saill im Auge hatte, war eine Merkwürdigkeit, die den Grafen Bubna beirrte und verwirrte. Er war immer bereit, menschliche Schwächen, Charakterdefekte und sogar verbrecherische Anwandlungen der menschlichen Natur zu verstehen; wenn aber ein kleiner, kleinlicher, in einem engen Ideenkreis sich wohlfühlender Mensch eine mit der Kleinlichkeit und

Enge seines Wesens nicht übereinstimmende Eigenschaft zeigte, beunruhigte den Grafen Bubna seine Unfähigkeit, die Widersprüche des menschlichen Tuns und Seins zu begreifen. Nichtsdestoweniger war er glücklich, den jungen Saill in der besten Obhut zu wissen und deshalb jeder Sorge um den allem Anschein nach launenhaften und verwöhnten Achtzehnjährigen enthoben zu sein. Der Graf, der nur noch mit Mühe lesen und schreiben konnte, gab dem Kammerdiener den Betrag, der zur Überführung der Leiche des Jugendfreundes erforderlich war; daß der Tote in der Heimat begraben werden solle, hatte der zuversichtlich an ein Leben nach dem Tode glaubende Aristokrat beschlossen, weil er voraussetzte, der möglicherweise in einem Testament nicht ausgesprochene Wille des Toten erheische es.

Der Kammerdiener entledigte sich seines Auftrags mit der virtuosen Geschmeidigkeit, die er immer an den Tag gelegt hatte, wenn er um das Wohlbefinden seines geliebten Herrn besorgt und bemüht gewesen war. Die tiefe Trauer, die Toman erfüllte, stand in groteskem Gegensatz zu der Geschicklichkeit und Wendigkeit, mit der er alle Formalitäten und Geschäfte erledigte, die er in Triest abzuwickeln hatte. Da die keineswegs freundlichen Beamten, mit denen er die Art der Leichenüberführung zu besprechen hatte — es gab drei Überführungsklassen, und er wollte seinem toten Herrn gewaltsam die erste und vornehmste sichern, obwohl der Betrag, den er von dem Grafen Bubna empfangen hatte, nur zur Bezahlung der zweiten Klasse ausreichte —, dem Feilschen des ihnen zuerst schmeichelnden, dann drohenden Kammerdieners Spott und zähen Widerstand entgegensetzten, suchte er im Eilschritt die Militärintendantur auf, erreichte es, daß er von einem hohen Offizier empfangen wurde, und forderte den Betrag, den er benötigte, um die Überführung Erster Klasse ermöglichen zu können, mit dem Hinweis auf die soldatischen Tugenden und Verdienste des Toten, die selbstverständlich niemand kennen konnte. Der hohe Offizier, der dem temperamentvollen Wortschwall erstaunt lauschte, wollte das komische Männchen zunächst mit der Erklärung, daß die Intendantur den von dem Kammerdiener erhobenen Anspruch „aus grundsätzlichen Gründen" nicht anerkennen könne, verabschieden, händigte aber nach kaum zehn Minuten dem Zudringlichen, der sich ordentlich legitimiert hatte, den geforderten Betrag ein, überwältigt von der vor keinem starken Wort zurückschreckenden, beinahe rührenden Keckheit des in seinem schwarzen Anzug bleich und unabweisbar vor dem großen Schreibtisch Stehenden, der auf ein rätselhaftes Recht pochte und, um jeden Verdacht zu zerstreuen, stürmisch forderte, das Geld möge nicht ihm, sondern den unzugänglichen Leichenbestattungsbeamten, mit denen er zu feilschen versucht hatte, ausgezahlt werden.

Nachdem er diesen Sieg errungen hatte und alle Vorkehrungen zu der Heimreise des Leichnams getroffen worden waren, fuhr der Kammerdiener, der die fremde Stadt und das Meer, das er nie vorher gesehen hatte, kaum beachtete, mit dem verwaisten Sohne seines Herrn nach Lepnik zurück. Toman löste ein Schlafwagenbillett für Franz und eine Fahrkarte Dritter Klasse für sich; vor der Abreise wurde er jedoch von seinem jungen Herrn genötigt, die Fahrkarte Dritter Klasse gegen ein zweites Schlafwagenbillett umzutauschen. „Ich mag nicht allein sein, ich mag auch nicht mit einem fremden Menschen in einem Abteil schlafen", erklärte Franz. Diesem Argument mußte der Kammerdiener sich fügen, obwohl er beteuerte, daß es sündhaft wäre, so viel Geld für seine Heimfahrt auszugeben, da er nie anders als Dritter Klasse gereist sei und einen Schlafplatz nicht benötige, weil er ohnehin nicht schlafen könne. Erst jetzt, als der Zug am Meeresufer den Bergen entgegenfuhr und die Stadt Triest nicht mehr sichtbar war, wagte es der Kammerdiener, dem jungen Grafen ins Auge zu blicken. In dem Blick des Kammerdieners lag die Trauer und Verzweiflung, die er im Drang der fieberhaften Betätigungen, die ihm seit dem Eintreffen der Todesnachricht auferlegt gewesen waren, zurückgehalten und in einer ununterbrochenen Reihe notwendiger Kampfhandlungen verleugnet hatte. Dieser trauervolle, verzweifelte Blick war Franz unangenehm. Er versuchte, ihm zu entgehen und stellte sich an ein Fenster, um von dem Meer Abschied zu nehmen, das er lange nicht wiederzusehen fürchtete. Der Kammerdiener war in diesem Augenblick zum ersten Male mit seiner Trauer und mit seiner Verzweiflung allein. Er hatte zum ersten Male Zeit, sich seiner Trauer und seiner Verzweiflung zu überlassen. Er begriff zum ersten Male den vollen Umfang des Unglücks, das ihn ereilt hatte. Einem gesunden Selbsterhaltungstrieb gehorchend, hatte er sich nach dem Empfang der Todesnachricht von dem Grafen Bubna überzeugen lassen, daß ihn, den niedergeschmetterten Diener, die Aufgabe erwarte, dem verwaisten jungen Grafen den Vater zu ersetzen. Jetzt aber, in den ihm aufgezwungenen Mußestunden der langen Fahrt, wurde dem Kammerdiener bewußt, daß ihm diese Aufgabe über den Verlust, den er erlitten hatte, nicht hinwegzuhelfen vermochte. Er liebte den jungen Herrn, aber er liebte ihn nur, weil es der Sohn des geliebten Herrn war, dem er sein ganzes Leben geweiht hatte. Er liebte ihn, weil Franz das Teuerste war, das der verstorbene geliebte Herr besessen hatte. Es war nicht eine Liebe geringerer Art, beileibe nicht; aber es war ein Gemengsel von reiner Liebe und unreiner, unwürdiger Angst, unreinen, unwürdigen Zweifeln. Den alten Grafen hatte Toman geliebt und angebetet, wie ein sehr frommer, demütiger Diener Gottes den über den Wolken thronenden Gott liebt und anbetet. Jedes Wort aus dem Munde des alten Grafen war ihm vertraut und heilig gewesen, nicht anders als jedes Wort der Heiligen Schrift einem frommen Bibelleser und Beter vertraut und heilig ist. Den jungen Herrn kannte Toman wie kein anderer; besser, als der eigene Vater ihn gekannt hatte. Und dennoch ahnte der Kammerdiener, daß es ihm nie und nimmer gelingen konnte, in die fremde Welt einzudringen, die in der Jugend des Achtzehnjährigen eingeschlossen war. Der verstorbene Herr und der Kammerdiener hatten einander gebraucht, einander ergänzt; wenn einer von ihnen erkrankt oder entfernt gewesen war, hatte der andere sich hilflos gefühlt. Von sich selber konnte Toman das mit Bestimmtheit behaupten; er hatte sich in der Abwesenheit seines Herrn nicht nur hilflos gefühlt, er hatte zu leben aufgehört, als ob sein Körper in zwei Stücke zerrissen worden wäre. Vielleicht hatte der alte Graf nicht in demselben Maße die Abhängigkeit gefühlt; aber sie war vorhanden gewesen, sie war wirklich gewesen, Toman wußte es. Der junge Herr hingegen trug eine fremde Welt in sich und strebte einer fremden Welt zu, weil er achtzehn Jahre alt war. Was er in den vergangenen Jahren erlebt hatte, schien ihm nichtig. Was ihn erwartete, schien ihm ungeheuer und über alle Maßen erstrebenswert und lockend. Es war die fremde, unbekannte Welt, die ihn lockte, weil er jung und unerfahren war — und deshalb wußte Toman, daß er, der dem Greisenalter sich nähernde Diener, beim Tode des alten Grafen aufgehört hatte, der Welt anzugehören, für die er geschaffen worden war.

Der Graf Bubna hatte gut reden, wenn er sagte, ihm, Toman, sei nun die Aufgabe gestellt, dem jungen Herrn den toten Vater zu ersetzen. In der ersten Stunde der Trauer und Verzweiflung hatte der Kammerdiener diesen an seinen Lebensmut und an seine Lebenskraft appellierenden Worten geglaubt;

es waren gute, wohlgemeinte Worte, und sie hatten ihm über den ersten Schmerz hinweggeholfen. Bei näherer Betrachtung verloren aber diese Worte ihren Sinn. Wie konnte der blinde Mann glauben, daß ein Mensch, ein niedriger obendrein, ein Kammerdiener, der geschaffen gewesen war, dem verstorbenen Grafen zu dienen, sich anmaßen dürfte, diesen Herrn zu ersetzen, und nun gar auf dem einzigen Gebiet, das dem geliebten Toten heilig gewesen war? Die Vaterwürde hatte den verbitterten, im Kognaktrinken Trost suchenden Grafen Saill vor der völligen Selbstvernichtung bewahrt. Die Liebe zu seinem Sohne hatte ihn befähigt, über alle Demütigungen hinwegzusehen und ein selbstgerechter, selbstgenügsamer Herr zu sein. Diese Liebe war etwas wahrhaft Großes, Unersetzliches gewesen. Der junge Herr wußte es vielleicht nicht. Er aber, Anton Toman, wußte es. Und weil er es wußte, war ihm nur zu gut bewußt, daß niemand sich anmaßen durfte, dem jungen Herrn den toten Vater ersetzen zu wollen, am wenigsten aber er selber, Anton Toman, weil er der einzige Mensch war, der die Vaterwürde und die Liebe des geliebten Herrn zu seinem Sohn richtig zu werten vermochte.

Ich kann dem jungen Herrn den Vater nicht ersetzen, sagte sich Toman; ich kann dem Verwaisten nur dienen. Ich will ihm dienen, als ob er mein verstorbener geliebter Herr wäre.

Dieser Vorsatz erfüllte den Kammerdiener ganz, ohne ihn zu trösten. Es gab keinen Trost, es konnte keinen geben, weil mit dem toten Grafen die Welt, in der Toman sich heimisch gefühlt hatte, verschwunden, untergegangen war. Er hatte das unheimliche Empfinden, der jüngste Tag sei gekommen, die Sonne sei untergegangen, um nie wieder aufzugehen. Was er rings sah, widerlegte nicht dieses Weltuntergangsgefühl und schwächte es nicht ab. Der Zug donnerte an hohen kahlen Felsen vorbei, die sich abendlich dem dunklen, die Nacht heranwälzenden Himmel verschwisterten. In kleinen Stationen tauchten kleine flackernde Lichter auf, es ertönten Stimmen, die gespenstisch-gleichmütig klangen, als ob dieser Abend sich von keinem andern Abend unterschiede. Am Fenster stand die schmale Gestalt des jungen Herrn, der mit Bedauern wahrgenommen hatte, daß das Meer den donnernden Zug nicht mehr begleitete. Das alles sah der Kammerdiener; aber es schien ihm unwirklich, es war unwirklich, weil die Welt, in der er froh und tätig gelebt und geatmet hatte, nicht mehr war. Es gab nur noch einen Überrest der versunkenen, untergegangenen Welt in dem Sarg, der den Leichnam des geliebten Herrn barg. Der Kammerdiener war versucht, aufzuspringen und den Waggon zu suchen, der den Leichnam in die Heimat trug. Aber es war Toman verwehrt gewesen, der Einwaggonierung des Leichnams beizuwohnen; die unfreundlichen Beamten hatten ihm nicht einmal verraten, welcher Zug den Leichenwagen befördern werde; das Angebot des Kammerdieners, den Leichnam zu begleiten, war von ihnen mit der Begründung abgelehnt worden, es sei das Privileg der Leichenbestattungsanstalt, die Begleiter des Sargs beizustellen, und niemand als die privilegierten Begleiter dürften sich in der Nähe des Sargs aufhalten, für dessen sichere Beförderung sie sich verbürgten. Der Zug, der Toman und Franz in die Heimat trug, barg keinen Sarg; der Kammerdiener wußte es. Er wußte, daß der Leichenwagen einem Güterzug angekoppelt wurde und mitten unter schmutzigen, übelriechenden Güterwagen die Heimfahrt antreten mußte. Vielleicht war der Leichenwagen einem mit lebenden oder geschlachteten Schweinen beladenen Waggon benachbart. Und es war den fremden, fühllosen Sargbegleitern, die den toten Herrn nicht gekannt hatten und nichts von ihm wußten, zuzutrauen, daß sie angesichts des Sarges in dem Leichenwagen, ungeachtet der Gegenwart des toten Herrn wie die Schweine fraßen und soffen, rülpsten und kotzten, nachher ein Spiel Karten auf den Sarg legten und sich vergnügten, um zuletzt erhitzt und besoffen wie in einer Kneipe einzuschlafen. Diese Vorstellung, die von dem Kammerdiener Besitz ergriff, quälte ihn dermaßen, daß er seiner Empörung kaum Herr zu werden vermochte. Er ballte die Fäuste, und seine Finger machten leidenschaftlich-heftige Bewegungen, als ob er einen der rülpsenden Leichenbegleiter erwürgen wollte. Toman seufzte tief auf, da seine würgenden Finger in leere Luft griffen. Franz hörte den Seufzer, drehte sich um und sagte: „Man sieht nichts mehr; wir können vielleicht jetzt schlafen."

Der Kammerdiener entzündete eine Kerze und

bereitete dem jungen Herrn das Bett. Er fragte den Schaffner, wie lange der Zug in der nächsten Station halten werde. Da es einen Aufenthalt von drei Minuten gab, lief er zu der Bahnhofspumpe und füllte eine Flasche mit Wasser. Die Flasche stellte er auf das Tischchen, das neben dem Bett des jungen Herrn befestigt war. Neben die Flasche stellte er einen Teller, auf den frisches Obst gehäuft war, und einen Teller mit Bäckereien und Schokolade. Franz aß einen Apfel und Weintrauben, trank ein Glas Wasser, schloß die Augen und schlief ein.

In dem Abteil befanden sich vier Betten. Der Kammerdiener dankte dem Himmel für die Fügung, daß die zwei Betten, die weder dem jungen Herrn noch ihm gehörten, unbesetzt waren; es hätte ihm unsägliche Pein verursacht, in dieser Nacht den Schlafraum mit fremden Menschen teilen zu müssen, mit reisenden Kaufleuten etwa, die vielleicht von ihren Geschäften oder von Liebeshändeln geschwatzt oder laut geschnarcht und durch ihre bloße Gegenwart die Weihe der Nacht gestört hätten. Denn es war eine geweihte Nacht, eine Nacht der Trauer und des Untergangs einer Welt. Es war aus diesem Grunde dem Kammerdiener erwünscht und lieb, daß der junge Herr einschlief. Der Wachende wollte in dieser Nacht mit seiner Trauer allein sein. Er wollte mit seinem geliebten toten Herrn allein sein, dessen Leichnam zwar nicht in diesem Raum ruhen durfte, dessen Geist jedoch durch das offene Fenster eindrang, vom Meere kommend, von den hohen, nächtlich finsteren Felsen kommend, vom feierlich stummen, sternenlosen Himmel niederschwebend und unsichtbar, unhörbar sich niederlassend. Ich fühle deine Gegenwart, hoher Geist, dachte der Kammerdiener, den toten Herrn demütig anredend. Du hast dich zu mir herabgelassen, du hast dich herabgelassen, mich zu belehren. Was soll geschehen? Was hab ich noch in dieser Welt zu suchen, die nicht mehr die deine und infolgedessen auch nicht mehr die meine ist? Befiehlst du, daß ich weiterlebe, obwohl mir das Leben nach deinem Tode abscheulich und die Welt gespenstisch erscheint? Es wäre mein höchstes Glück gewesen, gleichzeitig mit dir diese irdische Welt, in der ich mich nicht mehr heimisch fühle, verlassen zu dürfen. Aber du willst es nicht; du forderst, daß ich weiterlebe und dem jungen Herrn diene. Sei nicht zornig, hoher Geist, ich füge mich deinem Wunsch, ich werde dem jungen Herrn dienen. Ich werde ihm dienen, als ob ich dir, mein geliebte Herr, weiterhin dienen dürfte, bis an mein Lebensende.

Der Kammerdiener lauschte dem Geratter des Schnellzugs. Es war kein anderer Laut zu hören. Er hatte das deutliche Gefühl, der Geist des toten Herrn habe das stumme Gelübde vernommen und sei entwichen. Er war gekommen, um das Gelübde zu vernehmen und hatte sich gleich darauf in die andere, keinem Sterblichen vor dem Tode erreichbare Welt zurückbegeben. Der Trauernde atmete leichter; ihm war, als ob er gesehen hätte, daß der tote Herr mit ihm zufrieden war. Der tote Herr gab seinen Diener der irdischen Welt zurück. Die Nacht schien heller geworden. Der Kammerdiener, der die Kerze ausgelöscht hatte, um den Schlaf des jungen Herrn nicht zu stören, sah die Wolken über den Bergen wandern und den Mond erglänzen, den die Wolken und Nebel verdeckt hatten. Morgen wird die Sonne aufgehn, dachte der sinnende Mann, sie wird aufgehn wie gestern und vorgestern und wie vor tausend Jahren, und alles wird unverändert sein, nur mein geliebter Herr wird nicht mehr da sein. Es war ein schauerlicher Gedanke, und dennoch fühlte der Kammerdiener mit tiefem Erstaunen, daß er nicht mehr den Wunsch hatte, die Sonne möge nie mehr aufgehen, sondern von den hundert kleinen tröstlichen Sorgen erfüllt war, mit denen er in schlaflosen Nächten die Zeit zu vertreiben pflegte. Sein Blick fiel auf die Äpfel und Weintrauben, die auf dem Teller lagen, und er dachte: Werde ich immer Äpfel und Weintrauben für den jungen Herrn haben? Sein Blick fiel auf die Bäckereien, und er dachte: Werde ich immer die guten Sachen herbeischaffen können, die der junge Herr gern ißt? Dann blickte er das blaße, schmale Gesicht des schlafenden jungen Herrn an und dachte: Weiß er, wie schlecht es um ihn bestellt ist? Er weiß es wahrscheinlich nicht. Er weiß nicht, daß sein Vater von den Gläubigern ausgeraubt worden ist und ihm nichts hinterlassen hat als Schulden und den Fluch der Armut. Er weiß nicht, daß die Welt schlecht und tückisch und voller Gefahren ist. Er weiß nicht, daß man in hartem Kampf, mit dem Aufgebot der zähesten Kräfte, mit der äußersten Anspannung eines eisernen Willens die Teufel in Schach halten muß. Sie werden sich auf ihn stürzen, sie werden ihm das Haus und den Garten nehmen wollen, das Wäldchen samt dem Feld, die Ahnenbilder und den letzten Groschen. Sie würden ihm das Hemd vom Leib reißen, wenn sie könnten. Aber ich werde für ihn kämpfen, wie ich für meinen geliebten toten Herrn gekämpft habe. Ich werde so zäh und verbissen kämpfen, daß er vielleicht die Teufel gar nicht zu Gesicht bekommen muß und nicht erfahren wird, daß ein Kampf entbrannt ist, von dessen Ausgang es abhängt, ob er ein glücklicher junger Herr, dem eine ehrenvolle Laufbahn offensteht, oder ein Bettler sein wird, dem Elend preisgegeben wie die Obdachlosen unter den Brücken der Großstadt. Wenn es mir glückt, den Kampf zu bestehen, soll er nie erfahren, daß ich für ihn gekämpft habe. Wenn ich aber unterliege — und es ist durchaus möglich, daß die Gläubiger mit ihren Advokaten stärker sein werden als ich — was tu ich dann? Was tu ich, wenn er aus dem Hause seines Vaters vertrieben wird? Was tu ich, wenn er einen Diener nicht brauchen kann? Was tu ich, wenn er so tief ins Elend gerät, daß er sich verhöhnt glauben müßte, wenn ich sein Kammerdiener sein und bleiben wollte?

Das darf nicht sein, so weit darf es nicht kommen, sagte sich der Kammerdiener. Er war kampfgerüstet, und sein Wille, den Kampf zu bestehen und dem jungen Herrn das Haus und den Garten und das Wäldchen und die Ahnenbilder und ein sorgenfreies Dasein zu sichern, half dem Kampfbereiten über die Verzweiflung hinweg. Seine Trauer erhielt durch diese Bereitschaft, zu tun, was der Tote offenbar forderte, eine Würde, die er als das letzte Geschenk, das der Tote ihm gab, dankbar annahm. Er bedachte nicht, daß dieses letzte Geschenk zugleich das erste war, das er nach neunzehn Jahren von seinem geliebten Herrn empfangen hatte; bis zum Tode des Grafen hatte Toman sich an jedem Tag und zu jeder Stunde reich beschenkt gefühlt, nicht nur durch ein freundliches Wort oder durch ein Lächeln, sondern sogar auch durch jeden Tadel und durch jeden Zornausbruch des oft Ungerechten. Ein Tadel und ein Zornausbruch des geliebten Herrn waren dem Kammerdiener lieber gewesen als die höchste Anerkennung vonseiten jedes anderen Menschen, und wäre es der Kaiser gewesen; denn nach jedem Tadel, nach jedem Zornausbruch, nach jedem Donnerwetter, dem der Kammerdiener zerknirscht und erhoben wie dem Brausen einer Orgel in der Kirche gelauscht hatte, war ein freundliches Wort des wieder versöhnten Herrn doppelt wohltuend und köstlich gewesen.

Von dem Bestreben geleitet, den jungen Herrn nicht zu beunruhigen, vermied Toman während der langen Heimreise jedes Wort, das den Verwaisten über die Schwierigkeit seiner Lage, über die zerrütteten Vermögensverhältnisse des Toten und über die Gefahren, die dem Erben drohten, hätte aufklären können. Franz schien nicht zu ahnen, wie seine Aussichten beschaffen waren. Als der Zug in Wien ankam und die beiden Reisenden in einem Einspänner zu dem Bahnhof fuhren, auf dem sie einen nach Mähren abgehenden Zug abwarten mußten, sagte Franz nur, er bedauere, daß er nicht gleich in Wien bleiben könne, wie es geplant gewesen war; der Vater habe ihm versprochen, daß sie die letzten Ferialtage nach dem Ende der Reise in Wien verbringen würden; es sei jammerschade, daß man jetzt nach Lepnik zurück müsse. Das war alles, was Franz über die große Veränderung seines äußeren Lebens sagte. Der Kammerdiener meinte, der Achtzehnjährige sei trotz seiner Intelligenz und trotz seinen perfekten Weltmannsallüren noch ein rechtes Kind, und diese Kindlichkeit und Ahnungslosigkeit erfreute und rührte den Trauernden, Sorgenerfüllten, erhöhte aber zugleich seine Unruhe, denn wie sollte das ahnungslose Kind dem Ansturm der Teufel gewachsen sein, wenn es sich herausstellte, daß es sich nicht ermöglichen ließ, den jungen Herrn dem Kampfgetümmel zu entziehen? Der Kammerdiener fürchtete nichts so sehr wie den Augenblick, in dem es notwendig sein würde, den ahnungslosen jungen Herrn über alle Peinlichkeiten, Schrecken und Gefahren seiner Lage aufzuklären. Möge dieser Augenblick nie kommen! wünschte der Bekümmerte, Trauervolle, möge der Himmel es verhüten, daß ich eines Tages dem jungen Herrn sagen muß: Es ist aus, wir haben verloren, wir sind verloren.

Sie setzten sich in den nach Mähren abgehenden Zug. Je mehr sie sich der heimatlichen Landschaft näherten, desto schwerer fiel es dem Kammerdiener, seine Trauer und seine Unruhe zu beschwichtigen. In der fremden Umgebung, in der ungewohnten Aura des nach Fischen, Öl und Sumpf riechenden Meers, in dem engen Schlafraum des Schnellzugs, links und rechts von drohenden Felsen und hohen Bergen umgeben, hatte er den Tod seines geliebten Herrn als ein schreckliches Naturereignis empfunden, mit dem sich ebenso wenig rechten ließ wie mit den andern Naturgewalten, die der Aufgewühlte zum ersten Male sah und ahnte, mit der Gewalt des unendlichen Meers und der unfaßbar wilden Gebirge. Die sanfte, heimatliche mährische Landschaft, die immer vertrauter wurde, je näher sie dem Städtchen Holitz kamen, drückte dem Kammerdiener viel schmerzender das Herz ab, denn diese Landschaft gehörte zu dem toten Herrn, obwohl sie ihm nicht gehört hatte, untrennbar, und es schien dem die vertraute Landschaft aus dem Coupéfenster Betrachtenden unbegreiflich und beinahe frevelhaft, daß die Felder und Wälder unverrückt und unverändert unter dem gleichmütigen Himmel ruhten, als ob nichts geschehen wäre. Toman hatte Angst vor dem Ende der Reise, Angst vor dem ersten Schritt auf der Landstraße, die von Holitz nach Lepnik führte, Angst vor dem ersten Aufblitzen des rot angestrichenen hohen Daches, namenlose Angst vor dem Wiederbetreten des Hauses, das nie mehr den geliebten Herrn aufnehmen sollte.

Der Trauernde war so tief von dieser Angst erfüllt, daß er vergaß, Franz zu beachten und zu bedenken, daß es auch für den jungen Herrn schmerzhaft sein müsse, das Dorf Lepnik und das Vaterhaus wiederzusehen. Es war eine große Überraschung, als Franz knapp vor der Ankunft des Zuges in Holitz plötzlich sagte: „Na, lang werd ich in Lepnik wohl nicht bleiben, die Gläubiger werden sich wahrscheinlich beeilen, mir das Haus zu nehmen."

Das kam so unerwartet, daß der Kammerdiener im ersten Augenblick kaum fassen konnte, Franz, der junge Herr, sei es gewesen,der diese Worte gesprochen hatte, Franz, der junge Herr, der bis zum heutigen Tag ein rechtes Kind, ein ahnungsloses, gewesen war. Er wußte demnach, wie die Dinge standen, er brauchte nicht aufgeklärt zu werden, und es wäre töricht gewesen, vor ihm die ganze Misere der Hinterlassenschaft und die Notwendigkeit des Kampfs mit den Gläubigern geheimzuhalten.

„Das wird hoffentlich verhütet werden", sagte der Kammerdiener vorsichtig, „dem Lumpengesindel wird man hoffentlich gewachsen sein."

Franz antwortete mit einer wegwerfenden Handbewegung, die den Kammerdiener erschreckte und erschütterte. War es möglich? Wollte Franz mit dieser Geste wirklich sagen, daß er sich mit dem Verlust des Vaterhauses bereits abgefunden habe, den Kampf mit den Gläubigern für aussichtslos halte und auf die Rettung des Besitzes, der dem toten Vater teuer gewesen war, keinen Wert lege? Nicht anders war die wegwerfende Handbewegung zu verstehen; sie schien überdies auszudrücken, daß der junge Herr nicht nur dem von ihm verloren gegebenen Besitz leichten Herzens entsagen wollte, sondern daß er mit einer rätselhaften Unbekümmertheit, die sogar eine gewisse Ungeduld verriet, bereit war, die Heimat aufzugeben, um ein unbeschwertes, neues Leben in der Großstadt oder wo immer zu beginnen. Was diese Handbewegung verriet, flößte dem Kammerdiener ein so namenloses Entsetzen ein, daß er nichts zu erwidern vermochte. Denn in dieser Handbewegung war mit erschrekkender Deutlichkeit alles enthalten und klar ausgedrückt, was er unbewußt befürchtet hatte: es war in der Tat eine unheimliche Welt, die in der Jugend des Achtzehnjährigen eingeschlossen war, eine Welt, die dem Kammerdiener unerreichbar und für alle Zeiten fremd bleiben mußte.

12

Der Leichnam des Grafen Eduard Saill wurde am dreißigsten September in der Familiengruft, die sich neben der Kapelle des Lepniker Friedhofs befand, bestattet. Eine kleine Schar schwarz gekleideter Bauern gab dem Toten das letzte Geleit. In dem Leichenzug befanden sich nebst der Familie des Kammerdieners und den anderen Bewohnerinnen des gräflichen Hauses nur sechs Einheimische: drei Greise und drei Greisinnen, die an jedem Leichenbegängnis aus Frömmigkeit teilzunehmen pflegten, mochte es ein Freund oder ein Feind oder ein Fremder sein, der zu Grabe getragen wurde. Die andern Bauern, die den Sarg geleiteten, waren Gläubiger des Verstorbenen.

Zwei Gläubiger aus benachbarten Dörfern waren die ersten Trauergäste, die sich am Tage des Leichenbegängnisses in Lepnik zeigten. Sie kamen zwei Stunden vor der angesetzten Stunde der Beerdigung, tranken im Dorfwirtshaus und machten lange Gesichter, als sich ihnen vor Ablauf der Wartezeit die anderen Gläubiger des Toten aus entfernteren Dörfern beigesellten, die auf rätselhafte Art rechtzeitig nicht nur die Todesnachricht erhalten, sondern auch den Termin der Beerdigung erfahren hatten, obwohl die Todesanzeige nur einigen wenigen adeligen Gutsbesitzern und ehemaligen Kameraden des Toten, aber keiner Zeitung gesandt worden war. Einige Minuten vor dem Beginn des Leichenbegängnisses gingen die Gläubiger zu dem Trauerhaus, nachdem sie vereinbart hatten, es nicht zu betreten, sondern sich dem Zug anzuschließen und erst nach dem Begräbnis dem Sohn des Verstorbenen ihr Beileid auszusprechen. Als sie jedoch vor dem Trauerhaus anlangten, erblickten sie den Hauptgläubiger, der gemächlich seinem Bauernwagen entstieg und ohne Eile, den breiten schwarzen Hut in der mächtigen Hand tragend, die oft zornig und wuchtig an die Schlafzimmertür des Grafen gepocht hatte, das Haus betrat. Die kleineren Gläubiger änderten im Nu ihre Absicht und folgten ihm, so daß der Kammerdiener plötzlich der vollständigen Schar der Gläubiger gegenüberstand. Er war fassungslos; er fühlte die Versuchung, trotz seiner geringen Körperkräfte, die sich mit denen der robusten Bauern nicht messen konnten, den Hauptgläubiger beim Kragen zu packen und die ganze ungebetene freche Bande auf die Straße zu werfen. Die Scheu vor einem Skandal in dieser heiligen, trauervollen Stunde hielt ihn jedoch zurück; mit einem hilflos-empörten Blick fragte er Franz und den neben ihm stehenden Grafen Bubna, was geschehen solle. Der Graf Bubna verzog keine Miene; sein friedliches, schlaffes, längliches Gesicht war gesenkt, als ob er nichts als seinen weißen Spitzbart sehen wollte, der sich blendend von der schwarzen Krawatte abhob. Auch Franz blieb reglos mit unbewegter Miene stehen. Der Hauptgläubiger ging gemächlich auf Franz zu, streckte ihm die riesige Hand entgegen und sagte mit dröhnender Stimme: „Mein Beileid, junger Herr!“ Franz nahm die dargereichte Hand und ließ es ruhig geschehen, daß auch alle andern Gläubiger an ihn herantraten, ihm die Hand reichten und ihr Beileid ausdrückten.

Das alles ereignete sich im letzten Augenblick, die Stunde schlug, es blieb dem Kammerdiener keine Zeit, seiner Empörung Ausdruck zu geben, und wäre es auch nur mit einer Geste: der Sarg mußte gehoben und getragen werden, und der Trauernde wollte sich von diesem letzten Dienst, den er seinem toten Herrn erweisen durfte, nicht durch einen weltlichen Gedanken ablenken lassen. Er gab den vier Sargträgern, die er aus Holitz geholt hatte, einen Wink und Edmund, der sich der Pflicht des Sargtragens nicht entziehen konnte, einen Stoß; die sechs Sargträger setzten sich mit ihrer Last in Bewegung. Der Holitzer Dechant, zwei Kapläne und vier Meßknaben gingen dem Sarg voran. Der Kammerdiener hatte angeordnet, daß die vier Holitzer Sargträger vor ihm zu gehen hatten, so daß er sie überwachen konnte; er fürchtete, einer von ihnen könne stolpern oder sich eine Unachtsamkeit zuschulden kommen lassen und den Sarg zu Fall bringen. Er selber war es jedoch, der das Tragen erschwerte, denn seine Hand zitterte sehr; er hielt den Sarg krampfhaft fest, aber seine starren Finger verstanden es nicht, an der richtigen Stelle anzupacken, so daß die vier fremden Sargträger und Edmund Mühe hatten, den Sarg im Gleichgewicht zu erhalten. Der Kammerdiener bot einen jammervollen Anblick. Sein wachsgelbes Gesicht zuckte unaufhörlich; seinen Augen entrollten große Tränen, die ihm das Sehen so sehr erschwerten, daß er unsicher wie der erblindende Graf Bubna ging. Während Toman sich bemühte, seine den Sarg tragende Hand zu meistern und seine aufgewühlten, zornigen Gedanken von den profanen Dingen abzulenken, lauschte er angespannt, weil er erwartete, daß der Hauptgläubiger durch ein freches Wort oder vielleicht gar durch ein höhnisches Gelächter die Feier stören wolle. Es war jedoch kein Laut zu vernehmen, nur die Schritte der den Sarg tragenden und begleitenden Männer und Frauen hallten durch die stille Dorfstraße. Der Hauptgläubiger, der reiche Bauer, der seit vielen Jahren nach dem Wäldchen schnappte, das der Graf bis zu seinem Tode hartnäckig und erfolgreich dem Zugriff dieses Gegners entzogen hatte, ging hinter Franz und dem Grafen Bubna, der sich von dem jungen Grafen führen ließ. Von den Gläubigern, die den verstorbenen Grafen unzählige Male mit ihren Besuchen und mit groben, drohenden Mahnbriefen gequält hatten, fehlte keiner. Sie alle waren gekommen, um sich in Erinnerung zu bringen und ohne Verzug ihren Vorteil zu wahren; sie fürchteten, ihre Forderung könnte zugunsten der Forderung eines andern verfallen, der sofort zur Stelle sein würde und vielleicht mit dem Erben oder dessen Bevollmächtigten ein Übereinkommen träfe, wodurch sie zu kurz kämen.

An die Fensterscheiben der meisten Häuser preßten sich die Nasen der Dorfbewohner, die, dem Toten über den Tod hinaus feindlich gesinnt, demonstrativ zuhause geblieben waren.

Auch in der Kapelle, während der Dechant die Totenmesse zelebrierte, war der in eine Wolke von Weihrauch gehüllte Kammerdiener nicht imstande, an seinen toten Herrn zu denken. Er war wie blind, weil die Tränen ohne Unterlaß seinen Augen entströmten, aber dennoch zwang ihn ein unabweisbarer Zorn, über den Sarg und über das jetzt tränenüberströmte Gesicht des jungen Herrn hinwegzublicken und nach den Gläubigern zu lugen, die den aufgebahrten Sarg umdrängten, als ob sie ihrem Schuldner zum letzten Male drohend an den Leib rücken wollten. Erst in der Familiengruft, als der Sarg den Blicken des Kammerdieners entschwand, vergaß er endlich alle niederträchtigen Vorgänge und alle Menschen, die seinen Zorn entfacht hatten, sank nieder und nahm in einem süßen Taumel schrankenloser stummer Verzweiflung von seinem toten Herrn Abschied.

Der hingestreckte Mann vergaß, daß er Pflichten hatte, und merkte lange nicht, daß alle andern die Gruft längst verlassen hatten. Als er endlich aufstand, zitterten seine Knie so sehr, daß er sich kaum auf den Beinen aufrechtzuerhalten vermochte. Irren Blicks betrachtete er den dunklen, von Kerzen schwach beleuchteten Raum. Er war nicht willens, den geliebten Herrn allein zu lassen, er wollte den ganzen Tag und die folgende Nacht in der Gruft Totenwache halten; aber dann fielen ihm wieder die Gläubiger ein, die gewiß gekommen waren, um den Toten zu verhöhnen und den jungen Herrn auszuplündern. Vielleicht sind sie bereits in das Haus eingedrungen, dachte aufschreckend der Kammerdiener, vielleicht zwingen sie bereits den hilflosen jungen Herrn, etwas zu unterschreiben, wer weiß, was; wahrscheinlich eine Verzichtsurkunde, die ihn für immer heimatlos macht.

Der Kammerdiener ging, so schnell ihn seine zitternden Beine tragen konnten, auf das Haus seines toten Herrn zu. Im Vorübergehen lauschte er an den Fenstern des Gasthauses; da es in der Wirtsstube still war, beschleunigte er kampfbereit den Schritt. Die Gläubiger waren gewiß nicht in ihre Dörfer zurückgekehrt, ohne versucht zu haben, ihrer Habgier zu frönen. Der Kampfbereite vernahm bereits ihre Stimmen, ehe er das Haus erblicken konnte. Um die Ecke biegend, sah er sie vor dem Gartentor. Den Mittelpunkt bildete der Hauptgläubiger, der, seinen Regenschirm schwingend, eine Rede zu halten schien; seine dröhnende Stimme hallte und tobte. Toman glaubte, der alte Feind sei zorngeladen und bemühe sich, den andern seinen Zorn mitzuteilen. Bald erkannte der Eilende jedoch, daß seine Annahme falsch war. Der Hauptgläubiger war weder zornig, noch versuchte er, die andern in Wut zu bringen. Er war wohlgelaunt; in seiner dröhnenden Stimme entlud sich das Behagen, mit dem er sich seiner Sache sicher fühlte. „Da ist er ja, der Herr Kammerdiener", rief er Toman entgegen, „wo steckst du? Gibts keinen Leichenschmaus? Bis jetzt hat niemand uns eingeladen." — „Das Wirtshaus ist im Ort; wer Hunger und Durst hat, kriegt dort zu essen und zu trinken, so viel er will, für sein Geld", antwortete der Kammerdiener, seinen Zorn unterdrückend. „Mein Geld ist aber da drin", rief mit dröhnender Stimme der Bauer, mit dem ausgestreckten Daumen nach dem Hause weisend; „wie stehts damit, Toman, wie komm ich zu meinem Geld?" — „Das wird sich weisen", sagte Toman, „in ein paar Tagen; es braucht niemand Angst zu haben um sein Geld, der junge Herr wird keinem was schuldig bleiben." — „Das hoffen wir", sagte, den Regenschirm in den Sand stoßend, der Hauptgläubiger, „aber mit wem kann man drüber reden? Ist ein Advokat da, der die Vollmacht hat? Oder sollen wir mit dem jungen Herrn reden? Oder mit dir? Du bist ja geriebener als zehn Advokaten, er wird wahrscheinlich dich zu seinem Advokat ernennen, nicht?"

„Das bleibt abzuwarten; aber vorderhand möcht ich die Herrschaften bitten, ein Stückel weiter zu gehn. Eine Stunde nach dem Begräbnis darf man dem jungen Herrn nicht mit solchen Sachen kommen, es wär unanständig."

„Gut, wir haben auch nicht die Absicht, und wenn wir nicht zum Leichenschmaus eingeladen sind, werden wir uns nicht aufdrängen. Aber eines sag ich dir gleich, Toman: Bescheißen laß ich mich nicht von dir. Und die andern wahrscheinlich auch nicht." Der Hauptgläubiger blickte sich pfiffig-fragend um und las in allen Mienen Zustimmung.

Toman war mit diesem Ausgang zufrieden. Die Bauern zogen ab, mehr wollte er nicht. Der Hauptgläubiger bestieg seinen Wagen und fuhr ab, die andern Bauern verschwanden ebenfalls. Toman blickte ihnen nach. Als keiner mehr sichtbar war und die Stille des trüben Herbstnachmittags sich über das ganze Dorf breitete, betrat er das Haus. In dem Arbeitszimmer des verstorbenen Grafen saßen der Graf Bubna und Franz. „Wo steckst du?" fragte Franz den Eintretenden. „Bring uns einen Kaffee."

Während Toman in der Küche seine Frau antrieb, die mehrere Kuchen gebacken hatte und den Kaffee kochte, ließ sich der Graf Bubna von Franz erzählen, wie schön die Reise begonnen habe und wie furchtbar das Ende gewesen sei.

„Furchtbar", sagte der Graf Bubna, „aber nicht für deinen Vater; und das ist ein Trost, der tief in der Beschaffenheit seines Wesens begründet ist. Für ihn war ein rascher Tod ohne lange Krankheit und ohne Siechtum die weiseste Lösung seines Altersproblems und ein Geschenk des Himmels. Er hat zu den bedauernswerten und gleichzeitig beneidenswerten Menschen gehört, die den Reichtum ihrer Lebenskraft nur in jüngeren Jahren genießen können. Solche Menschen haben in ihrer Jugend mehr vom Leben als die Vorsichtigen, die schon als Zwanzigjährige mit einem Wenn und Aber jeder Versuchung aus dem Weg gehn. Aber diese Maßvollen, die ihre Jugend nur halb genießen, verstehn es besser als die andern, sich mit dem Alter abzufinden. Dein Vater war in seiner Jugend ein prachtvoller Mensch, toll, lebenslustig, generös, phantasiebegabt, kein Abenteuer hat ihn geschreckt, kein Ziel war ihm zu hoch; er hat aber wenig Gelegenheit gehabt, seine Anlagen ganz zu entfalten, es war eine langweilige Zeit. Mit vierzig Jahren war er ausgebrannt. In den letzten Jahren hat er immer noch gehofft, daß er noch einmal jung werden kann; das gehört nämlich zu der Veranlagung solcher Menschen, die einen besonderen Abscheu vor Alter und Krankheit und allen Widrigkeiten einer reduzierten Lebenskraft haben. Mit fünfzig sind solche Menschen zuweilen noch erstaunlich jung.

Wenn sie aber spüren, daß es mit ihrer Jugend endgültig aus ist und daß kein einziges von den schönen Erlebnissen mehr kommt, die ihnen das Leben erst lebenswert machen, sind sie schlimm dran, und der liebe Gott meint es gut mit ihnen, wenn er sie zur rechten Zeit abberuft. Das Alter macht nur den glücklich, der nicht mehr von ihm verlangt, als es geben kann. Dein Vater hätte weit mehr von ihm verlangt, das weiß ich. Er hat die von vornherein begrenzte Zuteilung der Gaben, die das Leben für uns bereithält, nie gern gehabt; er war in der Fülle seiner Lebenskraft ein Mensch im Überschwang. Vor dem Alter hat ihm gegraust. Er hätte sich ihm länger widersetzt, als erlaubt ist; infolgedessen wäre er sehr unglücklich geworden."

„Das leuchtet mir ein", sagte Franz. „Glauben Sie, daß ich auch so veranlagt bin?"

Der Graf Bubna lächelte. „Ich glaub, daß du glücklicher veranlagt bist", sagte er, „aber das wird sich erst zu einer Zeit herausstellen, die ich nicht mehr erleben werd."

„Sie werden sehr alt werden."

„Das ist möglich", sagte der Graf Bubna ernst. „In meiner Familie wird man sehr alt. Vor dem fünfundachtzigsten Lebensjahr ist kaum einer meiner Vorfahren eines natürlichen Todes gestorben."

Franz blickte den nahezu Erblindeten bedauernd an. Der Graf Bubna spürte den Blick und sagte: „Wir sind keine Renaissancemenschen wie dein seliger Vater, wir erleben nichts Besonderes und schauen höchstens zu, wie es den Beherzteren geht, die sich in Abenteuer stürzen. Aber dafür hat uns die Natur mit großer Geduld ausgestattet. Und das ist notwendig. Ich nehme an, daß ich noch dreißig oder vierzig Jahre als blinder Mann zu leben habe. Deinen Vater hätte eine solche Aussicht wahnsinnig gemacht. Mich drückt sie nicht nieder. Ich bin mit allem einverstanden, was kommt. Ich freu mich sogar ein bissel auf die Jahre der Blindheit. Ich hoffe, daß man durch ein solches Gebrechen ein besserer, einsichtigerer Mensch werden kann. Ich sage: kann. Ob es dazu kommt, ist fraglich, das weiß ich noch nicht. Aber die Möglichkeit, das ganze Leben nach innen zu projizieren, ist ein zureichender Schutz vor Trübsinn und Verzweiflung."

Der Graf Bubna blieb bis zum Abend bei Franz, ohne mit dem Verwaisten von den Problemen zu sprechen, die durch den Tod des Grafen Saill entstanden waren. Als der Graf seinen Wagen bestieg, fragte Franz: „Jetzt weiß ich nicht — soll ich morgen nach Wien fahren und zu studieren anfangen? Das Semester beginnt, und ich will nichts versäumen." Der Graf Bubna antwortete: „Auf ein paar Tage wird es nicht ankommen. Wenn du mich im Lauf dieser Woche besuchst, können wir alles besprechen." Zu dem Kammerdiener, der neben Franz am Wagenschlag stand, sagte der Graf: „Begleiten Sie den Franz, wenn er mich besucht. Was wir zu besprechen haben, wird auch Sie angehn, und auf Ihren Rat können wir nicht verzichten."

Am übernächsten Tag fuhr Franz mit dem Kammerdiener nach Holitz. Der Oktober setzte mit ungewöhnlicher Strenge ein und brachte vorzeitig den ersten Frost, kaum eine Woche nach dem herrlichsten Sommerwetter, das die noch im buntesten Farbenschmuck prangenden Wälder und die Menschen über den nahenden Einbruch der kalten Jahreszeit hinweggetäuscht hatte. In dem großen Balkonzimmer, das die Gäste aufnahm, brannte ein riesiger Kachelofen. Der Kammerdiener wollte bei der Türe stehenbleiben, aber der Graf Bubna rückte ihm einen Sessel am Tisch zurecht und sagte: „Setzen Sie sich zu uns. Sie sind ein Freund des Hauses. Ich bin ein weltfremder Mensch und wüßte nicht, was ich Franz raten soll, wenn Sie nicht hier wären. Ich erwarte, daß Sie uns gut beraten werden." Toman fand, daß er sich ungehörig benähme, wenn er sich überreden ließe, sich an den Tisch zu setzen, und ein spöttisches Lächeln, das Franz kaum zu unterdrücken versuchte, bestärkte den Kammerdiener in seinem Vorsatz, an der Unterredung stehend und abwartend teilzunehmen; der Graf Bubna sagte aber ungeduldig, beinahe schon ungehalten: „Machen Sie keine Faxen, bitte, und setzen Sie sich schon." Worauf dem Zögernden nichts übrig blieb, als dieser Aufforderung nachzukommen. Er war nie von seinem verstorbenen Herrn eingeladen worden, an einem Tisch mit ihm zu sitzen, und als er sich jetzt steif und resigniert niederließ, erblickte er in dieser Ungehörigkeit ein neues, befremdendes und erschreckendes Zeichen, das bestätigte, daß mit dem Tod des geliebten Herrn die Welt untergegangen war, die dem Trauernden verständlich und vertraut gewesen war.

„Also was haben wir zu besprechen?" fragte der Graf Bubna, sich eher an den Kammerdiener als an Franz wendend.

„Ich will nach Wien und zu studieren anfangen, womöglich noch diese Woche", sagte Franz.

Der Graf Bubna betrachtete kaum diese Antwort und fragte den Kammerdiener: „Haben Sie überlegt, was geschehn soll? Bitte, sagen Sie uns alles, was Ihnen durch den Kopf gegangen ist."

Toman hatte sich in der vergangenen Nacht auf diese Unterredung vorbereitet. Er wußte genau, was er vorzuschlagen hatte und welche Maßnahmen er für erforderlich hielt, aber der Eintritt zweier Diener, die den Kaffee servierten, lenkte seine Gedanken ab. Es entging ihm nicht der erstaunte und empörte Ausdruck ihrer Mienen, den sie offen zeigten, solange der Graf Bubna sie nicht anblickte; sie hielten es offenbar für eine Schande, den Kammerdiener des Grafen Saill, eines Mannes, der kein Grandseigneur und in ihren Augen überhaupt kein Herr, sondern ein armer Teufel und ein alter Säufer gewesen war, an diesem Tisch sitzen zu sehen; und für eine noch größere Schande, den Diener eines so verächtlichen Menschen, der nicht wert gewesen war, in diesem Hause gastlich aufgenommen zu werden, wie einen Herrn, wie einen richtigen Gast bedienen zu müssen. Toman war von zwei einander widersprechenden Empfindungen beherrscht: Einerseits teilte er die Entrüstung der gräflich Bubnaschen Diener, die mit Recht fanden, ein Kammerdiener habe nicht an einem Tisch mit ihrem Herrn zu sitzen, andererseits war er von stolzer Genugtuung erfüllt, weil diese beiden niedrigen Kreaturen, die ihn und, wie er mehr als einmal beobachtet hatte, auch seinen geliebten Herrn nie voll genommen hatten, jetzt genötigt waren, stumm und unter Hintansetzung ihrer gekränkten Würde ihn, Toman, den von ihnen verachteten Kammerdiener des verstorbenen Grafen Saill, wie einen vollwertigen Gast und Freund des Hauses zu bedienen. Er würdigte sie scheinbar keines Blicks, kontrollierte aber jede ihrer Bewegungen und freute sich, als einem von ihnen, der nicht imstande war, seinen Unmut und seine Entrüstung völlig zu beherrschen, ein kleines Mißgeschick zustieß: die Hand des Einschenkenden zitterte ein wenig, so daß die Kaffeetasse des Grafen Bubna überlief und das Tischtuch befleckt wurde. Ein so unverzeihliches Mißgeschick war Toman in den vielen Jahren seiner Kammerdienerlaufbahn kein einziges Mal zugestoßen. Er warf dem Unbeherrschten, Ungeschickten einen tadelnden Blick zu, der mehr ausdrückte als die stärksten Worte. Dann aber besann sich Toman, der soeben zum ersten Male aus seiner Trauer gerissen worden war, schenkte den beiden Dienern nicht länger Aufmerksamkeit und begann zu sprechen.

Er sprach anfangs mit fester Stimme, mußte aber seinen Vortrag mitten in einem Satz unterbrechen, weil der Gegenstand ihn allzu sehr bewegte. Er sagte nämlich, daß das Gesetz die Nominierung eines Vormunds erheische, der anstelle des verstorbenen Grafen den minderjährigen jungen Herrn in Obhut nehmen müsse. Da der Verstorbene keine nahen Verwandten habe, denen die Vormundschaft anvertraut werden könnte, werde der junge Herr sich wohl an Seine Erlaucht mit der Bitte wenden müsse, die Vormundschaft zu übernehmen und anstelle des hochseligen Vaters —

Bei diesem Wort versagte die Stimme des bewegten Kammerdieners. Der Graf Bubna, der rührende Auftritte haßte, sagte rasch, um die peinliche Stille zu unterbrechen: „Versteht sich, versteht sich. Selbstverständlich übernehm ich die Vormundschaft. Sehr gern, mein lieber Franz, wenn du einverstanden bist."

Franz dankte mit einem höflichen Wort und einem dankbaren Blick. Der Kammerdiener hatte mittlerweile Zeit gefunden, sich zu fassen.

„Das ist Nummer Eins", sagte er. „Wir werden also die Behörden verständigen, und das Bezirksgericht wird die Bestellung der Vormundschaft dekretieren. Nummer Zwei ist die Frage, ob der junge Herr wünscht, vor Ablauf der gesetzlich vorgeschriebenen Frist aus der vormundschaftlichen Gewalt entlassen zu werden. Durch eine sogannte Großjährigkeitserklärung, die der gesetzlich anerkannte Vormund abzugeben hat."

„So was gibts?" fragte Franz, sichtlich angenehm überrascht.

„So was gibts nach unseren österreichischen Gesetzen, junger Herr, ich hab mich erkundigt", sagte Toman. „Es fragt sich nur, ob der junge Herr es wünscht und ob Erlaucht einverstanden wären."

„Welche Vorteile würde die Großjährigkeitserklärung Franz bieten?“ fragte der Graf Bubna. „Wär es nicht besser, so einen immerhin wichtigen Entschluß, der auch juristische Folgen hätte, mit einem Juristen zu besprechen? Ich könnte meinen Advokaten aus Wien kommen lassen.“

„Der junge Herr wär Erlaucht bestimmt sehr dankbar, wenn Erlaucht den Advokaten kommen ließen“, sagte Toman, „wir werden ja ohnehin einen brauchen, wenn es zu den finanziellen Auseinandersetzungen über die Hinterlassenschaft kommt; aber die Großjährigkeitserklärung ist eine ganz einfache Sache. Ich weiß es, weil ein Bauer unlängst seinen Sohn hier im Dorf hat großjährig erklären lassen. Man bekommt ein Formular, das füllt man aus, und wenn Erlaucht es unterschreiben, ist der junge Herr großjährig.“

„Ja, aber welche Vorteile . . .“

„Wenn Erlaucht erlauben, möchte ich auf den Vorteil aufmerksam machen, daß der junge Herr nach der Großjährigkeitserklärung nicht gezwungen wäre, Erlaucht wegen jeder Kleinigkeit zu inkommodieren. Als Minderjähriger müßte der junge Herr auf Schritt und Tritt Erlaucht ersuchen, etwas zu genehmigen oder etwas zu veranlassen. Aber das ist nicht das Wichtigste; ich weiß, daß Erlaucht keine Mühe scheuen, wenn es sich um das Wohl des jungen Herrn handelt. Wichtiger ist, nach meinem bescheidenen Dafürhalten, daß der junge Herr als Großjähriger das Gefühl hätte, ganz allein für alles, was er tut, verantwortlich zu sein. Unser junger Herr wird sich mit dem Studium und in allem, was er unternimmt, ganz anders ins Zeug legen, wenn er weiß, daß er allein die Verantwortung trägt und kein anderer. Kurzum, die Großjährigkeitserklärung wäre ein Ansporn für den jungen Herrn, mein ich. Hab ich recht, junger Herr? Ich weiß nicht, vielleicht irr ich mich."

„Nein", sagte Franz eifrig. „Es wäre ein Ansporn, ganz bestimmt. Und ich müßte Sie, Erlaucht, nicht fortwährend mit öden Schreibereien belästigen."

„Wie du willst", sagte der Graf Bubna. „Praktisch wird sich dadurch nicht viel ändern. Unsere nächste Aufgabe ist, denk ich, die Sachen, die mit der Hinterlassenschaft zusammenhängen, in Ordnung zu bringen. Und diese Sachen überlassen wir wohl am besten meinem Advokaten, der ein tüchtiger pflichttreuer Mensch ist und sich ganz bestimmt bemühen wird, für dich die größtmöglichen Vorteile herauszuschlagen."

„Ist schon recht", sagte Franz nachlässig. „Die Hauptsache ist, daß ich bald nach Wien darf. Dem steht doch hoffentlich nichts im Weg?"

„Gewiß nicht", beruhigte ihn der Graf. „Meinen Kindern hab ich schon vor längerer Zeit geschrieben, daß du nach Wien kommst. Sie freuen sich schon auf dich."

Befriedigt kehrten Franz und der Kammerdiener nach Lepnik zurück. Franz war glücklich, weil er die Gewißheit hatte, bald nach Wien fahren und dort bleiben zu dürfen. Der Kammerdiener war so tief in seine Trauer eingesponnen, daß er dem äußeren Leben wenig Interesse entgegenbrachte. Trotzdem freute er sich über den Erfolg, den er heute errungen hatte. Es war sein fester Vorsatz gewesen, die Großjährigkeitserklärung des jungen Herrn unbedingt durchzusetzen. Obwohl der Graf Bubna es gewesen war, der Toman nach dem Tode des Grafen Saill gesagt hatte, der Kammerdiener würde dem Verwaisten den Vater zu ersetzen haben, hatte der trotz seiner tiefen Trauer unablässig Eifersüchtige befürchtet, nicht er, sondern der künftige Vormund werde Franz künftig leiten, geleiten und ihm näher als alle andern Menschen sein. Um dieser Gefahr zu begegnen, wollte sich der Kammerdiener durch die Großjährigkeitserklärung des Vormunds entledigen. Der Graf Bubna war ein vornehmer Mann, der es mit Franz gut meinte, Toman gab es zu; aber was wußte der nahezu Blinde von der unendlichen Sorgfalt, mit der das Leben des jungen Herrn in die rechte Bahn gelenkt und vor jedem schlechten Einfluß behütet werden mußte, da der Vater nicht mehr lebte, dessen Liebe zu Franz etwas wahrhaft Großes, Unersetzliches gewesen war?! Der Graf Bubna war ein gutmütiger, aber auch ein bequemer Herr, der, selbst wenn er nicht nahezu erblindet wäre, nie und nimmer Franz zuliebe auf das ruhige Leben auf dem Lande verzichten würde; die eigene Bequemlichkeit wäre der oberste Grundsatz, nach dem der Vormund seine vormundschaftliche Pflicht erfüllen würde. Aber selbst wenn er bereit wäre, diese Pflicht sehr gewissenhaft und vollkommen zu erfüllen — die Erfüllung einer Pflicht war nichts, weniger als nichts, wenn sie nicht von einer großen, opferbereiten Liebe diktiert war. Deshalb hatte der Kammerdiener sich vorgenommen, Franz jeder Bevormundung vonseiten des Grafen Bubna — und der ganzen Familie Bubna — zu entziehen. Das war jedoch nicht Tomans einziger und nicht der ausschlaggebende Beweggrund. Er wollte das Unmögliche und Frevelhafte wagen, das der Graf Bubna in seiner Unwissenheit, weil es ihm als der bequemste Ausweg vorgeschwebt hatte, für möglich gehalten hatte: versuchen und wagen, dem Verwaisten den toten Vater zu ersetzen. Es war ein unmögliches und frevelhaftes Unterfangen, der Kammerdiener wußte es; aber in seiner tiefen Trauer und Verzweiflung konnte ihn nur eine so unmögliche und frevelhafte Lebensaufgabe retten, die seine Lebenskraft wie ein schrecklicher, erbarmungsloser Feind herausfordern und wie eine über alle irdischen Maße hinausreichende Forderung des geliebtesten Menschen beanspruchen würde.

Daß Franz sich gern vor der gesetzlich festgelegten Frist großjährig erklären ließ, war selbstverständlich. Er konnte den Augenblick kaum erwarten, der ihn jeder Bevormundung enthob; er wollte selbständig und frei sein, er wollte sein eigener Herr sein. Schon am nächsten Tag bat er Toman, ohne Säumen die Großjährigkeitserklärung in die Wege zu leiten. Der Kammerdiener fuhr in die Kreisstadt, ging in das Bezirksgericht, holte das Formular, ließ es in Holitz von dem Grafen Bubna unterschreiben und fuhr — diesmal mit Franz — noch einmal in die Kreisstadt, wo er als Zeuge seine Unterschrift unter die des Grafen Bubna setzte, während Franz die Glückwünsche des Bezirksrichters entgegennahm, der auf die Urkunde den amtlichen Stempel drückte, wodurch sie gesetzliche Gültigkeit erhielt und in Kraft trat.

Das Testament des verstorbenen Grafen wurde gefunden und eröffnet. Es enthielt keine Darlegung seiner Vermögensverhältnisse, kein Verzeichnis der Vermögensbestandteile und der Schulden, sondern nur die Verfügung, Franz solle alles gehören, was dem Erblasser gehört habe. Dem Kammerdiener hatte der Graf nichts hinterlassen, aber Toman empfand dieses Übergangenwerden nicht als Kränkung oder Lieblosigkeit; wußte er doch, daß der Tote dem eigenen Sohn nicht viel, bestenfalls einen Bettelbetrag, hinterlassen hatte. Die Gläubiger meldeten sich jeden Tag; es hatte keinen Sinn, die Auseinandersetzung mit ihnen auf die lange Bank zu schieben. Im Einvernehmen mit Franz ließ der Graf Bubna am Ende der Woche seinen Advokaten aus Wien nach Holitz kommen, der alle Gläubiger zu einer gemeinsamen Besprechung im Holitzer Schlosse einlud.

Es war dem Kammerdiener erwünscht und lieb, daß diese Besprechung in dem Holitzer Schlosse und nicht in dem Hause des geliebten toten Herrn stattfinden sollte. Es hätte den Trauernden allzu sehr geschmerzt und empört, den Hauptgläubiger und die andern Peiniger des geliebten toten Herrn in dem Arbeitszimmer des Verstorbenen empfangen zu müssen, zumal da erwartet und befürchtet werden mußte, daß sie die Absicht hatten, nicht nur dem Erben alles zu nehmen, sondern überdies den Toten zu beschimpfen und sein Angedenken zu verunglimpfen, wenn es sich herausstellte, daß nicht alle Wünsche der Habgierigen befriedigt werden konnten. Vor dem angesetzten Termin fragte Toman den mit außerordentlicher Gleichgültigkeit und Sorglosigkeit die Abwicklung der Hinterlassenschaftsgeschäfte erwartenden Franz nach seinen besonderen Wünschen. „Ich versteh nichts von Geschäften", antwortete Franz, „ich verlaß mich ganz auf den Advokaten." — „Er muß alles daran setzen, wenigstens das Haus den Gläubigern zu entreißen", sagte der Kammerdiener. „Gut; jedenfalls mußt du zu der Gläubigerversammlung mitkommen", sagte Franz leichthin, als ob der Kammerdiener gesagt hätte, er wolle sich bemühen, auf dem Holitzer Markt ein paar Pfirsiche zu ergattern.

Dem Wiener Advokaten, der zwei Stunden lang die Schuldenlast des Verstorbenen überprüfte und dann das Haus, das Wäldchen und das Feld besichtigte, legte der Kammerdiener die unbedingte Rettung dieses Besitztums vor dem Zugriff der Gläubiger ans Herz, indem er dem anscheinend sehr klugen und einsichtigen Juristen eindringlich den verbissenen, langjährigen Kampf schilderte, den der Verstorbene um die Erhaltung dieses Erbes geführt hatte, das von nun an dem verwaisten Franz zugute kommen sollte. „Wollen sehn, was sich machen läßt", sagte beruhigend, aber im Innersten zweifelnd der Advokat, der befürchtete, die verhältnismäßig hohen und sehr klaren, rechtsgültigen Forderungen der Gläubiger würden ihn und den Erben nötigen, den auf ihr Recht pochenden Bauern gegenüber sehr bescheiden aufzutreten, da es nur von ihrem guten Willen abhing, ob der junge Graf auf der heimatlichen Scholle verbleiben durfte. Er hielt es aber für ein nicht übles Zeichen, daß sie bereit waren, auf dem Verhandlungswege die Verlassenschaftsangelegenheiten zu ordnen.

Die Versammlung hatte um sechs Uhr nachmittags zu beginnen. Eine Viertelstunde vorher stellten sich die ersten Gläubiger ein. Mehrere, die in den benachbarten Dörfern wohnten, kamen zu Fuß, einige fuhren in ihren Bauernwagen vor. Mit dem Glockenschlag Sechs hielt vor dem Portal der Wagen des Hauptgläubigers. Der große, kräftige, derbe ältliche Mann, dessen langes weißes Haar im Winde flatterte, nickte den Bauern zu, die seine Ankunft vor dem Portal abgewartet hatten. Er ging ihnen wie ein zielbewußter Feldherr voran, seine plumpen Röhrenstiefel dröhnten, und ebenso dröhnte seine mächtige Stimme, die Franz in dem Vaterhause oft erschreckt und irritiert hatte. Ein livrierter Diener, der den Auftrag hatte, die Bauern in das große, saalartige Arbeitszimmer des Schloßherrn zu führen, waltete stumm, verschlossenen Gesichts, seines Amtes. Der Graf Bubna saß mit Franz und dem Wiener Advokaten am Kaffeetisch in einem kleinen Balkonzimmer, während sich Toman, an einem Tischchen stehend, mit der Sichtung von Papieren, Briefen und Aufzeichnungen befaßte, die der Advokat studierte, aber noch nicht endgültig übernommen hatte. Als ein Diener meldete, daß die Bauern sich in dem Arbeitszimmer versammelt hätten, übergab Toman alle Papiere dem Advokaten, der sie in seiner großen Aktentasche unterbrachte. „Ich hoffe, daß Sie mir assistieren werden", sagte der Advokat; „Sie kennen die Leute und wissen besser als ich, wie man sie zu behandeln hat. Schade, daß ich Ihnen die Aktenstücke wegnehmen muß." — „Ich hab alle Ziffern im Kopf, Herr Doktor", sagte Toman. „Sie werden bald sehn, wie man die Bauern behandeln muß. Die Hauptperson ist der Hauptgläubiger, der Bauer Pirchan. Wenn man mit dem vernünftig reden könnt, wär alles leichter."

Sie gingen in den Konferenzsaal. Die Bauern saßen an einem großen runden Tisch in der Mitte des Raums. Sie erhoben sich, als der Graf Bubna eintrat, und es wunderte den Kammerdiener, daß auch der Hauptgläubiger aufstand, dessen grobes Gehaben ihn und den verstorbenen geliebten Herrn oft in Wut versetzt hatte. Der Graf Bubna, Franz und der Wiener Advokat setzten sich an den Tisch. Toman blieb hinter dem Stuhl des Advokaten stehen, obwohl der Schloßherr ihn mit einer Geste aufgefordert hatte, sich zu setzen. Vor jedem Konferenzteilnehmer lagen einige Bogen Papier und ein Bleistift auf dem Tisch. Zwei Zigarrenkistchen und mehrere Zigarettenschachteln lagen in der Mitte des Tisches. Vor jedem Gast standen zwei Gläser, ein Bierglas und ein Weinglas. Ein Diener füllte die Biergläser mit Bier, ein anderer die Weingläser mit Wein. Während sie einschenkten, unterhielt sich der Advokat leise mit dem Grafen Bubna und mit Franz. Die Bauern blieben stumm. Keiner berührte ein Glas. Der Hauptgläubiger zog seine kurze Pfeife aus der Tasche, begann aber nicht zu rauchen. Nachdem die Bubnaschen Diener alle Gläser gefüllt hatten, nickte der Graf Bubna ihnen zu, worauf sie verschwanden. Im selben Augenblick stand der Graf auf, begrüßte die Gläubiger, stellte ihnen seinen Advokaten, Herrn Dr. Pateidl aus Wien, vor, setzte sich und lehnte sich zurück.

Der Advokat nahm die Papiere aus der Aktentasche und begann zu sprechen. Nach den ersten Worten zündete der Hauptgläubiger seine Pfeife an, worauf nahezu alle Bauern ihre Pfeifen aus den Taschen hervorholten und in Brand steckten; nur zwei griffen nach der Zigarrenschachtel und bedienten sich. Der Kammerdiener wußte nach den ersten Sätzen, daß der Advokat ins Leere sprach und den Ton verfehlte, der den Gläubigern gegenüber angemessen gewesen wäre. Der Advokat sprach höflich, der Kammerdiener fand: allzu höflich. Die trockenen Ziffern, um die sich die höflichen Worte gruppierten, mußte der Jurist aus den Briefen, Schuldscheinen, Wechseln und Grundbuchauszügen herauspicken, was ihm nur mit Mühe, nicht ohne Stockungen, gelang. Aber er verwechselte nicht die Beträge und beging keinen Irrtum. Als er schließlich die vorhandenen Vermögenswerte, die bei vielen Gelegenheiten gerichtlich geschätzt worden waren, mit der Summe aller Forderungen der versammelten Gläubiger verglichen hatte, richtete er an die Bauern den Appell, mit ihm eine vernünftige Vereinbarung zu treffen, durch die keiner von ihnen, aber auch nicht der junge Erbe zu Schaden kommen dürfte, in dessen Besitz das Haus, das der Tote ihm hinterlassen habe, verbleiben müsse.

Die Bauern hörten stumm zu. Der Hauptgläubiger zog ein dickes Notizbuch aus der Tasche und verglich die von dem Advokaten genannten Ziffern mit denen, die in dem Notizbuch aufgezeichnet waren, gab aber nach einigen Minuten diese Überwachung auf und trank sein Bierglas mit einem Zug leer, worauf auch die andern Bauern ihre Biergläser und dann ihre Weingläser leerten. Nachdem der Advokat seinen Vortrag beendet hatte, stand der Hauptgläubiger auf und sagte: „Sind Sie fertig, Herr Doktor? Wenn Sie fertig sind, will auch ich mein Sprüchel sagen. Ich spreche nur für mich, die andern können dann auch reden, jeder für sich. Was ich zu sagen hab, ist schnell gesagt: Wenn der Herr Doktor alles bezahlen will, was ich zu bekommen hab, na, dann ists gut. Wenn der Herr Doktor aber nicht bezahlt und das Haus samt dem Wald und dem Feld dem jungen Herrn zuschanzen will, dann hat es gar keinen Sinn, daß wir hier weiterreden, denn dann wird einfach der Konkurs eröffnet, und das Gericht wird bestimmen, wem was gehören soll."

Toman hatte diese Antwort vorhergesehen. Er beugte sich über die Schulter des Advokaten und flüsterte ihm etwas ins Ohr. Der Advokat nickte und sagte laut: „Meine Herren, wir wollen die Verhandlungen nicht von vornherein scheitern lassen. Es wird sich ein Ausweg finden. Ich schlage vor, daß wir die Besprechung unterbrechen und in einer Weile fortsetzen. Sind die Herren einverstanden?"

Während er das sagte, ging der Kammerdiener auf den Hauptgläubiger zu und sagte ihm so leise, daß die andern kein Wort hören konnten: „Die Schulden können bezahlt werden, aber ich kann nur unter vier Augen sagen, wie." Der Bauer grinste und sagte halblaut: „Gut, aber begaunern laß ich mich nicht von dir, Toman, das sag ich dir gleich." Dann sagte er laut: „Ich hab nichts dagegen, wenn der Herr Doktor meint, daß er uns in fünf Minuten oder, sagen wir, in einer Viertelstunde, einen ordentlichen Vorschlag machen kann." Nach diesen Worten stand er auf und verließ mit Toman das Zimmer.

Auf dem breiten Korridor winkte der Hauptgläubiger einen Bubnaschen Diener heran und fragte: „Wo ist ein Zimmer, wo man ungestört reden kann?" Der Diener antwortete nicht und entfernte sich, kam aber nach einer Minute zurück und öffnete ein kleines beheiztes Zimmer. Der Hauptgläubiger und Toman setzten sich.

„Also los, Toman", sagte der Bauer, „aber red nicht viel herum! Wenn du nur eine Gaunerei vorhast, wirst du heut nichts aufstecken. Versuch es lieber gar nicht."

Der Kammerdiener begann mit leiser, eindringlicher Stimme zu sprechen. Er war nicht nur von der Trauer erfüllt, die sich seit dem Tode des geliebten Herrn kaum verringert hatte, er war auch traurig und der Verzweiflung nahe, weil er hilflos und machtlos den niedrigen, bösen, fühllosen Menschen zu begegnen hatte, die darauf aus waren, dem jungen Herrn das Vaterhaus und die Heimat zu rauben. Aber mit der Rücksichtslosigkeit gegenüber den eigenen Empfindungen, mit der er nach dem Empfang der Todesnachricht bewunderungswürdig geschickt und flink in Triest den Widerstand der Leichenbestattungsgesellschaft und der Militärintendantur bekämpft und besiegt hatte, um die würdige Heimbringung des Leichnams durchzusetzen, hielt er auch jetzt seine Trauer, seine Traurigkeit und Verzweiflung nieder und ließ seine Empörung über die Grobheit und Unverfrorenheit des Hauptgläubigers nicht aufkommen. Der Advokat, sagte Toman, der Advokat wisse nicht, wo Gott wohnt. Er, Toman, sei der einzige Mensch, der genau wisse, wie die Forderung des Hauptgläubigers befriedigt werden könne. Keineswegs durch einen Prozeß, der sich jahrelang hinziehen würde; das wisse der Hauptgläubiger wohl auch, denn nicht ohne Grund habe er in den verflossenen Jahren immer den Prozeßweg vermieden. Der junge Herr werde sich wahrscheinlich nicht auf die Erhaltung des Wäldchens und des Feldes versteifen; nur das

Haus werde er behalten wollen. Nach der Abtretung des Wäldchens und des Feldes verringere sich die Forderung des Hauptgläubigers bedeutend; die dann noch verbleibende Schuld werde der junge Herr ohne Schwierigkeit begleichen können. Einen Teil sofort, das heiße: in den allernächsten Wochen oder Monaten; die Freunde des Hauses Saill seien bereit, zu helfen. Um den Rest brauche der Gläubiger nicht besorgt zu sein. Denn in vier Jahren, nach der Beendigung seiner Studien, werde der junge Herr in den diplomatischen Dienst eintreten und einer glänzenden Karriere entgegeneilen. Es werde nicht lange dauern, und er werde eine Frau mit einem riesigen Besitz heiraten. Was zu dieser Zeit von der Schuld noch übrig sein werde, du lieber Himmel, diese Lappalie werde der junge Herr mit doppelten und zehnfachen Zinsen und Zinseszinsen zurückzahlen. Es handle sich heute nur um die Erhaltung des Hauses, um einen Akt der Pietät; deshalb könne die Höhe der Zinsen großzügig bemessen werden; der Hauptgläubiger möge sie selber festsetzen.

Der Kammerdiener verstummte. Er hatte zuerst leise und eindringlich, aber mit Selbstüberwindung gesprochen, war dann lebhafter geworden und hatte zuletzt, das schöne strahlende Zukunftsbild entwerfend, sich selber von seiner Vorstellungskraft hinreißen lassen. Der Bauer hörte aufmerksam zu; das Mißtrauen in seinen Mienen schwand und gab einem heiteren Erstaunen Raum, das der Kammerdiener mißverstand. „Also einverstanden?“ fragte Toman. „Wollen wir den andern sagen, daß wir uns geeinigt haben und keinen Richter und keinen Advokaten brauchen?“

Der Bauer antwortete nicht gleich; das heitere Erstaunen war noch immer in seiner Miene sichtbar. Dann ließ er die mächtige Hand wuchtig auf Tomans Knie fallen und sagte: „Toman, du bist ein Rindvieh! Komm, gehn wir. Ich hab nicht gewußt, daß du so ein Rindvieh bist. Oder hältst du mich für blöd?“

Er stand auf und verließ das Zimmer. Toman versuchte nicht, ihn zurückzuhalten. Er hatte gewußt, daß der Hauptgläubiger mit dem Vorsatz gekommen war, das Haus in Besitz zu nehmen und den Erben auf die Straße zu setzen. Es hatte keinen Sinn, den Unerbittlichen durch Schmeicheleien und Versprechungen umstimmen zu wollen. Alles war verloren.

Toman folgte dem Hauptgläubiger in das Konferenzzimmer, wo die Bauern die Wiederaufnahme der Verhandlungen erwarteten. Franz, der Graf Bubna und der Advokat, die sich in das kleine Balkonzimmer zurückgezogen hatten, wurden von einem Diener verständigt, daß die Bauern sich in dem Arbeitszimmer wieder versammelt hätten. Der Advokat meinte resigniert, daß die Konkursverhängung der nächste Schritt sein werde. Franz und der Graf Bubna hingegen hofften, daß Toman, der mit dem Hauptgläubiger umzugehen verstand und sich unzählige Male als Vermittler und Retter in der Not bewährt hatte, auch in diesem kritischen Augenblick das Schlimmste verhüten werde.

Als sie das große Arbeitszimmer betraten, sagte ihnen ein Blick auf Tomans bleiches, verstörtes Gesicht, daß sie sich einer trügerischen Hoffnung hingegeben hatten. Der Hauptgläubiger saß breit und mächtig auf seinem Platz, ein thronender Bauernkönig. Der Advokat blickte ihn prüfend an und sagte: „Wir setzen unsere Unterhaltung fort. Ich frage die Herren: Hat jemand einen neuen Vorschlag zu machen?"

Der Hauptgläubiger stand auf und sagte: „Ich, Herr Doktor. Wenn Sie nichts dagegen haben."

Der Advokat nickte zustimmend.

„Der Toman", begann der Hauptgläubiger, „mein alter Freund Toman hat mir jetzt erzählt, was für wunderbare Aussichten der junge Herr Graf hat. Es hat mich gefreut, das zu hören, ich bin der letzte, der dem jungen Grafen was Böses antun will. Der Toman sagt mir, daß der junge Herr Graf jetzt studieren will und in vier Jahren ein gemachter Mann sein wird. Er hat gute Freunde, er wird große Protektion haben; und die Protektion ist für so einen jungen Herrn die Hauptsache. Das sagt mein Freund, der Toman, und es ist richtig. Der junge Herr Graf kann leicht ein großes Tier werden, sagt der Toman, und das freut mich. Wir Bauern sind keine Teufel, wir wollen nur, was recht ist. Ists wahr, Bauern? Na alstern. Wie steht also die Geschichte? Wenn der Herr Doktor, der Herr Advokat hier, einen Prozeß führen will und es zum Konkurs kommen läßt, so wird er den Prozeß verlieren, und nach dem Konkurs wird der junge Herr Graf kein

Haus und keinen Kreuzer Geld haben. Der Herr Doktor, der Herr Advokat weiß es genau so wie ich, er hat alle Schuldscheine und Wechsel gesehn und hat alles schön ordentlich zusammengerechnet, wie es sich gehört. Wenn wir, wie wir hier sitzen, wir Bauern, es auf den Prozeß und auf den Konkurs ankommen lassen, so wird dem jungen Herrn Grafen nicht so viel bleiben, daß er die Fahrkarte nach Wien bezahlen kann. Von einem Geld zum Studieren kann keine Rede sein, wenn es zum Konkurs kommt. Ich will den jungen Herrn nicht ins Unglück bringen. Ich will nicht derjenige sein, der dran schuld ist, daß er nicht studieren kann und nicht ein großes Tier wird. Das will ich nicht, und ihr auch nicht, Bauern, gelt? Deshalb hab ich mir ausgedacht, wie wir die Geschichte deichseln könnten, damit der junge Herr studieren kann, und wir dabei unser Geld nicht verlieren. Also die Geschichte ist nicht so schwer, wie sie ausschaut. Das Haus und den kleinen Grundbesitz kann der junge Herr nicht behalten, da ist nichts zu machen. Ich will aber dem jungen Herrn in den nächsten vier Jahren eine Rente zahlen, von der er bequem in Wien leben kann, sagen wir: zweihundert Gulden monatlich. Ich zahl außerdem fünftausend Gulden dem jungen Herrn sofort auf die Hand. Euch, Bauern, bezahl ich alles, was der verstorbene Herr Graf euch schuldig ist, Sack und Pack, bis auf den letzten Groschen. Dafür übernehm ich ohne viel Geschichten und ohne Prozeß und ohne Advokatengeschreibsel das Haus und den sonstigen

Grundbesitz. Auf diese Weise ist allen Teilen geholfen."

Toman, der in der Nähe der Türe stehengeblieben war, ging während der Rede des Hauptgläubigers auf den großen Tisch zu, an dem die Konferenzteilnehmer saßen, blieb schützend und kampfbereit hinter dem Stuhl des jungen Grafen stehen und zwang sich, das Schweigen zu bewahren, das seine Stellung ihm zur Pflicht machte. Das Schweigen fiel ihm schwer. Es fiel ihm schwer, seine Hand zu beruhigen, die allzu willig war, dem Hauptgläubiger ins Gesicht zu schlagen. Es fiel dem Kammerdiener schwer, zu fassen, daß Franz, der Graf Bubna und der Advokat den Hauptgläubiger zu Ende sprechen ließen. Es fiel dem Kammerdiener schwer, die Ungerechtigkeit und Fühllosigkeit des Himmels zu ertragen, der keinen Blitz niedersandte, um den frechen Redner zu töten.

Der Advokat rechnete, prüfte die Summen, die er errechnet hatte, drehte den Kopf und sagte leise zu dem Grafen Bubna: „Diskutabel, wenn man sich entschließen wollte, das Haus abzutreten." Der Graf Bubna schüttelte den Kopf und sagte leise: „Der Franz wird sein Vaterhaus nicht aufgeben." Der Advokat blickte den Grafen Bubna und Franz fragend an und sagte laut in die eingetretene große Stille: „Das kommt nicht in Frage. Das Haus behalten wir unbedingt."

Der Kammerdiener atmete auf. Triumphierend blickte er dem Hauptgläubiger ins Gesicht, auf den seine Tischnachbarn, zwei alte Bauern, eifrig einredeten. Packt euch! dachte der Kammerdiener. Verschwindet, ihr Pack, ihr Lumpengesindel, macht, was ihr wollt, aber packt euch! Hängt uns einen Prozeß an, aber jetzt sollt ihr euch packen, und ich geh mit meinem jungen Herrn nach Hause.

Aber was war das? Franz stand auf, und die Bauern, die im Begriff gewesen waren, aufzustehen und das Zimmer zu verlassen, setzten sich.

„Ich bin mit dem Vorschlag, der uns da gemacht worden ist, einverstanden", sagte Franz. „Der Herr Doktor wird so freundlich sein, in meinem Namen alles zu ordnen."

Er setzte sich.

„Aber Franz, laß dir Zeit, das will wohl überlegt sein", sagte der Graf Bubna leise.

„Ich habs schon überlegt. Ist schon gut so."

Der Graf Bubna stand auf.

Der Kammerdiener flüsterte: „Das kann doch nicht sein!"

Aber niemand hörte ihn.

13

Alles war zu Ende. Alle Bemühungen des Kammerdieners, Franz umzustimmen, blieben erfolglos. Der Graf Bubna unterstützte Tomans Bitte, Franz möge den Vertrag nicht unterschreiben, mit halbem Herzen und mit lauen Worten; der Erblindende hielt offenbar die Lösung, die der Hauptgläubiger vorgeschlagen und Franz ohne Zögern angenommen hatte, nicht für ungünstig. Toman dachte verbittert: Der alte Herr denkt nur an seine Bequemlichkeit; er findet es bequemer, den jungen Herrn nach Wien abzuschieben und sich nicht mehr um ihn kümmern zu müssen. Das Haus Saill interessiert den Grafen Bubna nicht. Es ist ihm gleichgültig, wem das Haus gehört. Wär es sein Haus, wär es sein Sohn — er hätte nicht so leicht Ja und Amen gesagt. So blieb der Kammerdiener der einzige, der Franz von dem folgenschweren Schritt abzuhalten versuchte. „Geld ist nicht so wichtig", sagte der Warnende, Beschwörende an dem Abend nach der Gläubigerversammlung zu Franz; „was ist Geld? Das Haus aber, das ererbte Vaterhaus — wenn man das aufgibt, verstößt man sich selber aus der Heimat. Man fügt sich einen Schaden zu, der nicht mehr gutzumachen ist. Man hat dann kein Zuhause mehr und ist dann nicht viel besser dran als die Zigeuner, die heute hier und morgen dort sind."

„Ah was", antwortete Franz, „ich geh jetzt nach Wien, ich hab nichts mehr in dem Dorf zu suchen. Außerdem hab ich schon mein Wort gegeben."

Drei Tage später wurden bei dem Notar in der Kreisstadt die Erbschaftsangelegenheiten geregelt. Es wurde ein Vertrag aufgesetzt, den Franz und der Hauptgläubiger unterschrieben. Franz erhielt fünftausend Gulden und die erste Monatsrate, zu deren Zahlung sich der Hauptgläubiger verpflichtet hatte. Das Haus in Lepnik, das Wäldchen und das Feld des verstorbenen Grafen Saill gehörten jetzt dem

Hauptgläubiger. Franz mußte das Haus vor dem 15. Oktober räumen.

„Das trifft sich gut", sagte er; „am 15. Oktober beginnt das Semester."

Der Kammerdiener fragte nicht, was aus ihm und seiner Familie nach der Räumung der Hauses werden solle. Die stille, ruhige Frau stellte ihn zur Rede: „Hast du was vereinbart mit dem jungen Herrn? Kriegst du eine Abfertigung? Du hast so viele Jahre seinem Vater und ihm gedient, du hast einen Anspruch. Hast du ihm das gesagt? Oder hat er dir was gesagt?"

„Sei stad", antwortete der Kammerdiener, „was kümmerts dich. Was du redest, ist Blödsinn. Ich hab keinen Anspruch. Und ich mag keinen Anspruch erheben."

„Da bist du aber schön dumm", sagte die Frau ruhig. „Wenn du dich um nichts kümmerst, werd ich mich kümmern."

Sie glaubte nicht, daß der Kammerdiener eine Abfertigung erhalten werde. Sie bezweifelte nicht, daß er mit seiner Familie am 15. Oktober ohne Abfertigung und ohne Posten auf der Straße stehen werde. Trotzdem war sie nicht niedergeschlagen. Groß, stark, an Körperkräften weit ihrem Manne überlegen, sah sie wohlgemut der Zukunft entgegen. Ihre großen, trägen, langsam begreifenden Augen waren ruhig; es glomm in ihnen ein Fünkchen übermütiger Schadenfreude. Es freute die Frau, daß der Kammerdiener keinen Herrn mehr haben werde, dem er dienstfreudig nachlaufen und den er wie ein Hündchen umspringen konnte. Sie bedauerte nicht, daß das Leben in dem Hause des Grafen zu Ende war. Sie meinte, es sei an der Zeit, ein neues Leben zu beginnen. Sie erwartete, das neue Leben werde vielleicht nicht leichter, aber schöner als das alte Leben sein. Sie fühlte sich nicht alt, sie konnte arbeiten. Sie war jeder Arbeit gewachsen wie eine Junge. Auch die Kinder waren groß und stark. Anna hatte einen Liebsten, der sie heiraten wollte, sie brauchte die Eltern nicht. Und Edmund — erst vor einer Woche hatte er der Mutter gesagt, daß er sich in Wien selber um seinen Lebensunterhalt kümmern werde und daß er unter keiner Bedingung auch nur einen Kreuzer vom Vater annehmen wolle. Die Frau war mit sich und mit ihren Kindern zufrieden, sie war mit ihrem Schicksal zufrieden. Nur ihr Mann machte ihr Sorgen. Sie freute sich und empfand Schadenfreude, weil er nicht länger Kammerdiener sein konnte, aber sie wußte, daß er sehr unglücklich war, weil der junge Herr das Haus aufgab und nach Wien studieren ging. Eine Strafe für seine Lieblosigkeit gegenüber der eigenen Familie gönnte sie dem Kammerdiener; aber unglücklich wollte sie ihn nicht sehen. Sie nahm sich vor, ihm zu helfen. Er war ein geschickter Mensch, es konnte ihm nicht schwer fallen, mit seinem findigen Kopf und seinen geschickten Händen sein Brot zu verdienen. Er konnte einen Beruf ergreifen, einen schöneren, einträglicheren als den eines Kammerdieners. Er konnte Gärtner oder Tischler oder Drechsler oder Zimmermaler oder Buchhalter werden, er hatte viele Fähigkeiten und Fertigkeiten. Sie nahm sich vor, gleich morgen nach Holitz zu gehen und zu erforschen, welche Beschäftigung Toman dort finden könnte. Sie waren nicht ganz mittellos; das ersparte Geld würde ihnen ermöglichen, eine Werkstätte zu mieten. Hatte Toman eine Werkstätte, so war er bereits gerettet. Denn er war ein Mensch, der nicht rasten und ruhen konnte; der Besitz einer Werkstätte würde genügen, ihn zu veranlassen, einen Beruf zu ergreifen. Die Frau verließ sich auf sein ruheloses Temperament. Schon am ersten Tag wüßte er, wie er sich in der Werkstätte beschäftigen könnte. Am zweiten Tag würde er beginnen, an seiner neuen Beschäftigung Freude zu haben. Am dritten Tag wäre er bereits in seinen neuen Beruf verliebt, die Trauer über den Verlust des alten Berufs und über die Trennung von dem jungen Grafen träte in den Hintergrund und wiche den neuen Sorgen, die das neue Leben mit sich brächte, erträglichen und wahrscheinlich sogar angenehmen, wohltuenden Sorgen, die der geschäftige Mann sich mit Lust und Leidenschaft auflüde.

Der Kammerdiener schwieg. Er war unglücklich, aber er verriet mit keinem Wort, was in den letzten Tagen in seiner Seele vorgegangen war. Wohl hatte er gewußt, daß mit dem Tode des geliebten Herrn die vertraute, heimatliche Welt unwiederbringlich versunken war; aber der Trauernde, der nach den ersten Tagen und Nächten der Verzweiflung den Mut aufgebracht hatte, eine unmögliche Aufgabe übernehmen zu wollen, dem jungen Herrn den Vater ersetzen zu wollen, hatte es für selbstverständlich gehalten, daß er sich von dem Verwaisten nicht trennen, ihm nach Wien folgen und ihm dienen werde, wie er dem verstorbenen Grafen gedient hatte. In dem Augenblick, da Franz in der Gläubigerversammlung die unerwartete, unfaßbare Erklärung abgab, daß er auf das Vaterhaus verzichte, erkannte der Kammerdiener, daß er sich von dem Achtzehnjährigen trennen müsse. Da Franz sich leichten Herzens, ohne Zögern und ohne Skrupel von dem Vaterhause und von der Heimat trennte, war es töricht, ja irrsinnig, anzunehmen, daß er sich nicht — noch viel leichteren Herzens — von dem alten Kammerdiener seines Vaters trennen wolle. Während Toman den vergeblichen Versuch machte, Franz umzustimmen, dachte er nicht an sich; er dachte nur noch an sein Gelübde. Seine Kampflust war erloschen. Er fühlte sich schwach und hilflos wie nach einer schweren Krankheit. Er begleitete Franz in die Kreisstadt und stand in der Kanzlei des Notars neben dem das verhängnisvolle Schriftstück Unterschreibenden, der leichten Herzens seinen Verzicht auf das Haus und das Wäldchen und das Feld und alles, was der Vater hinterlassen hatte, bestätigte, fertigte und siegeln ließ. Nach diesem Akt, der mit der Auszahlung des Geldes an Franz endete, verließ der Kammerdiener stumm, ohne den Hauptgläubiger, der sich mit einem derben Scherz verabschiedete, eines Blicks zu würdigen, an der Seite des Verwaisten die Notariatskanzlei.

Er blieb auf der Heimfahrt stumm. Er vermochte

seinen Groll nicht zu bezähmen. Er grollte Franz stumm und tief wie ein Vater, der seinem sehr geliebten Sohne eine unverzeihliche Tat nicht sofort, nicht ohne große Selbstüberwindung zu verzeihen vermag. Franz sah, daß der Kammerdiener verstimmt und schweigsam war, klopfte ihm aufs Knie und sagte: „Na, so schlimm ist die Sache nicht. Jetzt haben wir wenigstens ein Geld, jetzt hab ich für die nächsten Jahre ausgesorgt."

Gleich darauf vergaß er, daß der kutschierende Kammerdiener verstimmt und schweigsam war, und plauderte fröhlich drauf los. Was er in Wien sehen wolle, erzählte er; was er in Wien erleben wolle; alle seine Gedanken waren bereits in Wien.

Am nächsten Tag verließen die Frauen und Mädchen, die in den Kammern des Erdgeschosses gewohnt hatten, das Haus. Der Kammerdiener sagte ihnen: „Das Haus ist verkauft, ihr müßt gehn." Sie gingen ohne Klage; sie hatten seit dem Tode des Grafen gewußt, daß diese Stunde bald kommen werde. Sie nahmen ihre Habseligkeiten, verabschiedeten sich ohne viele Worte und gingen nach Holitz, wo sie Arbeitsplätze zu finden hofften. Nachdem sie gegangen waren, fragte Franz den Kammerdiener: „Gehört auch die Hauseinrichtung dem neuen Besitzer?" Der Kammerdiener verneinte und schlug vor, den Grafen Bubna zu fragen, ob man sie in dem Holitzer Schloß aufbewahren könne. „Fahren wir gleich nach Holitz", sagte Franz, „ich kann mich bei der Gelegenheit gleich von dem Alten verabschieden."

Der Graf Bubna erklärte sich bereit, die Hauseinrichtung in dem Holitzer Schlosse aufzubewahren. Da der Kammerdiener vor der Türe wartete, rief Franz ihn in das Zimmer und sagte: „Also die Sache ist in Ordnung. Du kannst den ganzen Krempel herschaffen, wir dürfen alles hier aufbewahren. Erlaucht hat die große Güte, es zu erlauben." Der Graf Bubna sagte: „Wir haben hier ein paar leere Zimmer, dort können die Möbel stehn und die Bilder hängen, wenn du sie nicht nach Wien mitnehmen willst." — „Ich weiß nicht, was ich mitnehmen soll", sagte Franz; „das hängt davon ab, wo und wie ich in Wien wohnen werde." Er blickte den Kammerdiener fragend an und sagte: „Wenn du mitkämst, müßt ich mich um nichts kümmern. Aber das ist natürlich schwer. Das Geld, das ich jetzt bekommen hab, reicht vielleicht für mich, aber für zwei oder für eine ganze Familie reicht es natürlich nicht. Oder doch? Fünftausend Gulden — ist das viel Geld oder wenig Geld?"

„Nicht sehr viel, fürcht ich", sagte der Graf Bubna.

„Und die Rente, zweihundert Gulden monatlich — ist das viel?"

„Nicht gerade üppig; aber genug, wenn man keine großen Ansprüche stellt."

„Das hab ich mir gedacht. Da muß ich also allein fahren."

Der Graf Bubna sah Tränen in den Augen des kleinen, dürren, grauhaarigen, immer lebhaften, immer beweglichen Männchens, das jetzt unbeweglich, stumm, erstarrt vor ihm und Franz stand. Franz schien die Tränen in Tomans Augen nicht zu sehen. Er sagte: „Ich hab ja keine Ahnung, was etwas kostet und was man für das Geld kriegt, mit dem ich auskommen muß. Ich bin schon neugierig, ob ich imstand sein werd, mich allein irgendwie zu behelfen. Es wird sicher nicht leicht sein. Schließlich muß ich standesgemäß leben."

Der Graf Bubna fragte lächelnd: „Standesgemäß? Was verstehst du darunter?"

Diese Frage frappierte Franz. Er lachte verlegen und sagte: „Ich will damit nicht sagen, daß ich große Ansprüche stell. Aber jedenfalls kann ich mir nicht leisten, einen Kammerdiener zu halten."

„Grade das solltest du dir aber leisten", sagte der Graf Bubna. „Wenn du die Wahl hättest, ganz allein in einem Palais oder zusammen mit ihm in einer Dachkammer zu leben — ich wüßt schon, was ich dir raten tät."

Der Kammerdiener stürzte in großer Bewegung auf den Grafen Bubna zu, küßte ihm die Hand und stammelte: „Erlaucht . . ." Dann trat er zurück, wischte die Tränen aus den Augen und sagte: „Ich bitte tausendmal um Verzeihung, Erlaucht. Es ist eine Schand, wie ich mich benehm."

„Das ist aber komisch", sagte Franz. „Ich hab, offen gestanden, nicht einen Moment dran gedacht, daß wir beisammen bleiben könnten."

„Ich auch nicht", log der Kammerdiener.

„Überleg", sagte der Graf Bubna. „Es wär eine riesige Erleichterung für dich, Franz. Und mit deinem Geld kämst du vielleicht auch besser aus, wenn er mit dir nach Wien ginge. Ich denk, du solltest ihn doch fragen, ob er mitgehn möcht."

„Ich weiß, daß er gern mitginge. Aber was für einen Lohn kann ich ihm zahlen, wenn ich so wenig Geld hab?"

„Ich brauch keinen Lohn", sagte der Kammerdiener so rasch, daß Franz und der Graf Bubna erkannten, es sei keine unüberlegte Antwort, sondern eine längst getroffene Entscheidung des Herzens.

„Ich laß mich aber nicht umsonst bedienen", sagte Franz; „das wär noch schöner."

„Ich werd nicht umsonst arbeiten, junger Herr", sagte beschwichtigend der Kammerdiener. „Ich möcht alles aufschreiben. Und der junge Herr müßt sich auch alles aufschreiben. Und später, wenn der junge Herr mit dem Studium fertig ist und das Geld keine Rolle mehr spielt, zahlt der junge Herr mir den Lohn für die ganzen Jahre auf einmal. Das hab ich mir schon längst überlegt, das ist also keine Schwierigkeit. Außerdem werd ich auch was verdienen. Der junge Herr braucht meine Dienste nicht den ganzen Tag, er wird wahrscheinlich nicht den ganzen Tag zuhaus sein in Wien. Da kann ich, wenn ich eine kleine Kammer für mich hab, etwas machen und ein schönes Stück Geld verdienen. Ich kann zum Beispiel schnitzen. Das treff ich gut. Ich kann Schnitzereien machen für einen Kunsttischler oder Spielzeug für einen Spielzeughändler; oder ich kann auch auf eigene Faust arbeiten und die Sachen verkaufen. Ich hab keine Angst davor, ich kenn mich gut aus."

„Da kommt ein fertiger Plan zum Vorschein", sagte lächelnd der Graf Bubna. „Ich nehme an, daß Ihnen das alles nicht erst in diesem Augenblick eingefallen ist, mein Lieber."

„Das hab ich mir schon zurechtgelegt, das geb ich zu", sagte der Kammerdiener.

„Aber was wird aus Ihrer Familie?"

Der Kammerdiener machte eine wegwerfende Handbewegung. „Die brauchen mich nicht. Mein Sohn geht ohnehin nach Wien studieren. Die Frau und das Mädel — die kümmern sich schon. So starke, kräftige Frauenzimmer . . . die können fest arbeiten."

„Sie können, wenn sie wollen, zu mir kommen. Hier im Schloß findet sich immer eine Beschäftigung für Frauen, die im Haushalt tätig sein wollen."

„Tausend Dank, Erlaucht. Hier oder wo immer — sie werden beide bestimmt Arbeit finden. Das ist keine Sorge."

Der Kammerdiener verabschiedete sich. Franz blieb noch eine Stunde bei dem Grafen Bubna, der seinem Sohn, der dem Ministerium des Äußern zugeteilt war, vor allem aber seiner Tochter, die in Wien mit einem polnischen Großgrundbesitzer, dem Grafen Stanislaus Baczewski, verheiratet war, noch einmal schreiben wollte. „Mein Schwiegersohn", erzählte der Graf Bubna, „führt ein großes Haus. Die Ida wird dich bemuttern, das tut sie gern. Du kannst in ihrem Haus eine Menge Leute kennenlernen, Diplomaten, Politiker, Finanzgrößen und den ganzen polnischen Landadel. Den Leuten, die du dort kennenlernen wirst, gehört ganz Galizien. Ich bin überzeugt, daß du den besten Eindruck machen wirst, an Protektion wird es dir also nicht fehlen. Aber laß dich nicht zu tief mit Leuten ein, die über unbegrenzte Mittel verfügen. Es wird wichtig sein, daß du dir nicht arm vorkommst neben ihnen. Wenn man jung ist, ein Ziel vor Augen hat und vernünftigen Gebrauch von seinen Gaben macht, ist man nicht arm. Andererseits solltest du dich aber hüten, es diesen großen Herren gleichtun zu wollen. Mit solchen Leuten wetteifert man nicht, wenn man kein Hochstapler ist. Das hab ich mir immer gesagt, und aus diesem Grund hab ich mich nie in diese Gesellschaft hineingemischt und bin schön in Holitz sitzen geblieben. Das kannst du natürlich nicht als junger Mensch, aber es wird dir nicht schaden, Erfahrungen zu machen. Nicht einmal böse Erfahrungen können dir schaden, wenn du dich immer rechtzeitig besinnst und dich rechtzeitig zurückziehst. Ich glaube sogar, daß die bösen Erfahrungen die besten Lehrmeister sind, weil sie die strengsten sind. Trotzdem wünsch ich von ganzem Herzen, daß du nur gute Erfahrungen machst und auf anständige Art dein Fortkommen findest. Ich wünsch dir von ganzem Herzen, daß du ein ganzer Mann wirst."

Während Franz nachsichtig zuhörte und mit Ungeduld den Augenblick des Abschieds herbeisehnte, besichtigte der Kammerdiener die leerstehenden Räume, die den Hausrat und das Mobiliar des Lepniker Hauses aufnehmen sollten. Er gab sich nicht der Freude hin, die ihm diese Stunde der Entscheidung geschenkt hatte. Es war eine gedämpfte Freude, denn das Bekenntnis des jungen Grafen, daß es „nicht einen Moment“ seine Absicht gewesen sei, den Kammerdiener nach Wien mitzunehmen, hatte dem die Trennung wie einen tödlichen Schlag Erwartenden wieder mit unbarmherziger Deutlichkeit vor Augen geführt, wie sehr sich die Welt durch den Tod des geliebten Herrn verändert hatte. Ihm wäre nie und nimmer der Gedanke gekommen, daß er sich jemals von dem Kammerdiener trennen könnte. Es war kein Zweifel möglich: Der junge Herr, der leichten Herzens das Vaterhaus aufgab und noch leichteren Herzens den Kammerdiener aufzugeben bereit gewesen war, hatte wenig Ähnlichkeit mit dem Hochseligen, er war leichtfertiger und zugleich härter. Daß diese Leichtfertigkeit und ebenso die Härte in der unbekümmerten Jugend des Achtzehnjährigen begründet waren, konnte nicht als mildernder Umstand gelten; denn gerade die Jugend war es, die der Kammerdiener als eine ihm unzugängliche, unverständliche, ewig fremde Welt fürchtete.

Er erlaubte weder seiner Freude, noch der bitter mit ihr vermengten Kränkung, ihn zu übermannen, während er, Franz erwartend, an der Seite einer alten Beschließerin die leeren Zimmer besah. Seine Phantasie und seinen praktischen Sinn anstrengend, überlegte er, welche Möbelstücke er in diese Räume bringen und welche er nach Wien schaffen werde. In Wien brauchen wir nur zwei Betten, drei oder vier Schränke, zwei oder drei Tische und ein paar Sessel, überlegte er; unsre Wohnung wird klein sein, wir müssen sparen; und eine kleine Wohnung, die man mit großen Möbeln vollpfropft, sieht scheußlich aus. Immerhin ist es aber möglich, daß uns ein Zufall eine größere Wohnung zuschanzt; deshalb werden wir doch lieber zu viel als zu wenig mitnehmen, auf die Gefahr hin, einen Teil der Einrichtung in Wien außerhalb der Wohnung verstauen zu müssen. Die Bilder nehmen wir mit, alle, ohne Ausnahme; sie beanspruchen wenig Raum, und ich will sie nicht von dem jungen Herrn entfernen. Und die Küchengeräte? An tausend Dinge hatte der Kammerdiener zu denken, und er bedachte sie mit tausend Freuden. Denn als er mit dem Zentimetermaß die Länge und Breite der Zimmer feststellte und sich ausmalte, wie er alle Möbel und Einrichtungsgegenstände unterbringen werde, wurde die Kränkung, die er erlitten hatte, immer wesenloser und die Freude über die glückliche Lösung des schweren Problems, das noch vor einer Stunde voller Stacheln und fast unlösbar gewesen war, immer größer, so daß er sich ihr nicht länger zu verschließen vermochte und ihr nicht mehr verwehrte, ihn ganz zu erfüllen und ihn ganz zu beherrschen. „Fein!“ sagte er einige Male, der alten Beschließerin vergnügt zulächelnd, „Fein bringen wir hier alles unter, fein wird hier alles aufgehoben sein!“ Er notierte die Maße in seinem Notizbuch, klappte es zu, verließ leichten, jugendlichen Schritts das Schloß und setzte sich auf den Kutschbock des schäbigen alten Wägelchens. Einige Minuten später kam Franz, und sie fuhren nach Hause.

Die herbstlich schwermütige Landschaft — die Felder witterten den ersten Schnee, die Krähen flogen düster und schwerfällig den fernen Wäldern zu, die Bäume an der Landstraße waren bereits nahezu kahl — berührte auf der kurzen Fahrt nicht das Gemüt des jungen Grafen. „Ich freu mich schon", erzählte er, „du kannst dir nicht vorstellen, wie ich mich freu. Es wird ein schönes Leben sein in Wien." Er schwärmte von den schönen Straßen der Reichshauptstadt, von den schönen Wienerinnen, von den Zerstreuungen des gesellschaftlichen Lebens, dem er großes Gewicht beilegte. Der Kammerdiener sagte wenig, aber seine Miene war heiterer als in den vergangenen Tagen, und die kurzen Bemerkungen, die er fallen ließ, verrieten, daß auch er begonnen hatte, dem Wiener Aufenthalt mit Spannung entgegenzublicken. „Ja, richtig", sagte Franz nach einer kleinen Gesprächspause, „der Graf Bubna meint, daß der Eduard in Wien bei uns wohnen könnte. Du wirst jedenfalls dein eigenes Zimmer haben, und er kann in deinem Zimmer wohnen. Was meinst du dazu?" — „Darüber hab ich noch nicht nachgedacht", sagte der Kammerdiener. „Ich kann das ja mit ihm besprechen, wenn Sie einverstanden sind, junger Herr." — „Ich bin einverstanden, ich hab nichts dagegen", sagte Franz eifrig.

Sofort nach der Heimkehr begann der Kammerdiener die Betten und sonstigen Einrichtungsgegenstände aus dem zweiten Stock in das Erdgeschoß zu schleppen. Die Frau, Edmund und Anna mußten ihm helfen. Er teilte ihnen nicht mit, was beschlossen worden sei, er sagte nur: „Das Haus muß bis zum Fünfzehnten geräumt werden, die Sachen müssen weggeschafft werden." Die Frau fragte: „Und unsre eigenen Sachen? Wohin geben wir die? Oder können wir hier bleiben?" — „Später", sagte der Kammerdiener, „später, das hat Zeit, das sag ich euch heute Abend. Jetzt packt an, wir haben sehr viel zu schleppen, wir müssen jede Minute ausnützen." Die Frau und Anna packten mit ihren kräftigen, derben Armen zu und schleppten gemeinsam mit dem Kammerdiener, der die geringere Kraft seiner Arme durch die erstaunliche Geschicklichkeit ersetzte, mit der er im Nu die Betten zerlegte und die Bilder und Spiegel von den Wänden nahm, die gesamte Einrichtung des zweiten Stocks und sodann vielerlei nicht ganz wertloses, vielleicht verwendbares Gerümpel, das auf dem Dachboden aufbewahrt gewesen war, in das Erdgeschoß. Edmund hatte den besten Willen, mitzuhelfen und sich nützlich zu machen, aber der Kammerdiener schalt ihn ungeschickt und gab ihm unaufhörlich zu verstehen, daß der sich redlich mühende Achtzehnjährige den andern eher im Wege stehe als behilflich sei. Wenn Edmund die linke Kante eines Schranks anpackte, rief der Kammerdiener: „Rechts pack an!" Wenn Edmund rechts anpackte, rief der Kammerdiener: „Links pack an!" Edmund gehorchte geduldig, packte links und packte rechts an, schleppte wortlos die schwersten Schränke und die schwersten Kisten und beantwortete nicht die bittenden Blicke der Mutter, die ihn anflehten, seinen Unmut zu beherrschen und die ungerechten Zurechtweisungen stillschweigend hinzunehmen, aber in seinem Herzen sammelte sich der ganze Zorn an, den die Aufsässigkeit des Vaters in vielen Jahren hervorgerufen und von Tag zu Tag genährt hatte. Die Mutter las in den Augen des Zornigen den Entschluß: „Es ist genug! Die Grenze des Erträglichen ist erreicht."

Am Abend, nach dem Nachtmahl, teilte der Kammerdiener seiner Familie mit, daß er mit dem jungen Grafen nach Wien übersiedeln werde. „Ihr bleibt einstweilen hier", sagte er, „der junge Herr kann euch nicht erhalten, und ich werd nicht genug verdienen, um euch erhalten zu können. Der Graf Bubna will euch Arbeit geben." — „Gut", sagte die Frau, „ich bleib gern hier oder in Holitz, ich ginge nicht gern in die Großstadt auf meine alten Tage. Zum Grafen Bubna geh ich aber nicht, ich brauch ihn nicht. Als Wäscherin verdien ich mehr, als nötig ist. Eine Wäscherin, die ordentlich arbeitet, kriegt immer Beschäftigung." — „Einverstanden", sagte der Kammerdiener. „Ich kann euch ja manchmal besuchen, und einmal kannst du auch nach Wien kommen und schauen, wies mir geht, die Reise kostet nicht viel. Mußt halt hier oder in Holitz eine Wohnung suchen." — „Die werd ich schon finden, mußt dich nicht drum kümmern", sagte die Frau. „Und was ist mit dir?" fragte er die teilnahmslos ihm gegenüber sitzende Anna. „Ich heirat nächsten Monat, Vater, wenn du nichts dagegen hast", sagte Anna. „Den August?" — „Ja, den August. Ich denk, es ist nichts gegen ihn einzuwenden." — „Mir ists recht", sagte der Kammerdiener, „hoffentlich kann ich herkommen zur Hochzeit. Ich red noch mit ihm, bevor ich wegfahr." — „Das kann nicht schaden, aber es ist nicht notwendig." — „Schickst mir ihn halt morgen oder übermorgen; viel Zeit hab ich nicht." — „Er wird herkommen", sagte Anna, „aber halt ihm keine Predigt, Vater, das verträgt er nicht."

„Und du", sagte der Kammerdiener, sich an Edmund wendend, „du fährst am Fünfzehnten mit mir und dem jungen Herrn. Du wirst mit mir in meinem Zimmer wohnen, der junge Herr hat nichts dagegen."

„Ich fahr nicht mit dir, ich fahr allein; und ich werd allein wohnen", sagte Edmund.

„Und wer wirds bezahlen?"

„Ich werd verdienen, was ich brauch."

„Aber wie? Du kannst doch nichts. Du triffst doch nichts. Ich hab gedacht, daß du studieren willst."

„Ich will studieren. Und ich werd Stunden geben und verdienen, was ich brauch."

„Da bin ich neugierig."

Der Kammerdiener stand auf und sagte noch einmal: „Da bin ich neugierig."

Edmund schwieg.

„Da wirst du bald verhungern", sagte der Kammerdiener.

Edmund rührte sich nicht.

„Und warum", fragte der Kammerdiener, „warum willst du nicht mit dem jungen Herrn und mit mir zusammen wohnen?"

„Weil ich mein eigener Herr sein will."

Der Kammerdiener blickte seinen Sohn verdutzt an, zuckte die Achseln und sagte: „Versuchs."

14

Franz und der Kammerdiener stiegen in Wien in einem großen, teuren Hotel ab. „Der Start darf nicht schäbig sein", meinte Franz, „auf ein paar Gulden wird es nicht ankommen." Er flanierte durch die Straßen, ging eleganten Frauen nach, hielt sich eine halbe Stunde lang im Kunsthistorischen Museum auf, fuhr in den Prater und beschloß, in den ersten Tagen die Kinder des Grafen Bubna, denen seine Ankunft angekündigt worden war, noch nicht aufzusuchen, weil er seine Freiheit voll genießen wollte. Die ersten drei Tage gaben seiner Neugierde und Erlebnisfreude so reiche Nahrung, daß er nicht vor Mitternacht und jedesmal in einem Zustand seliger Erschöpfung in das Hotel zurückkehrte.

Noch müder und erschöpfter taumelte an diesen ersten Abenden der Kammerdiener dem Hotel zu. Er suchte vom frühen Morgen bis zum späten Abend eine passende Wohnung, und diese Aufgabe, der er sich mit großem Ehrgeiz unterzog, stellte an seine Findigkeit, aber auch an seine nicht mehr jungen Beine die höchsten Anforderungen. Es war nicht leicht, eine Wohnung zu finden, die billig sein mußte, aber nicht ärmlich anmuten durfte; es war vor allem nicht leicht, den geeigneten Stadtteil ausfindig zu machen, denn der junge Herr mußte nicht nur eine Wohnung, sondern auch eine „Adresse" haben, die nicht verraten durfte, daß er über sehr beschränkte Mittel verfügte. Es war dem Kammerdiener recht, daß Franz die Kinder des Grafen Bubna noch nicht besuchen wollte; der Eifersüchtige hielt es für durchaus möglich, daß der junge Graf Bubna oder die Gräfin Baczewska dem ortsfremden Ankömmling Zimmer in ihren Wohnungen anböten, und dieser Gefahr mußte gesteuert werden. Der Kammerdiener wollte unter allen Umständen verhindern, daß die fremden Leute — sie waren Fremde, obwohl der alte Graf Bubna ihnen in mehreren Briefen ans Herz gelegt hatte, Franz wie einen ihrer Hilfe, ihres Rats und ihrer Führung bedürftigen jüngeren Bruder aufzunehmen — allzu großen Einfluß auf die Lebensweise des jungen Grafen gewönnen. Der Kammerdiener kannte die Kinder des Grafen Bubna nur vom Sehen, er hatte nie mit ihnen gesprochen; aber er nahm an, daß sie, nach allen Seiten unübersehbar in das gesellschaftliche Leben der Kaiserstadt eingesponnen, kein ernsteres Interesse für Franz aufbrächten und den Unerfahrenen, Leichtgläubigen durch die Erweckung trügerischer Hoffnungen und eines vorderhand nicht wünschenswerten gesellschaftlichen Ehrgeizes, dessen Befriedigung wahrscheinlich viel Geld und noch mehr Zeit erforderte, eher von seinem Weg ablenken als fördern könnten. Er sollte kein Einsiedler werden; gesellschaftlicher Anschluß tat ihm not und konnte außerordentlich nützlich sein. Aber der Kammerdiener, maßvoll in seiner Eifersucht und ebenso maßlos in seiner liebevollen Gewissenhaftigkeit, wollte keinem Fremden erlauben, sich auch nur einen geringen Bruchteil der Verantwortung anzumaßen, die ihm, Toman, und nur ihm allein zustand, weil er — und nur er allein — sein Leben von nun an der unmöglichen und frevelhaften Aufgabe widmete, dem Verwaisten den Vater zu ersetzen.

Am vierten Tag fand Toman endlich in der Heugasse, einer vornehmen, von mehreren Mitgliedern des österreichischen Hochadels bewohnten Straße, in einem alten Hause eine Wohnung. In den vergangenen drei Tagen hatte er kaum weniger als fünfzig Wohnungen besichtigt und gründlich untersucht. Er hatte sein Augenmerk insbesondere den Wänden zugewendet, die in den meisten Häusern häßlich und verdächtig waren; er wußte, daß Wien eine Wanzenstadt war und man viel Glück haben mußte, in eine wanzenreine Gegend, in ein ungezieferfreies Haus zu geraten. Dem scharfen Blick des Kammerdieners entging keine wanzenverdächtige Ritze und Färbung einer Wand. Wo die Tapete die kahle Wand verkleidete, untersuchte er mit verdoppelter Sorgfalt die Risse und Sprünge der Wand; bei dem leisesten Verdacht verließ er schleunigst das Haus, fest entschlossen, noch tausend und abertausend Treppen zu steigen, von morgens bis abends, nötigenfalls eine oder zwei Wochen lang. Als er endlich die geeignetste Wohnung gefunden zu haben glaubte, sah er mit Bangen der ersten Nacht in dem neuen Heim entgegen, denn es gab, wie ihm bekannt war, keine Sicherheit, solange die Makellosigkeit der Wohnung nicht in der ersten Nacht erprobt worden war. Erst nach dieser Nacht, die ohne Störung verlief, war er beruhigt und zufrieden.

Es war eine kleine, aus zwei kleinen Zimmern, einem „Kabinett", einer Küche und einem engen Baderaum bestehende Wohnung, die Franz mit dem Kammerdiener bezog. „Winzig", sagte Franz, als er sie zum ersten Male betrat, „eng, man kann sich hier kaum rühren." — „Das ist leider richtig", sagte der Kammerdiener, „aber die Gegend ist gut, und das Haus macht einen vorzüglichen Eindruck. Eine leerstehende Wohnung sieht übrigens immer kleiner aus, als sie ist. Wenn Sie jetzt, es ist drei Uhr, einen Spaziergang machen, junger Herr, und nicht vor dem Abend zurückkommen, schaff ich gleich unsere Möbel her. Ich hoffe, daß nachher die Wohnung ganz anders aussehn wird." — „Machs nur recht schön, ich verlaß mich auf deinen Geschmack", sagte Franz, und dieses wohlwollend-herablassende Wort befeuerte den Diensteifer des Kammerdieners, weil es wohltuend an den Ton des verstorbenen geliebten Herrn erinnerte.

Toman war in seinem Element, als er sich an die Einrichtung heranmachte. Er hatte sich vorgenommen, die Wohnung des jungen Herrn müsse „wie ein Schmuckkästchen" aussehen. Der Ehrgeizige ging mit Freude und Begeisterung an die Arbeit, mußte aber an diesem Nachmittag sehr viel Ärger schlucken, weil er die behäbige, gemächliche Art des Wiener Lebens jetzt kennenlernte. Zunächst hatte er einen heftigen Kampf mit dem Spediteur zu bestehen, der die Möbel an diesem Nachmittag nicht in die Wohnung schaffen wollte. „Morgen", sagte der Spediteur, „heut gehts nicht mehr, es wird bald dunkel, und die Pferde sind nicht frei." — „Heute", entgegnete der Kammerdiener, „heute muß es sein! Was gehts mich an, ob die Pferde frei sind?" Endlich setzte er seinen Willen durch, aber erst um halb acht Uhr abends kam der Möbelwagen vor dem Hause an. Die Straße war bereits dunkel, die Laternen gaben trüben Schein, und der Mann, der die Möbel brachte, fluchte und behauptete, nur ein Narr versteife sich auf eine Übersiedlung zu so ungewohnter Stunde. Widerwillig und unaufhörlich Verwünschungen ausstoßend, schleppte er mit dem Kammerdiener die Möbel über die Treppen, erklärte nach einer Stunde, ausruhen zu müssen, ging in ein Wirtshaus und kehrte angeheitert zurück, worauf er noch widerwilliger und langsamer arbeitete, so daß der Kammerdiener nur noch die schwersten Lasten gemeinsam mit ihm schleppte und alle leichteren Kisten und Gegenstände allein trug, was sehr viel Zeit beanspruchte. Es war halb elf, als alle Möbel und Einrichtungsgegenstände in der kleinen Wohnung untergebracht waren. Der Kammerdiener fühlte sich so müde, daß er am liebsten auf ein Bett gesunken wäre; er gönnte sich aber nur eine Rast und Nachtmahlpause von wenigen Minuten und begann in fieberhafter Hast, die Möbel zu rücken, die Betten aufzustellen, die Spiegel und Bilder an die Wände zu hängen; und als die Zimmer von Viertelstunde zu Viertelstunde ein wohnlicheres, freundlicheres Aussehen annahmen, vergaß er, daß er müde war, und vollendete die Einrichtung der beiden Zimmer des jungen Grafen so weit, daß ein Fremder, der in die Wohnung geraten wäre, in ein seit Jahr und Tag bewohntes, peinlich sauber gehaltenes und liebevoll betreutes Heim zu gelangen geglaubt hätte. Auf den Tischen lagen die alten, schon ein wenig fadenscheinigen Tischdekken, in einer Vitrine und auf den Kommoden blinkten die Spieluhren, Dosen und kleinen Kunstgegenstände, die das Arbeitszimmer des verstorbenen Grafen in dem Lepniker Hause geschmückt hatten, auf dem gescheuerten Fußboden, der wie ein Spiegel glänzte, waren die alten Perserteppiche ausgebreitet, die in vielen Jahrzehnten ihre Schönheit nicht eingebüßt hatten, obwohl sie bereits schadhafte Stellen aufwiesen. Der Kammerdiener hatte nur einen Teil der Möbel, der nach seiner Berechnung in der kleinen Wohnung untergebracht werden konnte, herbeischaffen lassen, die übrigen blieben in der Verwahrung des Spediteurs.

In dem „Kabinett“, das sein eigener Wohnraum

werden sollte, stellte der Kammerdiener seine eigenen Möbel auf. Das „Kabinett" war ein enges schmales Loch, das nur ein Bett, einen Schrank und einen kleinen Tisch fassen konnte; in weiser Voraussicht hatte Toman den kleinsten Tisch, den es in seiner Lepniker Wohnung gegeben hatte, den sogenannten Kindertisch, nach Wien schaffen lassen, und es erwies sich, daß selbst dieses mit Tintenflekken übersäte Tischchen, das Edmund und Anna gedient hatte, beinahe zu groß war. Eine Werkstätte konnte das „Kabinett" — der Kammerdiener gewöhnte sich schwer an diese in Wien übliche Benennung eines Wohnraums, der wegen seiner Enge und Schmalheit nicht als Zimmer bezeichnet wurde — nicht werden; aber der den engen, schmalen Raum unverdrossen musternde Mann war deshalb nicht unglücklich. Er meinte, die Schnitzereien und Drechslerarbeiten, mit denen er sich zu befassen gedachte, würden keinen größeren Arbeitsplatz beanspruchen. Mit der Einrichtung seines „Kabinetts" war er schnell fertig, so daß nach Mitternacht nur noch die Küche einzurichten übrig blieb. Diesen letzten Teil der Einrichtungsarbeit wollte der jetzt seiner Müdigkeit nicht mehr widerstehende Kammerdiener auf den morgigen Tag verschieben. Es war halb eins, als er, die beiden eingerichteten Zimmer und das Kabinett mit zufriedenen Blicken prüfend und musternd, stolz, aber erschöpft und schlaftrunken dachte: So, jetzt kann der junge Herr kommen. Einige Minuten später hörte er das Klirren des Haustorschlüssels am Haustor und die sich nähernden Schritte des Erwarteten. Das Herz des Kammerdieners schlug in freudiger Erregung.

Franz blickte sich um und sagte: „Na also.“ Er warf dem Kammerdiener den Mantel zu, setzte sich und sagte: „Müd. Ich hab nicht nach Haus getroffen. Ich hab die Gasse suchen müssen.“ — „Waren Sie in einer Weinstube, junger Herr?“ fragte der Kammerdiener, besorgt und gedankenvoll die glänzenden Augen des reglos Sitzenden betrachtend. „Ja, aber ich hab nur zwei oder drei Glaseln getrunken“, antwortete Franz entschuldigend und schuldbewußt. „Zwei, drei Glaseln sind viel, wenn man nichts verträgt“, sagte der Kammerdiener, der mit Bangen erkannte, daß es schwer sein werde, den jungen Herrn von einem unvernünftigen Gebrauch seiner Freiheit abzuhalten. Der verstorbene geliebte Herr war ein unmäßiger Trinker gewesen, aber es war Toman nie eingefallen, das Trinken für ein Laster zu halten, da es dem Vergötterten geholfen hatte, das einsame Leben auf dem Lande und die Frechheiten der Gläubiger zu ertragen. Nie hatte der Kammerdiener seinen Herrn tiefer und opferbereiter geliebt als an den Abenden, die der einsame Trinker allein mit der Kognakflasche verbracht hatte. Das Trinken des Herrn war in den Augen des Kammerdieners eine ernste, feierliche Handlung gewesen wie ein Duell, dem ein ritterlicher Mann nicht ausweichen darf, wenn er beleidigt worden ist. Der geliebte Herr war von seinem bösartigen, ränkesüchtigen Schicksal oft beleidigt und gekränkt worden; deshalb hatte er oft trinken müssen. Der junge Herr aber, der das ganze Leben noch vor sich hatte und die Tücken und Ränke eines bösartigen Schicksals nicht kannte — wie schnell hatte er sich nach dem Tod des Vaters trösten lassen, wie leicht hatte er sich mit dem Verlust des Vaterhauses abgefunden! —, der nach einer schönen, an Enttäuschungen armen, an Freuden reichen Kindheit unbeschwerten Gemütes der Zeit der Reife und Mannheit hoffnungsvoll und erwartungsfroh Zueilende durfte kein Trinker werden. Ist die Gewohnheit des Trinkens erblich? fragte sich der Kammerdiener zum ersten Male. Was kann ich tun, um den jungen Herrn vom Trinken abzuhalten, falls es eine ererbte Gewohnheit ist? Wie kann ich überhaupt verhindern, daß er Gewohnheiten annimmt, die ihn vom rechten Weg abbrächten und seiner Gesundheit nicht zuträglich wären?

Franz unterbrach diesen Gedankengang, indem er sagte: „Hast recht, ich vertrag wirklich nichts." Er lachte. Der Kammerdiener hörte nicht das Gelächter eines Betrunkenen, sondern eines Kindes, das sich eines geglückten Streiches freut, den es den Erwachsenen gespielt hat, stimmte in das Lachen ein und sagte: „Da tät ich dem jungen Herrn eben raten, nicht viel zu trinken, wenn der junge Herr nicht viel verträgt." — „Ich werd schon nicht", sagte Franz und torkelte auf sein Bett zu.

Es wird schon gehn, dachte der Kammerdiener und bückte sich, um Franz bei dem Aufschnüren der Schuhbänder behilflich zu sein, es wird schon schön sein, wenn das regelmäßige Leben anfängt und der junge Herr seine Ordnung haben wird wie im verlorenen Vaterhaus. Fünf Minuten später schlief Franz, und der Kammerdiener zog sich in sein Kabinett zurück. Es wird schon gehn, tröstete er sich noch einmal, die Enttäuschung gewaltsam unterdrückend, mit der dieser Tag endete. Es war eine Enttäuschung, daß Franz die Leistung des Kammerdieners mit keinem Blick erfaßt und mit keinem Wort zur Kenntnis genommen hatte. Der Enttäuschte war aber so müde, daß er bald einschlief.

Am nächsten Morgen fragte er Franz: „Ist der junge Herr mit der Wohnung zufrieden? Wünscht der junge Herr, daß ich etwas umstell oder die Bilder anders häng oder sonst etwas?“ Franz warf einen Blick auf die Wände und sagte: „Ich denk, es ist alles gut so. Die Bilder hätten wir nicht alle aufhängen müssen, es sind keine großen Kunstwerke. Im Kunsthistorischen Museum hab ich Bilder gesehn, Bilder, sag ich dir, so was sieht man eben nur in Wien.“ — „Es sind aber lauter Grafen und Gräfinnen Saill, es ist unsere Ahnengalerie sozusagen“, sagte der Kammerdiener. „Ich weiß“, sagte Franz, „ich hab ja nichts dagegen. Sei nur nicht beleidigt.“

Nach dem Frühstück, das der Kammerdiener in der Küche bereitete — er war zeitig aufgestanden und hatte flink alle Kücheneinrichtungsgegenstände ausgepackt und an den Wänden sowie in der Küchenkredenz untergebracht — verließ Franz das Haus mit dem Bemerken, daß er heute beginnen müsse, sich um das Studium zu kümmern und vielleicht erst in der Nacht zurückkommen werde. Der Kammerdiener fragte, wo Franz speisen werde. „In einem Restaurant selbstverständlich", sagte Franz, „falls ich nicht den Adalbert Bubna besuch, der mich vielleicht irgendwohin mitnehmen tät."

Der Kammerdiener war abermals enttäuscht. Er hatte sich vorgestellt, daß der junge Herr nach den Vorlesungen nach Hause gehen und bei den Büchern sitzen werde. Das Leben, das der junge Herr offenbar zu führen gedachte, war kostspielig. Er kannte nicht den Wert des Geldes, er wußte nicht, wie bald die fünftausend Gulden, die er besaß, verbraucht sein würden, wenn er nicht sparte. Mit einem Monatseinkommen von zweihundert Gulden mußte man sehr bescheiden leben. Das mußte dem jungen Herrn beigebracht werden. Der Kammerdiener dachte in diesem Augenblick zum ersten Male seit seiner Ankunft in Wien an seinen Sohn. Wer hatte Edmund eigentlich das Reisegeld gegeben und woher nahm er das Geld, das selbst der anspruchsloseste Student haben mußte? Ich will doch schauen, was er treibt, dachte der Kammerdiener und ärgerte sich, weil er nicht wußte, wo der Brief war, den Edmund nach seiner Ankunft nach Hause geschickt hatte. In dem Brief hatte Edmund seine Wiener Adresse angegeben, der Kammerdiener hatte sie jedoch nicht im Gedächtnis behalten. Wo steckte der verflixte Brief? Ärgerlich begann er alles durchzusuchen, zuerst die Taschen seiner Kleider, dann seinen Koffer, dann die Wäsche, die er in seinen Schrank gelegt hatte, zuletzt den Wäscheschrank und die Koffer des jungen Herrn. Je länger er suchte, desto wütender wurde der Kammerdiener. Natürlich, das sieht ihm ähnlich, dachte er, auf Schritt und Tritt muß er mich ärgern und in Wut bringen, das hat er immer so gemacht, schon als kleines Kind, immer ist er trotzig und widerspenstig gewesen, nie kann etwas glatt gehn, wenn man sich mit ihm befaßt, er verdient überhaupt nicht, daß ich mich seinetwegen so inkommodiere und seinetwegen meine kostbare Zeit vertrödle. Der Suchende war fest überzeugt, daß Edmunds Tücke an der Unauffindbarkeit des Briefes schuld sei. Endlich, nach einer halben Stunde, fand der Wütende bei einer nochmaligen Durchsuchung seiner Kleider den gesuchten Brief in der Tasche einer Hose, die er zuletzt in Lepnik vor der Abreise getragen hatte. „Ich wohne in dem Bezirk Ottakring in der Linsengasse Nummer 15", stand in dem Brief. Der Kammerdiener notierte brummend die Adresse in seinem Notizbuch und beschloß, am Spätnachmittag Edmund aufzusuchen, falls Franz nicht nach Hause zurückkehrte.

Franz kam am Nachmittag nicht nach Hause. Der Kammerdiener fuhr nach Ottakring und fand nach langem Suchen die schwer auffindbare Linsengasse, die wie die meisten Gassen in diesem Stadtteil einen Geruch ausströmte, den der ungehalten Schnuppernde sehr unangenehm fand. Natürlich, dachte der Kammerdiener, das war vorauszusehen, natürlich hat er sich eine Gegend ausgesucht, vor der einem anständigen Menschen graust, eine stinkende Gegend, die einem den Atem nimmt. Das Haus Nummer 15 war schmal und hoch, es hatte vier Stockwerke, und in jedem Stockwerk bekämpften einander Gerüche, die der Kammerdiener infernalisch fand. Auf den schmalen engen Treppen wimmelte es von Kindern, die das Haus mit Geschrei und Lärm erfüllten. Der Kammerdiener stieg mit Abscheu zum obersten Stockwerk hinauf, ohne zu fragen, wo sein Sohn wohne; der Ekelerfüllte nahm an und hielt es für selbstverständlich, daß Edmund sich im höchsten Stockwerk, in einer Dachkammer, eingemietet habe. Oben angelangt, hielt sich der Kammerdiener die Nase zu, was er weder auf der stinkenden Gasse noch auf der Treppe getan hatte, klopfte an eine Türe und fragte einen etwa fünfjährigen Knaben, der öffnete, nach Edmund. Das Kind blieb stumm, worauf der Kammerdiener entschlossen die nach beschmutzten Windeln und Kohl oder Kraut riechende Wohnung betrat und an eine Tür klopfte. Edmund öffnete. Er sagte: „Guten Tag, Vater. Komm weiter, ich kann dir aber leider keinen Stuhl anbieten, du mußt dich auf mein Bett setzen."

Der Raum, den der Kammerdiener betrat, war keine Dachkammer, sondern ein Kabinett von der Größe seines eigenen Wohnraums in der Heugasse. In dem Kabinett standen zwei Betten, die wie durch ein Wunder in dem engen schmalen Loch Platz gefunden hatten. Es gab in dem Kabinett keinen Tisch, keinen Schrank und keinen Stuhl. Auf einem

Bett saß ein junger Mann, der eine Brille und einen kurzen braunen Vollbart trug.

„Das ist mein Zimmergenosse Grassini", stellte Edmund vor; „das ist mein Vater", sagte er zu dem etwa zwanzigjährigen Vollbärtigen, der nickte und nicht aufstand, weshalb er von dem Kammerdiener keines Blicks mehr gewürdigt wurde.

„Warum wohnst du hier, in dieser miserablen Gegend?" fragte der Kammerdiener und setzte sich auf Edmunds Bett.

„Weil es billig ist." Edmund sagte es ohne Spott und ohne Bitterkeit. Dennoch hatte der Kammerdiener den Eindruck, daß Edmund ihm eine freche, herausfordernde Antwort gegeben habe.

„Wenn du von der Erlaubnis des jungen Herrn Gebrauch gemacht hättest und mit uns in die Heugasse gezogen wärst, müßtest du nicht in so einer Gegend und in so einem Haus wohnen", sagte der Kammerdiener, ohne zu bedenken, daß er nicht die Möglichkeit gehabt hätte, in seinem Kabinett einen Mitbewohner aufzunehmen.

„Mir ist es gleichgültig, wo und wie ich wohne", sagte Edmund. „Die Hauptsache ist, daß ich das Kabinett bezahlen kann und daß es billig ist. Dadurch, daß ich es nicht allein bewohne, stellt es sich sehr billig."

„Und wovon lebst du?"

„Von Brot, Butter und Milch. Das ist eine gesunde Nahrung, und ich bin zufrieden."

Der Kammerdiener vermutete hinter jedem Wort offenen oder halb verhüllten Hohn und Spott und wurde immer gereizter.

„Ich hab dich nicht gefragt, was du zu essen pflegst, sondern wovon du lebst. Wer dir das nötige Geld gibt, mein ich. Vom Stundengeben kannst du wohl einstweilen noch nicht leben."

„Noch nicht. Aber einen Schüler hab ich schon, und es ist mir zugesagt worden, daß es bald einige sein werden."

„Und wovon lebst du jetzt? Wer hat dir die Reise nach Wien bezahlt?"

„Die Mutter hat mir zehn Gulden mitgegeben. Sie hat mir sie schenken wollen, aber ich hoffe, daß ich ihr das Geld bald zurückzahlen kann."

„Die Mutter. Das hab ich mir gedacht."

„Ist es dir nicht recht?"

Der Kammerdiener antwortete nicht gleich. Er erinnerte sich, daß Edmund als dreizehnjähriger Knabe nicht zu ihm, sondern zu der Mutter mit der Bitte gekommen war, nicht länger in dem Zimmer schlafen zu müssen, in dem die Schwester schlief.

„Warum kommst du immer zur Mutter und nicht zu mir, wenn du etwas willst?" fragte der Kammerdiener.

„Die Mutter fragt mich manchmal, ob ich etwas brauch. Du hast mich nie gefragt, Vater."

„Willst du damit sagen, daß ich ein schlechter Vater bin?"

„Ich will damit gar nichts sagen, Vater. Hab ich mich jemals beklagt?"

Der Kammerdiener war von Bitterkeit und Zorn erfüllt. Der gekränkte, erbitterte Mann wollte heftig antworten, wurde aber durch einen unerwarteten

Zwischenfall daran gehindert. Der vollbärtige bebrillte Zimmergenosse Edmunds stand auf und redete den Kammerdiener an:

„Sind Sie Polizeiinspektor von Beruf?"

Der Kammerdiener war so überrascht, daß er nicht gleich zu antworten vermochte. Nach einer Pause fragte er: „Wie kommen Sie darauf?"

„Weil Sie mit Ihrem Sohn wie ein Polizeiinspektor reden."

„Ich verbitte mir . . ."

Der Kammerdiener schrie es, stockte, verstummte. Er wollte mit dem frechen Burschen nicht streiten. Es war unter seiner Würde, dem frechen Burschen zu antworten. Er stand auf und sagte: „Hier wirst du mich kein zweitesmal sehn, Edmund. Komm, begleit mich ein Stück."

Sie gingen. Auf der Treppe sagte der Kammerdiener: „So eine Frechheit." Vor dem Hause blieb er stehen und sagte: „Das ist der Auswurf der Menschheit. Es ist mir nicht recht, daß du mit so einem Menschen wohnst. Mit so einem Banditen. Mit so einem . . . Wie heißt er?"

„Grassini."

„Grassini. Eben. Ein Katzelmacher."

„Er ist Triestiner. Ich vertrag mich gut mit ihm. Er ist Mediziner. Er studiert in Wien seit zwei Jahren. Er hat mir wertvolle Winke gegeben, wie man als mittelloser Student billig leben kann."

„Wer weiß, was für ein Verbrecher das ist! In Wien kommt das ganze Gesindel aus der ganzen Monarchie zusammen. Wirst schon deine Erfahrungen machen, wenn du mit solchen Leuten Freundschaft schließt. Eins ist sicher: Ich betret nicht mehr dein Zimmer, solang du mit so einem Banditen zusammen wohnst. Wenn du mich sehn willst, mußt du zu mir kommen. Komm Sonntag nachmittag. Heugasse 39. Merk dir die Adresse."

Edmund ging nach Hause. Grassini lächelte ihm zu und fragte: „Ärgern Sie sich? Ich hätte mich nicht einmischen sollen."

„Ich verüble es Ihnen nicht", sagte Edmund.

Grassini steckte seine lange Pfeife in Brand und rauchte behaglich. Nach einigen Minuten fragte er: „Was für einen Beruf hat er?"

„Kammerdiener."

Grassini brach in ein schallendes Gelächter aus. Edmund erbleichte. Er blickte den Vollbärtigen streng an und sagte: „Da ist nichts zu lachen."

Grassini blickte überrascht in die zornigen Augen des Stillen, Sanften, Ernsten und lachte nicht mehr.

15

Der Graf Adalbert Bubna war im Begriff, Wien zu verlassen, als Franz ihn aufsuchte. Zuerst hatte der Ortsfremde, Abenteuerlustige, Freiheitstrunkene gefürchtet, von dem Diplomaten, der in den Augen des Achtzehnjährigen kein junger Mann mehr war,

— der Dreißigjährige gehörte bereits einer Generation an, die Franz als eine nahezu vergangene betrachtete — wie ein unreifer Junge behandelt zu werden; deshalb hatte er sich vorgenommen, sich in den ersten Tagen auf eigene Faust mit dem Großstadtleben vertraut zu machen. Als die erste Woche aber ereignislos zu Ende ging und er keinen Menschen kennengelernt hatte, der ihn fesselte oder ihm behilflich sein konnte, interessante Bekanntschaften zu machen, wollte er seinen Besuch bei dem Grafen Bubna nicht länger verschieben und kam gerade zurecht, dem Abschied des Diplomaten von Wien und dem alten Kontinent beizuwohnen. „Ich bin nach Tokio versetzt", erzählte der Graf Bubna; „zu unserer Botschaft; es ist mein erster Schritt in die diplomatische Karriere, denn die Arbeit im hiesigen Ministerium zählt nicht mit. Schade, daß du nicht früher gekommen bist, ich hätte dich gern überall eingeführt; ich hab es meinem Papa versprochen und ich hätt es mit großer Freude getan." Franz war ehrlich enttäuscht; jetzt, da es zu spät war, schien es ihm, daß Adalbert Bubna der einzige Mensch gewesen wäre, dessen Freundschaft und Einfluß ihm, dem Dorfkind, das in die große Welt eindringen wollte, alle Türen geöffnet hätte. „Schad", sagte Franz; „ich hab halt ein Pech." — „Na, so schlimm ist es nicht", meinte der Graf Bubna, „du wirst mich bestimmt nicht brauchen, es sind genug Leute in Wien, die sich mit Vergnügen um dich kümmern werden. Warst du eigentlich schon bei meiner Schwester? Nein? Da mußt du aber sofort hin; das ist wichtiger als die ganze Studiererei."

Nachdem er sich verabschiedet hatte, ging Franz sofort in das Stadtpalais des Grafen Baczewski, das sich auf dem Schwarzenbergplatz, in der Nähe der Heugasse, befand. Es war ein großes, prunkvolles Haus. Im Eintreten erblickte er eine Menge livrierter Diener. Er dachte, in der Kaiserburg könne es keine größere Dienerschar geben. Ein bärtiger Portier übergab den Eintretenden einem Diener, der ihn einem andern, imposant aussehenden Lakaien zuführte, worauf der Besucher in einen kleinen blauen Salon geführt wurde. Einige Minuten später wurde er von der Gräfin Baczewska empfangen. Er hatte sie seit mehreren Jahren nicht gesehen. Sie war vierundzwanzig Jahre alt und sah ihrer Mutter ähnlich, obwohl sie nicht rotblondes, sondern dunkelbraunes Haar hatte und nicht mager wie die Verstorbene war, sondern in die Breite ging. Sie war größer als alle andern Mitglieder der Familie Bubna und erinnerte Franz ein wenig an die riesenhafte Frau des Kammerdieners und an Edmunds Schwester, die ebenso stattliche Erscheinungen waren.

In den ersten Minuten war Franz befangen; er taute aber bald auf, nachdem die Gräfin, die ein gutmütiges, humorvolles Wesen an den Tag legte, ihn aufgefordert hatte, sie zu duzen und ihr wie in den Holitzer Zeiten Ida zu sagen. Sie erzählte, daß sie einen großen Teil des Jahres auf den Gütern ihres Mannes in Galizien zu verbringen pflege, da ihr Mann ein passionierter Landwirt sei und das Leben auf dem Lande ihr besser als das Großstadtleben behage, obwohl Galizien in mancher Hinsicht ein unangenehmes, ja trostloses Land sei; im Winter lebe sie aber fast immer in Wien oder an der französischen Riviera. Heute sei kein Empfangstag, Franz habe also einen guten Tag ausgewählt, da sie seine Pläne und Wünsche genau kennenlernen wolle; gewöhnlich sei das Haus voller Gäste. Die Bemutterung beginnt, dachte er; ich muß ihr den Hof machen, als ob sie ein junges Mädchen wäre; wenn ich ihr ordentlich den Hof mach, wird sie mich nicht hofmeistern. Es fiel ihm aber nicht leicht, den Ton eines Verehrers anzuschlagen, weil er in ihr eine gesetzte Dame erblickte, die mit dem Respekt behandelt werden mußte, den ein junger Mensch bedeutend älteren Personen schuldig ist.

Nach einer Weile trat der Graf Baczewski ein. Der braune Backenbart des schmächtigen Mannes war an den Schläfen grau, auch die braunen Haare wiesen bereits viel Grau und Weiß auf. Der polnische Graf war aber nicht ein Mummelgreis, wie Franz zuerst meinte, sondern vierundvierzig Jahre alt. Er sagte, daß er sich freue, einen Landsmann seiner Frau von nun an zu den ständigen Gästen seines Hauses zählen zu dürfen und forderte Franz auf, so oft wie möglich zu kommen. Er schilderte dann eine Sitzung des Herrenhauses, der er soeben beigewohnt hatte, sehr ausführlich, und es wunderte Franz, daß die Gräfin gespannt zuhörte, obwohl es sich um eine Budgetdebatte handelte, die nur einen den Gegenstand beherrschenden Politiker interessieren konnte.

Der Graf mußte seinen Bericht bald abbrechen, weil er abberufen wurde. „So ist das immer", erklärte Ida, „man läßt ihn nie ruhig sitzen. Die Politik und die privaten Geschäfte nehmen ihn unaufhörlich in Anspruch. Sogar in der Oper, die er mir zuliebe zu besuchen pflegt, wird er oft mitten im ersten Akt gestört und abgeholt." Die Gräfin erzählte noch viel von ihrem Manne, dessen beweglichen Geist sie außerordentlich rühmte. Sie schien den keineswegs schönen, in den Augen des erstaunten Zuhörers sehr alten Mann zu lieben, was Franz unverständlich fand. Er versprach, sich am nächsten Donnerstag wieder zu zeigen.

An dem festgesetzten Donnerstag kam er zum ersten Male mit der „großen Welt" in Berührung, von der er eine sehr unklare Vorstellung hatte. Die Gräfin stellte ihn vielen Menschen vor, die klingende Namen trugen. Alle kannten einander so gut, daß er zuerst fürchtete, als Fremder und Eindringling werde er scheel angesehen werden. Die Gräfin bemutterte ihn jedoch auf eine so angenehme Art, daß er das Gefühl des Fremdseins bald verlor und unversehens mitredete, obwohl er weder den Klatsch, noch die Intrigen kannte, aus denen sich die Unterhaltung zusammensetzte. In dem großen Ballsaal des Palais wurde in den späten Abendstunden getanzt. Es kam Franz zustatten, daß er, obwohl er nie eine Tanzstunde besucht hatte, ein guter Tänzer war. Er tanzte mit einigen jungen Mädchen, die ihm mit großer Unbefangenheit begegneten. Auch Ida tanzte mit ihm. Während des Tanzes flüsterte sie ihm zu, daß sie mit seinen gesellschaftlichen Talenten zufrieden sei und ihm schon jetzt eine glänzende Karriere als Salonlöwe voraussage, worüber er sehr glücklich war. Gegen Mitternacht geriet er in ein Spielzimmer, das ihn erschreckte und fesselte, weil er nach wenigen Minuten bemerkte, daß um phantastisch hohe Summen gespielt wurde. Er kannte kein Kartenspiel und hielt sich deshalb nicht lange in dem Spielzimmer auf; aber die hohen Summen, die gewonnen und verloren wurden, und die selbstbeherrschten Mienen der Spieler machten auf den Achtzehnjährigen einen tiefen Eindruck. Am meisten fesselte ihn der Gesichtsausdruck des Gastgebers, der mit Leidenschaft dem Spiel hingegeben war; er hatte ein undurchdringliches Gesicht, aber in seinen Augen waren eine Härte und ein Feuer, das der Beobachtende dem „Mummelgreis" nicht zugetraut hatte. Nach der Rückkehr in den Ballsaal erzählte Franz der Gräfin, daß er sich in dem Spielzimmer aufgehalten habe. „Das ist nichts für dich", sagte sie, „bleib lieber hier und versuch, ein paar Mädchenherzen zu brechen. Wenn du dich ins Zeug legst, wird es dir gelingen."

Franz erhielt in der nächsten Zeit zahlreiche Einladungen; es erschlossen sich ihm Kreise, die nur den Trägern alter, angesehener Namen offenstanden. Schon nach wenigen Wochen war er in allen adeligen Häusern, mit denen die Gräfin Baczewska in Verkehr stand, ein gern gesehener Gast. Zuhause blieb er nie lange, weshalb der Kammerdiener mit dem Wiener Aufenthalt nicht recht zufrieden war. Der Besorgte hoffte jedoch, der junge Herr werde sich in den ersten Wochen austoben und der Vergnügungen der Großstadt bald überdrüssig sein.

Edmund besuchte seinen Vater an dem Sonntagnachmittag, den der Kammerdiener als Besuchstag bestimmt hatte. Franz war nicht zuhause. Der Kammerdiener sagte dem eintretenden Edmund: „Wir müssen in meinem Kabinett sitzen, die beiden Zimmer gehören dem jungen Herrn." Edmund setzte sich auf das Bett. Der Vater sagte: „Es ist heute Sonntag, aber ich muß trotzdem arbeiten, ich kann nicht müßig sitzen." Dann holte er sein Handwerkszeug hervor. Mit seinen flinken, geschickten Händen begann er zu schnitzen und zu bohren. Die dünnen, gelblichen Holzbretter, die er auf dem Bett ausbreitete, eine Schere, ein Bohrer und eine primitive Schneidemaschine, die er schon vor vielen Jahren in Lepnik benützt hatte, waren das Material und das Handwerkzeug, mit dem er seinen Lebensunterhalt zu verdienen hoffte. Er verriet jedoch nicht, daß er mit der Schnitzerei seinen Lebensunterhalt verdienen mußte. Er verriet auch nicht, daß er ein Kammerdiener ohne Lohn war. Er verriet auch nicht, daß das Leben in Wien anders begann, als er es sich vorgestellt hatte. Er hatte sich nicht vorgestellt, daß es schön sein werde wie das Leben in Lepnik zu Lebzeiten des verstorbenen geliebten Herrn. Aber er hatte nicht angenommen und nicht befürchtet, daß er von der ersten Stunde an vollkommen einsam sein werde. Er hatte es für ausgeschlossen gehalten, daß er sich in Wien als Diener des jungen Herrn jemals einsam fühlen könnte, denn viele und vielerlei Aufgaben, die ihm lieb und hoch erwünscht waren, erwarteten ihn. Da war zunächst und vor allem die unmögliche, vermessene Aufgabe, dem jungen Herrn den toten Vater zu ersetzen. Ihr wollte er sich mit seiner ganzen Kraft und mit ganzer Seele hingeben. Da war ferner die schöne und notwendige Aufgabe, die Wohnung des jungen Herrn peinlich sauber und in so makellosem Stand zu halten, daß niemand die ärmlichen Verhältnisse, die dem Verwaisten aufgezwungen waren, erraten konnte. Da war überdies die nicht weniger wichtige Aufgabe, dem jungen Herrn das Leben zu erleichtern, seine Kleider und Wäsche zu betreuen, sein Frühstück und die anderen Mahlzeiten, die der Verwöhnte zuhause einzunehmen wünschte, schmackhaft zu bereiten und zu servieren. Und da war schließlich noch die mit allerlei Sorgen, Schwierigkeiten und Hemmungen verschiedenster Art verbundene Aufgabe, Geld zu verdienen. Diese vielen, mannigfaltigen Aufgaben erforderten zweifellos einen ganzen Mann und seine ganze Zeit, jede Minute des Tages und viele Stunden der Nacht. So hatte es der Kammerdiener vorausgesehen und gewünscht; und so war es auch gekommen. Aber was er nicht vorausgesehen hatte, war die ungewohnte Vereinsamung, die vom ersten Tag an Besitz von ihm ergriff. In Lepnik, zu Lebzeiten des geliebten Herrn, war er nie einsam gewesen. Nach dem Tode des geliebten Herrn war er zwar sehr unglücklich und untröstlich gewesen, aber seine Gedanken, die dem Toten nachgetrauert hatten und gleichzeitig sorgenvoll dem verwaisten jungen Herrn zugewendet gewesen waren, hatten ein Gefühl der Vereinsamung nicht aufkommen lassen. Nie hatte der geliebte Herr die Gedanken des Kammerdieners gebieterischer beherrscht, als nach dem Tode. Und nie hatte der junge Herr sein Recht auf die Treue und Opferbereitschaft des Kammerdieners überzeugender bewiesen als in der furchtbaren Stunde, in der dem Verwaisten das Geständnis entschlüpft war, er habe „nicht einen Moment daran gedacht", daß sie beisammen bleiben könnten. Denn mit diesem Ausspruch hatte der Verwaiste verraten und bewiesen, daß er nicht wußte, wie innig und unlösbar das Geschick des Kammerdieners mit dem Hause Saill verbunden war; und daß infolgedessen der Kammerdiener allein berufen und verpflichtet war, für diese Untrennbarkeit sein Leben einzusetzen.

Während der Vater schweigend schnitzte, saß Edmund regungslos und betrachtete die fleißigen, findigen, geschickten, kunstvoll Ornamente und Figuren schnitzenden Hände des Arbeitenden. Er betrachtete auch, während der Emsige auf sein Werk niederblickte, das dünne, schmale, faltenreiche Gesicht des Vaters, das in den letzten Wochen merklich gealtert war. Der Vater forderte Edmund nicht auf, zu sprechen, zu erzählen, zu berichten. Der

Vater fragte nicht einmal, ob es Edmund bereits geglückt sei, noch einen oder noch einige Stunden nehmende Schüler zu finden. Edmund nahm an, daß der Vater sich nicht lange mit der Frage befaßt habe, wovon und wie er, sein einziger Sohn, lebe. Edmund glaubte auch zu wissen, daß der Vater sich nicht mit dieser Frage befassen wolle, weil Franz und sonst niemand und sonst nichts alle Gedanken des Kammerdieners ausfüllte und beherrschte. Dennoch fühlte Edmund an diesem Sonntagnachmittag nicht den Zorn, den er in Lepnik oft, fast immer, hatte zügeln und niederhalten müssen, wenn der Vater in dem Dienst, in der Hingabe seines ganzen Wesens und Seins an den Dienst, auf Kosten der eigenen Kinder, der eigenen Familie aufgegangen war. Die Einsamkeit, die dem dünnen, schmalen, faltenreichen, merklich gealterten Gesicht des Vaters einen neuen, ungewohnten Ausdruck gab, löschte Edmunds Zorn aus und stimmte den stillen, stumm und geduldig den Vater betrachtenden Achtzehnjährigen nachdenklich. Er begriff, daß der Vater einem geheimnisvollen Trieb, einem geheimnisvollen Befehl gehorchte. Der Nachdenkende begriff, daß der Vater nicht leben könnte, ohne diesem geheimnisvollen Trieb, diesem geheimnisvollen Befehl zu gehorchen.

Edmund blieb zwei Stunden bei dem Vater sitzen. „Ich weiß nicht, wo der junge Herr bleibt", sagte der Vater zuweilen, „er pflegt sonst um diese Zeit schon heimzukommen." Es war eine Lüge. Edmund wußte, daß es eine Lüge war. Er erriet, daß der

Vater verheimlichen wollte, wie einsam er lebte und wie tief er enttäuscht war. Edmund ging auf die Lüge ein und sagte: „In Wien kann man nie mit Sicherheit wissen, wann man heimkommt; man kann nie wissen, wer einen abhalten wird." Er erzählte, daß er bereits in vier Häusern Schüler gefunden habe. Er erzählte nicht, daß er seit seiner Ankunft in Wien hungerte. Das Honorar, das ihm gezahlt wurde, war so gering, daß er an manchen Abenden weder Brot noch ein Glas Milch kaufen konnte. Er hatte sich aber vor dem Gang zu seinem Vater ausgiebig gesättigt, damit sein Magen nicht knurre. Es sättigte seinen Ehrgeiz und seinen Stolz, dem Vater als selbständiger, unabhängiger Mensch entgegenzutreten. Der Vater sagte nicht, daß er sich freue, aber er sagte auch kein unfreundliches Wort.

Edmund erreichte an diesem Sonntag eine Reife, die ihm eine Hoffnung gab und eine Hoffnung nahm. Er hoffte nicht mehr, daß er eines Tages den Vater beschämen und demütigen werde. In den vergangenen Jahren hatte er gehofft und leidenschaftlich gewünscht, nach der Erreichung eines erstrebten Lebensziels dem Vater sagen zu können: „Sieh: was ich erreicht habe, ist mir nicht mit deiner Kraft zugefallen, ich hab es aus eigener Kraft erreicht. Du hast dich nie um mich gekümmert, du hast mich nie ermutigt, etwas anzustreben, und siehe da, ich habe trotzdem etwas erreicht." Oft hatte Edmund von einer solchen Stunde geträumt. An diesem Sonntag hörte Edmund auf, diesen Traum zu nähren. Er hatte nicht mehr den Wunsch, den

Vater zu beschämen und zu demütigen. Er hoffte nicht mehr und wollte nicht mehr hoffen, den Vater eines Besseren zu belehren. Aber eine neue Hoffnung entschädigte Edmund tausendfach für die verlorene. Er hoffte, von nun an ohne Zorn und ohne Groll an seinen Vater denken zu können. Er fühlte sich zum ersten Male frei von dem Druck des Vaters.

16

Am Ende des ersten Jahres, das Franz in Wien verbracht hatte, waren ihm die fünftausend Gulden, die er von dem Hauptgläubiger seines verstorbenen Vaters erhalten hatte, größtenteils unter den Händen zerronnen. Der Kammerdiener hatte den Verschwenderischen oft warnend beschworen, besser hauszuhalten. Franz hatte die Warnungen und Beschwörungen zuerst gutmütig, später mißmutig hingenommen und war schließlich so weit gegangen, dem Warnenden, Beschwörenden jede die Geldgebarung betreffende Einmengung streng und drohend zu verbieten. Er drohte dem Kammerdiener, daß er sich von ihm trennen werde, und diese Drohung verfehlte nicht die beabsichtigte Wirkung. Die bescheidene Monatsrente hätte infolge der großen Sparsamkeit des Kammerdieners, der nicht nur ohne Lohn diente, sondern überdies von dem Erlös seiner von den Spielzeughändlern geschätzten und begehrten Holzarbeiten und Schnitzereien einen nicht unwesentlichen Teil der Haushaltskosten bestritt, zur Bezahlung der Wohnungsmiete und der Lebensmittel ausgereicht, wenn Franz das Geld nicht „kavaliersmäßig" verschwendet hätte.

Was „kavaliersmäßig" war, brauchte er nicht zu lernen, es saß ihm im Blut. Wie sein Vater als junger Offizier, gab Franz das Geld mit vollen Händen aus, wenn er den Eindruck hatte, daß es von ihm erwartet werde. Er sandte der Gräfin Baczewska und vielen anderen Damen der Gesellschaft, die im Baczewskischen Hause verkehrten, die erlesensten Blumen, obwohl ein Blumenstrauß im Winter ziemlich teuer war. Die Gräfin Baczewska, der die mißliche Vermögenslage des jungen Landmanns bekannt war, schalt ihn leichtsinnig und verbot ihm, ihr Blumen zu schicken oder zu bringen, er ließ es sich aber nicht verbieten. Die andern Damen, die nichts von seiner Vermögenslage wußten, hatten nichts gegen seine Blumengaben einzuwenden, die der Kammerdiener als ruinös bezeichnete. „Zank nicht, das geht nicht ins Große, und es gehört nun einmal zu den gesellschaftlichen Verpflichtungen", pflegte Franz zu erwidern, womit der besorgte Kammerdiener sich abfinden mußte.

Franz lernte eine junge Schauspielerin kennen, der er kleine und zuweilen größere Geschenke machte. Hansi, eine hübsche, nicht unbegabte Anfängerin, war die Tochter eines kleinen Magistratsbeamten, die gegen den Willen ihrer Eltern zum

Theater gegangen war und deshalb das Elternhaus verlassen hatte. Sie war bescheiden und anspruchslos, und von ihren nicht sehr zahlreichen Verehrern war Franz ihr der liebste, so daß sie bei dem Gedanken erschrocken wäre, daß sie seinen Ruin verschulden könnte. Sie erriet bald, daß er nicht reich war und es sich nicht leisten konnte, den freigiebigen Kavalier zu spielen. Trotzdem ließ er es sich nicht nehmen, ihr einen Ring zu schenken, den sie in dem Schaufenster eines Juweliers erblickt und bewundert hatte, eine Uhr, die auf einem der nächsten gemeinsamen Spaziergänge ihr Gefallen erregt hatte, ein Armband, das sie — wie sie beteuerte — nicht haben wollte, weil es zu teuer war, von dem sie aber minutenlang schwärmte, so daß Franz sich nicht davon abhalten ließ, es ihr zu schenken. Es waren keine kostbaren Geschenke; die bescheidene, einsichtige Hansi war klug genug, sich nicht in einen Schmuck zu verlieben, der Tausende Gulden kostete; aber „es summierte sich", wie der Kammerdiener sich ausdrückte, „es ging ins Geld".

Franz war kein leidenschaftlicher Liebhaber. Es befriedigte seinen Ehrgeiz, eine Geliebte zu haben, die „beim Theater" war, und es erfüllte ihn mit Stolz, mit ihr in einem schmucken Zweispänner in den Prater zu fahren, sich mit ihr in ein Restaurant zu setzen und dann die Nacht in ihrer kleinen Wohnung zu verbringen. Er „übte sich", wie er lachend dem Kammerdiener gestand; und nach einem halben Jahr prahlte der keineswegs ungewöhnlich prahlerische Franz, er sei „ausgelernt".

Nachdem er sich selbst dieses Zeugnis ausgestellt hatte, brach er den Verkehr mit der kleinen Schauspielerin ab und wurde der Geliebte einer nicht mehr ganz jungen, lebenslustigen „Dame der Gesellschaft“, der bekannt war, daß er nicht viel Geld hatte. Sie nahm keine Geschenke von ihm an und vermied es, sich von ihm „ausführen“ zu lassen; trotzdem war der Verkehr mit ihr kostspieliger als das frühere Verhältnis, das er abgebrochen hatte, denn die kleinen Aufmerksamkeiten, die er seiner dem Beamtenadel angehörigen Geliebten erweisen zu müssen glaubte, verschlangen Summen, die den Kaufpreis des billigen Schmucks, mit dem er die Schauspielerin beschenkt hatte, weit übertrafen. Eine Theaterloge, die er zu bezahlen hatte, eine Rose, die er auf einem Wohltätigkeitsbasar seiner zugunsten des wohltätigen Zwecks Blumen verkaufenden Geliebten abnehmen mußte, eine Spazierfahrt mit ihr auf den Semmering gehörten zu den „kleinen Aufmerksamkeiten“, die er ihr schuldig zu sein glaubte. Es waren keine bedeutenden Ausgaben, und die Dame nahm mit Recht an, daß er eine verständnisvollere Freundin schwerlich hätte finden können. Trotzdem hatte der Kammerdiener alle Ursache, besorgt zu sein; „es summierte sich“; „es ging ins Geld“. Er versuchte, Wandel zu schaffen, indem er sich erbötig machte, die Verwaltung des restlichen Geldes zu übernehmen und Woche für Woche Franz Rechnung zu legen. Auf diesen Vorschlag ging Franz nicht ein. „Wir haben einstweilen genug“, sagte er, „und was ich verbrauch, ist eine Bagatelle. Du solltest sehn, was die andern Leute verbrauchen, mit denen ich verkehr. Da bin ich ein armes Waserl dagegen, sag ich dir!" Daß die andern Leute, die seinen Bekanntenkreis bildeten, fast durchwegs über große Mittel verfügten, schien er nicht zu bedenken. Er beichtete aber, nachdem er einen größeren Betrag ausgegeben hatte, seinen Leichtsinn zerknirscht dem Kammerdiener und fügte hinzu: „Darfst dich nicht ärgern, es geht halt nicht anders. Ich kann nicht anders. Ich kann nicht knickern wie ein Seifensieder." Der Kammerdiener war am glücklichsten, wenn Franz zu ihm wie zu einem verständnisvollen, gütigen Vater kam. „Wo studiert der junge Herr eigentlich, wenn er nie zuhaus ist?" erlaubte Toman sich einmal zu fragen. „Ich studier schon, hab nur keine Angst", antwortete Franz lachend, „ich werd dir bestimmt keine Schand machen. Ob ich ein Semester mehr oder weniger studier, wird keine Rolle spielen."

Als er nur noch dreihundert Gulden besaß, erschrak er und konnte kaum der Versuchung widerstehen, dem Kammerdiener das Nahen der Katastrophe zu beichten und ihn zu fragen, was getan werden könnte, um sie zu vermeiden oder wenigstens hinauszuschieben. Völlig mittellos zu sein, auf die kleine Monatsrente angewiesen, die nur einen Teil der Haushaltskosten deckte, war eine Katastrophe. Aber was würde es helfen, den Kammerdiener um Hilfe anzurufen, der selber ein armer Teufel war und sich den ganzen Tag entsetzlich plagte, um mit seinen Schnitzereien ein paar Gulden zu verdienen? Minutenlang erwog Franz, die Gräfin Baczewska oder einen seiner reichen Bekannten um ein Darlehen zu bitten; aber diesen Einfall verwarf er nach kurzer Überlegung. Er sagte sich, daß er bestenfalls ein paar hundert Gulden auf diese Weise bekäme, gleichzeitig aber innerhalb der Gesellschaft, die ihn freundschaftlich aufgenommen hatte, in eine unvorteilhaft veränderte, schiefe Lage geriete. Der junge Saill ist ein Schuldenmacher, würde es heißen, er geht auf Pump aus, Vorsicht, Vorsicht! Trotz seiner Unerfahrenheit war Franz imstande, sich vorzustellen, wie die Gräfin Baczewska und selbstverständlich auch der Graf Baczewski beginnen würden, sich unauffällig von ihm zurückzuziehen; die Einladungen würden seltener erfolgen und schließlich ganz ausbleiben; alle Leute, die zu dem Baczewskischen Kreis gehörten, würden nichts mehr von dem Schuldenmacher wissen wollen; seine ganze Zukunft wäre gefährdet. Vor dem Schuldenmachen hatte er eine heillose Angst; das verpfuschte Leben seines Vaters, dem die Schulden die Karriere verdorben hatten, stand warnend und drohend vor den Augen des Ratlosen, dem nie ganz bewußt gewesen war, wie tief sich ihm die Erscheinung des Hauptgläubigers eingeprägt hatte, der brüllend, fluchend, den gebotenen Respekt außer acht lassend, an die Tür des Vaters gepocht und die Bezahlung der Schuld gefordert hatte. Die Gräfin Baczewska wäre keine lästige Mahnerin, sie würde ihr Geld wahrscheinlich nicht zurückfordern; aber ihre Rücksicht und Nachsicht wären tausenmal beschämender als die Drohungen und Flüche des gemeinsten Gläubigers.

An einem regnerischen Novembertag, als Franz, in diese trüben Gedanken eingesponnen, durch die Kärntnerstraße ging, begegnete er seinem ehemaligen Hofmeister, der ihn anhielt und begleitete. Franz hatte von dem in Wien lebenden Dr. Reifner seit dessen Abschied von Lepnik nichts gehört und freute sich, seinen einstigen Erzieher, der ihm immer liebevolles Verständnis entgegengebracht hatte, wiederzusehen; daß dieses liebevolle Verständnis kühler Berechnung entsprungen war, hatte Franz nie gewußt und nie vermutet. Dr. Reifner schien unverändert. Das blitzende Einglas fiel in der eleganten Großstadtstraße weniger auf als in der nach Dünger riechenden Lepniker Dorfstraße, der Wintermantel des Erziehers war fast neu, und den Reden des gesprächigen Mannes war zu entnehmen, daß er mit seiner Lebenslage zufrieden sein konnte. Er setzte sich mit Franz in ein Kaffeehaus. Er schien aufrichtig bestürzt zu sein, als er von dem plötzlichen Tode des alten Grafen hörte; und ebenso aufrichtig erfreut, als Franz von seinem Studium und von seinen gesellschaftlichen Erfolgen erzählte. Dr. Reifner beteuerte, daß es ihm überaus erwünscht wäre, mit Franz öfter zusammenzutreffen. Auf die Frage, womit er sich seit dem Abschied von Lepnik beschäftigt habe, gab Dr. Reifner die vage Auskunft, daß er „wissenschaftlich arbeite“. Über die Art und Beschaffenheit seiner wissenschaftlichen Arbeit ließ er sich nicht aus; er sagte nur, daß er in seinem alten Fach weiterarbeite, was Franz keine Aufschlüsse gab, da er nicht wußte, welches Fach gemeint sein mochte. Er begnügte sich aber mit dieser Auskunft, da er nie über die wissenschaftliche Qualifikation des Hofmeisters nachgedacht hatte und auch jetzt nicht begierig war, über die Neigungen und Fähigkeiten des gewandt das Gespräch dirigierenden Mannes unterrichtet zu werden. Franz erzählte, daß er im Hause des Grafen Baczewski viel verkehre und dort viele Persönlichkeiten kennengelernt habe, die in der Politik und im Wiener Gesellschaftsleben eine große Rolle spielten. Er nannte die Namen seiner neuen Bekannten und merkte, daß der Hofmeister diesen Namen und Mitteilungen ungewöhnliches Interesse entgegenbrachte. Dr. Reifner kannte nicht nur die meisten Menschen, deren Namen Franz nannte, vom Hörensagen, er wußte auch Geschichten von ihren Erfolgen und Mißerfolgen, sofern sie dem politischen Leben angehörten, zu berichten und schien alle Intimitäten aus dem Familienleben der in dem Hause Baczewski verkehrenden Aristokraten und Aristokratinnen zu kennen, so daß Franz über diese Leute jetzt mehr erfuhr als in dem langen Jahr, das er in ihrer Gesellschaft verbracht hatte. Dr. Reifner deutete an, daß es für ihn von größtem Wert wäre, in diese Kreise Eingang zu finden, die einem Bürgerlichen leider verschlossen seien. Franz machte sich erbötig, seinen einstigen Hofmeister in dem Baczewskischen Palais einzuführen. Dieses Anerbieten nahm Dr. Reifner mit überschwenglichem Dank an.

Einige Tage später erhielt er eine Einladung in das Baczewskische Palais zu einem Gesellschaftsabend. Er machte von dieser Gelegenheit, einflußreiche Persönlichkeiten kennenzulernen, ausgiebigen Gebrauch, verließ als einer der letzten Gäste gemeinsam mit Franz um zwei Uhr morgens das Palais und war in gehobener Stimmung, weil es ihm geglückt war, an diesem Abend dem Präsidenten der Akademie der Wissenschaften und einigen anderen Persönlichkeiten vorgestellt zu werden, zu denen er nie vorgedrungen war, obwohl er es seit vielen Jahren angestrebt hatte. Vergnügt schlug er Franz vor, in einer kleinen Weinstube in der Inneren Stadt den Abend zu beschließen. Franz willigte ein. Sie tranken eine Flasche Wein und einige Schnäpse und gerieten in ein Gespräch, das an Offenheit nichts zu wünschen übrig ließ, da beide angeheitert und redselig waren. Der Hofmeister verriet, daß er seit seiner Rückkehr nach Wien auf gelegentliche Verdienstmöglichkeiten, die mit einer wissenschaftlichen Betätigung nichts zu tun hatten, angewiesen war, weil ohne Protektion in Österreich weder eine Stellung noch eine Eingliederung in die Welt der Wissenschaft erlangt werden könne; infolgedessen führe er ein kümmerliches Leben, das in krassem Gegensatz zu seinen Fähigkeiten und Ansprüchen stehe. Er sagte, der Präsident der Akademie der Wissenschaften brauche nur ein Wort zu sagen, und alles wäre wie durch Zauberei verändert, jede Schwierigkeit behoben, jedes Hindernis beseitigt. „Diese Hoffnung muß begossen werden", sagte Franz, bestellte noch eine Flasche Wein und breitete nun seine eigenen Nöte aus. „Was fang ich mit einem Vermögen von dreihundert Gulden an?" Mit dieser Frage schloß er seinen Bericht.

Dreihundert Gulden seien allerdings ein lumpiger Betrag, gab Dr. Reifner zu, leerte sein Glas, schloß die Augen und schien einzuschlafen. Plötzlich erhob er überraschend munter den Kopf und sagte: „Hast du eigentlich schon einmal am Spieltisch dein Glück versucht? Ich hab mich heute nur fünf Minuten in einem Spielzimmer aufgehalten. In diesen fünf Minuten hat ein Spieler zehntausend Gulden gewonnen. Man kann allerdings ebenso leicht auch ein paar tausend Gulden verlieren." — „Eben", sagte Franz; „man kann viel gewinnen, wenn man viel verlieren darf. Wer sich an den Spieltisch setzt, muß viel überflüssiges Geld haben. Ich kenne übrigens kein Kartenspiel und hab nie versucht, eins zu erlernen." Dr. Reifner lachte und sagte: „Die Kartenspiele, die im Palais Baczewski gespielt werden, sind leichter zu erlernen als Latein und Griechisch. Du erlernst sie in fünf Minuten." Er rief die Kellnerin, ließ Spielkarten bringen und erklärte Franz die Karten und die Spiele, mit denen sich die Gäste des Baczewskischen Hauses unterhalten hatten. Franz, dessen Aufnahmsfähigkeit infolge des Alkoholgenusses beschränkt war, bedauerte, den Erklärungen nicht mit freiem Kopf folgen zu können. „Dieser Unterricht kann mir vielleicht mehr Glück bringen als alle Kenntnisse, die ich in Lepnik erworben hab",sagte er und bat den Hofmeister, die Lektion am nächsten Tag fortzusetzen. Da der plötzlich Lernbegierige annahm, daß der Kammerdiener, der den Hofmeister aus Eifersucht immer als einen lästigen Eindringling betrachtet hatte, wenig erbaut von der Wiederanknüpfung der Beziehung, insbesondere aber von dem Unterricht im Kartenspiel, wäre, vereinbarten die Angeheiterten ein Rendezvous in einem Kaffeehaus.

Franz erwies sich als ein gelehriger Schüler. Nach drei Abenden hatte er alle Kartenspiele erlernt, die in der Wiener Gesellschaft beliebt waren. Er nahm sich vor, an einem der nächsten Abende ein Spiel im Palais Baczewski zu wagen. Dr. Reifner, der hoffte, bald wieder in das Palais Baczewski und vielleicht auch in andere Adelshäuser eingeladen zu werden, gab Franz wertvolle Winke und verriet ihm einige Kniffe, die ein auf Gewinn ausgehender Kartenspieler kennen mußte. „Beginn mit bescheidenem Einsatz", riet er dem Anfänger, „und riskiere immer nur den Gewinn, so wirst du den Versuch nicht zu bedauern haben."

Franz wollte diese Ratschläge befolgen. Er fühlte sich nicht behaglich, als er sich zum ersten Male im Palais Baczewski an einen Spieltisch setzte; und es war ihm lieb, daß die Gräfin Baczewska, die ihn wie einen noch nicht erwachsenen jüngeren Bruder zu behandeln pflegte, das Spielzimmer nicht betrat. Es schien Franz, daß der Graf Baczewski, der sich nach Mitternacht von seinen Gastgeberpflichten losmachte und zu spielen begann, ihm einen erstaunten Blick zuwarf. Die drei Herren, mit denen Franz am Spieltisch saß, hatten ihn erst vor kurzem im Palais Baczewski kennengelernt und wußten nichts von seinen Vermögensverhältnissen. Er verriet nicht, daß er zum ersten Male spielte, wurde aber bald als Anfänger erkannt. Er spielte zuerst unsicher und vorsichtig, ließ sich aber nach einer Weile von der Spielleidenschaft hinreißen und fand an dem Spiel viel Vergnügen. Er hatte Glück; der kleine Betrag, den er, seinem Vorsatz gemäß, riskiert hatte, verdoppelte und vervierfachte sich. Dann aber wendete sich das Glück, und er verlor im Lauf einer Viertelstunde seinen Gewinst und obendrein das Geld, mit dem er zu spielen begonnen hatte. Er wollte jedoch nicht zu spielen aufhören, weil er es für blamabel hielt, wegen eines verhältnismäßig kleinen Spielverlusts vom Spieltisch aufzustehen. Lieber das Hundertfache verlieren und zugrunde gehen! Von Panik ergriffen, sagte er seinen Spielpartnern, daß er in einigen Minuten an den Spieltisch zurückkehren werde, suchte die Gräfin Baczewska und fand sie in einem kleinen Salon, wo sie einigen Gästen Gesellschaft leistete. „Ich muß dir etwas unter vier Augen sagen", flüsterte er ihr zu.

Sie ging mit ihm in ihr Boudoir und fragte beunruhigt: „Hast du ein Rencontre gehabt? Du darfst dich nicht duellieren. Ich bin für dich verantwortlich. Du mußt mir zuliebe vernünftig sein." Als er gestand, daß er sich in ein Spiel eingelassen habe, war sie erleichtert, zugleich aber ernsthaft erzürnt. „Du mußt mir versprechen, nie wieder zu spielen", sagte sie. „Wie hoch ist dein Verlust?"

„Ich weiß nicht genau, aber ich kann nicht mitten drin aufhören; du mußt das begreifen."

„Einverstanden. Du darfst aber nie wieder spielen."

Sie öffnete ihren Schreibtisch, entnahm ihm ein Scheckbuch, riß ein Blatt aus und überreichte es dem ungeduldig Wartenden.

„Da hast du", sagte sie, „füll nach dem Spiel den Scheck aus, ich werd ihn von meinem Mann unterschreiben lassen. Dein Diener kann den unterschriebenen Scheck am Vormittag bei mir abholen. Aber du mußt mir versprechen, daß es dein letztes Spiel ist."

Franz dankte, steckte das Blatt in die Brieftasche und eilte zu dem Spieltisch zurück. Er hatte eigentlich die Gräfin ersuchen wollen, ihm einen Betrag von hundert oder zweihundert Gulden vorzustrecken. Da sie ihm aber einen Blancoscheck gegeben hatte, glaubte er, ein Vielfaches dieses Betrages riskieren zu können und spielte sorglos weiter. Nach zwei Stunden hatte er etwas über zweitausend Gulden gewonnen. Als er sich — gleichzeitig mit seinen Spielpartnern — von der Gräfin verabschiedete, flüsterte er ihr zu: „Ich hab einen Haufen Geld gewonnen."

Am nächsten Tag erhielt er einen Brief von der Gräfin Baczewska, die ihn aufforderte, sie sofort zu besuchen. Er ging gleich in das Palais Baczewski und wurde von ihr mit Vorwürfen empfangen. „Du mußt mir das heilige Versprechen geben, daß du nie wieder spielen wirst", sagte sie. „Aber warum, Ida?" fragte er. „Ich bin mit einem Gewinn von zweitausend Gulden nach Haus gegangen."

„Das ist eben die Gefahr, vor der ich dich warnen muß. Gestern hast du gewonnen, nächstens wirst du verlieren. Ich hab Papa versprochen, daß ich auf dich achtgeben werd. Ich täte das auch, wenn Papa es mir nicht ans Herz gelegt hätte, denn ich will, daß du nicht verkommst. Ich mag nicht, daß du dich unglücklich machst. Versprich mir, daß du nicht mehr spielen wirst."

„Bemutter mich nicht, du bist viel zu jung dazu", sagte er lachend. „Ich versprech dir, daß ich niemals mehr riskieren will, als ich hab. Genügt dir das?"

Mit dieser Antwort gab sich die Gräfin nicht zufrieden. Sie erzählte, daß sie in der Nacht, nachdem die letzten Gäste das Haus verlassen hatten, mit ihrem Gatten lange gesprochen habe. Auch er warne Franz vor dem Spiel. „Wir meinen es gut mit dir, wir haben dich gern", sagte die Gräfin zuletzt. Sie errötete bei diesen Worten. Es wurde Franz in diesem Augenblick zum ersten Male bewußt, daß sie kaum älter, vielleicht sogar jünger als seine Geliebte war. Dieser Gedanke brachte ihn zum Lachen. Nun wurde Ida ärgerlich. „Wenn du die Sache so leicht nimmst, muß ich anders mit dir reden", sagte sie. „Mein Mann und ich, wir wünschen beide nicht, daß du in unserm Haus spielst."

„Schön, ich werd bei euch nicht mehr spielen."

Sie redete noch lange auf ihn ein, aber er versprach nicht, daß er nicht mehr spielen werde. Als er ging, blickte sie ihm besorgt nach.

Idas Warnung stimmte ihn nachdenklich; einige Tage lang war er entschlossen, der Versuchung auszuweichen. Aber die Karten zogen ihn unwiderstehlich an. Nach einer Woche war er mit den drei Herren, die mit ihm im Palais Baczewski gespielt hatten, bei gemeinsamen Bekannten geladen. Da er weder den Grafen Baczewski noch Ida unter den Gästen erblickte, begann er zu spielen. Diesmal war er vom Glück nicht begünstigt; er verlor die zweitausend Gulden, die er vor einer Woche gewonnen hatte, und überdies einen kleinen Betrag, der ihm von seiner Monatsrente übriggeblieben war. Nach diesem Abend nahm er sich vor, das Spiel aufzugeben. Diesem Vorsatz blieb er kaum eine Woche lang treu. Die Gelegenheit, Baccarat oder Poker zu spielen, bot sich ihm in den meisten Häusern, die sich ihm gastlich geöffnet hatten. Da er in den nächsten Wochen meistens Glück im Spiel hatte, glaubte er leichtfertig, die Spielleidenschaft könne ihn nicht ernstlich gefährden.

Der Kammerdiener wußte nicht, daß Franz der Spielleidenschaft verfallen war. Es beunruhigte und kränkte den sehr einsam in der kleinen Wohnung hausenden, hart arbeitenden Mann, daß Franz in der Regel gegen acht Uhr abends „nur auf einen Sprung" nach Hause kam, sich kaum die Zeit nahm, etwas zu essen, den Frack oder den Abendanzug anzog und nach einer halben Stunde verschwand, um erst in den Morgenstunden wieder heimzukehren. Es war gewiß schön und erfreulich, daß der junge Herr gesellschaftliche Erfolge hatte und in der großen Welt, nach der sich der verstorbene geliebte Herr in Lepnik jahraus, jahrein gesehnt hatte, viele Freunde fand, die seine ganze Zeit in Anspruch nahmen; aber es bekümmerte den Kammerdiener tief, daß der Neunzehnjährige ihn kaum jemals um Rat fragte oder ins Vertrauen zog und Nacht für Nacht todmüde, erschöpft nach Hause kam. Der Kammerdiener schlief unruhig und erwachte viele Male in jeder Nacht, ungeduldig die Heimkehr des jungen Herrn erwartend. Kam der Erwartete endlich, so sprang der Besorgte aus dem Bett, nahm den Frack und die andern Kleidungsstücke, die Franz achtlos auf den Boden warf in zärtliche Obhut und fragte den Schlaftrunkenen nach seinen Wünschen. „Schlaf", pflegte Franz zu antworten, „kümmere dich nicht um mich und schlaf!" Der Kammerdiener vermochte jedoch nach Franzens Heimkehr nicht mehr einzuschlafen, und begann vor dem Morgengrauen leise, behutsam sein Tagewerk, das er erst in den Nachmittagsstunden, nach dem Erwachen des Langschläfers, unterbrach.

Edmund pflegte zweimal monatlich seinen Vater zu besuchen. Es kam selten vor, daß Franz zuhause war, wenn Edmund erschien. Die beiden Neunzehnjährigen tauschten nur die konventionellsten Redensarten, sie hatten einander nichts zu sagen.

Ihre einstige Kameradschaft, die sich nie in Freundschaft verwandelt hatte, war tot.

Edmund war immer gleichmäßig still und ruhig. Er saß an jedem zweiten Sonntagnachmittag still und ruhig seinem Vater gegenüber und sprach wenig. Er hatte immer den letzten Brief der Mutter und der Schwester in der Rocktasche. Manchmal las er ihn dem Vater vor. „Das haben sie mir auch geschrieben", pflegte der Vater zu sagen, nachdem Edmund den Brief vorgelesen hatte. Es ging der Mutter gut, sie verdiente ihren Lebensunterhalt als Wäscherin. Es ging der Schwester gut, sie hatte einen braven Mann und ein Kind, das gedieh und kräftig war; es wog im dritten Monat seines Lebens mehr als ein normales Kind im sechsten Monat. „Und mir geht es auch gut", pflegte Edmund zu lügen, „ich hab viele Schüler und kann ohne Sorgen studieren." Er war ein wahrheitsliebender Mensch, er haßte und verachtete jeden Lügner. Aber er betrachtete es als sein Recht, den Vater zu belügen. Der Kammerdiener hörte Edmunds Berichte unbewegt an. Es war ihm nicht anzusehen, ob er sich freute. Edmund vermutete zuweilen, daß der Vater sich eher ärgerte als freute, wenn er, der sich aus eigener Kraft fortbringende Sohn, dessen Fähigkeit, sich aus eigener Kraft fortzubringen, der Kammerdiener hämisch und höhnisch angezweifelt hatte, still und ruhig berichtete, daß er keine Not leide. Manchmal erwartete Edmund geradezu, daß der Vater sagen werde: „Komm nicht mehr, besuch mich nicht mehr, es ärgert mich jedes Wort, das du sprichst.“ Aber das sagte der Vater nie. Er sagte immer: „Komm in vierzehn Tagen wieder!“

Der Vater arbeitete, während Edmund bei ihm saß, unaufhörlich; seine geschickten, erfindungsreichen Hände bastelten, sägten, schnitzten unaufhörlich. Aber in dem Gesicht des Vaters war eine große Müdigkeit, die es veränderte und es greisenhaft erscheinen ließ. Der Vater war nach dem ersten Jahr des Wiener Aufenthalts ein müder, alter Mann.

17

In der letzten Februarwoche setzte sich Franz eines Abends in dem Hause eines ungarischen Grafen, den er im Palais Baczewski kennengelernt hatte, an den Spieltisch und gewann zwei Stunden lang ohne Unterlaß. Er wußte nicht genau, wie hoch die Summe war, die er um Mitternacht gewonnen hatte, aber er vermutete, daß sein Gewinst weit mehr als die Summe ausmachte, die er vor eineinhalb Jahren von dem Hauptgläubiger seines Vaters erhalten hatte. Der vom Spielglück Begünstigte spielte an diesem Abend mit einem Polen und zwei ungarischen Grafen, die noch nie seine Spielpartner gewesen waren. Es war keine der „großen Partien“, bei denen die Gewinne und Verluste zuweilen in die Hunderttausende gingen; nur die reichsten Großgrundbesitzer und Magnaten, die über unbeschränkte Mittel verfügten, pflegten so hoch zu spielen. Franz spielte in der Regel mit minder bemittelten Offizieren und jungen Adeligen, die ihren Verlusten eine Grenze setzten und nach einem Spielverlust von einigen hundert Gulden vorsichtig wurden. So eine „Schnackerlpartie" war die, an der Franz an diesem Abend zum ersten Male teilnahm, nicht, obwohl sie als eine solche von den Partnern der „großen Partien" angesehen worden wäre. Die „Schnackerlpartie" rechnete mit Hundertern; die Partie, der er sich heute angeschlossen hatte, mit Tausendern. Um Mitternacht hätte er gern zu spielen aufgehört, wenn der Vorschlag von einem der Verlierer ausgegangen wäre. Der Träger des Hauptverlustes, einer der beiden ungarischen Grafen, sagte jedoch lachend, als es Mitternacht schlug: „So, jetzt ist meine Pechsträhne zu Ende; nach Mitternacht hab ich immer Glück."

Eine Stunde später hatte er den größten Teil seines Spielverlustes zurückgewonnen. Von nun an war Franz es, der unaufhörlich verlor. Die Karten, die ihm zwei Stunden lang so hartnäckig Glück gebracht hatten, daß er, ohne sie recht anzublicken, bei jedem Spiel hatte sicher sein können, das erwünschte Blatt in der Hand zu halten, wendeten sich mit derselben Hartnäckigkeit gegen ihn. Er versuchte vorsichtig zu spielen, und sein Gewinst schwand dahin; er begann unvorsichtig zu spielen, und das Pech verfolgte ihn noch augenfälliger, so daß er um halb zwei kein Geld mehr hatte. Mit schlecht gemimter Gelassenheit sagte er: „Ich muß aufhören, meine Brieftasche ist bereits leer." Der ungarische Graf, der seit Mitternacht unaufhörlich gewann, sagte, daß es „lachhaft" wäre, deshalb aufzuhören.

Franz ahnte, daß das Pech ihn in dieser Nacht weiter verfolgen werde, fürchtete aber, daß er von den drei Herren für einen grünen Jungen gehalten werden könnte, wenn er das Spiel jetzt abbräche. Er versuchte sich einzureden, daß das Blatt sich wieder wenden werde und spielte weiter. Nach einer halben Stunde hatte er fünftausend Gulden verloren. Trotzdem spielte er weiter, von dem Gedanken getrieben, jetzt sei schon alles einerlei. Er verlor innerhalb einer Stunde noch siebentausend Gulden. Seine Partner waren mittlerweile müde geworden. Sie waren erlöst, als der Hausherr, der am Nebentisch gespielt hatte, vom Spieltisch aufstand und, da der allgemeine Aufbruch erfolgte, das Spiel abgebrochen werden mußte.

Franz schuldete dem ungarischen Grafen, der vor Mitternacht der Hauptverlierer gewesen war, zwölftausend Gulden. Es fiel dem Neunzehnjährigen schwer, die Haltung zu bewahren. Er verabschiedete sich lächelnd von seinen Partnern und von dem Gastgeber und ging. Die Nacht war eisig, es schneite, die Straßen waren menschenleer. Er hatte einen weiten Heimweg vor sich, nahm aber keinen Wagen, obwohl er so müde und erschöpft war, daß er nur mit Mühe die Beine bewegen konnte. Er wollte nicht zu Bett gehen. Er fürchtete, daß er den Rest der Nacht schlaflos verbringen werde.

Er wollte nicht nachdenken. Er wollte seine Lage nicht übersehen. Er hatte nie eine Spielschuld gemacht, Spielschulden waren Ehrenschulden. Spielschulden mußten binnen vierundzwanzig Stunden bezahlt werden. Wer eine Spielschuld binnen vierundzwanzig Stunden nicht zahlte, war gerichtet und mußte sich erschießen. Jedes Gesetz ließ sich in dem gemütlichen Österreich umgehen, nur dieses Gesetz nicht, das in keinem Gesetzbuch stand.

Es war vier Uhr, als er nach Hause kam. Der Kammerdiener sprang aus dem Bett, bekleidete sich hastig mit dem Schlafrock und zündete in dem Schlafzimmer des eintretenden Franz die Lampe an. Wie blaß er ist, wie schlecht er aussieht, dachte der Kammerdiener, sagte aber nichts, sondern grüßte und erwartete stumm, daß der Müde, Schlaftrunkene sich setzen werde. Franz setzte sich aber nicht, sondern sagte, bei der Tür stehend: „Geh schlafen, ich brauch nichts." Der Kammerdiener schüttelte den Kopf und sagte: „Ich werd dem jungen Herrn die Schuh aufschnüren. Der junge Herr sind sehr müd." — „Geh schlafen!" brüllte Franz, der die Fassung verlor. Er wollte allein sein, er hatte keinen Wunsch mehr, es war ihm alles einerlei, nur allein wollte er sein, keinen Menschen sehen, am wenigsten aber diesen alten, ihn bekümmert anblickenden Menschen, der ihn nicht allein lassen wollte. Der Kammerdiener sagte: „Wie der junge Herr befiehlt. Hier, auf dem Tisch, in der Schüssel, ist Obst, und auf dem Teller ist Backwerk. Eine Sachertorte hab ich auch gebracht, sie liegt in der Schachtel auf dem Tisch. Falls der junge Herr großen Appetit hat — hier ist die Sachertorte." Franz sagte nichts mehr, aber sein bleiches, müdes Gesicht verriet seine Ungeduld. Der Kammerdiener wünschte dem reglos in der Nähe der Türe Stehenden Gute Nacht und kehrte in das Kabinett zurück, leise die Türe hinter sich schließend.

Franz entkleidete sich, ging zu Bett und löschte die Lampe aus. Er hatte während des Spiels nichts getrunken. Als er endlich ausgestreckt in seinem Bett lag, wurde er von brennendem Durst gepeinigt. Er entzündete trotz seiner Müdigkeit die Lampe, trank ein Glas Wasser, löschte das Licht aus und ging wieder zu Bett. Er überlegte nüchtern: Ich hab etwas sehr Dummes gemacht. Ich hab eine Spielschuld gemacht, die ich nicht bezahlen kann. Ich hab mich ruiniert. Es gibt keine Hilfe. Ich muß mich morgen erschießen. Hat es einen Sinn, bis morgen zu warten? Ich kann mich sofort erschießen. In der Tischlade liegen die Pistolen, die wir aus Lepnik mitgebracht haben. Es ist ein einfacher Vorgang. Es ist kein Kunststück, die Pistole an die Schläfe zu setzen und abzudrücken. In einer Minute kann alles vorüber sein. Er dachte diesen Gedanken zu Ende, als ob er sich bereits entschlossen hätte, noch in dieser Minute Selbstmord zu begehen. Gleichzeitig wußte er aber, daß er nicht aufstehen werde, und als ihm bewußt wurde, daß er mit dem Selbstmordgedanken gespielt hatte, verwirrten sich seine Gedanken, von unerwünschten Vorstellungen und Bildern abgelenkt. Er stellte sich das Gesicht des

Kammerdieners vor, der den Schuß vernehmen und in das Zimmer stürzen würde. Dann tauchten die Hände der Kartenspieler auf. Die Hand des ungarischen Grafen, der seit Mitternacht gewonnen hatte, war behaart und braun, Franz sah sie deutlich vor sich, er hatte sie lange und aufmerksam betrachtet. Kurz vor der Beendigung der Pokerpartie hatte die braune behaarte Hand vier Asse gehalten. Wegen dieser vier Asse hatte Franz in einer Minute viertausend Gulden verloren.

Der Müde, von Bildern Verfolgte wollte keine Karten mehr sehen, ihm graute vor ihnen, aber sie verschwanden nicht, unaufhörlich sah er im Finstern mit geschlossenen Augen vier Asse; es war zum Verrücktwerden. Plötzlich sah er das Gesicht des Grafen Baczewski vor sich, den braunen Backenbart, die grauen Schläfen des schmächtigen Mannes, der ihn unzufrieden und verweisend anblickte. Im nächsten Augenblick sah der von drohenden Bildern Verfolgte das große rosige Gesicht der Gräfin Baczewska. Ja, 's ist schon recht, dachte er, du hast recht gehabt, Ida, ich hätt nicht spielen sollen. Aber jetzt ists zu spät.

Er setzte sich auf. Er öffnete die Augen und starrte in die Finsternis. Er dachte: Ida! Natürlich! Ich muß zu Ida gehn. Sie wird mich nicht umkommen lassen. Sie wird mir helfen. Sie wird mir die zwölftausend Gulden geben. Zwölftausend Gulden — das ist eine Bagatelle für sie. Zwölftausend Gulden kann sie leichter hergeben als ich zwölf Gulden. Sie wird schimpfen, sie wird bös sein, ich werd ihr schwören müssen, daß ich keine Karte mehr anrühr, aber sie wird mich nicht zugrundgehn lassen wegen zwölftausend Gulden.

Der Einfall, zu Ida zu gehen und von ihr das Geld zu erbitten, belebte Franz so sehr, daß er die Müdigkeit nicht mehr spürte. Er bezweifelte keine Sekunde lang, daß er das Geld von Ida bekommen werde. Er war seiner Sache so sicher, daß er an die Gefahr, die ihm drohte, nicht mehr dachte. Er hatte nur noch die Peinlichkeit vor Augen, Ida als reuiger Sünder entgegentreten zu müssen. Es war peinlich, von einer Dame ein Darlehen erbitten zu müssen. Es war unleugbar peinlich. Aber diese peinliche Viertelstunde — länger würde, wie er hoffte, der Besuch im Palais Baczewski nicht dauern — mußte überstanden werden. Wer hatte nicht zuweilen eine peinliche Viertelstunde zu überstehen? Ida ist nett; und sie hat mich gern, sie wird mich mit einer kleinen Strafpredigt davonkommen lassen, dachte er. Und es macht sie glücklich, mich zu bemuttern und mir eine Strafpredigt halten zu dürfen. Ich will ihr dieses Vergnügen gönnen.

Es war ihm jetzt leicht ums Herz, als ob er die Gefahr und den Besuch bei der Gräfin Baczewska bereits glücklich überstanden hätte. Vielleicht kann ich jetzt schlafen, dachte er. Warum soll ich jetzt nicht ruhig schlafen können?

Einige Minuten später schlief er ein.

Er schlief schlecht. Er träumte viel, er sah in jedem Traum die braune, behaarte Hand des ungarischen Grafen und die Karten. In der Frühe, nach sieben, lag er eine Weile wach, dann schlief er wieder ein und erwachte um halb elf. Er überlegte, wann er Ida frühestens besuchen könne. Er beschloß, um zwölf Uhr mittags sein Glück zu versuchen. Es war unwahrscheinlich, daß Ida um zwölf nicht zuhause sein würde; er hatte sie schon einige Male in der Mittagsstunde besucht, und sie war immer zuhause gewesen. Wenn sie nicht zuhaus wär, müßt ich ihr nachjagen, überlegte er; hoffentlich reitet sie nicht aus.

Fünf Minuten nach zwölf betrat er das Palais Baczewski. Der Portier sagte: „Die Herrschaften sind verreist."

„Verreist?"

Ein Lakai, der Franz anzumelden pflegte, eilte herbei und sagte: „Der Herr Graf und die Frau Gräfin sind gestern weggefahren, Herr Graf. An die französische Riviera. Nach Nizza."

Bestürzt blickte Franz den Livrierten an, der hinzufügte: „Es tut mir leid, daß der Herr Graf sich herbemüht haben."

Franz stierte den Mann an und fragte: „Kann ich die Adresse haben?"

„Die Herrschaften waren bei der Abreise noch nicht entschlossen, ob sie zuerst in Nizza oder in Cannes Aufenthalt nehmen. Morgen oder übermorgen dürften wir die Adresse bekommen. Wir senden dann die Post nach."

Franz stand reglos. Er war fassungslos.

„Kann ich etwas für den Herrn Grafen tun?" fragte der erstaunte Lakai, der sein Erstaunen nicht verriet.

Franz schien die Frage nicht zu hören. Endlich schien er sich zu besinnen. Er fragte:

„Wann kommen sie zurück?"

„Das weiß ich leider nicht, Herr Graf. Wahrscheinlich bleiben sie ein paar Wochen, wie jedes Jahr."

Diese Antwort traf Franz wie ein neuer Schlag. Er faßte nicht, daß es einerlei war, ob Ida morgen oder erst in drei Monaten zurückkehrte. Fassungslos ging er der Ringstraße zu und setzte sich auf eine Bank.

Er dachte: Ich bin verloren. Ich muß mich erschießen.

Die Bank war naß, schneebedeckt. Er spürte nicht die Nässe, die seinen Mantel durchsickerte. Er wußte nicht, daß ihn fror.

Ein alter Kutscher betrachtete den Sitzenden und rief ihm zu: „Sie werden sich verkühlen, Herr Baron."

Franz stand auf, ging einige Schritte und blieb stehen. Wohin? fragte er sich. Wohin jetzt? Was jetzt?

Er dachte: Nur nicht nach Hause! Es graute ihm vor seinem Zimmer, vor dem Tisch, vor der Pistole, vor dem Anblick des Kammerdieners, der nicht ahnte, was geschehen war. Aber wohin? Er zermarterte sich das Hirn. Gab es keinen Menschen in der großen Stadt, der ihm helfen konnte?

Sekundenlang erwog er, den ungarischen Grafen um einen Aufschub zu bitten. Diesen Einfall verwarf er sofort ohne Zögern.

Er rief sich die Namen aller Aristokraten, aller Großgrundbesitzer und Bergwerksbesitzer ins Gedächtnis, die er im Palais Baczewski kennengelernt hatte. Er überlegte, ob er einen von ihnen aufsuchen und um ein Darlehen von zwölftausend Gulden ersuchen könne.

Nein. Es gab keinen, zu dem er mit dieser Bitte gehen konnte.

Er dachte sekundenlang an seine Geliebte. Vielleicht hatte sie Geld. Aber würde sie ihm zwölftausend Gulden geben? Und würde er es über sich bringen, sie um Geld zu bitten, wenn er vor ihr stünde? Nie.

Nein. Das waren wahnsinnige Einfälle, wahnsinnige Gedanken.

Er blickte auf die Uhr. Es war halb eins. Die Zeit verrann.

Plötzlich fiel ihm ein, daß er seinen ehemaligen Hofmeister um Rat fragen könnte. Es gab viele Geldverleiher in Wien, von denen man gegen Wucherzinsen jeden Betrag erhalten konnte. Dr. Reifner hatte ihm kürzlich von diesen Wucherern erzählt. Wahrscheinlich kannte er einen.

Franz fuhr ohne Säumen in den Stadtteil Wieden, wo Dr. Reifner wohnte. Der Hofmeister hatte einmal die Bemerkung fallen lassen, daß er bei einer Hexe wohne und in seiner Wohnung keine Besuche empfangen könne. Franz setzte sich über dieses Bedenken hinweg und läutete an Dr. Reifners Tür.

Der Hofmeister schien verlegen, als er Franz erblickte, lächelte aber und sagte: „Einen Augenblick, bitte. Mein Zimmer ist nicht präsentabel, aber ich werde in einer Minute bereit sein. Wir können in ein Café gehn."

Sie gingen in ein nahes Kaffeehaus. Franz erklärte seine Lage und fragte, ob Dr. Reifner ihn zu einem Wucherer führen könne.

Der Hofmeister zog das Taschentuch und reinigte umständlich sein Monokel. Dann fragte er: „Wem gehört das Haus in Lepnik? Welchen Wert hat es samt dem Garten und dem kleinen Wald, der dem verstorbenen Herrn Grafen so ans Herz gewachsen war? Hat es nicht auch Felder neben dem Wäldchen gegeben?"

„Mir gehört gar nichts", antwortete Franz. „Weder das Haus noch das Wäldchen noch sonst etwas."

„In diesem Fall, es tut mir leid, in diesem Fall hat es gar keinen Sinn, zu einem Geldverleiher zu gehn. Wenn man nichts hat, kriegt man nichts. Nicht einen Kreuzer."

„Da kann man nichts machen", sagte Franz und wollte aufstehen.

Dr. Reifner wollte ihn noch nicht gehen lassen und sagte: „Es gibt gewiß einen Ausweg. Es ist eine Aufgabe wie jede andere. Ein mathematisches Problem, dessen Lösung gewiß nicht unmöglich ist. Denken wir nach."

Er nahm einen länglichen Papierstreifen aus seiner schäbigen, zerrissenen Brieftasche und begann ihn zu bekritzeln. Franz blickte ihm ungeduldig, aber gespannt zu.

„Nun?“ fragte er nach einigen Minuten.

Dr. Reifner lächelte.

„Nehmen wir an, daß dieses längliche Stück Papier ein Wechsel ist“, sagte er. „Oder ein Scheck. Wenn wir zwei den Wechsel oder Scheck unterschreiben, so ist er wertlos. Wir werden jetzt einen Zettel anlegen und die Namen aller Leute aufschreiben, deren Unterschrift auf einem Wechsel oder auf einem Scheck uns helfen würde. Die Baczewskis schreib ich nicht auf, da sie verreist sind. Wer ist nächst den Baczewskis dein bester Freund in Wien?“

„Ich hab keinen Freund, zu dem ich mit diesem Anliegen gehn könnte.“

„Und wieviel ist dir geblieben? Hast du gar nichts mehr?“

Franz öffnete seine Brieftasche, entnahm ihr einige Banknoten und zählte.

„Nicht ganz zweihundert Gulden“, sagte er.

Als er die Banknoten in die Brieftasche steckte, fiel dem ihn beobachtenden Dr. Reifner ein längliches Papier auf, das Franz mit dem Geld und anderen Papieren herausgenommen hatte.

„Was ist das für ein Wisch? Das sieht wie ein Scheck aus“, sagte der Hofmeister.

Franz blickte das längliche Papier an. Es war das Blatt, das Ida aus ihrem Scheckbuch herausgerissen und ihm gegeben hatte, als er an seinem ersten Spielabend im Palais Baczewski konsterniert bei ihr Hilfe gesucht hatte. Am Ende dieses ersten Spiels, das ihm nach den anfänglichen Verlusten einen

Spielgewinn von zweitausend Gulden gebracht hatte, war es ihm vor dem Verlassen des Baczewskischen Palais nicht möglich gewesen, Ida den leeren Scheck zurückzugeben, weil er sich in der Gegenwart vieler Menschen von ihr verabschiedet hatte. Am nächsten Tag hatte er vergessen, ihr das Blatt aus dem Scheckbuch zurückzugeben. Später hatte er nie mehr daran gedacht.

„Das ist ein Blatt aus dem Scheckbuch der Gräfin Baczewska", erklärte er und erzählte die Geschichte seines ersten Spielabends.

Der einstige Hofmeister betrachtete den unbeschriebenen Scheck und sagte: „Tja... Wenn der Graf Baczewski sich auf diesem Papierl unterschrieben hätte, wäre das Problem gelöst."

„Er hat es aber nicht unterschrieben."

Das ist der Fehler. Allem Anschein nach bleibt dir nichts übrig, als seine Unterschrift zu fälschen."

Franz zwang sich zu einem Lächeln und fragte: „Wieviel Jahre Zuchthaus kriegt man für so eine Fälschung?"

„Ein paar Jahre immerhin."

„Sie wissen also keinen Rat", sagte Franz nach minutenlangem Schweigen. „Ich hab ja gewußt, daß es keinen Ausweg gibt."

Dr. Reifner, der in tiefes Grübeln versunken war, hob den Kopf.

„Ich glaub", sagte er, „daß dir nur die Baczewskis helfen können. Du müßtest jetzt zu dem Herrn gehn, dem du die zwölftausend Gulden schuldig bist. Du müßtest ihm sagen, daß du die Spielschuld übermorgen zahlen wirst. Dann müßtest Du dich in den Schnellzug setzen und zu den Baczewskis fahren. Eine Reise an die Riviera ist jetzt gar nicht unangenehm. Es wird nicht schwer sein, die Baczewskis in Nizza oder in Cannes zu finden. Sie werden dir das Geld geben, und du könntest mit einer kleinen Verspätung deine Spielschuld begleichen."

„Das ist unmöglich. Ich kann eben nicht um Aufschub bitten. Eine Spielschuld muß binnen vierundzwanzig Stunden unter allen Umständen bezahlt werden."

„Tja, da weiß ich keinen Rat. Ich würde um Aufschub bitten. Aber ich bin kein Graf Saill."

Franz glaubte in Dr. Reifners Blick Schadenfreude zu lesen und dachte erstaunt: Er freut sich! Mein Unglück macht ihm Spaß! Und ich hab geglaubt, daß er für mich durchs Feuer ginge.

Vor dem Café trennten sie sich. Franz fuhr nach Hause. Es war zwei Uhr.

18

Der Kammerdiener war freudig überrascht, als Franz zu so ungewohnter Stunde die Wohnung betrat, wurde aber im nächsten Augenblick von einer unbestimmten Angst ergriffen, als er das Gesicht, die verstörte Miene des Eintretenden betrachtete. „Ist der junge Herr wohlauf?" fragte der besorgte

Mann. Franz nickte. Dem Kammerdiener war schon in der Nacht das Gehaben seines jungen Herrn aufgefallen. Aber vor zwei Stunden, beim Verlassen des Hauses, hatte Franz erquickt und munter ausgesehen. Toman vermutete, eine Liebesaffäre schaffe Franz die Pein, die dem Gesicht des Unbeherrschten, der ihn in der Nacht angebrüllt hatte, anzumerken war.

„Darf ich dem jungen Herrn ein Essen bringen?" fragte Toman.

Franz machte eine Kopfbewegung, die der Kammerdiener als eine Bejahung auffaßte. „Ich bring was vom Schmoller, damit der junge Herr nicht lang warten muß", sagte er und ging. Schmoller war ein nahes Restaurant.

Franz war nach Hause gefahren, um eine Pistole zu holen und sich mit ihr davonzumachen, an einen entlegenen Ort, wo er sich nach Anbruch der Dunkelheit ungestört erschießen würde. Er war aber innerlich nicht bereit, Selbstmord zu begehen. Er kannte den ganzen Ernst seiner Lage; aber er glaubte dennoch nicht recht, daß ein unentrinnbares Schicksal ihn heute auslöschen, für immer vernichten wolle. Er weigerte sich, dieses Schicksal als das seine anzuerkennen. Ihm war seltsam beklommen zumute wie einem Kinde, das eine schwere und gerechte Strafe erwartet und fürchtet, im Grunde aber hofft, es werde ihm verziehen werden. Er öffnete die Tischlade, in der die Pistolen lagen, erschauerte bei ihrem Anblick und entschloß sich nicht, eine herauszunehmen. Die Wohnungstüre wurde geöffnet. Erleichtert schob er die Tischlade zurück, ohne eine der Pistolen berührt zu haben.

Der Kammerdiener servierte das Essen. Franz bekämpfte seine Appetitlosigkeit und begann zu essen. „Ich trink ausnahmsweise ein Glas Wein", sagte er, während er die Suppe löffelte.

„Bitte sehr, junger Herr. Der junge Herr ist so selten zum Mittagessen zuhaus — das muß gefeiert werden", sagte der Kammerdiener und servierte den Wein.

„Ich trink noch ein Glasel", sagte Franz nach der Suppe.

Der Kammerdiener schenkte noch ein Glas Wein ein. Vor der Beendigung des Mahls trank Franz ein drittes Glas. Dann trank er schwarzen Kaffee und fragte: „Haben wir einen Kognak zuhaus?"

Der Kammerdiener verneinte.

„Hol einen französischen Kognak", befahl Franz.

Der Kammerdiener hatte den appetitlos Essenden, gierig Trinkenden mit Sorge und Angst beobachtet. Etwas mußte Franz widerfahren sein. Etwas war geschehen. Das war keine natürliche Trinkfreudigkeit. Das war das Gehaben eines Menschen, der versucht, über eine sehr schwere Stunde, über einen sehr schweren Schlag hinwegzukommen.

„Wird der junge Herr nicht bös sein, wenn ich mir erlaub, etwas zu fragen?" sagte Toman. „Ich will nicht zudringlich sein, und es steht mir nicht zu, den jungen Herrn auszufragen. Aber ich bin ein alter Mensch, der viel Erfahrung hat; und ich kenn mich gut aus. Der hochselige Herr Graf hat das gewußt und hat oft die Gnade gehabt, sich mit mir zu beraten. Ich weiß nicht... Mir kommt vor, daß der junge Herr einen guten Rat gebrauchen tät. Ich wär glücklich, wirklich glücklich, wenn ich den jungen Herrn beraten dürft."

„Bring mir einen französischen Kognak."

Der Kammerdiener blieb reglos stehen und sagte zögernd: „Es tät dem jungen Herrn bestimmt gut, sich mit mir zu beraten."

„Schön, ich werd mich mit dir beraten. Aber zuerst bring einen Kognak. Eine kleine Flasche genügt, ich werd nicht viel trinken. Nur einen Schluck. Zur Aufpulverung."

Der Kammerdiener ging. Als die Tür sich hinter ihm geschlossen hatte, trank Franz hastig noch ein Glas Wein. Dann lehnte er sich zurück und dachte nach. Was hatte er vor dem Selbstmord noch zu tun? Seine Gedanken waren unklar und verworren, aber er war nicht betrunken. Er hatte in den letzten Monaten die Gewohnheit angenommen, in den Spielpausen Wein und ein Glas Kognak oder Whisky zu trinken. Er war nicht weniger trinkfest als die jungen Offiziere, mit denen er zu spielen pflegte. Er hatte das Gefühl, daß er rasch, rasch, vor der Rückkehr des Kammerdieners, etwas tun müsse. Er dachte angestrengt nach. Endlich fiel ihm ein, was er zu tun hatte. Er mußte seine Briefe durchsehen. Er mußte die Liebesbriefe seiner verheirateten Geliebten vernichten, bevor er aus dem Leben schied. Er mußte alle Briefe ansehen, die in seinem Schreibtisch lagen.

Er setzte sich an den Schreibtisch, zog alle Briefe hervor, die er in einer Schreibmappe aufbewahrt hatte, begann sie zu sortieren — und hielt plötzlich in dieser Beschäftigung inne, von einem Gedanken durchzuckt, der ihn wie ein elektrischer Schlag durchfuhr. Er hielt einen Brief des Grafen Baczewski in der Hand. In dem Brief, der zwei Monate alt war, hatte der Graf Baczewski kurz mitgeteilt, daß Ida plötzlich erkrankt sei, weshalb der Gesellschaftsabend, der am nächsten Abend im Palais Baczewski hätte stattfinden sollen, auf die kommende Woche verschoben werden mußte. Franz starrte die Unterschrift an, die kleinen, stark verschnörkelten, aber nicht undeutlichen Buchstaben, die langen haardünnen Striche, die den Taufnamen, das Adelsprädikat und den Familiennamen verbanden: Stanislaus Graf Baczewski.

Der Gedanke, der Franz beim Anblick dieser Unterschrift durchzuckt hatte, war so absonderlich, daß der den Brief Anstarrende unbewußt laut sagte: „Ich bin verrückt."

Wenn das Blatt aus dem Scheckbuch mit dieser Unterschrift versehen wäre... Das war der Gedanke.

Der Kammerdiener trat ein. Franz steckte hastig den Brief des Grafen Baczewski in die Tasche, legte alle andern Briefe in die Schreibtischlade, kehrte an den Eßtisch zurück und sagte zu dem Kammerdiener:

„Setz dich."

Der Kammerdiener blieb stehen.

„Setz dich“, wiederholte Franz.

„Es gehört sich nicht“, sagte der Kammerdiener.

„Wenn ich dir meine Geschichten erzählen soll, mußt du dich zu mir setzen.“

„Den Kognak hab ich gebracht, aber ich wär von Herzen froh, wenn der junge Herr nicht trinken tät.“

„Bring zwei Kognakglaseln. Du mußt einen Kognak trinken.“

Der Kammerdiener brachte die Kognakgläser und füllte sie.

„Jetzt setz dich und stoß mit mir an“, sagte Franz.

Der Kammerdiener setzte sich, hob sein Glas und sagte: „Aufs Wohl, junger Herr.“

Franz hob sein Glas und trank. Auch der Kammerdiener leerte sein Glas.

„Noch eins, dann erzähl ich dir alles“, sagte Franz. „Ich muß mir Mut antrinken.“

Er trank das zweite Gläschen leer und zwang den Kammerdiener, ein zweites Gläschen zu leeren.

„Jetzt stell ich aber den Kognak weg, und der junge Herr kann mir alles erzählen. Er braucht keine Angst zu haben. Ich wär von Herzen froh, wenn ich dem jungen Herrn einen guten Rat geben könnt“, sagte der Kammerdiener.

Er nahm die Kognakflasche, bewahrte sie in einem Schrank auf, kehrte an den Tisch zurück, setzte sich und sagte: „Der junge Herr kann mir ruhig alles sagen, ich hab für alles Verständnis. Der junge Herr darf sich nicht vor mir genieren. Ich bin nur dazu da, dem jungen Herrn zu helfen, so gut ich kann. Sonst hab ich nichts auf der Welt zu tun. Ich hoffe, der junge Herr weiß das."

„Das Ganze ist verteufelt schwer zu schildern", sagte Franz und verstummte. Dann gab er sich einen Ruck und begann zu sprechen. Er erzählte von seiner ersten Kartenpartie in dem Spielzimmer des Palais Baczewski und von dem unausgefüllten Scheck, den die Gräfin ihm damals gegeben hatte. Er sah das Entsetzen in den Augen des Kammerdieners und sagte: „Wenn du jetzt schon solche Augen machst, kann ich nicht weitererzählen."

„Ich mach keine Augen", sagte der Kammerdiener. „Der junge Herr muß schön ruhig alles erzählen."

Franz sprang auf, ging einige Male um den Tisch herum und blieb dann vor dem Schrank, der die Kognakflasche barg, stehen.

„Ich möcht den jungen Herrn recht schön bitten, nicht mehr zu trinken", sagte der Kammerdiener. „Es handelt sich um eine Spielschuld, nicht wahr? Wir werden einen Ausweg finden. Der hochselige Herr Vater hat auch Geldsorgen gehabt, und es ist uns immer gelungen, einen Ausweg zu finden. Ich bitt den jungen Herrn, sich schön ruhig zu setzen und mir die Geschichte zu Ende zu erzählen."

Franz setzte sich und berichtete über die Ereignisse der vergangenen Nacht. Er erzählte alle Einzelheiten des Spielverlaufs und sagte zuletzt: „Jetzt weißt du alles. Ich hab nur noch bis zum Abend Zeit. Wenn ich die zwölftausend Gulden binnen vierundzwanzig Stunden nicht bezahlen kann, muß ich mich erschießen."

Der Kammerdiener schloß die Augen und rührte sich nicht.

„Jetzt rat mir. Ich bin neugierig", sagte Franz.

Der Kammerdiener blieb reglos mit geschlossenen Augen sitzen.

„Überleg dir alles", sagte Franz. „Denk gut nach. Ich hab so viel nachgedacht, daß mir das Hirn platzt. Aber komm mir nicht mit einem Rat, den ich nicht annehmen könnt. Um Aufschub kann ich nicht bitten."

Der Kammerdiener sagte: „Das weiß ich."

Zehn Minuten vergingen. Der Kammerdiener bewegte sich nicht und schwieg. Endlich brach Franz das Schweigen. Er sagte: „Zerbrich dir nicht länger den Kopf. Es hat keinen Sinn. Es schaut nichts dabei heraus. Du kannst nicht zaubern."

Der Kammerdiener blickte auf. In seinem Blick war namenloses Leid.

„Ich hab an den Grafen Bubna gedacht, aber auch das ist kein Ausweg", sagte er. „Ein einziges Mal hat unser verstorbener Herr Graf in einer großen Verlegenheit ihn um eine rasche Geldaushilfe ersucht. Es hat sich um keinen großen Betrag gehandelt. Und der Graf Bubna hat nicht helfen können oder nicht helfen wollen. Wahrscheinlich hat er nicht helfen können."

„Und sonst fällt dir nichts ein?"

Der Kammerdiener schüttelte den Kopf.

„Nein", sagte er erschüttert. „Ich tät gern mein Leben hingeben, wenn ich dadurch dem jungen Herrn helfen könnt. Aber das nützt nichts."

„Jetzt weißt du, wie die Sache steht. Jetzt wirst du nichts mehr dagegen sagen, daß ich noch einen Kognak trink."

Der Kammerdiener stand auf und holte die Kognakflasche. Er ging wie ein sehr alter, sehr kranker Mann. Er schenkte mit zitternder Hand ein.

Franz trank und sagte: „Trink auch! Trink!"

Der Kammerdiener schüttelte den Kopf.

Franz trank noch zwei Gläschen Kognak. Der Kammerdiener sah ihm schweigend zu und setzte sich.

„Es gibt einen Ausweg", sagte Franz. „Ich bin nicht betrunken. Ich hab mir nur Mut angetrunken. Schau her."

Er nahm den unausgefüllten Scheck aus der Brieftasche und legte ihn auf den Tisch. Dann nahm er den Brief des Grafen Baczewski aus der Tasche und legte ihn neben den Scheck.

„Schau her." sagte er. „Da ist ein leeres Blatt aus dem Scheckbuch des Grafen Baczewski. Und da ist ein Brief, den der Graf Baczewski unterschrieben hat. Wenn diese Unterschrift auf dem ausgefüllten Scheck steht, bin ich aus dem Wasser."

Der Kammerdiener lächelte verzweifelt.

„Das wäre Scheckfälschung. Dafür wird man ein paar Jahre eingesperrt. Der junge Herr weiß das ganz gut."

„Hör zu. Natürlich weiß ich das. Aber jetzt hör zu. Hör gut zu. Wenn ich mit der gefälschten Unterschrift zur Bank geh, krieg ich das Geld ausbezahlt und kann sofort meine Spielschuld begleichen. Und gleich darauf, spätestens heute Abend, setz ich mich in den Zug und fahr an die französische Riviera. Es wird nicht schwer sein, die Ida in Nizza oder in Cannes zu finden. Ich werd ihr beichten. Ich werd ihr sagen, daß ich den Scheck gefälscht hab, weil kein andrer Ausweg übriggeblieben ist. Ich werd sie bitten, die Sache in Ordnung zu bringen. Sie wird mir helfen. Sie wird furchtbar bös sein, aber sie wird nicht zugeben, daß ich mich erschieß. Sie hat mich gern, ich weiß es. Ich werd ihr schwören, daß ich nie wieder eine Spielkarte anrühr. Ich erschieß mich vor ihren Augen, wenn sie sich weigert, mir zu helfen. Sie wird nicht zugeben, daß ich so jung sterb. Wegen zwölftausend Gulden. Jeden Tag kann sie zwölftausend Gulden ausgeben, wenn ihr etwas Spaß macht. Sie besitzt einen Halsschmuck, der kostet eine halbe Million. Sie hat mich gern. Sie wird mich nicht zum Tod verurteilen. Sie braucht vielleicht ihrem Mann gar nichts von der ganzen Geschichte zu erzählen, wenn sie bei der Bank die zwölftausend Gulden einlegt. Der Graf Baczewski ist kein Geschäftsmann, er wird wahrscheinlich gar nicht wissen, ob er zwölftausend Gulden mehr oder weniger auf der Bank liegen hat. Er ist ein vielfacher Millionär. Er hat in Galizien riesige Güter, einen ungeheuren Grundbesitz. Im ärgsten Fall, wenn der Scheck ihm in die Hände kommt und ihm auffällt, wird Ida ihm die ganze Geschichte auseinandersetzen und ihn schön bitten, mich nicht unglücklich zu machen. Es kann also gar nichts passieren."

Der Kammerdiener hatte schweigend zugehört. In seinem Blick war Entsetzen.

Franz lächelte verlegen. „Geh, mach kein so entsetztes Gesicht", sagte er. „Ich bitt dich, mach nicht dieses Gesicht. Man könnt sich direkt fürchten vor dir, wenn du so ein Gesicht machst."

Der Kammerdiener brachte lange kein Wort hervor. Endlich öffnete er den Mund. Er sagte, jedes Wort unter Qualen hervorstoßend:

„Es tut mir leid, daß ich... daß ich nicht gleichzeitig mit meinem seligen Herrn gestorben bin."

„Aber!" rief Franz aufspringend. „Aber! Wie kannst du mir jetzt so etwas sagen?! Wo ich in dieser Zwangslage bin! Das ist sehr bequem, so etwas zu sagen. Und ich hab geglaubt, daß du alles, auch das Gefährlichste und Verrückteste, tun würdest, um mich zu retten."

„Ich möcht gern mein Leben opfern. Das würde mir leicht fallen."

„Das ist aber nicht notwendig. Überdies hätte ich nichts davon." Franz setzte sich neben den Kammerdiener, ergriff seine Hände und sagte bittend: „Begreif doch! Es ist der einzige Ausweg. Und es kann gar nichts passieren, wenn wir alles so machen, wie ichs mir ausgedacht hab. Ich glaub, der Plan ist wirklich gut ausgedacht."

„Ich kann den Gedanken nicht ertragen, daß der junge Herr so einen Betrug ausgedacht hat."

„Da muß ich mich also erschießen."

Der Kammerdiener stand auf, und stellte sich zum Fenster und blickte auf die Straße.

Franz betrachtete den Brief des Grafen Baczewski, nahm ein leeres Papierblatt und versuchte die Unterschrift nachzuahmen. Diesen Versuch gab er nach kaum fünf Minuten auf. Er war außerstande, auch nur einen Buchstaben der Unterschrift nachzuahmen. Er hatte zuviel getrunken, seine Hand wollte ihm nicht gehorchen.

„Es geht nicht", sagte er. „Ich treffs nicht. Das ist verdammt schwer. Nicht einen einzigen Buchstaben kann ich nachmachen."

Er ging zum Fenster und zeigte dem Kammerdiener das bekritzelte Blatt. „Schau dir an, wie schlecht ich das mach. Schau dir das große S an. Das hat überhaupt keine Ähnlichkeit."

Der Kammerdiener warf einen Blick auf die Kritzeleien und sagte: „Schriften nachmachen — das ist eine Kunst! Das trifft einer unter Tausenden. Auch wenn der junge Herr nichts getrunken hätt... Ich denk, der junge Herr muß einsehn, daß so was nichts für ihn ist."

„Daß ich es nicht treff, ist klar."

„Dazu gehört wahrscheinlich jahrelange Übung. Ein Dieb, ein Einbrecher muß sein Handwerk monatelang oder jahrelang üben; das weiß jedes Kind. Das Fälschen einer Unterschrift ist aber noch viel schwerer als ein Diebstahl oder ein Einbruch."

„Das ist möglich. Aber du bist ein so geschickter Mensch, du hast so geschickte Hände... Mein Vater hat das immer gesagt."

Der Kammerdiener wankte auf einen Sessel zu und setzte sich.

„Das hätte der junge Herr jetzt nicht sagen dürfen“, sagte er.

„Ich denk an die Schattenbilder. Kannst dich nicht mehr erinnern? Wie du mit deinen Fingern ganze Figuren auf die Wand gezaubert hast. Ein Kaninchen. Ein Reh. Und Vaters Profil, sprechend ähnlich. So viel Jahre ist es her, und ich weiß es noch immer.“

„Der junge Herr soll jetzt bitte nicht von dem Hochseligen reden! Ich bitte den jungen Herrn.“

Franz erwiderte nichts. Er blickte auf die Uhr. Es war zehn Minuten nach vier. Er sagte: „Um zwei Uhr in der Früh sind die vierundzwanzig Stunden abgelaufen. Da hab ich also noch zehn Stunden Zeit.“

Der Kammerdiener schüttelte den Kopf und sagte: „Der junge Herr hat nicht mehr ganze zwei Stunden Zeit. Um sechs wird die Bank geschlossen. Wenn der junge Herr den Scheck bei der Bank einlösen will, muß es vor sechs Uhr geschehn.“

„Du willst... Du willst es also machen?“

Der Kammerdiener antwortete nicht. Er stand auf und ging in sein Kabinett. Eine Viertelstunde verging. Franz blieb reglos sitzen.

Der Kammerdiener saß reglos in seinem Kabinett. Dann kam er zurück, nahm schweigend den Brief des Grafen Baczewski und den unausgefüllten Scheck, ging in das Kabinett zurück und versperrte die Türe.

Franz wagte nicht, ihn anzureden, bewegte leise

die Klinke der versperrten Tür, warf sich in einen Sessel und zündete eine Zigarette an.

Das Haus war totenstill.

Nach einer halben Stunde bewegte Franz zum zweiten Male leise die Klinke der versperrten Tür. Er klopfte. Er rief: „Mach auf!"

Der Kammerdiener antwortete nicht.

Franz setzte sich wieder, trank Kognak und rauchte viele Zigaretten.

Eine Stunde war vergangen, als Franz das erste Geräusch vernahm. Der Kammerdiener sperrte die Türe auf. Gebannt blickte Franz die Türe an.

Der Kammerdiener stand in der offenen Tür. Sein Gesicht war stark gerötet, als ob er gelaufen wäre oder getrunken hätte. Seine grauen Haare waren zerrauft.

Franz stand auf und ging auf ihn zu.

„Zeig her!" flüsterte er.

Der Kammerdiener schüttelte den Kopf.

„Ich muß laufen", sagte er. „Es ist höchste Zeit. Der junge Herr muß jetzt zuhaus bleiben. Wo wohnt der Herr, dem ich die zwölftausend Gulden zu bringen hab?"

Franz nannte die Adresse. Der Kammerdiener notierte sie.

„Wenn alles glatt geht, kann ich in anderthalb Stunden zurück sein", sagte er. „Der junge Herr muß sich inzwischen reisefertig machen."

„Zeig mir den Scheck", flüsterte Franz.

Der Kammerdiener schüttelte den Kopf.

„Nein, junger Herr. Falls man bei der Bank erkennt, daß es eine gefälschte Unterschrift ist, wird man mich verhaften. Dann werd ich sagen, daß ich die Unterschrift gefälscht hab. Und daß ich beabsichtigt hab, mit den zwölftausend Gulden nach Amerika durchzubrennen. Der junge Herr muß aussagen, daß ihm der unausgefüllte Scheck abhandengekommen ist. Der junge Herr kann auch aussagen, daß er mir nie eine Scheckfälschung zugetraut hätt. Ich fürcht nur, daß man mir nicht glauben wird. Weil der Betrag, den ich beheb, genau so hoch ist wie die Spielschuld. Aber ich hoff, daß es nicht so weit kommt."

Franz umarmte den Kammerdiener. Das gerötete Gesicht des kleinen dürren Mannes wechselte die Farbe. Er wurde leichenblaß. Er riß sich los. Er holte seinen Mantel und seinen Hut.

„Du mußt dich kämmen", sagte Franz.

Der Kammerdiener warf einen Blick in den Spiegel, ging in das Kabinett und ordnete das Haar. Dann eilte er auf die Straße.

Es war zehn Minuten vor sechs, als er das Bankgebäude betrat. Er war sehr bleich, aber ruhig. Er hatte das würdevolle Auftreten eines Kammerdieners, dem sein Herr die wichtigsten Geschäfte anvertraut.

Er trat an den Schalter und präsentierte den Scheck. Der Bankbeamte betrachtete den Scheck und sagte: „Nehmen Sie Platz, bitte." Dann entfernte er sich.

Der Kammerdiener setzte sich auf einen der Stühle, die für wartende Kunden bestimmt waren.

An der Wand tickte eine große Pendeluhr. Er blickte die Uhr an. Er beobachtete die Beamten, die in dem Schalterraum saßen und arbeiteten. Er saß reglos und blickte, als die Pendeluhr sechs schlug, auf seine ruhenden Hände nieder. Es war kein anderer Besucher in dem Raum. Die Bankbeamten legten die Federn nieder und rüsteten sich zum Gehen.

Zwei Minuten nach sechs erschien der Beamte, der den Scheck übernommen hatte, nickte dem Kammerdiener zu und sagte: „Ich bitte um Ihre Unterschrift und die Angabe Ihrer Adresse." Nachdem der Kammerdiener diese Formalität erfüllt hatte, überreichte der Beamte ihm zwölftausend Gulden. Der Kammerdiener grüßte würdevoll und ging.

Auf der Straße blieb er sekundenlang stehen. Er konnte sein Herz, das stürmisch schlug, nicht beruhigen, ging aber trotzdem gleich weiter. An der nächsten Straßenecke bestieg er die Pferdebahn und fuhr zu dem ungarischen Grafen, dem er das Geld zu übergeben hatte.

Eine Stunde später kam Toman nach Hause. Er überreichte Franz die Empfangsbestätigung, die der ungarische Graf ausgestellt und unterfertigt hatte.

„Wie war es?" fragte Franz. „Erzähl! Ist die Unterschrift mit der Lupe geprüft worden? Hast du nicht gezittert?"

Der Kammerdiener sagte: „Der junge Herr muß den Frack mitnehmen. Ich will schnell den Koffer packen. In zwei Stunden geht der Zug nach Nizza."

Er packte schweigend den Reisekoffer. Er beantwortete keine Frage. Er sagte: „Wir haben wenig Zeit, junger Herr. Der junge Herr darf den Zug nicht versäumen."

Nachdem er den Koffer gepackt hatte, fragte er: „Hat der junge Herr genug Reisegeld?"

„Wenn die Reise nicht ganz zweihundert Gulden kostet, hab ich genug."

„Darf ich dem jungen Herrn etwas von meinem Geld mitgeben?" fragte der Kammerdiener. Da Franz zögerte, fügte Toman hinzu: „Sonst kann der junge Herr nicht fahren. Und die Reise darf nicht verschoben werden, das weiß der junge Herr."

Franz steckte das Geld ein. Der Kammerdiener ergriff den Koffer und sagte: „Ich begleite den jungen Herrn noch zur Bahn."

Auf dem Bahnhof sagte er: „Will der junge Herr mir versprechen, daß er mir telegraphiert, ob die Gräfin Baczewska die Sache geordnet hat? Wenn die Frau Gräfin sich so benimmt, wie der junge Herr erhofft, bitt ich um ein Telegramm folgenden Inhalts: ‚Alles in Ordnung.'"

„Ich werd bestimmt telegraphieren."

„Ich dank schön, junger Herr."

Der Kammerdiener trug den Reisekoffer in das Coupé und verabschiedete sich. Dann stellte er sich auf dem Bahnsteig vor das Coupéfenster.

„Geh nach Haus", sagte Franz.

„Glückliche Reise", sagte der Kammerdiener. „Und der junge Herr wird nicht vergessen, nicht wahr? Ein ganz kurzes Telegramm: ‚Alles in Ordnung.'"

„Ich vergeß nicht. — Ich dank dir schön für alles."

„Leben Sie wohl, junger Herr."

Der Zug setzte sich in Bewegung.

„Leben Sie wohl, junger Herr", sagte der Kammerdiener noch einmal.

Er blieb reglos stehen. Er stand noch immer reglos, als der Zug längst seinen Blicken entschwunden war.

19

Vor dem Bahnhof auf der Straße verließ ihn die Kraft. Er war einer Ohnmacht nahe. Er lehnte sich an eine Mauer. Ein Passant blieb stehen und fragte: „Ist Ihnen was? Ist Ihnen schlecht?"

Der Kammerdiener schüttelte den Kopf. Er blieb noch eine Weile stehen. Es wunderte ihn, daß er stehen konnte. Er versuchte zu gehen. Es wunderte ihn, daß er gehen konnte. Er ging zu der nächsten Haltestelle der Pferdebahn und fuhr nach Hause.

Er zündete die Lampe an. Er hatte seit zwölf Uhr nichts gegessen. Er versuchte zu essen, ließ aber nach den ersten Bissen das Essen stehen und ging zu Bett. Er wollte schlafen, konnte aber nicht einschlafen. Er war nicht völlig wach, obwohl er nicht einschlief. Er lag in marterndem Halbschlaf. Er versuchte im Halbtraum stundenlang die Unterschrift des Grafen Baczewski nachzuahmen. Er zeichnete zwanzigmal das verschnörkelte große S des Namens Stanislaus, das verschnörkelte große B des Namens Baczewski. Er begann immer aufs neue. Er sah seinen verstorbenen Herrn Kognak trinken. Er sah Franz Kognak trinken. Er sah den Bankbeamten, dem er den Scheck überreicht hatte, in der Ecke des Kabinetts stehen. Der Bankbeamte hatte einen grauen Backenbart, einen grauen Kaiserbart. Er hielt eine Lupe in der Hand und betrachtete angestrengt die Unterschrift. Er schien an der Echtheit der Unterschrift zu zweifeln, er schüttelte den Kopf. Ich muß ihn erschießen, bevor er die Polizei verständigt, dachte der Kammerdiener; aber die Pistolen sind beim jungen Herrn in der Tischlade, wie stell ichs an, die Pistole zu holen, bevor der Bankbeamte das Kabinett verläßt? Plötzlich war der Mann in der Ecke nicht mehr sichtbar. Der Kammerdiener öffnete die Augen. Er wußte nicht, ob er geträumt hatte. Er wußte nicht, ob er geschlafen hatte.

Die vertraute blaue Porzellanlampe, deren milder Schein ihm immer lieb und vertraut gewesen war, warf gespenstisch grelles Licht. Er schraubte den Docht niedriger, die Lampe flackerte, warf gespenstische Schatten. Er löschte die Lampe aus.

Er wollte schlafen, bewußtlos sein, aber im Dunkeln wurden seine Sinne wacher. Er überlegte: Heute ist Donnerstag. Nein, der neue Tag hat begonnen, heute ist Freitag. Gestern, Donnerstag, bin ich ein Scheckfälscher geworden. Gestern, Donnerstag, bin ich ein gemeiner Verbrecher geworden, der ins Zuchthaus gehört. Heute ist Freitag, vielleicht kommt heute abend das Telegramm. Vielleicht kommt es erst morgen. Vielleicht überhaupt nicht. Wann kann der junge Herr zurückkommen? Wahrscheinlich Sonntag.

Sonntag...

Der Kammerdiener setzte sich auf. Ein schrecklicher Gedanke nahm von ihm Besitz.

Sonntag kommt Edmund.

Mit zitternder Hand zündete er die Lampe an. Sonntag kommt Edmund. Sonntag um fünf Uhr Nachmittag kommt Edmund.

Der Kammerdiener sprang aus dem Bett. Er hatte weder vor noch nach der Scheckfälschung an Edmund gedacht. Er hatte weder an sich noch an seine Familie gedacht. Plötzlich war der Gedanke an Edmund da. Sonntag um fünf Uhr Nachmittag kommt Edmund.

Der Kammerdiener stand geduckt in dem kleinen engen Raum. Hier, links, auf dem Bett, in der Nähe der Tür, pflegte Edmund zu sitzen. Rechts, auf dem Bett, in der Nähe des Fensters, pflegte er, der Vater zu sitzen. Er pflegte Edmund nicht anzublicken, ganz von der Säge- und Schnitzarbeit in Anspruch genommen. Edmund aber pflegte den Vater anzublicken. Er sprach wenig, er schwieg manchmal eine halbe Stunde lang, aber er blickte fast immer den Vater an. Er betrachtete die fleißigen, findigen, geschickten, kunstvoll Ornamente und Figuren schnitzenden Hände und das dünne, schmale, faltenreiche Gesicht des Vaters, der im letzten Jahr um viele Jahre gealtert war. Das Herz des Kammerdieners krampfte sich zusammen. Er dachte: Edmund wird Sonntag kommen und meine Hand anblicken, die einen Scheck gefälscht hat. Er wird Sonntag kommen und mich anblicken. Wie soll ich seinen Blick ertragen? Er weiß nicht, daß ich ein Scheckfälscher, ein gemeiner Verbrecher bin. Aber ich, ich werde seinen Blick nicht ertragen. Er weiß nicht, daß ich ehrlos geworden bin und den Namen, den er trägt, geschändet hab. Er weiß es nicht und wird es hoffentlich nie erfahren. Aber ich, ich werde seinen Blick nicht ertragen.

Zum ersten Male fühlte der Kammerdiener, daß er nicht nur ein Kammerdiener, sondern auch ein Mensch, ein Vater war. Er dachte: Was hab ich getan?! Was hab ich getan?! Und er dachte: Es ist zu spät, ich kann es nicht ungeschehen machen.

Er öffnete die Türe, ergriff die brennende Lampe und trug sie in das Zimmer des jungen Herrn. Auf dem Tisch standen noch die Kognakgläschen und die halb geleerte Kognakflasche.

Der Kammerdiener beschloß, sich zu betrinken.

Er nahm die Kognakflasche in die Hand, zögerte und stellte sie wieder auf den Tisch. Er wollte den Kognak aus dieser Flasche, die dem jungen Herrn gehörte, nicht trinken. Er überlegte: Ich bin seit gestern ein Scheckfälscher, ein gemeiner Verbrecher, aber ich bin nicht ein Kammerdiener, der den Kognak seines Herrn trinkt. Ich will ein Kammerdiener bleiben, der seinen Herrn nicht betrügt.

Aber er mußte sich betrinken. Wenn er diese Nacht überleben sollte, mußte er sich betrinken. Er blickte auf die Uhr. Es war zwei Uhr morgens. Er kleidete sich an, verließ das Haus, suchte ein Nachtcafé auf und kaufte am Buffet eine große Flasche Kognak. Er hielt sie auf dem Heimweg mit beiden Händen fest. Er eilte nach Hause und trank.

Er hatte nie Schnaps, sehr selten ein Glas Wein oder Bier getrunken. Er hatte sich nie erlaubt, die Trinkleidenschaft seines geliebten Herrn als ein Laster, als eine Schwäche oder auch nur als eine unschöne Gewohnheit zu betrachten, aber er hatte sie nie ganz verstanden. Der geliebte Herr war in den Augen des Kammerdieners ein höheres Wesen gewesen, das ein niedriger Mensch nicht verstehen konnte. Der Kognak schmeckte dem Kammerdiener nicht. Es war französischer Kognak, der beste, den es gab; es war die Marke, die der verstorbene Herr bevorzugt hatte. Trotzdem mundete er dem Kammerdiener nicht. Der Kognak brannte in der Kehle. Er brannte wie Feuer. Er drang in den Körper ein wie eine Flamme. Er steckte den ganzen Körper in Brand.

Der Kammerdiener trank. Er begann zu glühen wie ein glühender Ofen. Er trank und trank, er wollte verbrennen.

Er packte die Kognakflasche und ging zu Bett. Er nahm kein Kognakglas in das Kabinett mit, er trank aus der Flasche. Er wollte nicht an Edmund denken. Er wollte an den jungen Herrn denken. Er wollte sich vorstellen, was der junge Herr jetzt erlebte. Der Zug donnerte jetzt durch die Gebirge. An hohen Bergen vorbei, die rechts und links, treue

Riesen, ungeheure Wächter, Spalier standen, fuhr der junge Herr der französischen Riviera zu. Der Kammerdiener wollte sich die Reise ausmalen, die Ankunft in Nizza, die Begegnung mit der Gräfin Baczewska, die der junge Herr wie eine Schwester oder wie eine Geliebte Ida nannte. Der Kammerdiener hoffte, daß sie den jungen Herrn freundlich empfangen und ohne Zögern von der großen Sorge befreien werde, die ihn beinahe in den Tod getrieben hätte. Der Kammerdiener hoffte, die Gräfin Baczewska werde den jungen Herrn wie eine ältere liebevolle Schwester mit einer ernsten Mahnung und mit einem schwesterlich liebevollen Wort entlassen. Der Kammerdiener wollte die ganze Nacht an den jungen Herrn denken, die ganze Nacht alle Gedanken ihm zuwenden, als ob er neben ihm in dem Zug säße. Aber es gelang dem Kammerdiener nicht, seine Gedanken zu lenken. Die Gedanken, die den jungen Herrn geleiteten, wichen immer wieder, magisch gelenkt, dem entsetzlichen Gedanken, der den aus marterndem Halbtraum Erwachten aufgeschreckt hatte: Sonntag kommt Edmund. Wie soll ich seinen Blick ertragen?

Edmunds Blick lastete auf dem Kammerdiener. Die Lampe brannte nicht mehr. Konnte es sein, daß der Blick eines Menschen, der in einem andern Raum, in einem andern Stadtteil weilte, der Blick eines Menschen, der jetzt schlief, dessen Augen also geschlossen waren, auf einem Menschen lastete? Es konnte nicht sein. Dennoch lastete Edmunds Blick auf dem Kammerdiener. Er seufzte. Er setzte die

Kognakflasche an den Mund und trank. Er hoffte, daß er dem Blick entrinnen werde. Aber der Blick drang nun von allen Seiten auf ihn ein, er war überall. Überall war Edmund, wie durch Zauberei. Er drohte nicht, aber er forderte Rechenschaft. Warum hast du nicht an die Mutter und an mich und an Anna gedacht, Vater? fragte der Blick.

Der Kammerdiener wußte, daß es kein Entrinnen gab. Er mußte antworten. Er mußte Rechenschaft geben. Er war ein Verbrecher, der zur Rechenschaft gezogen wurde. Der Hochmut, den er seiner Familie gegenüber an den Tag gelegt hatte, war nicht mehr am Platze.

Sein Körper brannte. Er wollte verbrennen. Er wollte vernichtet werden, er wollte tot sein. Gleichzeitig war ihm aber bewußt, daß er nicht sterben durfte. Er hatte seinem geliebten toten Herrn zugeschworen, daß er versuchen werde, dem verwaisten Franz den toten Vater zu ersetzen. Dieses unmögliche, frevelhafte Unterfangen war seine einzige Lebensaufgabe geworden. Es war kein unmögliches, frevelhaftes Unterfangen, sondern eine heilige Aufgabe gewesen, die er treu bis zum letzten Atemzug hatte erfüllen wollen.

Er trank, er brannte, er verbrannte. Er brüllte: „Verschwind!“ Aber Edmund verschwand nicht, sein Blick war überall.

Der Kammerdiener träumte. Im Rausch seiner Todesangst und seiner Todessehnsucht war er eingeschlafen.

Er schlief so tief, daß kein Getöse ihn zu wecken

vermochte. Er vernahm nicht das heftige Pochen des Telegraphenboten an der Wohnungstür. Der Berauschte schlief den ganzen Tag. Er schlief noch, als es wieder Nacht geworden war. Er erwachte nach Mitternacht und zündete eine Kerze an.

Er wußte nicht gleich, daß die vorige Nacht und ein ganzer Tag und eine halbe Nacht vergangen waren. Er wußte nicht gleich, was geschehen war. Dann sah er die Kognakflasche und eine Kognaklache auf dem Fußboden. Er erinnerte sich, daß er sehr viel Kognak getrunken hatte. Der übrig gebliebene Inhalt der Kognakflasche hatte sich auf den Fußboden ergossen.

Der Kammerdiener stand auf. Er ging zu der Wohnungstür und fand im Briefkasten eine Zeitung, mehrere an Franz adressierte Briefe und ein Telegramm. Er riß das Telegramm auf und las: „ALLES IN ORDNUNG. FRANZ."

Jetzt erst war er völlig wach. Er hatte heftige Kopfschmerzen. Er ging in das Kabinett und setzte sich auf das Bett. Er las das Telegramm noch einmal. Er überlegte, was es bedeute. Der junge Herr war gerettet. Die Gräfin Baczewska hatte dem jungen Herrn verziehen.

Der Kammerdiener empfand keine Freude. Er empfand kaum eine Erleichterung. Er las zum drittenmal: „ALLES IN ORDNUNG." Aber diese Worte schienen ihm sinnlos, obwohl er sie verstand.

Er fühlte einen unerträglichen Druck, namenlose Angst. Die Angst, die ihn in der vorigen Nacht genötigt hatte, sich zu betrinken, war wieder da. Er blickte das Datum der Zeitung an, die er im Briefkasten gefunden hatte: Freitag, 26. Februar. Er sah nach, wann das Telegramm in Nizza aufgegeben worden war. Es war am 26. Februar, um sechs Uhr abends, aufgegeben worden. Freitag, am 26. Heute war Samstag. Der Kammerdiener dachte: Morgen kommt Edmund. Und morgen kommt wahrscheinlich auch der junge Herr.

Der Kammerdiener hatte einen irren Blick, als er diesen Gedanken ins Auge faßte. Er hatte namenlose Angst vor der Rückkehr des jungen Herrn. Er fühlte sich einer Begegnung mit seinem Sohne nicht gewachsen, er fürchtete Edmunds Blick. Es schien dem Kammerdiener aber noch grauenhafter, den jungen Herrn morgen wiedersehen zu sollen. Der Zauber war zu Ende, der Toman an seinen Herrn gefesselt hatte. Edmund hatte diesen Zauber gebrochen.

Der Kammerdiener wollte Edmund entfliehen. Er wollte auch Franz entfliehen. Tomans Körper war wund, verbrannt, als ob er im Feuer gewesen wäre. Sein Kopf schmerzte. Ein unerträglich starker Trommelwirbel marterte seine Ohren.

Er sehnte sich nach Ruhe, nach Stille. Er kochte Kaffee, trank gierig das heiße Getränk und aß einige Semmeln. Der Kopfschmerz ließ nach. Der Trommelwirbel in den Ohren wurde schwächer.

Toman überlegte: Ich werde mich verstecken. Ich will morgen nicht hier sein. Edmund wird an die Wohnungstür pochen, und ich werde nicht hier sein. Der junge Herr wird kommen und mich nicht finden. Morgen werden beide kommen, und ich werde nicht hier sein.

Und übermorgen? Und am nächsten und am übernächsten Tag? Und an allen übrigen Tagen meines Lebens?

Er wollte nicht wissen, was nach dem morgigen Tag sein werde. Er hatte namenlose Angst vor dem morgigen Tag. Er beschloß, vor dem morgigen Tag zu flüchten.

Der Beschluß beruhigte ihn. Es war vier Uhr morgens. Er wollte versuchen, noch einige Stunden zu schlafen. Er legte sich in sein Bett und schlief ein.

Er erwachte um zwei Uhr nachmittags. Er hatte noch immer heftige Kopfschmerzen, aber der Trommelwirbel in seinen Ohren war verstummt.

Toman wusch sich und kleidete sich an. Er aß mit Unlust Brot und Schinken, trank Kaffee und begann die Wohnung zu säubern. Nach zwei Stunden waren die Zimmer rein und blank. Er bereitete ein kaltes Mahl vor, das er auf den Eßtisch stellte. Neben den Teller legte er einen Zettel, auf dem geschrieben stand: „Junger Herr, ich bin heute nicht in Wien. Der junge Herr wird verzeihen. Das Essen ist vorbereitet." Unter diese Zeilen setzte er seine Unterschrift.

Er dachte nicht nach. Er überlegte nicht, wohin er flüchten werde. Er überlegte nichts. Er hatte sein ganzes Leben lang immer, zu jeder Stunde, genau überlegt, was er in der nächsten Stunde zu tun habe. Er hatte keine Stunde seines Lebens planlos verlebt. Ohne ein bestimmtes Ziel zu verfolgen, ohne eine bestimmte Aufgabe in Angriff zu nehmen. Er hatte keine Aufgabe mehr.

Er setzte sich in eine Pferdebahn, die zu einem Bahnhof fuhr. Es dämmerte. Er ging an einem Buffet vorbei und drehte angeekelt den Kopf, weil er eine Reihe blitzender Kognakflaschen erblickte. Ihm graute vor dem Kognak. Er wollte nie wieder einen Tropfen Kognak trinken. Er löste eine Fahrkarte. Er hatte keine große Reise vor. Er wollte den Sonntag in einem kleinen Ort in der Nähe Wiens verbringen. Er wählte einen Ort, dessen Namen er nie gehört hatte. Es war eine Fahrt von vierzig Minuten. Er bestieg den Zug und legte sein Köfferchen, das nur ein Nachthemd, eine Seife und eine Zahnbürste enthielt, in das Gepäcknetz.

In dem Coupé brannte eine trübe Lampe. Es hatte den ganzen Tag geschneit. In der Abenddämmerung setzte ein starker Frost ein. Das Coupé war geheizt. Toman spürte es nicht. Ihn fror. Er sehnte sich nach einem warmen Zimmer.

Als er als einziger Passagier aus dem Zug stieg, hatte die Dunkelheit sich so verdichtet, daß der Bahnhof unsichtbar gewesen wäre, wenn eine Lampe nicht ein Fenster erhellt hätte. Es war eher ein Wärterhäuschen als ein Bahnhof. Toman fragte den Bahnbediensteten, der ihm die Fahrkarte abnahm, nach dem Weg. „Der Ort ist weit weg", sagte der Bahnbedienstete, „drei Viertelstunden. Sie können aber den Weg um die Hälfte abkürzen, wenn Sie durch den Wald gehn. Immer gradaus in dieser Richtung." Er zeigte mit der Hand die Richtung und versicherte, daß man in dem Gasthaus am Eingang des Ortes jederzeit ein Nachtlager finden könne.

Toman ging durch den Wald. Ein schmaler, schneebedeckter Pfad, der die angegebene Richtung verfolgte, begann gleich hinter dem Bahnhof. Nach einigen Minuten wurde der Waldpfad undeutlich, aber Toman wollte nicht umkehren und die breite Straße suchen. Er glaubte, daß er die Richtung nicht verlieren könne. Er war ein geübter Waldgänger. Die heimatlichen Wälder hatte er oft in den dunkelsten Nächten kreuz und quer durchstreift, wenn er gehofft hatte, seinem von einem Jagdausflug heimkehrenden Herrn auf einer Waldstraße zu begegnen. Er fühlte sich in jedem Wald heimisch. Nur in der Stadt fühlte er sich fremd und einsam.

Nachdem er eine halbe Stunde gegangen war, blieb er stehen und spähte nach einem Licht. Wenn er die Richtung eingehalten hatte, mußte der Ort ganz nah sein. Eigentlich hätte er den Ort bereits erreicht haben müssen, wenn es stimmte, daß der Waldpfad den Weg um die Hälfte abkürzte.

Es war kein Licht zu sehen. Es war kein Pfad zu sehen. Der Waldboden war schneebedeckt, der Wald war weiß. Der Himmel war schwarz, es gab weder Mond noch Sterne.

Toman stapfte durch den Schnee. Er ging noch eine Viertelstunde, dann kehrte er um.

Er suchte nicht mehr den Ort, er suchte den Bahnhof, der an der breiten Straße lag. Es war windstill. Trotzdem fielen zuweilen Schneeklumpen von den schneebedeckten Fichten auf ihn nieder. Sein Gesicht war naß. Der Schnee, der seine Augen traf, machte ihn blind. Es fror ihn, aber gleichzeitig fühlte er, daß sein Körper heiß und fiebrig war. Er hatte verabsäumt, eine Laterne mitzunehmen. Er hatte nicht bedacht, daß er vielleicht genötigt sein werde, im Dunkeln zu gehen. Er hatte nichts bedacht, er hatte nur flüchten wollen.

Er fand nicht den Bahnhof. Er geriet auf einen Waldpfad, wußte aber nicht, ob es der richtige war. Er ging noch eine Stunde lang, dann setzte er sich auf einen schneebedeckten Baumstumpf.

Er rief. Es war totenstill. Er rief in die Totenstille: „Niemand da?" Er rieb die Hände, die Finger waren erstarrt. Es begann zu schneien. Die Müdigkeit überwältigte ihn.

Er erschrak, aus kurzem Schlaf erwacht. Er hatte nur einige Minuten geschlafen. Er wußte, daß er nicht länger sitzen bleiben durfte. Er durfte nicht einschlafen. Er stand auf und ging.

Nach einer Viertelstunde verlor sich der Pfad, den er verfolgt hatte, in einer Lichtung. Er merkte, daß er schlaftrunken auf eine Anhöhe gelangt war. Er mußte zurückwandern. Er ging, torkelte, taumelte durch den tiefen Schnee, von großen Schneeflokken umwirbelt. Er fiel über eine Baumwurzel und blieb liegen.

Er war so müde, daß er das Ruhen als eine Erlösung empfand. Er zwang sich, wachzubleiben. Er zwang sich, die Augen offen zu halten. Er sagte sich: Wenn ich einschlafe, ist es um mich geschehen. Wenn ich einschlafe, wach ich nicht mehr auf.

Er starrte den schwarzen Himmel und den schneebedeckten Waldboden an und dachte: Wär es nicht schön? Bin ich nicht hergefahren, weil ich nichts mehr vom Leben wissen will? Ruhe und Stille hab ich gesucht. Hier hab ich Ruhe und Stille.

Lautlos fiel der Schnee. Toman schlief ein. Er hatte sich gegen die Schlaftrunkenheit zur Wehr setzen wollen, aber seine Müdigkeit war stärker gewesen als sein Wille.

Um sechs Uhr morgens fanden ihn Holzfäller, die in ihren Sonntagskleidern in die Kirche gingen. Sie glaubten zuerst, ein Toter liege im Schnee, aber Toman war nicht tot. Sie trugen ihn ins Dorf. Eine Ambulanz brachte ihn am Nachmittag nach Wien in ein Krankenhaus.

20

Edmund saß am Krankenbett seines Vaters. Der Arzt sagte: „Lungenentzündung." Der Kranke hatte hohes Fieber. Er phantasierte. Edmund verstand nicht die seltsamen Worte und Schreie, die der Vater ausstieß. Der Fiebernde phantasierte von einem Verbrechen. Er sprach von einem Scheck. Er schrieb mit den fieberheißen Fingern auf die Bettdecke ein Wort, einen Namen, eine Unterschrift. Edmund erriet nicht, was diese

Phantasien bedeuteten, aber er ahnte manches, das er nicht erriet.

Der Kranke erschrak vor Edmunds Anblick. Solange der Sohn an dem Krankenbett saß, blieb der Fiebernde der Wand zugekehrt, wälzte sich aber von Zeit zu Zeit auf die andere Seite. Bei Edmunds Anblick schien er jedesmal zu erschrecken. Einmal brüllte er: „Verschwind!"

Am nächsten Tag kam Franz in das Krankenhaus, während Edmund an dem Krankenbett saß. An diesem Tag war es nicht gestattet, die Patienten zu besuchen. Die Besucher, die zu Toman kamen, durften trotzdem an sein Bett kommen, weil die Ärzte den Zustand des Kranken sehr ernst und besorgniserregend fanden. Edmund, der wieder merkte, daß der Vater bei seinem Anblick erschrak, beobachtete ihn gespannt und niedergeschlagen, nachdem Franz den Krankensaal betreten hatte. Der Kranke heftete den Blick auf Franz. Edmund erwartete, daß der Vater den jungen Grafen mit einem freudigen Lächeln erkennen und begrüßen werde. Es hätte Edmund nicht gewundert, wenn der Vater mit verklärtem Gesicht Franz umarmt hätte. Aber der Kranke erschrak bei dem Anblick des jungen Grafen. Ein Zucken durchlief den Körper des Fiebernden. Er drehte sich zur Wand. „Hat er mich nicht erkannt?" fragte Franz flüsternd. Edmund wußte es nicht. Er vermutete, daß der Vater Franz erkannt habe. Es war unerklärlich.

An diesem Tag verständigte Edmund telegraphisch die Mutter von der schweren Erkrankung des Vaters. Am nächsten Vormittag kamen die Mutter und die Schwester. Sie trugen schwarze Kleider und schwarze Kopftücher. Edmund rügte diese Kleidung und sagte, der Vater werde erschrecken, wenn er seine Angehörigen in Trauerkleidern erblicken werde. Die Mutter sagte: „Er erschrickt nicht. Es sind unsre Sonntagskleider."

Sie durften um zwei Uhr den Krankensaal betreten. Der Kranke hatte die Augen geschlossen. Er schien die Stimmen und Geräusche nicht zu hören. Edmund brachte einen Stuhl und sagte: „Setz dich, Mutter." Die Mutter setzte sich. Edmund blieb zu ihrer Linken, Anna zu ihrer Rechten am Krankenbett stehen. Sie waren die einzigen Besucher in dem großen Saal. Der Kranke lag, der Wand zugekehrt, unruhig, erregt unter der Decke, seine Brust hob und senkte sich stürmisch, seine Stirn war mit Schweiß bedeckt. Die Mutter nahm ihr Taschentuch und wischte den Schweiß von seiner Stirn. Über ihn gebeugt, blieb sie stehen und betrachtete sein eingefallenes Gesicht. Obwohl sie sich niederbeugte, sah sie wie eine Riesin aus. Auch Anna stand wie eine Riesin an dem Krankenlager. Edmund war ebenso groß wie sie, aber die Anspannung, die in seinen Zügen ausgeprägt war, ließ ihn kleiner erscheinen. Die Mutter setzte sich wieder. Sie sagte: „Anton, wir sind da. Willst du uns nicht sehn?" Der Kranke zeigte jetzt, daß er wach war und sah und hörte. Er wendete sich den Besuchern zu, blickte Edmund an und drehte sich wieder zur Wand. Die Mutter sagte: „Geht hinaus, Kinder.

Vielleicht will der Vater mit mir reden. Ich ruf euch nachher wieder herein." Edmund und Anna verließen den Saal. Die Mutter sagte: „Anton, ich hab die Kinder hinausgeschickt. Willst du nicht mit mir reden? Willst du mir nichts sagen?" Toman drehte sich um und blickte sie an. Er sagte: „Habt ihr schon die Trauerkleider an? Ich bin noch nicht gestorben." Die Frau sagte: „Du kennst dieses Kleid seit vielen Jahren; es ist mein Sonntagskleid. Auch Anna hat ihr Sonntagskleid an. Wenn wir in unsern schlechten Kleidern gekommen wären, hättest du geschimpft." Er machte eine unwillige Handbewegung. „Ich wär freilich froh, wenn du wieder schimpfen tätst", sagte die Frau. „Kann ich die Kinder wieder hereinrufen?"

Toman drehte sich zur Wand, ohne zu antworten. Die Frau rief die Kinder in den Saal. Niemand wagte zu sprechen. Plötzlich richtete Toman sich auf, blickte die Frau, Anna und Edmund an und sagte: „Ihr werdet froh sein, wenn ich hin bin." Nach diesen Worten sank er zusammen. Die Frau sagte: „Das ist nicht wahr." Toman lag mit geschlossenen Augen und hob die Hand, als ob er sich Gehör verschaffen wollte. Die Frau und die Kinder warteten. Toman sagte mit schwacher Stimme: „Es ist wahr." Dann stieß er unzusammenhängende Worte hervor. Eine Krankenschwester trat an das Bett heran und forderte die Besucher auf, den Kranken zu verlassen. Der Arzt, dem sie vor der Türe begegneten, erlaubte ihnen, am Abend noch einmal zu kommen.

Als sie um sieben Uhr in dem Krankenhaus erschienen, wurde ihnen mitgeteilt, Toman sei vor einer Stunde gestorben; es sei den Angehörigen nicht verwehrt, den Toten zu sehen. Sie gingen in die Leichenkammer und nahmen von dem Toten stumm Abschied. Dann führte Edmund die Mutter und die Schwester in seine Wohnung. Er füllte seine Waschschüssel mit Wasser. Die Mutter, die Schwester und er wuschen sich die Hände. Diese Waschung dauerte sehr lange. Insbesondere Anna konnte sich lange nicht entschließen, die Händewaschung zu beenden.

Edmund sagte, daß er Franz von dem Tode des Vaters verständigen müsse. Die Mutter sagte: „Du brauchst nicht zu ihm zu gehn; du kannst es ihm schreiben." Das tat Edmund.

Eine Woche nach dem Leichenbegängnis, an dem nebst den Angehörigen nur Franz und Edmunds Zimmergenosse Grassini teilnahmen, erschien Edmund bei Franz, um die Dinge, die dem Toten gehört hatten, abzuholen; das Bett, den Schrank und den Tisch hatte die Mutter gleich nach dem Leichenbegängnis nach Holitz senden lassen. Nachdem Edmund alle Gegenstände verpackt hatte, wollte er gehen. Franz hielt ihn jedoch zurück und sagte: „Ich bin deinem verstorbenen Vater noch Geld schuldig. Ich weiß nicht genau, wieviel; ich werd es zusammenrechnen und dir zusenden." Edmund sagte: „Schick es nicht mir, sondern meiner Mutter." Franz sagte lächelnd: „Richtig, ich erinnere mich — du hast von ihm kein Geld angenommen.

Aber jetzt ist er tot. Willst du auch dem Toten noch deinen Stolz beweisen?"

Edmund wollte diese Frage nicht beantworten und das Gespräch abbrechen; aber der Anblick des spöttischen Fragers löste so starke und schmerzhafte Empfindungen in ihm aus, daß er sich setzte und den Zwang fühlte, die sein Innerstes berührende Frage sich selbst zu beantworten.

Er sagte: „Mein Vater war mein großer Lehrmeister. Ich verdanke ihm mehr als mein Leben. Es hat schwerlich jemals einen Menschen gegeben, der seinem Vater mehr zu verdanken hatte als ich ihm."

Franz war sehr überrascht. Er sagte: „Merkwürdig. Ich hab immer gemeint, daß du etwas gegen ihn hast."

Edmund nickte ernst. „Ich hab etwas gegen ihn gehabt. Er war mit Leib und Seele Kammerdiener. Er war ein Kammerdiener aus Leidenschaft. Ich war schon als Kind deshalb sehr unglücklich. Aber was mich in den Jahren der Unreife unglücklich gemacht und verstört hat, ist jetzt meine unversiegbare Kraftquelle, die mir jederzeit ermöglichen wird, ein menschenwürdiges Dasein zu führen."

„Ich versteh dich nicht. Dein Vater hat einen anständigen, ordentlichen Beruf gehabt. Er ist seinem Beruf gewissenhaft, man kann sagen: musterhaft nachgegangen. Er war ein ehrlicher, braver, tadelloser Mensch. Willst du ihm vorwerfen, daß er seinen Beruf gern gehabt hat? Und daß er sich in der Ausübung seines Berufs wohlgefühlt hat?"

„Nein. Ich sag nichts gegen seinen Beruf. Ich

wehre mich aber gegen — wie soll ich es nennen? — die Kammerdienernatur des Menschen. In den meisten Menschen steckt ein Kammerdiener. In manchem so verborgen, daß die Bedientenseele, die Kammerdienernatur nie oder nur selten zum Vorschein kommt. In manchem so überwuchernd, daß er aufhört, ein Mensch zu sein und nichts als der Sklave seiner Kammerdienernatur ist. So ein Mensch war mein Vater. Es war nicht seine Schuld. Es war seine Natur, sein Wesen."

„Willst du damit sagen, daß das Dienen erniedrigend ist? Es war ein großer Herr, ein wirklicher Grandseigneur, der stolz auf sein Wappen geschrieben hat: ‚Ich dien'.' Wenn ich mich recht erinnere, hat uns der Dr. Reifner in der Geschichtsstunde erzählt, daß das seit vielen Jahrhunderten der Wappenspruch der Prinzen von Wales ist."

„Du mißverstehst mich. Ich sage nichts gegen das Dienen. Ich achte und ehre jeden Menschen, der einer guten Sache dient. Ich verachte nicht die vielen, die dienen müssen, ohne den Sinn und Zweck ihres Dienstes zu erraten. Jeder Mensch, der dient, ist tausendmal wertvoller als einer, der die andern für sich arbeiten läßt. Das Dienen ist nichts Schimpfliches. Auch der Kammerdienerberuf ist nicht schimpflich. Die Gefahr, vor der mich das Leben meines Vaters gewarnt hat, steckt in der Kammerdienernatur des Menschen."

„Ich versteh noch immer nicht ganz, was du meinst."

„Die Kammerdienernatur des Menschen erniedrigt und entwürdigt ihn. Sie zwingt ihn, seine Menschenwürde zu mißachten, jeden höheren Lebenszweck zu vergessen oder zu verlachen. Sie verwandelt jede gute Eigenschaft eines Menschen in eine schlechte. Die Liebe eines solchen Menschen ist hündische Unterwürfigkeit. Die Treue eines solchen Menschen ist ein Laster, das vor keinem Verbrechen zurückscheut."

Franz zuckte zusammen. Dann lächelte er und sagte: „Du übertreibst."

„Keineswegs. Die Kammerdienernatur des Menschen ist die große Gefahr, die jeder von uns zu fürchten hat. Ich fürchte sie mehr als du und mehr als jeder andre, weil ich das warnende Beispiel meines Vaters vor Augen habe. Schon als Kind hab ich immer gefürchtet, daß er einen Kammerdiener aus mir machen will. Schon als Kind bin ich immer vor dem Gedanken zurückgeschreckt, daß vielleicht auch in mir ein Kammerdiener steckt. Die Angst vor der Kammerdienernatur hab ich nie verloren. Sie war der Schrecken meiner Jugend. Erst jetzt, in den letzten Monaten, hab ich sie überwunden."

„Ich fang an, dich zu verstehen. Du hast gefürchtet, daß die Kammerdienernatur erblich ist."

„Sie vererbt sich; und sie verbreitet sich wie eine ansteckende Krankheit, wenn man nicht gegen sie rebelliert. Ich weiß es aus schmerzlicher Erfahrung. Aber die meisten Menschen wissen es nicht. Weil die meisten Menschen diese Gefahr nicht kennen, kann es sehr leicht einmal geschehen, daß ein ganzes Volk, ja die ganze Menschheit unter dem Einfluß der Kammerdienernatur, die in jedem Menschen steckt, verdorben und vernichtet wird und sich zu den schändlichsten Verbrechen verleiten läßt, ohne zu ahnen, was diesen Verfall verursacht hat."

Franz hatte erstaunt zugehört. „Du bist ein schrecklicher Pessimist", sagte er. „Du bist ein Anarchist."

Edmund schüttelte den Kopf. „Nein. Ich bin ein gläubiger Mensch. Ich glaube an die Heiligkeit der Menschenwürde. Ich glaube, daß niemand das Recht hat, auf seine Menschenwürde zu verzichten. Ich glaube, daß die Menschheit zugrunde gehen muß, wenn die Menschenwürde aufhört, unser höchster Wert zu sein."

Franz senkte den Blick. Er dachte an die letzten Stunden, die er mit dem Kammerdiener verbracht hatte. Er sah den Kammerdiener in der offenen Tür des Kabinetts stehen. Der Kammerdiener hielt den Scheck, den er gefälscht hatte, in der Hand. Das Gesicht des Kammerdieners war stark gerötet, als ob er gelaufen wäre oder getrunken hätte. Seine grauen Haare waren zerrauft. Franz wollte dieses Bild nicht sehen. Er sah den Kammerdiener vor dem Coupéfenster stehen. „Leben Sie wohl, junger Herr", hatte der Kammerdiener zweimal gesagt. Er war reglos stehengeblieben, als der Zug die Bahnhofshalle verlassen hatte. Und dann? Franz hörte die bösen, harten Worte, mit denen der Graf Baczewski ihn in dem Hotelzimmer in Nizza entlassen hatte. Warum hatte Ida ihren Mann gerufen?

Warum hatte sie es für notwendig gehalten, ihrem Mann die Geschichte der Scheckfälschung zu erzählen? Es war eine teuer erkaufte Verzeihung. „Ich werde meiner Frau zuliebe keine Schritte gegen Sie unternehmen", hatte der Graf Baczewski gesagt, „aber ich muß Ihnen sagen, daß ich Sie nach diesem Vorfall nicht mehr in meinem Hause sehen will." Franz konnte diese Worte,mit denen der Graf Baczewski ihn entlassen hatte, nicht vergessen. Er hatte nicht geantwortet. Er hatte sich stumm verbeugt. Dann war er in ein Postamt gegangen und hatte dem Kammerdiener telegraphiert: „Alles in Ordnung."

Alles in Ordnung! Seit dem Tod des Kammerdieners mußte Franz unaufhörlich an den Wortlaut des Telegramms denken. Auch jetzt dachte er wieder: Alles in Ordnung? Nach diesem Erlebnis? Ich hätte mich lieber erschießen sollen. Oder ins Zuchthaus gehen. Das Zuchthaus wäre leichter zu ertragen gewesen als diese Demütigung. Aber ich hab mich nicht erschießen wollen. Und ich hab nicht ins Zuchthaus gehn wollen. Sterben! Ins Zuchthaus gehn! Das sagt sich leicht. Ich muß weiterleben, als ob wirklich alles in Ordnung wär. Der Graf Baczewski wird den Mund halten, und niemand wird wissen, was vorgefallen ist. Ich muß irgendwie Geld auftreiben, ich muß das Geld zurückgewinnen. Wovon soll ich leben? Von der lumpigen Monatsrente? Von den lumpigen zweihundert Gulden? Wo schaff ich Geld her? Das ist die Frage. Wenn ich wieder ein paar hundert Gulden hab, kommt alles wieder in Ordnung. Es gibt viele Leute, die kein Geld haben und trotzdem gut leben. Warum soll es gerade mir nicht glücken? Ich muß noch ein paar Tage nachdenken. Ich brauch noch eine Weile, um mich von dem Schock zu erholen. Dann wird alles wieder in Ordnung sein.

Er hatte vergessen, daß ein Besucher vor ihm saß. Edmund merkte es und blickte das bleiche, hübsche Gesicht des Jugendgefährten gedankenvoll an. Es war das Gesicht eines leichtsinnigen, liebenswürdigen, gedankenlosen jungen Menschen. Wie sehr, dachte Edmund, wie väterlich hat mein Vater ihn geliebt! Denkt er manchmal noch an den Toten, der ihn so sehr, so väterlich geliebt hat? Es würde mich wundern.

Edmund stand auf und sagte: „Leb wohl." Franz, aus seinen Träumen gerissen, lächelte, reichte ihm die Hand und sagte: „Auf Wiedersehn, Edmund."

Edmund dachte: Es gibt kein Wiedersehen; ich hab nichts mit dir zu schaffen. Er nahm die Gegenstände, die sein Vater in dem Kabinett zurückgelassen hatte, und trug die Last durch die abendlichen Straßen.

NACHWORT

Ludwig Winder
und sein Blick auf die Banalität des Bösen

Ludwig Winder war 53 Jahre alt, als er 1942 mit der Arbeit zu seinem Roman *Der Kammerdiener* begann. Der einstige Theaterkritiker der traditionsreichen *Deutschen Zeitung Bohemia* in Prag wohnte abgeschieden auf dem Dorf: in Baldock nördlich von London. Im Juli 1939 war der Dichter aus dem „Prager Kreis“ um Max Brod zusammen mit seiner Frau Hedwig und seiner Tochter Marianne nach England gelangt. Die Flucht aus der von den Nazis okkupierten Tschechoslowakei hatten die drei über Polen und Schweden geschafft. Winder hatte mehrere Herzanfälle hinter sich. Eine Koronarthrombose fesselte ihn immer häufiger ans Bett. Zahlreiche Passagen des *Kammerdiener* entstanden dort.

An seinen Freund im amerikanischen Exil, den Prager Johannes Urzidil, schrieb Winder: „Sehr schlimm ist's, daß ich das Rauchen fast ganz aufgeben mußte, weil mein Herz es so will . . . Ich konnte dreißig Jahre lang keine Zeile schreiben ohne Zigarette. Jetzt rauche ich nur noch eine Zigarette nach jeder Mahlzeit, das ist alles. Und es geht.“ In einem anderen Brief heißt es: „Vielleicht bessert sich trotz allem meine Herzkrankheit ein wenig — in diesem Fall würde ich versuchen, in die Heimat zurückzukehren. Es ist aber vernünftig und geboten, nicht mehr an den nächsten Tag zu denken, wenn man so schwache Kräfte besitzt wie ich."

Winder hatte noch vier Lebensjahre vor sich, als er mit dem *Kammerdiener* begann: mit der Geschichte des Anton Toman, der seinem gräflichen Herrn mit „lustvoll unterwürfiger Miene" dient. Über diese Geschichte äußerte sich Winder brieflich gegenüber Urzidil so: „Sie führt in das neunzehnte Jahrhundert zurück und muß einen Leser, der ganz der Gegenwart lebt, seltsam anmuten." Winder führt einen Menschen vor, der den totalen Anspruch seiner Herrschaft gar nicht mehr als Zwang empfindet. Der Sohn des Kammerdieners aber erkennt die Gefahr, die darin liegt, „daß die Erfüllung der beruflichen Pflichten das Innerste eines Menschen unberührt lassen konnte".

Dieser Sohn sagt über die Kammerdiener-Natur seines Vaters: „die Kammerdienernatur . . . verwandelt jede gute Eigenschaft eines Menschen in eine schlechte . . . Die Treue eines solchen Menschen ist ein Laster, das vor keinem Verbrechen zurückschreckt." Und der Sohn sieht über den Vater hinaus, sieht das Exemplarische: „Die Kammerdienernatur vererbt sich; und sie verbreitet sich wie eine ansteckende Krankheit, wenn man nicht gegen sie rebelliert . . . Weil die meisten Menschen diese Gefahr nicht kennen, kann es sehr leicht einmal geschehen, daß ein ganzes Volk, ja die ganze Menschheit unter dem Einfluß der Kammerdienernatur, die in jedem Menschen steckt, verdorben und vernichtet wird und sich zu den schändlichsten Verbrechen verleiten läßt, ohne zu ahnen, was diesen Verfall verursacht hat."

Diese Ursachen macht Winder in seinem Roman *Der Kammerdiener* sichtbar. Er zeigt, wie sich die Sekundärtugenden der Pflichterfüllung zu Primärtugenden wandeln. Er zeigt am Beispiel des Anton Toman, wie sich die lustvolle Unterordnung ihren Führer sucht. Und so fand Hannah Arendts Wort von der „Banalität des Bösen", eine Erkenntnis, die ihr der Kammerdiener Adolf Eichmann 1961 im Jerusalemer Prozeß vermittelte, fast zwei Jahrzehnte früher seine dichterische Ausformung in dem Roman von Ludwig Winder.

Adolf Eichmann, der Exekutor des Programms „Endlösung der Judenfrage" — der exemplarische Fall eines leidenschaftlichen Pflichterfüllers. Hannah Arendt schreibt: „Das Beunruhigende an der Person Eichmanns war doch gerade, daß er war wie viele und daß diese vielen weder pervers noch sadistisch, sondern schrecklich und erschreckend normal waren und sind. Vom Standpunkt unserer Rechtsinstitutionen und an unseren moralischen Urteilsmaßstäben gemessen, war diese Normalität viel erschreckender als all die Greuel zusammengenommen, denn sie implizierte, daß dieser neue Verbrechertypus, der nun wirklich *hostis generis humani* ist, unter Bedingungen handelt, die es ihm beinahe unmöglich machen, sich seiner Untaten bewußt zu werden."

Den Roman *Der Kammerdiener* schrieb Winder in jenem Jahr, in dem Reinhard Heydrich, stellvertretender Reichsprotektor in Böhmen und Mähren, in Prag einem Attentat zum Opfer fiel — mit der Folge, daß die deutschen Okkupanten das Dorf Lidice dem Erdboden gleichmachten und die Männer dort ermordeten. Im Rachefeldzug der Nazis war Lidice damals nur ein kleiner Ausschnitt. Jenem Rachefeldzug fiel auch ein großer Teil der tschechischen Intelligenz zum Opfer. Die Nachricht von Lidice führte dazu, daß Winder seine Arbeit am Roman *Der Kammerdiener* unterbrach. Ludwig Winder „sprang" in die Aktualität und entfernte sich dennoch nicht von der Problematik des „lustvollen Dienens". In seiner Geschichte des 52jährigen Josef Rada, eines kleinen Beamten des Verkehrsministeriums in Prag, zeigte er, wo die Grenzen des Pflichtgefühls liegen: „Rada sah ein, daß er sich zu einer Tat entschließen mußte, die er verabscheute, weil jedes Menschenleben ihm immer heilig gewesen war. Er sah ein, daß er sich zu dieser Tat entschließen mußte, weil es notwendig war, den Weltzustand wiederherzustellen, der auf der Heiligkeit des Menschenlebens aufgebaut war." Der „pflichtgetreue, gewissenhafte" Beamte, der die „strenge Ressorteinteilung" liebte, findet zum Widerstand gegen die Nazis. Rada „hatte die Pflicht, jeden Menschen, der sich vor der Gestapo verbergen mußte, aufzunehmen. Dadurch erwuchs ihm die Pflicht, die eigene Familie zu gefährden."

Das in London erscheinende deutschsprachige Blatt *Die Zeitung* druckte den Roman in Fortsetzungen. Winder gab ihm den Titel *Die Pflicht.* Winders Roman war die erste Antwort eines Dichters auf die Vernichtung von Lidice. Der Abdruck des Romans begann noch vor Erscheinen des Romans *Lidice* von Heinrich Mann, der im kalifornischen Exil lebte und dessen Werk im mexikanischen Exilverlag El Libro Libre herauskam.

Die Zeitung war in London auf Initiative Sebastian Haffners gegründet worden. Sie war ein Blatt konservativer Ausrichtung und wurde von Liberalen gemacht. Verantwortlicher Feuilletonredakteur war Monty Jacobs, bis 1933 bei Berlins *Vossischer Zeitung.* Zu den Mitarbeitern des Exilblatts, das eine Auflage von 20.000 Exemplaren hatte, gehörten Robert Neumann, Walter Tschuppik, Peter de Mendelssohn, Hermynia zur Mühlen und Ernst Sommer. Die Zeitung, erstmals am 12. März 1941 und zuletzt am 1. Juni 1945 auf dem Markt, erschien anfangs täglich, später wöchentlich — im Auftrag des Informationsministeriums und unter der indirekten politischen Kontrolle des Foreign Office.

Die Zeitung druckte auch den Anfang des *Kammerdiener* in der Zeit vom 5. März bis 23. April 1943. Der Abdruck endete in der Mitte des dritten Kapitels. Mit dem Abbruch an dieser Stelle war Winder nicht zufrieden. An Johannes Urzidil schrieb er am 1. August 1943: „Ich will Ihnen das erschienene Fragment lieber nicht schicken . . ., weil es Ihnen nicht den richtigen Begriff von meinen Absichten geben würde. Das erschienene Fragment schließt nämlich friedfertig-idyllisch und der ganze Roman wird genau das Gegenteil sein."

Doch der Abbruch des *Kammerdiener*-Romans in Fortsetzungen war notwendig geworden, weil *Die Zeitung* den Druck des Romans *Die Pflicht* dazwischenschob. Während diese Veröffentlichung lief, beendete Winder dann den *Kammerdiener. Die Zeitung* nahm die Veröffentlichung dieses Romans über das dritte Kapitel hinaus am 25. August 1944 wieder auf. Bei der Einstellung des Blattes 1945 war man bis zur Mitte des 17. Kapitels gekommen. Vollständig und als Buch liegt *Der Kammerdiener* nun erstmals vor. Vier Romane schrieb Winder im Exil: *Die Novemberwolke,* Geschichte einer Bombennacht in London zuerst, die *Geschichte meines Vaters* zuletzt. Nur *Die Pflicht* erschien auch als Buch: 1944 unter dem Titel *One Man's Answer* in England und 1949 bei Steinberg in Zürich.

Den Sohn des Kammerdieners läßt Winder in seinem Roman so sprechen: „Ich bin ein gläubiger Mensch. Ich glaube an die Heiligkeit der Menschenwürde. Ich glaube, daß niemand das Recht hat, auf seine Menschenwürde zu verzichten. Ich glaube, daß die Menschheit zugrunde gehen muß, wenn die Menschenwürde aufhört, unser höchster Wert zu sein." Es könnten auch Worte sein, die der Dichter zu sich selbst spricht. Ludwig Winder starb am 16. Juni 1946 in Baldock, seine Frau Hedwig am 9. Juli 1987 in London, 96 Jahre alt.

Als Franz Kafka 1924 starb, schrieb Ludwig

Winder, der anstelle des toten Dichters in den „Prager Kreis“ um Max Brod aufgenommen wurde, über dessen Werk: „In seinen Büchern gibt es keine Phrase, keinen unwahren Satz. Dennoch wußten die meisten Zeitgenossen nichts von ihm.“

Dies gilt längst nicht mehr für Franz Kafka. Es gilt immer noch für die einst in Prag herausragende Gestalt neben Kafka: Ludwig Winder, dessen episches Werk zehn Bücher umfaßt, von denen erst wieder *Die jüdische Orgel* 1983 und *Die nachgeholten Freuden* 1987 erschienen.

Jürgen Serke

Ludwig Winder

DIE NACHGEHOLTEN FREUDEN

339 Seiten

Der reich (und alt) gewordene Bauernsohn Adam Dupic kauft in Böhmen eine ganze Kleinstadt mitsamt dem Schloß und errichtet sechs Kunstseidefabriken. Er hat alle Eigenschaften des Kapitals, das im Ersten Weltkrieg und danach in Österreich und (seit 1918) in der Tschechoslowakei die Vorherrschaft des Adels bricht: Er ist unberechenbar, mal Fluch, mal Segen für die von ihm Abhängigen. In dem von ihm gebauten „Volkshaus" gibt es Vergnügungen auf Kredit, und damit noch größere Knechtschaft als durch Arbeit. Fast alle werden seine Schuldner, er ist der Gott nach dem Tod Gottes. Den meisten bleibt er rätselhaft, zwei jüngeren Frauen ist er „interessant". Einer von ihnen, der jüdischen Lehrertochter Elsa Buxbaum, die er einmal seine heimliche Liebe nennt, verhilft er ohne ihr Wissen zu Spekulationsgewinnen und zur Gründung einer kleinen Fabrik. So zeugt seine ansonsten unfruchtbare Zuneigung mit dem Samen des Geldes neue Kapitalstätten. Die wohlhabend gewordene, emanzipierte Frau liebt den Sohn dieses Allmächtigen, der Arzt geworden ist und sich die Bekehrung des Vaters vom Bösen zum Guten zur „Mission" gemacht hat. Sechs Jahre muß sie warten, bis er das Sinnlose seiner Hoffnung erkennt. Es ist dies die Stunde der Liebe, „der nachgeholten Freuden". Die berufstätigen, praktischen Frauen sind die positiven Helden in diesem Buch. Die genaue soziale Typologie, ihre originelle Verlebendigung, der überraschende Erzählverlauf, die klare Weltsicht sowie die sprachliche Herausarbeitung des furchtbaren Wohltäters mit seiner Rhetorik des demütigen Tyrannen, das alles macht die Lektüre selbst zu einer nachgeholten Freude. Warum wird sie erst jetzt möglich?

Jürgen Manthey in *Die Zeit*

Hans Natonek

KINDER EINER STADT

344 Seiten

In der von Jürgen Serke verdienstvollerweise herausgegebenen Reihe „Bücher der böhmischen Dörfer" ist der 1932 bei Paul Zsolnay erschienene und vom Autor bald danach zurückgezogene Roman „Kinder einer Stadt" neu aufgelegt worden, ein Werk, in welchem private Schicksale sich vor dem Panorama der ersten Jahrzehnte unseres Jahrhunderts entfalten und das zu einem wesentlichen Teil im Journalistenmilieu spielt, das der Autor aus eigener Erfahrung kannte. Im Mittelpunkt steht die Person des Jakob Dowidal, Sohn eines jüdischen Redakteurs in Prag, der unter seiner jüdischen Herkunft ebenso leidet wie unter seiner homosexuellen Veranlagung und dessen unerwiderte Zuneigung zu dem reichen Fabrikantensohn Egon von Epp in bitteren Haß umschlägt, der zu seinem eigentlichen Lebensinhalt wird. Er wird getrieben vom „Fieber der Geltung und Vergeltung", distanziert sich nach dem Selbstmord seines Vaters vom Judentum, konvertiert zum Katholizismus und verwischt mit seinem neuen Namen Arnold Widahl alle Spuren seiner Herkunft. Als Chefredakteur einer rechtsextremen Zeitung benützt er seine Machtstellung, um als „Innenarchitekt des Menschenhasses und der -verachtung" mit seinem Erzfeind Epp abzurechnen, dem seine Passion für Frauen zum Verhängnis wird. Dowidal entfesselt einen Sittenskandal gegen den früheren Klassenkameraden, und Epp und seine duldende Ehefrau Valerie gehen in den Freitod. Für Dowidal aber verliert das Dasein seinen Sinn. „Der Schauplatz leerte sich wie eine Bühne nach Schluß der Vorstellung. Dunkelheit fiel über sie. Der Hauptakteur war fort, er, um den sich alles bewegte."

Natonek war mehr ein Beobachter als ein Erzähler. Mit wenigen Strichen vergegenwärtigt er ein Milieu, etwa die ärmlich-kleinbürgerliche Enge von Dowidals elterlicher Wohnung, macht er die spezifische Atmosphäre Prags und der sterbenden Donaumonarchie spürbar, die aufgepeitschte und gleichzeitig durch Trennungsschmerz gedämpfte Stimmung bei Kriegsausbruch im August 1914.

Neue Zürcher Zeitung

Ernst Sommer

BOTSCHAFT AUS GRANADA

423 Seiten

Ein historischer Roman. Das Geschehen spielt in Spanien gegen Ende des fünfzehnten Jahrhunderts. Drei Handlungsstränge bestimmen es. Der erste ist die beinahe vollzogene Reconquista. Ein flüchtiger Blick wird in das maurische Granada gewährt, dann ist auch diese letzte Festung einer fast achthundertjährigen Präsenz der Araber in Spanien erobert, der Glanz einer verfeinerten, toleranten Kultur erlischt. Die zweite Ereignisreihe hat Christoph Kolumbus, Colón, wie ihn das Buch richtig nennt, zum Mittelpunkt, die lange vergebliche Bemühung des Abenteurers bei Hof, die Erfüllung seiner ehrgeizigen Wünsche, das Auslaufen seiner kleinen, aus drei Schifflein bestehenden Flotte. Bei weitem den breitesten Raum nimmt aber die Inquisition ein, die Bespitzelung der Neuchristen, die Folterung und Verbrennung der nur unter Druck und zum Schein dem Judentum abtrünnig gewordenen Marannen und schließlich die Vertreibung aller Juden aus Spanien, die Armut, Verlust des Vaterlandes und Exilelend der Taufe vorziehen.
Diese drei Ebenen werden kunstvoll verwoben, durch ein großes Aufgebot an Personen miteinander verbunden.

Frankfurter Allgemeine Zeitung